DOÑA BÁRBARA

.COM

colección
obras
maestras

rómulo gallegos

DOÑA BÁRBARA

EDICIONES NORTE, INC. [T]E

2007

©EDICIONES NORTE/TOISON EDIT

ISBN 10: 84-935493-2-0
ISBN 13 : 978-84-935493-2-9
Depósito Legal: B-25954-2007
Impreso en UE
Printed in EU

Diseño portada y maquetación: Sandra Martínez Wert
Fotografía portada: Rosmi Duaso

Impreso por: Grup Balmes & AM

PANORAMA GENERAL DE LA LITERATURA DURANTE LA ÉPOCA DE RÓMULO GALLEGOS

En el curso de casi toda su vida, Rómulo Gallegos no vivió otra circunstancia política que las dictaduras. Cuando él nació, la independencia de Venezuela era reciente, toda vez que llevaba solamente unos setenta años. La Junta Suprema española la declaró en 1811, pero los realistas la pudieron controlar hasta el año siguiente (1812).

Tendremos que analizar un poco la joven historia venezolana para la comprensión de su situación. José Tomás Rodríguez Boves nace en Gijón, España, en 1783, cuando cumple diecinueve años se establece en Calabozo, Venezuela, realizando trabajos de feriante. Pero en 1812 con veintiséis, se incorpora a las fuerzas realistas para luchar contra el movimiento independentista venezolano y se pone al frente de un grupo guerrillero llamado La División Infernal donde figuran algunos llaneros.

Realizando incursiones por las zonas más peligrosas se enfrentan a Vicente Campos y al vencerle ocupan las regiones de Los Llanos –zona donde se centraliza la acción de Doña Bárbara- y Mosquiteros.

En un contraataque de la División Infernal con Boves al frente de ellos y otra compañía comandada por Pablo Morillo, derrotan en Caracas al comandante de las fuerzas independentistas que tuvo que retroceder.

Boves asume el mando de Caracas, Valencia y Barcelona pero es atacado por sorpresa en Urca donde es derrotado y muerto en 1814.

Por aquel entonces es nombrado su sustituto, el militar español duque de Cartagena y marqués de la Puerta, Pablo Morrillo (Fuentesecas, León 1755-Barèges, Francia 1837), el cual se había distinguido por su exceso de brutalidad y hostilidad contra todo lo que tuviera sabor a independentismo. Se apaciguan los ánimos de independencia hasta que en 1817 se reanudan. Morillo es vencido por Bolívar en 1819 y en 1820 negocian la situación los dos en Trujillo siendo el primero quien abandona Venezuela. El resto de realistas fueron vencidos en la batalla de Carabobo en 1821.

Después de unas laboriosas gestiones para separarse del grupo formado como Gran Colombia, se creó una oposición formada por eclesiásticos, labriegos, enemigos de la abolición de la esclavitud y comerciantes opuestos a la creciente hegemonía británica. Se encargó de todo lo concerniente a lo militar a José Páez, que con su liberalismo llamado paecista inició la separación de Venezuela de la Gran Colombia, esta se consolida en 1930 empezando una auténtica reconstrucción económica y social.

José Antonio Páez de origen indio nació el año 1790, se alistó al ejército como voluntario y a los veinte años dirigía los llaneros adictos a la independencia que fueron parte importante en la victoria de Carabobo en 1821. Al año siguiente con veintidós años fue nombrado comandante general de Venezuela (1822). En 1830 fue elegido primer presidente de la Venezuela independiente cargo que ocupó hasta 1835.

Desde 1835 hasta 1837 y continuando con la oligarquía conservadora que duró de hecho hasta 1850, mantuvo la presidencia de la República venezolana José María Vargas, a quien substituyó Carlos Soublette que ocupó el mando supremo de la nación de 1837 a 1839.

En 1839 y hasta 1843 recupera el cargo José Antonio Páez que a su vez es nuevamente relevado por Carlos Soublette el cual resta en el poder hasta 1847. Realiza, José A. Páez, un nuevo golpe de Estado en 1848 siendo presidente José Tadeo Monagas, de tendencias liberales, quien había impuesto una dictadura familiar y naturalmente militar. Este logra sofocar la insurrección haciendo prisionero y desterrando a Paez. La dictadura de J. T. Monagas dura de 1847 hasta 1851, año en que es substituido por José Gregorio Monagas que permanece en el poder hasta 1855, fecha en que nuevamente José Tadeo vuelve a ocupar la presidencia hasta 1858.

En todas estas acciones tuvieron mucha participación los antiguos jefes militares que se habían ya convertido en terratenientes e importantes hacendados y que se unieron, para consolidar lo que se ha venido en llamar "*preindependencia*". En esta etapa se inició la exportación masiva de azúcar, café y cacao y se dio un extraordinario soporte a las clases conservadoras.

Pero es en 1840 cuando se da una acrecentada bajada de precios que hace renacer el peligro de una recesión económica, en especial para los campesinos y comerciantes, a los que se añadieron terratenientes y generales que habían luchado por la independencia en su momento.

Toma cuerpo el federalismo que consigue derrotar otra vez a Monagas (1858) no sin que poco antes se dictara bajo su mandato (1854) la abolición de la esclavitud. Por dos años estuvo en el poder (1858-1859), Julián Castro a quien substituye Pedro Gual (1859) que a su vez es derrotado por Manuel Felipe Tovar. Este, en otro golpe de Estado, queda marginado nuevamente por Gual que mantiene el poder unos meses para dar opción a que vuelva a aparecer Páez, el cual consigue de forma violenta establecer de nuevo una dictadura conservadora a su estilo. En 1863 es depuesto por Juan Crisóstomo Falcón que mantiene la presidencia hasta 1868.

Este mismo año (1868), y sólo por unos meses, vuelve a aparecer en escena José Tadeo Monagas que abre las puertas a José Ruperto Monagas el cual mantiene el cargo supremo hasta 1870. Aparece en el horizonte presidencial un nuevo militar, ¡cómo no!, Antonio Guzmán Blanco quien permanece al frente de la nación hasta 1877 para ser substituido al año siguiente (1878) por Francisco Linares Alcántara. En estas mismas fechas (1878) y por muy poco tiempo, casi no pudo sentar se en la silla presidencial, ascendió al poder José Gregorio Varela. Otra vez Antonio Guzmán Blanco entra en escena, manteniendo el cargo desde 1879 a 1884. Después de un paréntesis (1884-1886) en el que ocupa la presidencia Joaquín Crespo, vuelve al cargo Guzmán Blanco (1886-1887) y ya desde 1887 a 1890 preside Venezuela Juan Pablo Rojas Paúl

En los sesenta años transcurridos desde 1830 con el nombramiento de Páez, hasta Rojas, han pasado por el sillón presidencial nada menos que veintitrés presidentes de la República de Venezuela. Son muchos militares para tan solo un cargo. Todos querían mandar cuando se trataba de una nación donde territorios de una intensidad poblacional, como por ejemplo, Bolívar –238.000 km2 -- como la mitad de España en espacio, sólo tiene 4 habitantes por cada uno de ellos, con un total de 968.695 boliveños.

Parece y creemos que hemos dicho lo suficiente, pero queremos aclarar que estos datos demográficos corresponden al año 1990 y estamos hablando de hechos que pasaron hace como unos cien años. Seguro que las proporciones bajarían ahora a más de la mitad en personas ya que las medidas de longitud no varían, para confirmarlo transcribimos la opinión de Polanco:

Venezuela era entonces país pobre, despoblado, desintegrado, con una estructura administrativa reducida y una presencia internacional mínima y muy débil... poco se recuerda que para 1909 en Venezuela casi no existía gobierno.

Anotaremos otros cinco presidentes que nos quedan para llegar a la época en la que Rómulo Gallegos tuvo que exiliarse de su querido país. Por tanto hemos de añadir que de 1890 a 1892 fue presidente de Venezuela Raimundo Andueza Palacio quien fue substituido por Joaquín Crespo, éste volvía al mando supremo de la nación después de seis años, permaneciendo en el de 1892 a 1898, año en que fue derrocado, no faltaría más, por otro golpe de Estado dado por Ignacio Andrade 1898-1899.

Cipriano Castro, militar y político (Capacho, Táchina 1852-Santurce, Puerto Rico 1924), el 19 de octubre de 1899 lo derrotó a base de su Revolución Restauradora. Sostuvo su cargo hasta 1908, todo y que el año anterior, en febrero de 1907, tuvo que someterse a una delicada intervención quirúrgica y en noviembre se trasladó a Europa para recuperarse de sus dolencias. El 19 de diciembre, su lugarteniente y vice-presidente del gobierno Juan Vicente Gómez, a quien había dejado la presidencia en su ausencia, le cerró las puertas de la patria y se convirtió automáticamente en el más cruel y sanguinario de los dictadores que ha tenido Venezuela.

J. V. Gómez estuvo al frente de una autoritaria política, tremendamente, dura y caciquísta desde 1908 hasta 1935. A su muerte, en Maracaibo el año 1935, fue catapultado a la presidencia su secuaz más gomerista, Eleazar López Contreras, militar y político venezolano que nació en Queniquea, Táxira el 5 de mayo de 1883 y murió el 2 de enero de 1973. Ascendió al poder cuando desempeñaba la cartera de Guerra y Marina y en él permaneció hasta 1941. En el óbito de Juan Vicente Gómez, Pizani dijo:

El ejército que el régimen de Gómez empezó a forjar tenía características totalmente distintas de las mesnadas, mal vestidas y peor pertrechadas que las caracterizaron durante más de un siglo... Se concibe la idea de un cuerpo militar perfectamente adiestrado, con unidades tácticas estratégicamente dispuestas a lo largo y ancho del país, con mandos jerarquizados y con un sistema de comunicaciones que lo mantiene alerta permanentemente para hacer frente a cualquier contingencia en el orden interno... La Escuela Militar, decretada por Cipriano Castro, es declarada abierta por Juan Vicente Gómez.

De 1941 a 1945 fue presidente Isaías Medina Angorina quien tuvo que soportar al final, la ruptura de sus fundamentos de mando político, con la llegada de Rómulo Bentancourt que estuvo al frente del gobierno venezolano desde 1945 hasta el 1948.

A partir de este momento entra en escena nuestro Rómulo Gallegos, del cual ya hemos descrito en otro apartado, que se mantuvo como presidente Constitucional de la República venezolana desde el 15 de febrero de 1948 hasta el 24 de noviembre del mismo año. Fue derrocado por un golpe militar que organizó el trienio areno o sea la Junta Militar que capitaneó desde 1948 hasta 1950 Carlos Delgado Chalbaud. Desde 1950 a 1952 lo hizo Germán Suárez Flamerich y de 1952 a 1958 Marcos Pérez Jiménez que había nacido en Michelena, Estado de Táchira el 25 de abril de 1914.

El 23 de enero de 1958 sube al poder una Junta de Gobierno presidida por Wolfgang Larrazábal que dirige políticamente el país hasta 1959 ,para ser substituida por otra Junta gubernamental presidida por Edgar Sanabria que dura solo unos meses del mismo año 1959, al ser substituido por Rómulo Bentacourt cuando este vuelve del exilio. Miembro de Acción Democrática, partido del que fue uno de los principales fundadores Rómulo Gallegos, es elegido presidente de la República permaneciendo como tal hasta 1964. Este mismo año (1964) Raúl Leoni accede a la presidencia que mantiene hasta las nuevas elecciones de 1969, siendo miembro también de AD. Cuando Rómulo Gallegos fallece en Caracas el 7 de abril de 1969 es Rafael Caldera el nuevo presidente de Venezuela ya que por 30.000 votos ganó las elecciones sobre el candidato de AD, Gonzalo Barrios.

Rafael Caldera fue el primer político de América que introdujo un partido de ideología democristiana. En Venezuela fue reconocido como órgano del Partido Social Cristiano y su Comité de Organización Política Electoral (COPEI), que no era otra cosa que la reproducción de los principios políticos de Alcide de Gasperi en Italia y de Konrad Adenauer en Alemania.

Si hacemos un recuento de los presidentes dictatoriales que tuvo Venezuela desde José Antonio Páez en 1830 hasta Rafael Caldera en 1969, escasamente llegan en esos ciento cuarenta años, a diez de una relativa y ensombrecida democracia. Ni en los mandatos de Rómulo Bentancourt, Rómulo Gallegos y otra vez Rómulo Bentacourt, fue una democracia activa y sincera con todas sus consecuencias. Siempre estuvieron sus posiciones intervenidas, invertidas y presionadas por los militares los cuales estaban al acecho del golpe de Estado sino se seguían sus dictados militaristas, por lo tanto es propio que no fuese considerada una democracia pura.

Hemos de dar crédito a una trascendente realidad. Rómulo Gallegos sólo estuvo en el poder del 14 de diciembre de 1947 hasta el 24 de noviembre de 1948, solo once meses y diez días de mandato y se cuenta que fue:

...como consecuencia, entre otras cosas, del sectarismo político que caracterizó al llamado trienio adeco, y por su renuencia a acceder a las exigencias de las fuerzas Armadas.

Sólo esta frase entresacada de un estudio político titulado La Transición a la democracia, escrito por Frank Rodríguez, aclara con bastante ecuanimidad lo que fue este año menos veinte días, un calvario para el Gallegos político y todas las consecuencias de una década larga de exilio.

Quizás la dilatada permanencia de las dictaduras en el poder político de Venezuela sea consecuencia del caudillaje que impusieron en sus métodos con la finalidad de perpetuar las condiciones que imponían las Fuerzas Armadas. Por esa razón Gómez estableció las bases para concretar su gestión gubernativa creando una concienzuda reforma militar. Ello le llevaría a considerar al ejército un grupo profesionalizado, lo cual no quiere decir otra cosa que, bien pagado, sus remuneraciones convirtieran a los militares en adictos a sus creencias políticas y a un buen vivir social.

Se creó un muro de contención a todo quehacer político que no vertiera un potencial militar sobre sus mandos. Eran las prebendas principales de su tácita corrupción que coincidía con la explotación de sus procesos petrolíferos y de unos contratos especiales con Estados Unidos de América que ahogaban la progresión social de los venezolanos. Se hicieron realidad los prejuicios emitidos por Rómulo Gallegos a raíz de la creación de Acción Democrática:

Aunque para muchos no existe sino un solo modo de colaboración; a sueldo, mejor pagado quien más aplauda siempre, y todo lo que no sea girar contra una partida del presupuesto, es vociferar, disociar y de algún tiempo a esta parte desafiar las iras del Inciso Sexto. Pero venga luego el reconocer la conveniencia de la crítica constructiva –indudablemente debe de haber alguna que así puede ser llamada--, sólo que uno no acierta nunca a descubrir en que consista, porque desde que comienza a comportarse como crítica, cualquiera que sea, ya anda mal la cosa.

Pero confiemos en que la vida andará mejor, poco a poco.

PERFIL LITERARIO DE RÓMULO GALLEGOS

Una de las mejores cualidades que destacan no sólo en Doña Bárbara, sino en el conjunto de toda su obra, es el perfil que le da a sus personajes siempre bien dosificados en su papel. Quedan bien concretados sus caracteres, sus ademanes y su idiosincracia, tanto en su fondo como en cada una de sus reacciones.

Si esto se observa en general en cada uno de sus protagonistas, estudiados, meditados y profundamente perfilados, no lo es menos nuestra Doña Bárbara. Ella es movida dentro del vaivén de la novela entre todos los muestrarios en donde se citan, el bien y el mal, el pecado y el perdón, la brutalidad y el engaño, en todas y cada una de sus facetas.

Hay escenas de una violencia extremada que hacen su efecto circundante, y a veces revulsivo, pero que enaltece los espíritus en su constante ir y venir, desde la encrucijada donde se asienta el mal y en el lugar oportuno donde se recrea el bien. Lo describiremos con cautela y cuidado en las sinopsis y comentarios de cada uno de sus capítulos –trece en la primera parte, otros trece en la segunda y quince en los que corresponden a su último y tercer apartado. Total cuarenta y una escenas donde transita constantemente la frenética violación de los valores humanos, en contraste con golpes efectistas de modelos de bondadosa perplejidad, tan complejos y sedientos de temores circunspectos como ardides, demencialmente escogidos como espectros sociales.

Nuestro autor encaja perfectamente, con el autor que precisaba la literatura hispanoamericana para depender de sus propios destinos, para poder abrir profundas brechas entre los genios de la generación del 98 española y sus consecuencias.

Es una lucha tesonera, ciertamente difícil y mermada de posibilidades, mientras en España y su contorno europeo tienen la enorme ventaja de lo que sí circunda a su sentir literario. Tienen unas potentes y preparadas editoriales que dependen de grupos poderosos de las artes gráficas a gran escala.

Aún ahora, pasados largamente los cien años, la supremacía empresarial en este conjunto de aupaje a los autores es extraordinaria e importante. No debemos de olvidarnos, por ejemplo, que la primera edición de Doña Bárbara fue realizada en Barcelona, España, donde los grupos editoriales siempre han sido mayoritarios con referencia a cualquiera que haya podido crearse en cualquier ciudad americana, naturalmente si nos concentramos en el área de español.

Ya en la zona del inglés, Estados Unidos de América es otro mundo aparte. También sus esquemas de trabajo dan una gran propiedad a sus autores así como a sus procesos empresariales editorialistas. Tienen grandes lujos, tanto artísticos como culturales, debido a los largos tirajes de sus publicaciones. Naturalmente no se han de hacer muchas cábalas para determinar la razón de estos proyectos.

El alto nivel cultural es una ingente posibilidad de venta entre los centenares de millones de angloparlantes, y todo este poderío proporciona unos criterios de inversión que redundan en beneficio, no sólo de los autores y editores norteamericanos, sino de los propios lectores que generan.

Volviendo de nuevo al quehacer literario de Gallegos, queremos hacer hincapié en su poderoso sentido de la profesionalidad, acompañado de su categoría lingüística que le proporcionó su fama de autor venezolano más destacado del siglo XX y uno de los mejores de toda la América latina.

Desde 1913 que se inició con Los Aventureros hasta el Último Patriota, editado en 1957, son cuarenta años de creación literaria, que cuajaron en los dos largos exilios a un promedio de una obra cada tres años. Se mezcló en esta labor el tiempo que dedicó a la política, así como a su otra obsesión, su tarea educacional que también le llevó sus buenas horas.

A los detalles personificados de cada obra ya llegaremos, pero queremos profundizar en su Doña Bárbara de la que se ha escrito de todo y siempre para bien. Por ejemplo Milagros Socorro la define así:

Doña Bárbara que es una novela magistral y que tiene muy bien ganado su puesto en la literatura universal...

Otros muchos críticos literarios se pronuncian de la siguiente manera al hacer un comentario con referencia a esta obra, si leemos a Frank Rodríguez nos dice:

Rómulo Gallegos ha sido reconocido como uno de los principales escritores de su país...

Estos dos ejemplos referentes a su condición de escritor lo definen muy bien. Pero generalmente, todo el que ha leído Doña Bárbara llega a las mismas conclusiones o muy parecidas:

Después de la muerte de Rómulo Gallegos (1969) su obra continúa siendo hoy en día, el punto de referencia más trascendente sobre Venezuela y el mundo hispanoamericano.

Ni sus enemigos, --que por su carácter pocos debe haber tenido, pero si tenemos en cuenta que por razón de su jerarquía política siempre cabe alguno--, han proferido ante su cualidad de autor vituperios molestosos, que él por su idiosincrasia hubiera aceptado. Pero no se conoce, a la vista de su personalidad, que se hayan sobre su obra emitido nunca procaces opiniones. Por lo menos nosotros no las conocemos.

Haciéndonos eco de ciertas opiniones respecto a Doña Bárbara, hemos de repetir un comentario de Milagros Socorro que nos cuenta en el siguiente párrafo debido a su pluma:

...nadie podría saber –los herederos no, por cierto— cuántas ediciones de Doña Bárbara se han publicado en castellano, habida cuenta que las imprentas de España, México, Colombia, Chile, Argentina, Santo Domingo e incluso Puerto Rico se han fatigado de echar ejemplares a la calle sin molestarse, la mayoría de las veces, en notificar a los propietarios de los derechos de autor ni mucho menos observar el fino detalle de enviarles el cheque correspondiente.

Sabemos que lo que sucede en Venezuela es bien distinto. Hace como unos veinte años que la editorial Panapo consiguió los derechos de edición –suponemos de sus herederos— y éstos no tienen absolutamente ningún problema en cobro de sus derechos, todo y saberse que en este país es donde menos se ha leído Doña Bárbara.

Su larga bibliografía refleja no sólo la cantidad de obras que se deben a su pluma, sino la experiencia que fue aportando con su historial a las letras venezolanas. Su bibliografía es extensa:

Los aventureros y Los inmigrantes (1913)

Estos dos libros de relatos son una avanzadilla a sus cualidades como espontáneo redactor de andanzas de los personajes que ha creado, con el inusitado y polémico ardid de dar realce a la personalidad de su pueblo ,poniendo al alcance de su gente su producción.

La trepadora (1925).

Un trabajo que más que otra cosa sirvió para consensuar sus posibilidades de como él entendía la literatura y si bien no aportó demasiadas consecuencias favorables, tampoco desmereció en nada la progresiva ampliación de sus conocimientos. Al ser aceptada, así a secas, su filosofía literaria quedó de lleno encauzada su doctrina de escritor con visión de gran éxito en un futuro no demasiado lejano.

Reinaldo Solar (1920) y como El último Solar (1930)

La primera que condensó cierto aire polémico fue con ciertas variaciones ,más de forma que de fondo. Matizó un realce mayoritario con referencia a la alta valoración que en 1929 alcanzó su Doña Bárbara. Ya el éxito estaba de antemano alcanzado con la aparición el año anterior de esta novela tremendamente trabajada y con el sello de los problemas sociales y estructurales, de la propia raza que iba naciendo para poder alcanzar los niveles de creatividad agrícola, en una de las zonas menos habitadas de Venezuela. Los Llanos, con cuatro habitantes por km2 , daban a la naturaleza un sentido de extralimitación a las funciones, que la incultura descansaba encima de la propia realidad conceptual de sus pocos habitantes.

Doña Bárbara (1929)

Y llegó, de hecho pronto, lo que habían apuntado sus obras anteriores así como sus trabajos periodísticos, Lo que somos, así como Hombres y principios, pulverizaron de hecho todas las previsiones. El drama que podríamos calificar de rural, consolidó de un plumazo, no sólo su personalidad de hombre inteligente y capacitado para luchar por la posesión de un sitio destacado en la literatura universal. Sus trabajados capítulos, encadenados cada uno de ellos con algunos de sus primeros protagonistas, agilizan la punzante vitalidad de cada uno de ellos. El hombre de su campo, la mujer de su tierra, quedan clarificados en su propia idiosincrasia para constituir toda una plana mayor de protagonistas que consolidan, en cada una de sus apariciones, una candente novedad a su proceder, en su caminar por las tierras y riberas del Arauco.

Un diccionario perfecto encadena sus propias características. No defrauda, desde la primera aparición, entre las letras que componen cada uno de sus capítulos y el posible entronque que le ha ido dando el lector a sus presumibles contrincantes o amigos.

Cantaclaro (1934) y Canaima (1935).

Las dos obras, que pintan con cierto detallismo y equilibrio las costumbres en los llanos, fueron sino concebidas al menos enhebradas, antes de la oferta de un cargo en el gobierno por el dictador Juan Vicente Gómez, pero prefirió el exilio con todas sus consecuencias, a las que se le debía de añadir el estado de salud de su esposa Teotiste, antes de aceptar el deshonor de un cargo en aquel sistema de gobernar tan esoterizado que llevaba a cuestas el maléfico dictador. Su mandato estuvo siempre presidido por la brutalidad y la persecución constante a los que no aplaudían su labor y Rómulo Gallegos estaba bien decidido a aplaudirle nada a Gómez. Por ello decidió exilarse aprovechando para corregir estas dos obras magnas en Barcelona, España, y dejarlas a punto de entregar a la imprenta. Así que terminó esta labor, a finales de 1935, murió el miserable dictador y seguidamente regresó a su Venezuela, acompañado de su esposa.

Pobre Negro (1937) y El Forastero (1942)

Los estudiosos de su obra en general dicen que posiblemente se ganó un buen político pero que se perdió parte del gran escritor. Perdió cierta coherencia literaria y no ganó en celebridad. No dejaron estas obras, demasiada constancia de la verdadera calidad que habían presidido sus anteriores trabajos. Son muchos los críticos literarios que dicen lo que hemos anticipado en estas líneas y de la primera matizan que marcó el inicio del declive de su capacidad narrativa, en especial en los sucesos que narran la Guerra Federal. Con referencia a El Forastero, reincidimos que al tratarse de un refrito de una obra escrita en 1921, dio aún peor resultado que Pobre Negro.

Sobre la misma tierra (1943), *La brizna de paja en el viento* (1952), *Una posición en la vida* (1954) y *El último patriota* (1957).

Las cuatro pasaron con más pena que gloria pero si queremos ser más preciosistas encontraremos en La brizna de paja en el viento, la solidez del trato que otorga a un sugerente problema social, el de la vida universitaria y la necesitada reforma de la enseñanza, cuya acción se desenvuelve en Cuba, dándole un valor más internacional al tema que con cierta elocuencia trata en esta novela. Como hemos dicho, las otras tres poco margen dan para ensalzarlas.

Hay dos libros de narrativa corta, La rebelión y otros cuentos (1922) y Cuentos venezolanos que son reflejos esporádicos del buen hacer del venezolano, en especial del campero y sus familias. Dichos libros abrieron el camino a seguir en Doña Bárbara.

Sólo nos cabe hacer notar que Doña Bárbara cerró casi todas las puertas a su otra producción. La especialización que lleva a cuestas con esta obra es determinante. La literatura americana cree y está convencida, que se esforzó para poder escanciar el licor sabroso de sus letras y para exprimir todo su jugo con una extraordinaria obra. En ella todos los personajes están debidamente descritos y, sin apartarse un ápice del filón que se transmite al lector, desde la primera vez que aparece el entramado que especula el ritmo de cada uno de ellos con su realismo a cuestas, va hilvanando toda una sucesión de variopintas situaciones. Esto específicamente conlleva una coordinación tan perfecta, que convierten obra y personajes, con todos sus conflictos humanos, culturales e intelectivos, en una de las mejores novelas hispanoamericanas del siglo XX.

VIDA Y PERFIL HUMANO DE RÓMULO GALLEGOS

Corría el año, a sus mediados, de 1884, y empezaba el día dos de agosto a aurorear cuando nació Rómulo Gallegos. Fue el hijo mayor del matrimonio formado por Rómulo Gallegos Osio, comerciante con cierta mala fortuna y sin grandes recursos económicos, y por Rita Freire Guruceaga que fue quien lo educó impulsándole una dosis importante de firmes principios, al propio tiempo que le dotaba de una gran sensibilidad.

Cuando tenía 10 años, ingresó en el Seminario Metropolitano en el que no llegó a terminar sus estudios por la repentina muerte de su adorada madre, suceso que acaeció en 1896, recién cumplidos por Rómulo los doce años del hijo Rómulo. A pesar de todo i poco tiempo después, los reanudó en el colegio Sucre donde alcanzó el título de bachiller en el año 1904. Siguió luego con estudios universitarios en las derramas de Filosofía, Matemáticas, Literatura y Derecho en la Universidad Central de Venezuela que no culminó pero le fueron de gran utilidad cuando decidió integrarse a la política de su país.

Alternando sus estudios con el trabajo ya en 1906 lo encontramos desempeñando el cargo de jefe de estación del Ferrocarril Central en Caracas. Había empezado a hacer sus pinitos literarios en la revista Arco Iris y en 1903, con sólo dieciocho años, escribió un buen artículo titulado Lo que somos. En 1909 fundaba la revista La Alborada.

Esta publicación se dedicaba a redactar trabajos, no solamente literarios sino de controversia, sobre versiones de política, educación y del propio devenir de Venezuela. Entre sus páginas siempre se encontraban los artículos y ensayos que le empezaron a dar una cierta popularidad.

En enero de 1912 lo encontramos en la ciudad de Barcelona, naturalmente de Venezuela, como director del Colegio Federal de Varones. De todas maneras un año antes (1911), escribe un drama titulado El último patriota que abre de lleno su potencial, en el camino de las letras que acaba de empezar. En esta misma ciudad –Barcelona– y en el mismo año (1912) se casa por poder con Teotiste Arocha Egui.

En el mes de marzo y cuando sólo han pasado dos meses, es nombrado subdirector del Colegio Federal de la capital venezolana que en su día fue Liceo Caracas y hoy es Andrés Bello.

Ya integrado en la enseñanza estuvo hasta el año 1918 en esta escuela, hasta que le nombran director de la Escuela Normal de Caracas. Parecía que su destino quedaba ya totalmente vinculado a la educación, pero aún tenía que ascender más en su labor docente y en 1922 lo destinan definitivamente como director en el Liceo Caracas, en el mismo lugar donde había ejercido de subdirector por espacio de seis años y donde permaneció por un largo tiempo de ocho años, o sea hasta 1930.

Con todo lo que representaba de trabajo, abocado de lleno en una vocación educacional, no abandona nunca su otra pasión, las letras. De esta forma lo encontramos en 1913 publicando un libro de relatos breves, bajo el título de Los aventureros, así como otro en este mismo año titulado Los Inmigrantes. También escribió por estos mismos años dos obras teatrales que aún no se han representado: Los Ídolos, donde relata como puede perderse la fe religiosa sin olvidarse de la cristiana, y otra titulada El motor, en la que refiere la razón por la cual puede sentirse el deseo de fuga.

Después, un tiempo de silencio, no mucho seguramente para él, pero si demasiado largo para la literatura. De todas maneras en 1920 se decide a editar su novela El último Solar, la cual, fue reeditada en 1930 bajo un nuevo título: Reinaldo Sol.

Entre estas dos ediciones hay otra muestra de sus valores literarios, lo hace con un libro de narrativa titulado La trepadora (1925) y la aparición en 1929 de la extraordinaria Doña Bárbara que le asienta en la fama y convierte a Gallegos en el más destacado escritor venezolano y en uno de los mejores de la lengua española del siglo XX.

Se hace cargo de la dirección de la revista Actualidades desde 1919 a 1922 con otro aditamento importante, para la publicación y para él mismo, se queda con la propiedad.

Se une en sociedad con Rafael Pocaterra para la edición de libros bajo el título de La Novela Semanal. En esta nueva empresa, que empieza en el año 1922, se dieron a conocer con sus publicaciones periódicas, gran cantidad de narradores autóctonos.

Derrocha trabajo por los cuatro costados de su cuerpo, está al frente del Liceo Caracas, dirige Actualidades así como la editorial La Novela Semanal y aún le sobra tiempo para escribir una de las mejores novelas de todo el continente sudamericano, Doña Bárbara, que ve la luz en su primera edición el 1929.

El éxito indescriptible de esta novela hace que hasta los políticos se fijen en él e intenten todos captarlo para sus propios partidos. El que está en el poder, el del general Juan Vicente Gómez, le ofrece el cargo de senador que Rómulo Gallegos rechaza de plano. Esta situación le obliga a exiliarse y se desplaza a España donde concluye varias de sus novelas que tenía embarulladas.

Este militar con agallas de político dictatorial, Juan Vicente Gómez (1864-1935), ya cuando tenía treinta y cuatro años intervino en su primera revolución al lado de Cipriano Castro. Cuando éste consiguió hacerse con el poder de Venezuela adquirió a Gómez para el cargo de gobernador del Distrito Federal. En el año 1902 ascendió a vicepresidente del gobierno y en 1908 Cipriano Castro le delegó el poder.

Todo el tiempo que estuvo en el poder desde 1908 a

1935, momento de su muerte, trató de forma dictatorial al pueblo venezolano. Incluso en las épocas que colocó en el mando a sus hombres de paja y títeres del jefe supremo Gómez ya que siguieron a pies puntillas sus directrices, tanto V. Márquez Bustillos (1915-1922) como Juan Bautista Pérez (1929-1931). Como buen dictador era cruel, vengativo, corrupto, sanguinario y soberbio, aunque sumiso a las grandes potencias. Por estas razones, al desdeñar Rómulo Gallegos su petición de que fuera senador, le hizo la vida imposible y tuvo que abandonar su país.

Mientras se celebraban a nivel oficial las honras fúnebres por la muerte del dictador que manipuló Venezuela en el curso de veintisiete años, todo el pueblo de Caracas se lanzó a la calle para festejar la muerte de quien creían que era inmortal. Para los que pensaban como él, era el Caudillo de la paz, por el contrario todo el largo y ancho pueblo venezolano le bautizó con el sobrenombre de:

Mayordomo rapaz.

Le sustituyó naturalmente otro militar que fue nombrado su sucesor, Elcazar López Contreras. Todo y continuar con las mismas exigencias dictatoriales que su antecesor, se basó en unos mecanismos públicos algo más democráticos.

La permanencia fuera de su Venezuela se extiende desde 1932 hasta 1935. En el mismo momento en que Gallegos se entera de la muerte de José Vicente Gómez regresa a Venezuela, es bien recibido por López Contreras y le nombra ministro de Educación, así como diputado al Congreso Nacional perteneciente al Distrito Federal, durante la legislatura de 1937 hasta el 1940.

Al año siguiente (1941) cuando llega al poder otro militar sustituyendo a López Conteras, exactamente el 1 de abril, es nombrado presidente del Ayuntamiento del Distrito Federal por el general Isaías Medina Angarita. Tres meses después, en julio de 1941, forma parte de los miembros fundadores del Partido de Acción Democrática del que fue nombrado presidente, cargo que ocupó hasta el 1948.

A raíz de este nombramiento, cumple con el condicionado de emitir su discurso de presentación de este partido que acaban de crear algunos demócratas venezolanos y que empezó así:

Hace unos seis meses, desde este mismo sitio, dijimos que aquella campaña de candidatura presidencial que para entonces se desarrollaba en torno a mi persona, prestada sin interés al limpio ensayo de civismo, no tenía, no podía tener, otra finalidad verdadera, sino la de iniciar la incorporación de un sector de la ciudadanía venezolana a la actitud de las responsabilidades políticas en ejercicio de derecho y para cumplir con un deber.

Continuó en este largo discurso hasta llegar a un punto donde dejó bien clara la postura de su partido:

Dentro de la ley estamos y dentro de ella nos mantendremos, así nos pongan más y más estrecho este campo de artimañas y socarronerías con que hoy guste disfrazarse la violencia rampante de ayer, porque nos anima el propósito de demostrar que sí somos merecedores los venezolanos de que nos rijan ordenamientos...

Acción Democrática decide postularlo para las elecciones de diciembre de 1947 en cuyos comicios fue elegido, por designio popular, el nuevo presidente de Venezuela representando así a Acción Democrática, partido que él preside desde 1941. Inicia su mandato el 14 de febrero de 1948. Todos los observadores que estuvieron en las elecciones manifestaron que todo se desarrolló con absoluta corrección.

Su partido, Acción Democrática, había encabezado en su momento una revolución que acabó con el mandato del general Medina Angarita en 1946. El presidente provisional, Rómulo Bentancourt, convocó entonces unas elecciones para la Asamblea Constituyente que tenían como principal objetivo redactar la nueva constitución que fue promulgada el 5 de julio.

De todas formas su elección fue debida, además, por la coalición que formaron los partidos de izquierdas y el apoyo del gobierno. Su triunfo lo logró por una mayoría casi absoluta ya que alcanzó el 80% de los votos emitidos. Tuvo a su favor muchos factores que abonaron este clamoroso éxito de Rómulo, era la primera vez que en Venezuela las mujeres participaban en las votaciones así como los jóvenes mayores de veintiún años.

Sus contrincantes no fueron lo efectivos que hubiera necesitado el país para poder dar mucha más fuerza a la victoria de Acción Democrática. Tanto Rafael Caldera el cual representaba a COPEI que no era otro invento que una coalición conservadora y el propio Gustavo Machado que fue promovido por el partido comunista, no dieron en aquel momento la talla para competir con Rómulo Gallegos. Todo y que éste no tenía bastante con la solidez que le aportaba su condición de celebridad novelística, pues no había superado su falta de experiencia en la vida política.

No le dio tiempo de todas maneras a cambiar nada de la vieja Venezuela. Los militares continuaban queriendo dominar el país y el 24 de noviembre fue derrocado por un golpe militar dado por la oposición. Capitaneados por una Junta Militar compuesta por Marcos Pérez Jiménez, Carlos Delgado Chalbaud y Luis Llovera Páez, no fue otra cosa que el sectarismo político y vino a llamársele además trienio adeco. El pueblo recordó el discurso de presentación del partido Acción Democrática, cuando en un apartado especial dedicado a los detractores de la democracia les decía:

Desde la oposición, señores. Pierdan cuidado –lugar que en aquellos momentos iba a ocupar su partido—. Desde la oposición y para convencer, que es la más noble manera de combatir, siendo a la vez contribuir al entendimiento y cooperar. Aunque para muchos no existe sino un solo modo de colaboración; a sueldo, mejor pagado, quien más aplauda siempre, y todo lo que no sea girar contra una partida de presupuesto, es vociferar, disociar y de algún tiempo a esta parte desafiar las iras del Inciso Sexto.

No tuvo otro remedio que exilarse si quería subsistir

y es expatriado a Cuba. Al año siguiente (1949), se sitúa libremente y por decisión propia, en México fija su residencia. En la misma Ciudad de México, el 7 de septiembre de 1950, fallece su esposa por la que sentía una extraordinaria devoción.

Fue un golpe a su moral pero no a su ansia de vivir, con ya sesenta y cuatro años aún tiene mucho que decir, en especial dentro del ambiente literario. Recibió muchas distinciones y una que en principio le dio mucha relevancia fue la de Doctor Honoris Causa (1948) de la universidad de Columbia, honor al que renunció en el año 1955 cuando le fue concedido este mismo doctorado al dictador guatemalteco Carlos Castillo Armas. Sus principios políticos eran otros.

También recibió de la Facultad de Humanidades de la universidad de San Carlos (Guatemala) en el año 1951, el título de profesor honorario. Este mismo año la universidad de Costa Rica lo nombró Doctor Honoris Causa, así como la universidad de Oklahoma en esta ciudad de Estados Unidos de América, le declaró escritor residente.

Vuelve a Caracas el año 1958 momento que aprovecha la universidad central de Venezuela para nombrarlo Doctor Honoris Causa en Humanidades, en este mismo año la universidad de Los Andes le concede el doctorado de honor en Derecho y la de Zulia le abre sus puertas con el mismo título también en Derecho.

Por este mismo tiempo recibe por su extraordinaria labor literaria, el Premio Nacional de Literatura (1957-1958) y es elegido por unanimidad miembro de número de la Academia Venezolana de la Lengua (1958), cargo por el que no se recibió. También en el ámbito civil pero sin apartarse de su carrera literaria y política, el Concejo Municipal de Caracas lo proclama el 2 de agosto de 1958 Hijo Ilustre de esta ciudad. No hay duda de ninguna clase que Rómulo Gallegos ha sido reconocido como uno de los principales escritores de su país. Este galardón no se lo puede discutir nadie y como prueba que testifica esta distinción se creó en 1965 el Premio Internacional de Novela

Rómulo Gallegos, que es, indudablemente, uno de los más prestigiosos galardones que la literatura hispanoamericana concede a los escritores del mundo.

Nos queremos ya olvidar de tantos reconocimientos a su valúa intelectual y centrarnos, aún que sean unas pocas líneas, en la humildad y fervor patriótico y democrático que estableció en su palmarés. No podemos afrontar el final de esta corta biografía, del genio de las letras venezolanas, sin apoyar nuestras aseveraciones en un párrafo del discurso que emitió, con motivo de su acto de instalación de Acción Democrática y donde adecua su fehaciente postura ecuánime:

Es humano cometer errores y en política, tremendamente humano entregarles a la pasión y al desaforado amor del beneficio propio el espíritu que siempre debería estar dedicado a la justicia y al desinterés. Pro es humano también, e incluso, fácilmente, hacedero, frenar los apetitos codiciosos o rencorosos, superarse en el recto ejercicio lograr, por modos de honestidad y de justicia, obra útil y honrosa.

ESQUEMA DE LOS PRINCIPALES ACONTECIMIENTOS HISTÓRICOS Y CULTURALES NACIONALES Y EXTRANJEROS, DESDE EL NACIMIENTO DE RÓMULO GALLEGOS HASTA SU MUERTE.

1884   Nacimiento de Rómulo Gallegos (1884-1969), escritor y presidente de Venezuela (1948) y del novelista chileno Eduardo Barrios (1884-1963), maestro de la novela psicológica, escribió, entre otras, El niño que enloqueció de amor (1915). // Gregor Mendel, describió las famosas Leyes de Mendel sobre la herencia. // Leopoldo Alas "Clarín" edita su obra *La regenta*. // La poetisa gallega Rosalia de Castro, publica su poemario, *En las orillas del Sar*. // José Maria de Pereda saca a la luz su novela *Sotileza*. // El Consejo Federal de Venezuela, por recomendación del general Antonio Guzmán Blanco (1829-1899), elige al general Joaquín Crespo (1841-1898) presidente de la República, por primera vez entre 1884-1886.

1885   Mueren Rosalía de Castro (1837-1885), escritora y poetisa española; Alfonso XII (1857-1885), rey de España (1874-1885) y el escritor francés Victor Hugo (1802-1885). // La reina Maria Cristina, jura la constitución como regente de España. // El poeta nicaraguense Ruben Darío edita el poemario, *Epístolas y poemas*.

1886   Nacimiento de Alfonso XIII, rey de España. // Fallece José Hernández (1834-1886), escritor argentino, autor de *Martín Fierro*. // 1 de mayo, comienza una huelga general de trabajadores en Chicago para demandar la jornada de 8 horas que termina con la Revuelta de Haymarket. Mueren decenas de obreros por los disparos de la policía. A partir de entonces se conoce a este día como el Día Internacional del Trabajo. // Benito Pérez Galdós publica su novela *Fortunata y Jacinta*. // Emilia Pardo Bazán, edita su novela *Los pazos de Ulloa*. // Ottmar Mergenthaler inventa la linotipia. // Venezuela rompe relaciones con Inglaterra por negarse ésta a devolver las tierras del Esequibo. // Se inaugura la Casa de la Moneda de Caracas. // El general Antonio Guzmán Blanco gobierna de nuevo de 1886-1887, en Venezuela.

1887   Nacimiento de Carlos Gardel (±1887-1935), cantante y compositor de tangos y del escritor español Gregorio Marañón (1887-1960). // Conan Doyle crea, Sherlock Holmes. // Emilia Pardo Bazán, edita *La madre naturaleza*.

1888   Nacimiento de Raquel Meller, cantante y actriz española y del escritor español Ramón Gómez de la Serna (1888-1963). // Se funda en España la Unión General de Trabajadores (U.G.T.). // Se abre la Exposición Universal de Barcelona. // Rubén Darío edita su libro Azul. // Juan Pablo Rojas Paúl es elegido nuevo Presidente de Venezuela y ocupó el cargo hasta 1890.

1889   Muere el prócer puertorriqueño, Román Baldorioty de Castro (1822-1889) y el escritor puertorriqueño, Manuel A. Alonso (1822-1889). // Se inaugura la Torre Eiffel en París (Francia). // Armando Palacio Valdés publica *La hermana San Sulpicio.*

1890   Nacimiento de Groucho Marx, actor y humorista estadounidense. // Benito Pérez Galdós edita su novela *Angel Guerra*. // Leopoldo Alas "Clarín" saca a la luz pública su libro *Solos*. // Raimundo Andueza Palacio toma posesión de la Presidencia de la República de Venezuela hasta junio de 1892.

1891   Nacimiento de Agatha Christie (1891-1976), escritora británica, famosa por sus novelas policíacas. // Se inaugura el ferrocarril en Puerto Rico. // El sacerdote español Pablo Luis Coloma publica su obra Pequeñeces.

1892   Nacimiento de John Ronald Reuel Tolkien (1892-1973), lingüista y escritor de fantasía británico, autor de *El señor de los anillos* (1954) y de Alfonsina Storni (1892-1938), poetisa argentina. // Cae el Gobierno español de Cánovas del Castillo. // Se funda en Nueva York el Partido Revolucionario Cubano, por un grupo de independentistas liderados por José Martí, Antonio Maceo y Máximo Gómez // En Venezuela, triunfa la "Revolución Legalista" y Joaquín Crespo asume el poder hasta 1898.

1893   Nacimiento de Vicente Huidobro (1893-1948), poeta chileno y del escritor español Jorge Guillén (1893-1984). // Fallece el poeta y dramaturgo español, José Zorrilla (1817-1893). // Un anarquista arroja una bomba el día de la inauguración de la temporada del Gran Teatro del Liceo en Barcelona, causando una veintena de muertos. // Los diputados del Congreso, recusan la autonomía para Cuba y Puerto Rico. // El huracán San Roque arrasa Puerto Rico. // Se instala el primer tendido eléctrico en San Juan.

1894   Se vende por primera vez Coca Cola en botella. //

Se funda en la Sorbona (París) el COI, por iniciativa del Barón Pierre de Coubertin. // Se estrena de Jacinto Benavente, El nido ajeno. // Empieza el célebre Affaire Dreyfus, que dividió la opinión pública francesa. // Los Andes venezolanos son sacudidos por un fuerte terremoto, varias poblaciones quedan prácticamente destruidas.

1895 Nace Juana de Ibarbourou (1895-1979), poetisa uruguaya. // Fallece en Boca de Dos Ríos, Cuba, en lucha por su Independencia, el mártir cubano, José Martí (1853-1895). // Con el Grito de Baire, se inicia la guerra de independencia cubana. // Los hermanos Louis y Auguste Lumière inventan el cinematógrafo. // Descubrimiento de los rayos X por Wilhelm Röntgen (1845-1923).

1896 Se edita Prosas profanas de Ruben Darío. // Se celebran en Atenas los primeros Juegos Olímpicos de la era moderna. // Se inicia la guerra separatista de Filipinas.

1897 La Carta Autonómica es aprobada en virtud de la cual España reconoce y concede autonomía política y administrativa a la isla, aunque esta mantiene su representación en las Cortes Españolas. // Primera ascensión al Aconcagua realizada por Matthias Zurbriggen. // Guillermo Marconi (1874-1937), patentó la telegrafía sin hilos. // En elecciones libres, es proclamado presidente de Venezuela, el general Ignacio Andrade (1836-1925).

1898 Nacimiento de Federico García Lorca (1898-1936), poeta español; de Luís Muñoz Marín (1898-1916), poeta, periodista y político puertorriqueño y de Luis Palés Matos (1898-1959), poeta puertorriqueño. // Fallece Lewis Carroll (1832-

1898), lógico, matemático, fotógrafo y novelista británico, autor de *Alicia en el país de las maravillas*. // Émile Zola publica su famoso *J'accuse en L'Aurore*. // Se funda el grupo intelectual la "generación del 98". // En Cuba, el acorazado Maine zozobra a causa de una explosión y Estados Unidos declara la guerra a España. Tras la capitulación de Santiago de Cuba, Puerto Rico y Manila, España y Estados Unidos firman un armisticio. Y finalmente se firma el Tratado de París que pone fin a la Guerra de Cuba en el que España cede a Estados Unidos los territorios de Cuba, Puerto Rico y Filipinas. // El general gobernador Manuel Macías inaugura el nuevo gobierno de Puerto Rico bajo la Carta Autonómica. Empiezan las negociaciones proamericanas, llevadas a cabo por Julio J. Henna y Robert H. Todd junto con McKinley, presidente de los EE.UU. // Muere el general venezolano Joaquín Crespo.

1899　Nacimiento de Jorge Luis Borges (1899-1986), escritor argentino, del escritor guatemalteco Miguel Ángel Asturias (1899-1974) y de la poetisa chilena Gabriela Mistral (1889-1957). // En Colombia, estalla la Guerra de los Mil Días con el alzamiento en Socorro. // España vende a Alemania después de una transacción financiera, sus últimas colonias, las Islas Marianas, Palaos y Carolinas. // Muere en París el ex presidente venezolano Antonio Guzmán Blanco. // Muere en París el ex presidente venezolano Antonio Guzmán Blanco. // El general Cipriano Castro (1859-1924) derrota a las tropas del gobierno en la batalla de Tocuyito, entra triunfante en Caracas, asume el poder y se inicia lo que se conoce como el "Andinato" o "gobierno de los andinos".Primero fue nombrado presidente provisional y más tarde presidente para el período 1904-1911.

1900   Nacimiento de Luis Buñuel (1900-1983), director de cine español y de Antoine de Saint-Exupéry (1899-1944), escritor y aviador francés, autor del libro conocido universalmente *El principito*. // El presidente McKinley concede el libre comercio y el gobierno civil para Puerto Rico a través de la Ley Foraker. Se celebran las primeras elecciones en la isla bajo la Ley Foraker (votos contabilizados: 123.140). // Se celebran los Juegos Olímpicos en París, Francia. // Juan Ramón Jiménez, edita su poemario *Almas de Violeta*. // Pío Baroja publica *Vías sombrías*.

1901   Mueren Leopoldo Alas y Ureña (1852-1901), escritor español conocido con el seudónimo de Clarín y que debe su fama a una única novela *La regenta*, considerada como la mejor novela española del siglo XIX y el poeta y político español, Ramón de Campoamor (1817-1901). // Se edita el poemario *Alma*, de Manuel Machado. // Se conceden los primeros premios Nobel. // Se estrena el drama de Benito Pérez Galdós, Electra.

1902   Nace el poeta español Rafael Alberti (1902-1999) y el poeta cubano Nicolás Guillén (1902-1989), considerado representante de la literatura caribeña. // Fallecen el poeta catalán Mosén Jacinto Verdaguer (1845-1902) y el escritor francés Émile Zola (1840-1902). // Se edita *Amor y Pedagogía*, de Miguel de Unamuno. // Se inicia el reinado de Alfonso XIII. // Inicio e impulso del independentismo puertorriqueño, dirigido por José de Diego. // Cuba declara su independencia y los EE.UU. declaran a Puerto Rico territorio partícipe de su jurisdicción. // Buques de guerra ingleses y alemanes bloquean las costas de Venezuela en reclamo de deudas y otros créditos.

1903   Muere el político Práxedes Sagasta (1825-1903) y el prócer puertorriqueño, Eugenio Maria de Hostos (1839-1903). // Se edita el libro de Rubén Darío *Los raros*. // Antonio Machado publica su libro de poemas *Soledades*. // Panamá se declara independiente de Colombia. Termina la guerra de los 1000 días en Colombia. // Se firman los protocolos que ponen fin al conflicto que enfrenta a Venezuela con Gran Bretaña, Alemania e Italia. // El científico venezolano Rafael Rangel inicia sus estudios de la anquilostomiasis como causa de anemias graves en el medio rural.

1904   Nace Pablo Neruda (1904-1973), pseudónimo de Neftalí Ricardo Reyes Basoalto, poeta chileno, una de las máximas figuras de la poesía en lengua española del siglo XX, galardonado con el Premio Nobel en 1971. // Miguel de Unamuno escribe su "nivola", *Niebla*. // Pío Baroja publica su libro, *La lucha por la vida*. // Se inician los trabajos de construcción del Canal de Panamá (Pacífico - Mar Caribe). // El ataque japonés a Port Arthur inicia la guerra ruso-japonesa. // Se concede el Premio Nobel al poeta español, José Echegaray.

1905   Mueren el novelista Juan Valera (1824-1905) y el escritor español José María Gabriel y Galan (1870-1905). // "Azorín" edita *La ruta de Don Quijote*. // Tercer centenario de la publicación de la primera parte de *Don Quijote de la Mancha*. // Primera Revolución Rusa. // Miguel de Unamuno publica *Vida de don Quijote y Sancho*. // El general Cipriano Castro inaugura en Caracas el Teatro Nacional, obra diseñada por el arquitecto venezolano Alejandro Chataing.

1906   Muere el escritor costumbrista español José María de Pereda (1833-1906). // El presidente Theodore

Roosevelt inicia un viaje desde Washington D.C. a Panamá y Puerto Rico, durante el cual recomendará a los puertorriqueños que se avengan a ser ciudadanos de los EE.UU. Es el primer presidente que visita Puerto Rico oficialmente. // Gran terremoto de San Francisco. // Le conceden el Premio Nobel a Santiago Ramón y Cajal.

1907 Se edita *Poesías*, de Miguel de Unamuno. // Estreno de Romance de lobos de R. M. del Valle-Inclán. // Pablo Picasso con su cuadro Las señoritas de Aviñón, inaugura un nuevo movimiento artístico: el cubismo.

1908 Blasco Ibáñez publica su libro *Oriente*. // Jacinto Benavente estrena *La fuerza bruta*. // Aprovechándose de la ausencia de Cipriano Castro, el general Juan Vicente Gómez (1857-1935) con el apoyo del Ejército, da un golpe de Estado y se adueña del poder durante 27 años.

1909 Nace el escritor peruano Ciro Alegría (1909-1967). // Muere el músico español, Isaac Albéniz (1860-1909). // Brutal represión contra los responsables de la revolución de Barcelona, que se conoce como la Semana trágica. // Se estrena la obra Los intereses creados, de Jacinto Benavente. // Se inicia la guerra Hispano-marroquí (1909-1927). // Pío Baroja edita su novela, La ciudad de la niebla.

1910 Unamuno escribe, *El pasado que vuelve* y *Fedra*. // Por primera vez, un socialista, Pablo Iglesias, tiene escaño en el congreso de diputados. // Rómulo Gallegos se da a conocer como escritor de ficción con el cuento «Las rosas», publicado en la revista El Cojo Ilustrado.

1911 Fallece el poeta catalán, Joan Maragall (1860-

1911). // Muere el escritor español Joaquín Costa (1846-1911). // Pío Baroja edita su novela *César o nada*. // Miguel de Unamuno, edita su poemario, *Rosario* de sonetos líricos.

1912 Muere Marcelino Menéndez y Pelayo (1856-1912), filólogo y crítico literario español, considerado el erudito y sabio por excelencia del siglo XIX. // Bulgaria, Serbia, Grecia y Montenegro declaran la guerra a Turquía. // Hundimiento del Titanic. // Antonio Machado ve publicado su poemario Campos de Castilla. // Cae asesinado en Madrid el político español José Canalejas (1854-1912), político española y presidente del gobierno. // Primera ocupación militar de Nicaragua por tropas norteamericanas, que durará hasta 1925. // Antonio Machado ve publicado su poemario, *Campos de Castilla*. // Implantación en España del sufragio universal masculino, excluyendo los analfabetos.

1913 Nace el tercer hijo de Alfonso XIII, Juan de Borbón (1913-1993), que abdicará en favor del actual rey de España, Juan Carlos I. // Miguel de Unamuno edita su libro de ensayo *Del sentimiento trágico de la vida en los habitantes y los pueblos*. // Albert Einstein (1879-1955) formula la teoría de la relatividad. // Rómulo Gallegos publica su primer libro de relatos, *Los aventureros*.

1914 Nace el escritor argentino Julio Cortázar (1914-1984). // Alfonso XIII proclama la neutralidad española el 5 de mayo. // Inauguración del canal de Panamá. // Se inicia la primera Guerra Mundial. // J. Ortega y Gasset edita el libro de ensayo *Meditaciones del Quijote*.

1915 Miguel de Unamuno edita su libro *Ensayos*. // Una delegación de Puerto Rico, acompañada por el gobernador Arthur Yager, viajó a Washington D.C. con la intención de pedir al Congreso más autonomía. Nemesio R. Canales publica *Paliques* uno de los clásicos de la literatura hispanoamericana. // El músico español Manuel de Falla, estrena *El amor brujo*.

1916   Fallece Rubén Darío (1867-1916), pseudónimo de Félix Rubén García Sarmiento, poeta nicaragüense, considerado el fundador del modernismo y el poeta, Premio Nobel español, José Echegaray (1832-1916). // J. Ortega y Gasset, publica su obra *El espectador*. // Se hunde el buque inglés Sussex, entre los muertos está el compositor español Enrique Granados (1867-1916). // Se publica la Ley Jones.

1917   Nace la poetisa puertorriqueña, Julia de Burgos (1914 – 1953). // Juan Ramón Jiménez publica su *Platero y yo*. // El presidente Woodrow Wilson firma la obligatoriedad del servicio militar, los puertorriqueños sirven en la I Guerra Mundial. // EE.UU. entra en la Primera Guerra Mundial. // Se inicia la Revolución de marzo con la toma, por Leon Trosky y su guardia, de Petrogrado. // Se editan tres obras trascendentes en la literatura española *Diario de un poeta recién casado* y *Platero y yo* de Juan Ramón Jiménez y *Juventud*, egolatría de Pío Baroja.

1918   Nace el escritor mexicano Juan Rulfo (1918-1986). // Muere el poeta puertorriqueño, José de Diego (1866-1918). // Un terremoto de 7,5 puntos en la escala de Richter y un tsunami de 6 metros de altura, asolan Puerto Rico. Los temblores duraron varias semanas. // Finaliza la primera Guerra Mundial. // Federico García Lorca, edita su primer libro *Impresiones y paisajes*. // Los bolcheviques inician su revolución y pactan la paz con Alemania.

1919 Muere el poeta mexicano, Amado Nervo (1870-1919). // Tratado de Versalles, acuerdo de paz firmado, tras la conclusión de la I Guerra Mundial, entre Alemania y las potencias. // Fundación del partido fascista italiano por Benito Mussolini. // R. Gómez de la Serna edita su libro *Greguerías selectas*.

1920 Santiago Iglesias es elegido senador, siendo el primer senador Socialista y el precursor de la mayoría que el Partido Socialista conseguiría más adelante en la isla. // Adolf Hitler (1889-1945) funda el Partido Nacional Socialista de los Trabajadores. Firma del tratado de Sèvres entre los aliados y Turquía. // Fundación de la Sociedad de Naciones, con sede en Ginebra, en torno a la cual se articuló la sociedad internacional tras la I Guerra Mundial. // Ramón María del Valle-Inclán estrena su obra teatral *Luces de Bohemia*. // Se estrena en Madrid por Catalina Bárcena la primera pieza teatral de García Lorca *El maleficio de la mariposa*. // Fallece el escritor español Benito Pérez Galdós. //

1921 Se publica la primera edición de *Libro de poemas* de Federico García Lorca por el editor León Sánchez Cuesta. // Fallece la escritora gallega Emilia Pardo Bazán. // Es asesinado en Madrid el político español Eduardo Dato (1856-1921).

1922 Se considera Puerto Rico solamente como un territorio de la Unión debido a que no se aplica en la isla la Constitución de los EE.UU. // El dramaturgo español, Jacinto Benavente, recibe el Premio Nobel de Literatura. // James Joyce publica la novela Ulises que revolucionará las técnicas narrativas. // Pedro Salinas edita su libro de poemas intitulado Presagio. // Rómulo Gallegos publica los cuentos «*Los inmigrantes*» y «*La rebelión*»

1923   Es anulada la Constitución española de 1876, por el levantamiento del dictador Miguel Primo de Rivera. // Por primera vez vuela un autogiro o helicóptero, inventado por el español Juan de la Cierva. // Fallece el pintor valenciano Joaquín Sorolla (1863-1923).

1924   Muerte de Lenin. // André Bretón edita en París, el manifiesto del surrealismo

1925   Finaliza la guerra entre España y Marruecos.

1926   John Logie Baird fue el primer científico en hacer una demostración pública de su primitivo sistema de televisión en blanco y negro, en el Soho, Londres. // Fallece el arquitecto español, Antonio Gaudí. // Segunda ocupación de Nicaragua por las fuerzas norteamericanas que durará hasta el año 1933. // Es editada una de las mejores novelas de R. M. del Valle-Inclán, *Tirano Banderas*.

1927   Luis Cernuda publica su libro de poemas Perfil del aire. // Se edita el libro de poemas de Federico García Lorca titulado *Canciones*, por Litoral de Málaga. // Se estrena en Barcelona por la actriz Margarita Xirgu la obra de Federico García Lorca *Mariana Pineda*.

1928   Nace el Premio Nobel de Literatura, el colombiano Gabriel García Márquez. // Fallece el escritor español Vicente Blasco Ibáñez (1867-1928). // Antonio Machado edita su poemario *Poesías* completas. // Federico García Lorca publica su *Romancero gitano*. // Buñuel filma con Dalí *El perro andaluz*. // Alexander Fleming descubrió la penicilina.

1929   El crack de Wall Street creó hambre y desempleo además de la quiebra de varios bancos. // Creación del Estado Vaticano. // Se termina la dictadura de Miguel Primo de Rivera en España. // El poemario de Rafael Alberti, *Sobre los ángeles*, es editado. // Por Revista de Occidente, Madrid, se publica la segunda edición de Canciones de Federico García Lorca. // Rómulo Gallegos publica, en Barcelona, su novela *Doña Bárbara*.

1930   Mueren el escritor español Gabriel Miró, el escritor puertorriqueño Manuel Zeno Gandía y el pintor español Julio Romero de Torres. // José Ortega y Gasset publica su obra *La rebelión de las masas*. // R. M. del Valle-Inclán estrena su «esperpento», *Martes de carnaval*. // Se edita por Ulises, Madrid, el poemario de Federico García Lorca, *Poema del cante jondo*. // El general Miguel Primo de Rivera abandona España y muere en el exilio.

1931   Caída del rey de España Alfonso XIII y proclamación de la II República Española. // La Constitución instaura el sufragio universal reconociendo el derecho al voto de las mujeres. // Federico García Lorca crea La Barraca, grupo de teatro universitario con el que representó obras clásicas en numerosos pueblos españoles. // Fundación del Partido Comunista de Venezuela (PCV). // A raíz de la publicación de Doña Bárbara, el general Juan Vicente Gómez designa a Rómulo Gallegos senador por el estado Apure. Para evitar el cargo, se destierra voluntariamente a Nueva York. Desde la ciudad estadounidense renuncia a la designación y realiza una protesta contra el gobierno de Gómez.

1932   Gerardo Diego edita su *Antología de la Poesía Española*. // Bolivia y Paraguay se declaran la guerra que durará hasta 1935. // Aldous Huxley publica su obra *Un mundo feliz*.

1933   Alemania ya con Adolfo Hitler como Canciller, se retira de la Sociedad de Naciones. // Muere el poeta español propulsor del modernismo Salvador Rueda. // Federico García Lorca estrena su tragedia *Bodas de sangre*.

1934   Mueren Marie Curie, física francesa, premio Nobel de Física en 1903 y de Química en 1911 y Santiago Ramón y Cajal, histólogo español, premio Nobel de Fisiología y Medicina en 1906. // Sublevación en Asturias y Cataluña. // Pedro Salinas edita su libro de poemas *La voz a ti debida*. // Vicente Aleixandre publica su libro *La destrucción o el amor*. // Se estrena en el Teatro Español de Madrid por Margarita Xirgu y Enrique Borrás, *Yerma* de F. García Lorca.

1935   Nace Woody Allen, cineasta, guionista y músico estadounidense. // "Cruz y raya" edita *el Llanto por Ignacio Sánchez Mejías* de Federico García Lorca. // Con prólogo de Eduardo Blanco Amor, se edita en Santiago de Compostela, de Federico García Lorca, *Seis poemas galegos*. // Pablo Neruda, Residencia en la tierra. // Se estrena en Barcelona el 12 de diciembre la obra de Federico García Lorca *Doña Rosita la soltera*. // El general Franco es nombrado jefe del Estado Mayor Central. // Muere el general Juan Vicente Gómez y el general Eleazar López Contreras (1883-1973) es designado Presidente de Venezuela y más tarde elegido Presidente Constitucional durante el período 1936-1942. // Al morir Juan Vicente Gómez, el General Eleazar López Contreras es designado Presidente de

Venezuela y más tarde elegido Presidente Constitucional durante el período 1935-1941. // Rómulo Gallegos regresa a Venezuela, el general Eleazar López Contreras lo recibe y es nombrado Ministro de Instrucción Pública.

1936 Elecciones generales en España, con victoria de la coalición de partidos de izquierda denominada Frente Popular. // Levantamiento contra la República Española, poniéndose al frente del mismo el General Franco, que al salir ganador de la Guerra Civil se proclama jefe del Estado hasta su muerte en 1975. // Antonio Machado edita sus ensayos titulados *Juan de Mairena*. // Muere el poeta y dramaturgo español, Ramón María del Valle-Inclán. // *El rayo que no cesa*, del poeta Miguel Hernández, ve la luz este año. // Muere la más sublime voz literaria de la «Generación del 97» Miguel de Unamuno y Federico García Lorca, poeta y dramaturgo español.

1937 Anastasio Somoza llega a la presidencia de Nicaragua. // La aviación alemana bombardea Guernica. // En Estados Unidos se incendia el zepelin Hindenburg. // Juan Negrín se proclama en Valencia nuevo Jefe de Gobierno de la República. Japón declara la guerra a China mediante un ataque por sorpresa. // Picasso pinta el Guernica.

1938 Alemania invade Austria. // Alicante sufre su peor bombardeo durante la Guerra Civil Española. // La retrasmisión radiofónica de *La guerra de los mundos*, de H. G. Wells (1866-1946), provoca terror en varias ciudades de Estados Unidos. // Otto Hahn, director de química del Instituto Kaiser Wilhelm de Berlín, consigue la primera fisión nuclear de la historia.

1939 En EE.UU la Corte Suprema prohíbe las huelgas. Elección del Papa Pío XII. // En Bombay Mohandas Gandhi comienza un ayuno en protesta contra el gobierno británico. // Las tropas rebeldes del General Francisco Franco entran en Madrid. // El 1 de abril termina la Guerra Civil Española y comienza la dictadura franquista. // Albert Einstein escribe al presidente Roosevelt acerca de la bomba atómica (Proyecto Manhattan). // El Reino Unido y Francia declaran la guerra a Alemania.

1940   Alemania invade Dinamarca, Noruega, Bélgica, los Países Bajos y Luxemburgo. // Inglaterra inicia el primer mandato de Winston Churchill. // Alemania invade Francia al cruzar sus ejércitos el río Mosa. // Italia declara la guerra a Francia y al Reino Unido. // Ocupación de París por las fuerzas alemanas. // Asesinato de Trotski (1879-1940) en México. // Pacto Tripartito entre Alemania, Italia y Japón. // Grecia entra en la Segunda Guerra Mundial.

1941   Alemania y la URSS firman en Berlín un pacto que delimita las nuevas fronteras entre los dos países. // Las Fuerzas Armadas del Tercer Reich alemán invaden la Unión Soviética. // Tropas japonesas desembarcan en el sur de Indochina. // El presidente Franklin D. Roosevelt autoriza el desarrollo de la bomba atómica. // Ataque sorpresa de Japón sobre la base naval de Estados Unidos en Pearl Harbor, Hawaii. // Alemania declara la guerra a los Estados Unidos. // En Venezuela, el general Isaías Medina Angarita (1897-1953) es elegido presidente de la República por el Congreso Nacional. // Un golpe cívico militar derroca al presidente Isaías Medina Angarita, asume el poder una Junta Revolucionaria de Gobierno, a cuya cabeza está el dirigente del partido Acción Democrática, Rómulo Betancourt (1908-1981).

1942   Camilo José Cela publica *La familia de Pascual Duarte*. // El ejército japonés invade Birmania. //

México declara la guerra a Alemania, Italia y Japón. // El general Eisenhower toma el mando de los efectivos estadounidenses en Gran Bretaña. // Proyecto Manhattan: bajo las graderías del estadio Stagg Field de la Universidad de Chicago, un equipo dirigido por Enrico Fermi logra iniciar la primera reacción nuclear en cadena controlada. // Rómulo Gallegos publica *El forastero*.

1943 Es publicado *El principito* de Antoine de Saint-Exupery. // Gran Bretaña y Estados Unidos renuncian a sus derechos de extraterritorialidad en China. // Bolivia declara la guerra a las potencias del Eje. // Mussolini es depuesto por el Gran Consejo Fascista. // Capitulación de Italia ante los aliados. // Golpe militar en Argentina, Perón es nombrado ministro del Departamento Nacional del Trabajo. // Rómulo Gallegos publica la novela *Sobre la misma tierra*.

1944 Día D: Desembarco de las fuerzas aliadas en Normandía, Francia y liberación de París. // Derrocamiento de la dictadura de Jorge Ubico en Guatemala e inicio del período revolucionario que duraría 10 años. // El general francés Charles de Gaulle entra en París.

1945 George Orwell escribe *Rebelión en la granja*. // La aviación estadounidense comienza un ataque contra Saigón, Amoy y Hong-Kong. // Negociaciones para la organización de las Naciones Unidas. // Rendición incondicional de Alemania. // Lanzamiento de la primera bomba atómica sobre las ciudades japonesas de Hiroshima y Nagasaki. // Se firma la rendición de Japón a bordo del acorazado Missouri, con lo que termina de forma oficial la II Guerra Mundial. // Comienzan los Procesos de Nuremberg contra los mandatarios nazis. //

Fundación de la ONU. // Harry S. Truman sucede a Franklin Delano Roosevelt en la presidencia de los Estados Unidos. // Firma del Tratado de Límites y Libre Navegación entre Venezuela y Colombia. // Se estrena en México la versión cinematográfica de *Canaima* de Rómulo Gallegos.

1946   Primera reunión de las Naciones Unidas. // Juan Domingo Perón asume la presidencia de Argentina con el 56% de los votos. // Ho Chi Minh es elegido el presidente de Vietnam del Norte. // Proclamación de la República de Italia. // Independencia de Filipinas. // Fundación de la UNESCO.

1947   Jorge Luis Borges publica el ensayo *Historia de la locura humana*. La India y Pakistán se independizan del Imperio Británico. En el transcurso de la Revolución China, los comunistas llegan a las puertas de Pekín. Se inicia la guerra civil en Paraguay, liberales y comunistas se alían contra el gobierno de Higinio Morinigo. Se crea el Plan Marshall de ayuda a Europa. Fundación de la FAO. // Rómulo Gallegos es elegido presidente de Venezuela.

1948   Estalla la Guerra Civil en Costa Rica. // En Santa Fe de Bogotá se crea la Organización de Estados Americanos. // Se establece el Estado de Israel. // Un golpe de estado derroca a Rómulo Gallegos de la presidencia de Venezuela, y se forma una junta militar. // Son abolidas las fuerzas armadas en Costa Rica. // Declaración Universal de los Derechos Humanos por parte de la ONU. // Se crea la República Popular de Corea del Norte. // Asesinato de Gandhi (1869-1948), lider nacionalista indio que logró la independencia de su país mediante una revolución pacífica.

1949   George Orwell publica 1984. // Graham Greene escribe El tercer hombre. // Se firma el Tratado del Atlántico Norte en Washington DC. // El papa Pio XII ordena la excomunión de comunistas y simpatizantes. // Proclamación de la República Popular China.

1950 Pablo Neruda escribe *Canto general de Chile*. // Se restablece la pena de muerte en la Unión Soviética. // India se convierte en república, tras su declaración de independencia. // Las tropas norcoreanas cruzan el paralelo 38° dando comienzo a la guerra de Corea. // Se firma la Convención Europea de los Derechos Humanos en Estrasburgo (Francia). // Se realiza el primer trasplante renal, por Richard Lawler. // En la sede de la Cruz Roja, en Caracas, se realiza la primera transmisión de televisión que se ofrece en Venezuela. // Es asesinado en Caracas el presidente de la Junta Militar de Gobierno, teniente coronel Carlos Delgado Chalbaud y es designado presidente, Germán Suárez Flamerich (1907-1990). // La esposa de Rómulo Gallegos, Teotiste Arocha, muere en Ciudad de México.

1951 Se inaugura oficialmente en Nueva York la sede de las Naciones Unidas. // Roberto Urdaneta (1890-1972) ocupa la presidencia de Colombia. // Libia alcanza la independencia. // Winston Churchill (1874-1965) es nombrado primer ministro inglés.

1952 Muere Evita Perón (1919-1952), esposa del presidente argentino Juan Domingo Perón. // Se estrena en Madrid *La tejedora de sueños*, de Antonio Buero Vallejo. Ernest Hemingway publica *El viejo y el mar* y Samuel Beckett *Esperando a Godot*. // Jonas Salk (1914-1995) científico norteamericano, produce la vacuna contra la poliomelitis. // Entra en vigor la constitución del Estado Libre Asociado de Puerto Rico. // Isabel II de Inglaterra (1926-) es proclamada reina.

1953 En Venezuela, el gobierno de Marcos Pérez Jiménez es derrocado, asume el poder una Junta Cívico-Milita y Rómulo Betancourt es elegido presidente de la República. // La URSS rompe las relaciones diplomáticas con Israel. // Se firma un armisticio entre Estados Unidos, China, Corea del Norte y Corea del Sur y finaliza la guerra de Corea.

1954 Se edita en México *Una posición en la vida*, recopilación de los artículos, discursos y ensayos de Rómulo Gallegos y el Fondo de Cultura de Económica de México publica la versión definitiva de Doña Bárbara. // Fallece José Ortega y Gasset (1883-1955), filósofo y escritor español y Jacinto Benavente (1866-1954), dramaturgo español, premio Nobel de Literatura en 1922.

1956 Independencia de Marruecos y Tuñez.. // Manuel Prado Ugarteche asume, por segunda vez, la presidencia de Perú. // Israel invade la Península del Sinaí. Japón y España ingresan en la ONU. // Francia y Reino Unido atacan Suez.

1957 Se crea el Organismo Internacional de Energía Atómica. // Primer satélite artificial de la Tierra el Sputnik 1 URSS. // Primer lanzamiento al espacio de un ser vivo, la perra Laika en el Sputnik 2.

1958 Boris Pasternak escribe Doctor Zivago. // Primer satélite artificial de EE.UU. el Explorer I. // España y Marruecos firman los acuerdos de Angra de Cintra. // Angelo Giuseppe Roncali (1881-1963) es elegido Papa adoptando el nombre de Juan XXIII. // Creación del Parlamento Europeo en Estrasburgo. // Rómulo Gallegos regresa del exilio y recibe honores en todo el país.

1959 Triunfo de la Revolución cubana, Fidel Castro

toma el poder. // Luna 1 (URSS) primera nave en alcanzar la velocidad de escape de la tierra. // Primeras fotografías de la cara oculta de la Luna. // Declaración de los Derechos del Niño por la Asamblea General de las Naciones Unidas.

1960   Atentado en Los Próceres contra el presidente Rómulo Betancourt, en el acto de celebración del Día del Ejército. // Camerún, Chad, Gabón, Mali, Mauritania, La República Centroafricana, Congo y Costa de Marfil alcanzan la independencia. // Brasilia se convierte en la nueva Capital Federal del Brasil. // Somalia alcanza la independencia de Italia y del Reino Unido. // Chipre y Nigeria se independizan. // EEUU inicia su bloqueo comercial a Cuba. // La Biblioteca Nacional de España compra el códice del *Cantar de Mío Cid*.

1961   Un equipo de médicos dirigido por el italiano Daniele Petrucci logra varias fecundaciones de óvulos humanos en una probeta. // Se lanza la primera sonda a Venus, la soviética Venus I. // El soviético Yuri Gagarin, primer hombre en el espacio. // Invasión de Bahía de Cochinos en Cuba. // Kuwait declara su independencia del Reino Unido. // Inicio de la construcción del Muro de Berlín que parte en dos la capital alemana.

1962   Miguel Delibes publica *Las ratas*. // Gabriel Garcia Marquez publica *La Viuda de Montiel*. // Ruanda, Jamaica y Uganda alcanzan la independencia. // Se inaugura el Concilio Vaticano II con la celebración de la primera de sus cuatro sesiones; este Concilio actualizó las estructuras y doctrina de la Iglesia Católica. Raúl Leoni (1905-1972) es elegido presidente de la República de Venezuela. // Lanzamiento del Vostok 6 (URSS), con la primera mujer cosmonauta, Valentina Tereshkova. // El cardenal Giovanni

1963 Montini es elegido Papa, toma el nombre de Pablo VI. // Los EEUU, la URSS y el Reino Unido firman el tratado de prohibición de pruebas atmosféricas, espaciales y submarinas. // Kenia alcanza la independencia. // Mariner 1 orbitador estadounidense que realiza su primera orbita terrestre. // Atentado y asesinato de John F. Kennedy (1917-1963), presidente de los EEUU de 1961 a 1963.

1964 Guinea Ecuatorial se independiza de España. // Tropas estadounidenses abren fuego sobre civiles panameños y Panamá rompe relaciones diplomáticas con EEUU. // IBM presenta su primer modelo de la computadora serie 360. // Se inaugura la presa de Asuán. // Nelson Mandela, es encarcelado por el gobierno del Apartheid. // Primer trasplante de pulmón.

1965 La Cancillería de la República de Venezuela plantea a la ONU la reclamación venezolana de la Guayana Esequiba. // Muere Winston Churchill. // Nace la OLP (Organización para la liberación de Palestina). // El ejército estadounidense comienza el bombardeo regular de pueblos y aldeas civiles y llegan las primeras tropas estadounidenses de combate terrestre a Vietnam del Sur. // El activista negro Malcolm X es asesinado por musulmanes negros. // India y Pakistán reanudan los combates.

1966 Indira Gandhi es elegida primera ministra de India. // Una junta militar derroca al presidente argentino Arturo Umberto Illia (1900-1983). // René Barrientos (1919-1969) es elegido presidente de Bolivia. // Ronald Reagan es elegido gobernador de California. // Muere Walt Disney (1901-1966).

1967 Caracas es sacudida por un terremoto, el sismo deja más de 200 muertos y cuantiosas pérdidas materiales. // Es asesinado en Bolivia Ernesto Che Guevara (1928-1967). // Gabriel García Márquez publica *Cien años de soledad*. // En Israel se desarrolla la Guerra de los Seis Días contra Egipto, Jordania y Siria. // China hace estallar su primera bomba de hidrógeno. // Primer trasplante de corazón realizado por un equipo liderado por Christian Barnard.

1968 En Checoslovaquia comienza la Primavera de Praga. // Soldados del Viet Cong atacan la embajada estadounidense en Saigón. // Es asesinado Martin Luther King (1929-1968) religioso estadounidense, premio Nobel de la Paz. // Un palestino dispara contra Robert F. Kennedy, muriendo al día siguiente. // Pablo VI publica la encíclica Humanae Vitae, en la que condena el uso de los anticonceptivos. // En la Ciudad de Lima el general Juan Velasco derroca al presidente electo Fernando Belaúnde Ferry (1912-).

1969 Muere en Caracas el novelista y ex presidente de Venezuela Rómulo Gallegos. // Primer vuelo del Boeing 747, conocido como Jumbo. // Firma del Acuerdo de Cartagena entre Bolivia, Chile, Colombia, Ecuador y Perú con lo cual se crea el Pacto Andino. // Georges Pompidou (1911-1974) es nombrado presidente de Francia. // Primer hombre sobre la luna, Neil Armstrong de la misión Apolo 11.

DOÑA BÁRBARA

rómulo gallegos

PRIMERA PARTE

I
¿CON QUIÉN VAMOS?

Un bongo remonta el Arauca bordeando las barrancas de la margen derecha.

Dos bogas lo hacen avanzar mediante una lenta y penosa maniobra de galeotes. Insensibles al tórrido sol los broncíneos cuerpos sudorosos, apenas cubiertos por unos mugrientos pantalones remangados a los muslos, alternativamente afincan en el limo del cauce largas palancas cuyos cabos superiores sujetan contra los duros cojinetes de los robustos pectorales y encorvados por el esfuerzo le dan impulso a la embarcación, pasándosela bajo los pies de proa a popa, con pausados pasos laboriosos, como si marcharan por ella. Y mientras uno viene en silencio, jadeante sobre su pértiga, el otro vuelve al punto de partida reanudando la charla intermitente con que entretienen la recia faena, o entonando, tras un ruidoso respiro de alivio, alguna intencionada copla que aluda a los trabajos que pasa un bonguero, leguas y leguas de duras remontadas, a fuerza de palancas, o coleándose, a trechos, de las ramas de la vegetación ribereña.

En la paneta gobierna el patrón, viejo baquiano de los ríos y caños de la llanura apureña, con la diestra en la horqueta de la espadilla, atento al riesgo de las chorreras que se forman por entre los carameros que obstruyen el cauce, vigilante al aguaje que denunciare la presencia de algún caimán en acecho.

A bordo van dos pasajeros. Bajo la toldilla, un joven a quien la contextura vigorosa, sin ser atlética, y las facciones enérgicas y expresivas préstanle gallardía casi altanera. Su aspecto y su indumentaria denuncian al hombre de la ciudad, cuidadoso del buen parecer. Como si en su espíritu combatieran dos sentimientos contrarios acerca de las cosas que lo rodean, a ratos la reposada altivez de su rostro se anima con una expresión de entusiasmo y le brilla la mirada vivaz en la contemplación del paisaje; pero, en seguida, frunce el entrecejo, y la boca se le contrae en un gesto de desaliento.

Su compañero de viaje es uno de esos hombres inquietantes, de facciones asiáticas, que hacen pensar en alguna semilla tártara caída en América quién sabe cuándo ni cómo. Un tipo de razas inferiores, crueles y sombrías, completamente diferente del de los pobladores de la llanura. Va tendido fuera de la toldilla, sobre su cobija, y finge dormir; pero ni el patrón ni los palanqueros lo pierden de vista.

Un sol cegante, de mediodía llanero, centellea en las aguas amarillas del Arauca y sobre los árboles que pueblan sus márgenes. Por entre las ventanas, que a espacios rompen la continuidad de la vegetación, divísanse, a la derecha, las calcetas del cajón del Apure —pequeñas sabanas rodeadas de chaparrales y palmares—, y, a la izquierda, los bancos del vasto cajón del Arauca —praderas tendidas hasta el horizonte—, sobre la verdura de cuyos pastos apenas negrea una que otra mancha errante de ganado. En el profundo silencio resuenan, monótonos, exasperantes ya, los pasos de los palanqueros por la cubierta del bongo. A ratos, el patrón emboca un caracol y le arranca un sonido bronco y quejumbroso que va a morir en el fondo de las mudas soledades circundantes, y entonces se alza dentro del monte ribereño la desapacible algarabía de las chenchenas o se escucha, tras los recodos, el rumor de las precipitadas zambullidas de los caimanes que dormitan al sol de las desiertas playas, dueños terribles del ancho, mudo y solitario río.

Se acentúa el bochorno del mediodía, perturba los sentidos el olor a fango que exhalan las aguas caliente, cortadas por el bongo. Ya los palanqueros no cantan ni entonan coplas. Gravita sobre el espíritu la abrumadora impresión del desierto.

—Ya estamos llegando al palodeagua —dice, por fin, el patrón, dirigiéndose al pasajero de la toldilla y señalando un árbol gigante—. Bajo ese palo puede usted almorzar cómodo y echar su buena siestecita.

El pasajero inquietante entreabre los párpados oblicuos y murmura:

—De aquí al paso del Bramador es nada lo que falta y allí sí que hay un sesteadero sabroso.

—Al señor, que es quien manda en el bongo, no le interesa el sesteadero del Bramador —responde ásperamente el patrón, aludiendo al pasajero de la toldilla.

El hombre lo mira de soslayo y luego concluye, con una voz que parecía adherirse al sentido, blanda y pegajosa como el lodo de los tremedales de la llanura:

—Pues entonces no he dicho nada, patrón.

Santos Luzardo vuelve rápidamente la cabeza. Olvidado ya de que tal hombre iba en el bongo, ha reconocido ahora, de pronto, aquella voz singular.

Fue en San Fernando donde por primera vez le oyó, al atravesar el corredor de una pulpería. Conversaban allí de cosas de su oficio algunos peones ganaderos, y el que en ese momento llevaba la palabra se interrumpió de pronto, para decir después:

—Ese es el hombre.

La segunda vez fue en una de las posadas del camino. El calor sofocante de la noche lo había obligado a salir al patio. En uno de los corredores, dos hombres se mecían en sus hamacas y uno de ellos concluía de esta manera el relato que le hiciera el otro:

—Yo lo que hice fue arrimarle la lanza. Lo demás lo hizo el difunto: él mismo se la fue clavandito como si le gustara el frío del jierro.

Finalmente, la noche anterior. Por habérsele atarrillado el caballo, llegando ya a la casa del paso por donde esguazaría el Arauca, se vio obligado a pernoctar en ella, para continuar el viaje al día siguiente en un bongo que, a la sazón, tomaba allí una carga de cueros para San Fernando. Contratada la embarcación y concertada la partida para el amanecer, ya al coger el sueño oyó que alguien decía por allá:

—Váyase alante, compañero, que yo voy a ver si quepo en el bongo.

Fueron tres imágenes claras, precisas, en un relámpago de memoria, y Santos Luzardo sacó esta conclusión que había de dar origen al cambio de los propósitos que lo llevaban al Arauca: "Este hombre viene siguiéndome desde San Fernando. Lo de la fiebre no fue sino un ardid. ¿Cómo no se me ocurrió esta mañana?"

En efecto, al amanecer de aquel día, cuando ya el bongo se disponía a abandonar la orilla, había aparecido aquel individuo, tiritando bajo la cobija con que se abrigaba y proponiéndole al patrón:

—Amigo, ¿quiere hacerme el favor de alquilarme un puestecito? Necesito ir hasta el paso del Bramador y la calentura no me permite sostenerme a caballo. Yo le pago bien, ¿sabe?

—Lo siento, amigo — respondió el patrón, llanero malicioso,

después de echarle una rápida mirada escrutadora—. Aquí no hay puesto que yo pueda alquilarle porque el bongo navega por la cuenta del señor, que quiere ir solo.

Pero Santos Luzardo, sin más prenda y sin advertir la significativa guiñada del bonguero, le permitió embarcarse.

Ahora le observa de soslayo y se pregunta mentalmente: "¿Qué se propondrá este individuo? Para tenderme una celada, si es que a eso lo han mandado, ya se le han presentado oportunidades. Porque juraría que éste pertenece a la pandilla de El Miedo. Ya vamos a saberlo".

Y poniendo por obra la repentina ocurrencia, en alta voz, al bonguero:

—Dígame, patrón: ¿conoce usted a esa famosa doña Bárbara de quien tantas cosas se cuenta en Apure?

Los palanqueros cruzáronse una mirada recelosa y el patrón respondió evasivamente, al cabo de un rato, con la frase con que contesta el llanero taimado las preguntas indiscretas:

—Voy a decirle, joven: yo vivo lejos.

Luzardo sonrió comprensivo; pero, insistiendo en el propósito de sondear al compañero inquietante, agregó, sin perderlo de vista:

—Dicen que es una mujer terrible, capitana de una pandilla de bandoleros, encargados de asesinar a mansalva a cuantos intenten oponerse a sus designios.

Un brusco movimiento de la diestra que manejaba el timón hizo saltar el bongo, a tiempo que uno de los palanqueros, indicando algo que parecía un hacinamiento de troncos de árboles encallados en la arena de la ribera derecha, exclamaba, dirigiéndose a Luzardo:

—¡Aguaite! Usted que quería tirar caimanes. Mire cómo están en aquella punta de playa.

Otra vez apareció en el rostro de Luzardo la sonrisa de inteligencia de la situación y, poniéndose de pie, se echó a la cara un rifle que llevaba consigo. Pero la bala no dio en el blanco, y los enormes saurios se precipitaron al agua, levantando un hervor de espumas.

Viéndoles zambullirse, el pasajero sospechoso, que había permanecido hermético mientras Luzardo trataba de sondearlo, murmuró, con una leve sonrisa entre la pelambre del rostro:

—Eran algunos bichos y todos se fueron vivitos y coleando.

Pero sólo el patrón pudo entender lo que decía y lo miró de pies a cabeza, como si quisiera medirle encima del cuerpo la siniestra intención de aquel comentario. El se hizo el desentendido y, después de haberse incorporado y desperezado con unos movimientos largos y lentos, dijo:

—Bueno. Ya estamos llegando al palodeagua. Y ya sudé mi calentura.

Lástima que se me haya quitado. ¡Sabrosita que estaba!

En cambio, Luzardo se había sumido en un mutismo sombrío, entretanto el bongo atracaba en el sitio elegido por el patrón para el descanso del mediodía.

Saltaron a tierra. Los palanqueros clavaron en a arena una estaca a la cual amarraron el bongo. El desconocido se internó por entre la espesura del monte, y Luzardo, viéndolo alejarse, preguntó al patrón:

—¿Conoce usted a ese hombre?

—Conocerlo, propiamente, no, porque es la primera vez que me lo topo; pero, por las señas que les he escuchado a los llaneros de por estos lados, malicio que debe de ser uno a quien mientan El Brujeador.

A lo que intervino uno de los palanqueros:

—Y no se equivoca usted, patrón. Ese es el hombre.

—¿Y ese Brujeador, qué especie de persona es? —volvió a interrogar Luzardo.

—Piense usted lo peor que pueda pensar de un prójimo y agréguele todavía una miajita más, sin miedo de que se le pase la mano —respondió el bonguero—. Uno que no es de por estos lados. Un guate, como les decimos por aquí. Según cuentan, era un salteador de la montaña de San Camilo y de allá bajó hace algunos años, descolgándose de hato en hato, por todo el cajón del Arauca, hasta venir a parar en lo de doña Bárbara, donde ahora trabaja. Porque, como dice el dicho: Dios los cría y el diablo los junta. Lo mientan asina como se lo he mentado por su ocupación, que es brujear caballos, como también aseguran que sabe las oraciones que no mancan para sacarles el gusano a las bestias y a las reses. Pero para mí que sus verdaderas ocupaciones son otras. Esas que usted mentó en denante. Que, por cierto, por poco no me hace usted trambucar el bongo. Con decirle que es el espaldero preferido de doña Bárbara.

—Luego no me había equivocado.

—En lo que sí se equivocó fue en haberle brindado puesto en el bongo a ese individuo. Y permítame un consejo, porque usted es joven y forastero por aquí, según parece: no acepte nunca compañero de viaje a quien no conozca como a sus manos. Y ya que me he tomado la licencia de darle uno, voy a darle otro también, porque me ha caído en gracia. Tenga mucho cuidado con doña Bárbara. Usté va para Altamira, que es como decir los correderos de ella. Ahora sí puedo decirle que la conozco. Esa es una mujer que ha fustaneado a muchos hombres, y al que no trambuca con sus carantoñas lo compone con un bebedizo o se le amarra a las pretinas y hace con él lo que se le antoje, porque también es faculta en brujerías. Y si es con el enemigo, no se le agua el ojo para mandar quitarse de por delante a quien se le atraviese y para eso tiene a El Brujeador. Usted mismo lo ha dicho. Yo no sé qué viene buscando usted por estos lados; pero no está de más que le repita: váyase con tiento. Esa mujer tiene su cementerio.

Santos Luzardo se quedó pensativo, y el patrón, temeroso de haber dicho más de o que se le preguntaba, concluyó, tranquilizador:

—Pero como le digo esto, también le digo lo otro: eso es lo que cuenta la gente, pero no ha que fiarse mucho porque el llanero es mentiroso de nación, aunque me este mal el decirlo, y hasta cuando cuenta algo que es verdad lo desagera tanto que es como si juera mentira. Además, por lo de la hora presente no hay que preocuparse: aquí habemos cuatro hombres y un rifle y el Viejito viene con nosotros.

Mientras ellos hablaban así, en la playa, El Brujeador, oculto tras un mogote, se enteraba de la conversación, a tiempo que comía con la lentitud peculiar de sus movimientos, de la ración que llevaba en el porsiacaso.

Entretanto, los palanqueros habían extendido bajo el palodeagua la manta de Luzardo y colocado sobre ella el maletín donde éste llevaba sus provisiones de boca. Luego sacaron del bongo las suyas. El patrón se les reunió y, mientras hacían el frugal almuerzo a la sombra de un paraguatán, fue refiriéndole a Santos anécdotas de su vida por los ríos y caños de la llanura.

Al fin, vencido por el bochorno de la hora, guardó silencio, y durante largo rato sólo se escuchó el leve chasquido de las ondas del río contra el bongo.

Extenuados por el cansancio, los palanqueros se tumbaron boca arriba en la tierra y pronto comenzaron a roncar. Luzardo se reclinó contra el tronco del palodeagua. Sin pensamientos, abrumado por la salvaje soledad que lo rodeaba, se abandonó al sopor de la siesta. Cuando despertó, le dijo el patrón vigilante:

—Su buen sueñito echó usted.

En efecto, ya empezaba a declinar la tarde y sobre el Arauca corría un soplo de brisa fresca. Centenares de puntos negros erizaban la ancha superficie: trompas de babas y caimanes que respiraban a flor de agua, inmóviles, adormitados a la tibia caricia de las turbias ondas. Luego comenzó a asomar en el centro del río la cresta de un caimán enorme. Se aboyó por completo, abrió lentamente los párpados escamosos.

Santos Luzardo empuñó el rifle y se puso de pie, dispuesto a reparar el yerro de su puntería, momento antes, pero el patrón intervino:

—No lo tire.

—¿Por qué, patrón?

—Porque... Porque otro de ellos nos lo puede cobrar, si usted acierta a pegarle, o él mismo si lo pela. Ese es el tuerto del Bramador, al cual no le entran balas.

Y como Luzardo insistiese, repitió:

—No lo tire, joven, hágame caso a mí.

Al hablar así, sus miradas se habían dirigido, con un rápido movimiento de advertencia hacia algo que debía de estar detrás del palodeagua. Santos volvió la cabeza y descubrió a El Brujeador, reclinado al tronco del árbol y aparentemente dormido.

Dejó el rifle en el sitio de donde lo había tomado, rodeó el palodeagua y, deteniéndose ante el hombre, lo interpeló sin hacer caso de su ficción de sueño:

—¿Conque es usted amigo de ponerse a escuchar lo que puedan hablar los demás?

El Brujeador abrió los ojos, lentamente, tal como lo hiciera el caimán y respondió con una tranquilidad absoluta:

—Amigo de pensar mis cosas callado es lo que soy.

—Desearía saber cómo son las que usted piensa haciéndose el dormido.

Sostuvo la mirada que le clavaba su interlocutor, y dijo:

—Tiene razón el señor. Esta tierra es ancha y todos cabemos en ella sin necesidad de estorbarnos los unos a los otros. Hágame el favor de dispensarme que me haya venido a recostar a este palo. ¿Sabe?

Y fue a tumbarse más allá, supino y con las manos entrelazadas bajo la nuca.

La breve escena fue presenciada con miradas de expectativa por el patrón y por los palanqueros, que se habían despertado al oír voces, con esa rapidez con que pasa del sueño profundo a la vigilia el hombre acostumbrado a dormir entre peligros, y el primero murmuró:

—¡Umjú! Al patiquín como que no lo asustan los espantos de la sabana.

Inmediatamente propuso Luzardo:

—Cuando usted quiera, patrón, podemos continuar el viaje. Ya hemos descansado un poco.

—Pues en seguida.

Y a El Brujeador, con tono imperioso:

—¡Arriba, amigo! Ya estamos de marcha.

—Gracias, mi señor —respondió el hombre sin cambiar de posición—. Le agradezco mucho que quiera llevarme hasta el fin; pero de aquí para alante puedo irme caminando al píritu, como dicen los llaneros cuando van de a pie. No estoy muy lejote de casa. Y no le pregunto cuánto le debo por haberme traído hasta aquí, porque sé que las personas de su categoría no acostumbran cobrarle al pata-en-el-suelo los favores que le hacen. Pero sí me lo pongo a la orden ¿sabe? Mi apelativo es Melquiades Gamarra, para servirle. Y le deseo buen viaje de aquí para alante. ¡Sí, señor!

Ya Santos se dirigía al bongo, cuando el patrón, después de haber cruzado algunas palabras en voz baja con los palanqueros, lo detuvo resuelto a afrontar las emergencias:

—Aguárdese. Yo no dejo a ese hombre por detrás de nosotros dentro de este monte. O él se va primero o nos lo llevamos en el bongo.

Dotado de un oído sutilísimo, El Brujeador se enteró.

—No tenga miedo, patrón. Yo me voy primero que ustedes. Y le agradezco las buenas recomendaciones que ha dado de mí. Porque las he escuchado todas, ¿sabe?

Y diciendo así, se incorporó, recogió su cobija, se echó al hombro el porsiacaso, todo con una calma absoluta, y se puso en marcha por la sabana abierta que se extendía más allá del bosque ribereño.

Embarcaron. Los palanqueros desamarraron el bongo y, después de empujarlo al agua honda, saltaron a bordo y requirieron sus palancas, a tiempo que el patrón, ya empuñada la espadilla, hizo a Luzardo esta pregunta intempestiva:

—¿Es usted buen tirador? Y perdóneme la curiosidad.

—Por la muestra, muy malo, patrón. Tanto que no quiso usted dejarme repetir la experiencia. Sin embargo, otras veces he sido más afortunado.

—¡Ya ve! —exclamó el bonguero—. Usted no es mal tirador. Yo lo sabía. En la manera de echarse el rifle a la cara se lo descubrí, y a pesar de eso la bala fue a dar como a tres brazas del rollo de caimanes.

—Al mejor cazador se le va la liebre, patrón.

—Sí. Pero en el caso suyo hubo ora cosa: usted no dio en el blanco, con todo y ser muy buen tirador, porque junto suyo había alguien que no quiso que le pegara a los caimanes. Y si yo le hubiera dejado hacer el otro tiro, lo pela también.

—¿El Brujeador, no es eso? ¿Cree usted, patrón, que ese hombre posea poderes extraordinarios?

—Usted está mozo y todavía no ha visto nada. La brujería existe. Si yo le contara un pasaje que me han referido de ese hombre... Se lo voy a echar, porque es bueno que sepa a qué atenerse.

Escupió la mascada de tabaco y ya iba a comenzar su relato, cuando uno de los palanqueros lo interrumpió, advirtiéndole:

—¡Vamos solos, patrón!

—Es verdad, muchachos. Hasta eso es obra del condenado Brujeador. Boguen para tierra otra vuelta.

—¿Qué pasa? —inquirió Luzardo.

—Que se nos ha quedado el Viejito en tierra.

Regresó el bongo al punto de partida. Puso de nuevo el patrón rumbo afuera, a tiempo que preguntaba, alzando la voz:

—¿Con quién vamos?

—¡Con Dios! —respondieron los palanqueros.

—¡Y con la Virgen! —agregó él. Y luego a Luzardo—: Ese era el Viejito que se nos había quedado en tierra. Por estos ríos llaneros, cuando se abandona la orilla, hay que salir siempre con Dios. Son muchos los peligros de trambucarse y si el Viejito no va en el bongo, el bonguero no va tranquilo. Porque el caimán acecha sin que se le vea ni el aguaje, y el temblador y la raya están siempre a la parada, y el cardumen de los zamuritos y de los caribes, que dejan a un cristiano en los puros huesos, antes de que se puedan nombrar las Tres Divinas Personas.

¡Ancho llano! ¡Inmensidad bravía! Desiertas praderas sin límites, hondos, mudos y solitarios ríos. ¡Cuán inútil resonaría la demanda de auxilio, al vuelco del coletazo del caimán, en la soledad de aquellos parajes! Sólo la fe sencilla de los bongueros podía ser esperanza de ayuda, aunque fuese la misma ruda fe que los hacía atribuirle poderes sobrenaturales al siniestro Brujeador.

Ya Santos Luzardo conocía la pregunta sacramental de los bongueros del Apure; pero ahora también podía aplicársela a sí mismo, pues había emprendido aquel viaje con un propósito y ya estaba abrazándose a otro, completamente opuesto.

II
EL DESCENDIENTE DEL CUNAVICHERO

En la parte más desierta y bravía del Arauca estaba situado el hato de Altamira, primitivamente unas doscientas leguas de sabanas feraces que alimentaban la hacienda más numerosa que por aquellas soledades pacía y donde se encontraba uno de los más ricos garceros de la región.

Lo fundó, en años ya remotos, don Evaristo Luzardo, uno de aquellos llanero nómadas que recorrían —y todavía recorren— con sus rebaños las inmensas praderas del cajón del Cunaviche, pasando de éste al del Arauca, menos alejado de los centros de población. Sus descendientes, llaneros genuinos de "pata en el suelo y garrasí", que nunca salieron de los términos de la finca, la fomentaron y ensancharon hasta convertirla en una de las más importantes de la región; pero, multiplicada y enriquecida la familia, unos tiraron hacia las ciudades, otros se quedaron bajo los techos de palma del hato, y a la apacible vida patriarcal de los primeros. Luzardos sucedió la desunión y ésta trajo la discordia que había de darles trágica fama.

El último propietario del primitivo Altamira fue don José de los Santos, quien, por salvar la finca de la ruina de una partición numerosa, compró los derechos de sus condueños, a costa de una larga vida de trabajos y privaciones; pero, a su muerte, sus hijos José y Panchita —ésta ya casada con Sebastián Barquero— optaron por la partición, y al antiguo fundo sucedieron los dos: uno, propiedad de José, que conservó la denominación original, y el otro, que tomó la de La Barquereña, por el apellido de Sebastián.

A partir de allí y a causa de una frase ambigua en el documento, donde al tratarse de la línea divisoria ponía: "hasta el palmar de La Chusmita", surgió entre los dos hermanos la discordia, pues cada cual pretendía, alegando por lo suyo, que la frase debía interpretarse agregándosele el inclusive que omitiera el redactor, y emprendiendo uno de esos litigios que enriquecen a varias generaciones de abogados y que habría terminado por arruinarlos, si cuando les propusieron una transacción la misma intransigencia que iba a hacerles gastar un dinero por un pedazo de tierra improductiva no les dictara, en un arrebato simultáneo: "O todo o nada."

Y como no podía ser todo para ambos, se convino en que sería nada y cada cual se comprometió a levantar una cerca en torno al palmar, viniendo así a quedar éste cerrado y sin dueño entre ambas propiedades.

Mas no paró aquí la cosa. Había en el centro del palmar una madrevieja de un caño seco, que durante el invierno se convertía en tremedal, bomba de fango donde perecía cuanto ser viviente la atravesase, y como un día apareciera ahogada allí una res barquereña, José Luzardo protestó ante Sebastián Barquero por la violación del recinto vedado; se ofendieron en la disputa, Barquero blandió el chaparro para cruzarle el rostro al cuñado, sacó éste el revólver y lo derribó del caballo con una bala en la frente.

Sobrevinieron las represalias, y matándose entre sí Luzardos y Barqueros acabaron con una población compuesta en su mayor parte por las ramas de ambas familias.

Y en el seno misma de cada una se propago la onda trágica.

Fue cuando la guerra entre España y los Estados Unidos. José Luzardo, fiel a su sangre —decía—, simpatizaba con la Madre Patria, mientras que su primogénito Félix, síntoma de los tiempos que ya empezaban a correr, se entusiasmaba por los yanquis. Llegaron al hato los periódicos de Caracas, cosa que sucedía de mes en mes, y desde las primeras noticias, leídas por el joven —porque ya don José andaba fallo de la vista—, se trabaron en una acalorada disputa que terminó con estas vehementes palabras del viejo:

—Se necesita ser muy estúpido para creer que puedan ganárnosla los salchicheros de Chicago.

Lívido y tartamudo de ira, Félix se le encaró:

—Puede que los españoles triunfen; pero lo que no tolero es que usted me insulte sin necesidad.

Don José lo midió de arriba abajo con una mirada despreciativa y soltó una risotada. Acabó de perder la cabeza el hijo y tiró violentamente del revólver que llevaba al cinto. El padre cortó en seco su carcajada y sin que se le alterara la voz, sin moverse en el siento, pero con una fiera expresión, dijo, pausadamente:

—¡Tira! Pero no me peles, porque te clavo en la pared de un lanzazo.

Esto sucedía en la casa del hato, poco después de la comida, congregada la familia bajo la lámpara de la sala. Doña Asunción se precipitó a interponerse entre el marido y el hijo, y Santos, que a la sazón tendría unos catorce años, se quedó paralizado por la brutal impresión.

Dominado por la terrible serenidad del padre, seguro de que llevaría a cabo su amenaza si disparaba y erraba el tiro, o arrepentido, quizá, de su violencia, Félix volvió el arma a su sitio y abandonó la sala.

Poco después ensillaba su caballo, dispuesto a abandonar también la casa paterna, y fue inútil cuanto suplicó y lloró doña Asunción. Entretanto, como si nada hubiera sucedido, don José se había calado las gafas y leía, estoicamente, las noticias que terminaban con la del desastre de Cavite.

Pero Félix no se limitó a abandonar el hogar sino que fue a hacer causa común con los Barqueros contra los Luzardos, en aquella guerra a muerte cuya más encarnizada instigadora era su tía Panchita, y ante la cual las autoridades se hacían de la vista gorda, pues eran tiempos de cacicazgos y Luzardos y Barqueros se compartían el del Arauca.

Ya habían caído en lances personales casi todos los hombres de una y otra familia, cuando una tarde de riña de gallos, en el pueblo, como supiese Félix, bajo la acción del alcohol que su padre estaba en la gallera, se fue allá, instigado por su primo Lorenzo Barquero, y se arrojó al ruedo, vociferando:

—Aquí traigo un gallito portorriqueño. ¡No es ni yanqui, siquiera! A ver si hay por ahí algún pataruco español que quiera pegarse con él. Lo juego embotado y doy de al partir.

Había terminado ya con la victoria de los norteamericanos la desigual contienda y decía aquello para provocar al padre. Don José saló al ruedo blandiendo el chaparro para castigar la insolencia; pero Félix hizo armas, a él también se le fue la mano a la suya y poco después regresaba a su casa, abatido, sombrío, envejecido en instantes, y con esta noticia para su mujer.:

—Acabo de matar a Félix. Ahí te lo traen.

En seguida ensilló su caballo y cogió el camino del hato.

Llegó a la casa, se dirigió a la sala donde se había desarrollado la primera escena de la tragedia, se encerró allí, previa prohibición absoluta de que se le molestara, se quito del cinto la lanza y la hundió hasta la empuñadura en la pared de bahareque, en el mismo sitio donde la habría clavado, la noche de la funesta lectura, a través del corazón del hijo, pues fue allí, se decía, y en el momento de proferir su tremenda amenaza, donde y cuando había dado muerte a Félix y quería tener ante los ojos, hasta que se le apagasen para siempre, la visión expiratoria del hierro filicida hundido en el muro.

Y, en efecto, encerrado en aquella pieza, sin pan ni agua, sin moverse del asiento, sin pestañear casi, con un postigo abierto a la luz y dos pupilas que pronto aprendieron a no necesitarla durante la noche para ver, todo voluntad en la expiación tremenda, estuvo varios días esperando la muerte a que se había condenado y allí lo encontró la muerte sentado, rígido ya, mirando la lanza clavada en el muro.

Cuando, por fin, llegaron las autoridades a representar la farsa acostumbrada en casos análogos, ya no había necesidad de castigo y costó trabajo cerrar aquellos ojos.

Días después, doña Asunción abandonaba definitivamente el Llano para trasladarse a Caracas con Santos, único superviviente de la hecatombe. Quería salvarlo educándolo en otro medio, a centenares de leguas de aquellos trágicos sitios.

Los primeros años fueron tiempo perdido en la vida del joven. La brusca trasplantación del medio llanero, rudo, pero de intensas emociones endurecedoras del carácter, al blando y soporoso ambiente ciudadano, dentro de las cuatro paredes de una casa triste, al lado de una madre aterrorizada, prodújole un singular adormecimiento de las facultades. El muchacho animoso, de inteligencia despierta y corazón ardiente —de quien tan orgullosos se mostraba el padre cuando lo veía jinetear un caballo cerrero y desenvolverse con destreza y aplomo en medio de los peligros del trabajo de sabanas, digno de aquella raza de hombres sin miedo que había dado más de un centauro a la epopeya, aunque también más de un cacique a la llanura, y en quien, con otro concepto de la vida, cifraba tantas esperanzas a la madre, al oírlo expresar sentimientos e ideas reveladoras de un espíritu fino y reflexivo—, se volvió obtuso y abúlico; se convirtió en un misántropo.

—Te veo y no te conozco, hijo. Te has vuelto cimarrón —decíale la madre, llaneraza todavía, a pesar de todo.

—Es el desarrollo —observábanle las amigas—. Los muchachos se ponen así cuando están en esa edad.

—Es el estrago de los horrores que hemos presenciado —añadía ella.

Eran ambas cosas; también la trasplantación. La falta del horizonte abierto ante los ojos, del cálido viento libre contra el rostro, de la copla en los labios por delante del rebaño, del fiero aislamiento en medio de la tierra ancha y muda. La macolla de hierba llanera languideciendo en el tiesto.

A veces, doña Asunción lo sorprendía en el corral, soñador, despierto, boca arriba en la tierra dentro de la espesura de un resedal descuidado. Estaba "enmatado", como dice el llanero del toro que busca el refugio de las matas y allí permanece días enteros echados, sin comer ni beber y lanzando de rato en rato sordos mugidos de rabia impotentes, cuando ha sufrido la mutilación que lo condena a perder su fiereza y el señorío del rebaño.

Pero al fin la ciudad conquistó el alma cimarrona de Santos Luzardo. Vuelto en sí del embrujamiento de las nostalgias, se encontró con que ya tenía más de dieciocho años, y en un punto de instrucción muy poca cosa sobre la que trajo del Arauca; pero se propuso recuperar el tiempo perdido y se entregó con ahínco a los estudios.

A pesar de los motivos que tenía para aborrecer Altamira, doña Asunción no había querido vender el hato. Poseía esa alma recia e inmodificable del llanero para quien nada hay como su tierra natal, y aunque nunca pensó en regresar al Arauca, tampoco se había decidido a romper el vínculo que la unía al terruño. Por lo demás, administrado por un mayordomo honrado y fiel, el hato le producía una renta suficiente.

—Que lo venda Santos, cuando yo muera —solía decir.

Pero, a la hora de morir, le recomendó:

—Mientras puedas, no vendas Altamira.

Y Santos lo conservó, por respetar la postrera voluntad materna y porque su renta le permitía cubrir, holgadamente, las discretas exigencias de su vida morigerada. Por lo demás, bien habría podido prescindir de la finca. La tierra natal ya no lo atraía, ni aquel pedazo de ella, ni toda entera porque al perder los sentimientos regionales había perdido también todo sentimiento de patria. La vida de la ciudad y los hábitos intelectuales habían barrido de su espíritu las tendencias hacia la vida libre y bárbara del hato; pero, al mismo tiempo, habían originado un aspiración que aquella misma ciudad no podía satisfacer plenamente. Caracas no era sino un pueblo grande —un poco más grande que aquel destruido por los Luzardos al destruirse entre sí—, con mil puertas espirituales abiertas al asalto de los hombres de presa, algo muy distante todavía de la ciudad ideal, complicada y perfecta como un cerebro, adonde toda excitación va a convertirse en idea y de donde toda reacción que parte lleva el sello de la eficacia consciente, y como este ideal sólo parecía realizado en la vieja y civilizadora Europa, acarició el propósito de expatriarse definitivamente, en cuanto concluyera sus estudios universitarios.

Para esto contaba con el producto de Altamira, o vendida ésta, con la renta que le produjera el dinero empleado en fincas urbanas, ya que de su profesión de abogado no podía esperar nada por allá. Pero, entretanto, ya en Altamira no estaba el honrado mayordomo de los tiempos de su madre, y mientras Santos se contentaba, apenas, con echarles una ojeada a las cuentas, muy claras siempre sobre el papel, que de tiempo en tiempo le rendían los administradores, éstos hacían pingües negocios con la hacienda altamireña. Además, dejaban que los cuatreros se metiesen a saco con ella y toleraban que los vecinos herrasen allí, como suyos, hasta los becerros que aún andaban pegados a las tetas de las vacas luzarderas.

Luego comenzaron los litigios con la famosa doña Bárbara, a cuyos dominios fueron pasando leguas y leguas de sabanas altamireñas, a fuerza de arbitrarios deslindes ordenados por los tribunales del Estado.

Concluidos sus estudios, Santos se trasladó a San Fernando a hojear expedientes por si todavía fuese posible intentar acciones reivindicatorias; pero allá, hecho un minucioso análisis de las causas sentenciadas en favor de la mujerona, se comprobó que todo, soborno, cohecho, violencia abierta, había sido asombrosamente fácil para la cacica del Arauca; también descubrió que cuanto se había llevado a cabo contra su propiedad pudo suceder porque sus derechos sobre Altamira adolecían de los vicios que siempre tienen las adquisiciones del hombre de presa, y no otra cosa fue su remoto abuelo don Evaristo, El Cunavichero.

Decidió entonces vender la finca. Pero nadie quería tener de vecina a doña Bárbara, y como, por otra parte, las revoluciones habían arruinado el Llano, perdió mucho tiempo buscando comprador. Al fin se le presentó uno; pero le dijo:

—Ese negocio no lo podemos cerrar aquí, doctor. Es menester que usted vea, con sus propios ojos, cómo está Altamira. Aquello está en el suelo: unas paraparas es lo que queda en las sabanas. Y reses flacas toditas. Si quiere, váyase allá y espéreme. Ahora sigo para Caracas a vender un ganado; pero dentro de un mes pasaré por Altamira y entonces conversaremos sobre el terreno.

—Allá lo esperaré! —díjole Santos, y al día siguiente partió para Altamira.

Por el trayecto, ante el espectáculo de la llanura desierta, pensó muchas cosas: meterse en el hato a luchar contra los enemigos, a defender sus propio derechos y también los ajenos, atropellados por los caciques de la llanura, puesto que doña Bárbara no era sino uno de tantos; a luchar contra la Naturaleza: contra la insalubridad que estaba aniquilando la raza llanera, contra la inundación y la sequía que se disputan la tierra todo el año, contra el desierto que no deja penetrar la civilización.

Pero no eran propósitos todavía, sino reflexiones puras, entretenimientos del razonador, y a una, optimista, sucedía inmediatamente otra, contradictoria.

—Para llevar a cabo todo eso se requiere algo más que la voluntad de un hombre. ¿De qué serviría acabar con el cacicazgo de doña Bárbara en el Arauca? Reaparecería más allá bajo otro nombre. Lo que urge es modificar las circunstancias que producen estos males: poblar. Mas para poblar: sanear primero, y para sanear: poblar antes. ¡Un círculo vicioso!

Mas he aquí que un sencillo incidente, el encuentro con El Brujeador y las palabras con que el bonguero le hizo ver los peligros a que se expondría si intentaba atravesársele en el camino a la temible doña Bárbara, pone de pronto en libertad al impulsivo postergado por el razonador y lo apasionante ahora es la lucha.

Era la misma tendencia de irrefrenable acometividad que causó la ruina de los Luzardos; pero con la diferencia de que él la subordinaba a un ideal: luchar con doña Bárbara, criatura y personificación de los tiempos que corrían, no sería solamente salvar Altamira, sino contribuir a la destrucción de las fuerzas retardatarias de la prosperidad del Llano.

Y decidió lanzarse a la empresa con el ímpetu de los descendientes de El Cunavichero, hombres de una raza enérgica; pero también con los ideales del civilizado, que fue lo que a aquéllos les faltó.

III
LA DEVORADORA DE HOMBRES

¡De más allá del Cunaviche, de más allá del Cinaruco, de más allá del Meta! De más lejos que más nunca —decían los llaneros de Arauca, para quienes, sin embargo, todo está siempre "ahí mismito, detrás de aquella mata" —. De allá vino la trágica guaricha. Fruto engendrado por la violencia del blanco aventurero en la sombría sensualidad de la india, su origen se perdía en el dramático misterio de las tierras vírgenes.

En las profundidades de sus tenebrosas memorias, a los primeros destellos de la conciencia, veíase en una piragua que surcaba los grandes ríos de la selva orinoqueña. Eran seis hombres a bordo, y al capitán lo llamaban "taita"; pero todos —excepto el viejo piloto Eustaquio— la brutalizaban con idénticas caricias: rudas manotadas, besos que sabían a aguardiente y a chimó.

Piratería disimulada bajo patente de comercio lícito era la industria de aquella embarcación, desde Ciudad Bolívar hasta Río Negro. Salía cargada de barriles de aguardiente y fardos de baratijas, telas y comestibles averiados, y regresaba atestada de sarrapia y balatá. En algunas rancherías les cambiaban a los indios estas ricas especies por aquellas mercancías, limitándose a embaucarlos; pero en otros parajes los tripulantes saltaban a tierra sólo con sus rifles al hombro, se internaban por los bosques o sabanas de las riberas, y cuando volvían a la piragua, la olorosa sarrapia o el negro balatá venían manchados de sangre.

Una tarde, ya al zarpar de Ciudad Bolívar, se acercó a la embarcación un joven, cara de hambre y ropas de mendigo, a quien ya Barbarita había visto, varias veces, parado al borde del malecón, contemplándola, con ojos que se le salían de sus órbitas, mientras ella, cocinera de la piragua, preparaba la comida de los piratas. Dijo llamarse Asdrúbal, a secas y propúsole al capitán:

—Necesito ir a Manaos y no tengo para el pasaje. Si usted me hace el favor de llevarme hasta Río Negro, yo estoy dispuesto a corresponderle con trabajo. Desde cocinero hasta contador, en algo puede serle útil.

Insinuante, simpático, con esa simpatía subyugadora del vagabundo inteligente, prodújole buena impresión al capitán y fue enrolado como cocinero, a fin de que descansara Barbarita. Ya el taita empezaba a mimarla: tenía quince años y era preciosa la mestiza.

Transcurrieron varias jornadas. En los ratos de descanso y por las noches, en torno a la hoguera encendida en las playas donde arranchaban, Asdrúbal animaba la tertulia con anécdotas divertidas de su existencia andariega. Barbarita se desternillaba de risa; mas si él interrumpía su relato, complacido en aquellas frescas y sonoras carcajadas, ella las cortaba en seco y bajaba la vista, estremecido en dulces ahogos el pecho virginal.

Un día le deslizó al oído:

—No me mire así, porque ya mi taita se está poniendo malicioso.

En efecto, ya el capitán empezaba a arrepentirse de haber aceptado abordo al joven, cuyos servicios podían resultarle caros, especialmente aquellos, que no se los había exigido, de enseñar a Barbarita a leer y escribir. Durante estas lecciones, en las cuales Asdrúbal ponía gran empeño, letras que ella hacía llevándole él la mano, los acercaban demasiado.

Una tarde, concluidas las lecciones, comenzó a referirle Asdrúbal la parte dolorosa de su historia: la tiranía del padrastro que lo obligó a abandonar el hogar materno, las aventuras tristes, el errar sin rumbo, el hambre y el desamparo, el duro trabajo de las minas del Yuruari, la lucha con la muerte en el camastro de un hospital. Finalmente, le habló de sus planes: iba a Manaos en busca de la fortuna, ya estaba cansado de la vida errante, renunciaría a ella, se consagraría al trabajo.

Iba a decir algo más; pero de pronto se detuvo y se quedó mirando el río que se deslizaba en silencio frente a ellos a través de un dramático paisaje de riberas boscosas.

Ella comprendió que no tenía en los planes del joven el sitio que se imaginara, y los hermosos ojos se le cuajaron de lágrimas. Permanecieron así largo rato. ¡Nunca se le olvidaría aquella tarde! Lejos, en el profundo silencio, se oía el bronco mugido de los raudales de Atures.

De pronto, Asdrúbal la miró a los ojos y le preguntó:

—¿Sabes lo que piensa hacer contigo el capitán?

Estremecida al golpe subitáneo de una horrible intuición, exclamó:

—¡Mi taita!

—No merece que lo llames así. Piensa venderte al turco.

Referíase a un sirio sádico y leproso, enriquecido en la explotación del balatá, que habitaba en el corazón de la selva orinoqueña, aislado de los hombres por causa del mal que lo devoraba, pero rodeado de un serrallo de indiecitas núbiles, raptadas o compradas a sus padres, no sólo para hartazgo de su lujuria, sino también para saciar su odio de enfermo incurable a todo lo que alienta sano, transmitiéndole su mal.

De conversaciones de los tripulantes de la piragua, sorprendidas por Asdrúbal, había descubierto éste que en el viaje anterior aquel Moloch de la selva cauchera había ofrecido veinte onzas por Barbarita, y que si no se llevó a cabo la venta fue porque el capitán aspiraba a mayor precio, cosa no difícil de lograr ahora, pues en obra de unos meses la muchacha se había convertido en una mujer perturbadora.

No se le había escapado a ella que tal fuera la suerte a que la destinaran; pero hasta entonces todo el horror que la rodeaba no había alcanzado a producirle más que aquel sentimiento, miedo y gusto a la vez, originado de las torpes miradas de los hombres que con ella compartían la estrecha vida de la piragua.

Pero al enamorarse de Asdrúbal se le había despertado el alma sepultada y las palabras que acababa de oír se la estremecieron de horror.

—¡Sálvame! Llévame contigo —iba a decirle, cuando vio que el capitán se les acercaba.

Traía un rifle y dijo, dirigiéndose a Asdrúbal:

—Bueno, joven. Ya usted ha conversado bastante. Ahora vamos para que haga algo más productivo. El Sapo va a buscar una poca de sarrapia que deben de tenernos por aquí y usted lo va a acompañar. —Y poniéndole el rifle en las manos—: Esto es para que se defienda, si lo atacan los indios.

Asdrúbal meditó un instante. ¿Habría oído el capitán lo que él acababa de decirle a la muchacha? ¿Esta comisión que ahora le daba?... En todo caso, había que afrontar la situación.

Al ir a ponerse de pie, Barbarita trató de detenerlo dirigiéndole una mirada de súplica; pero él le hizo una rápida guiñada de ojos y, levantándose decidido, abandonó el campamento en pos de El Sapo. Era éste el segundo de a bordo, mano derecha del capitán para cuantas fuesen comisiones siniestras, y Asdrúbal lo sabía; pero irremisiblemente perdido estaba, desde luego, si demostraba miedo y se desistía a cumplir la orden recibida. Al menos llevaba un rifle y contra un hombre solamente, mientras que allí eran cinco contra él. Barbarita lo siguió con la mirada y durante un buen rato sus ojos permanecieron fijos en el boquete de monte por donde desapareció.

A todas éstas, los tripulantes habían cambiado entre sí miradas de inteligencia, y cuando, pocos momentos después, so pretexto de un posible ataque de los indios ribereños, el capitán les ordenó hacer una exploración playas arriba —ya les había dado una orden análoga al viejo Eustaquio—, comprendiendo que quería alejarlos del campamento para quedarse a solas con la muchacha, respondiéronle al cabo de un corto murmullo de rezongos:

—Deje eso para más después, capitán. Ahora estamos descansando.

Era la rebelión que hacía algún tiempo venía preparándose por causa de la perturbadora belleza de la guaricha; pero el capitán no se atrevió a sofocarla en el acto, pues comprendió que aquellos tres hombres estaban de acuerdo y resueltos a todo, y aplazó el escarmiento para cuando regresara El Sapo, con cuya ciega adhesión contaba.

Barbarita, como se diese cuenta también de las siniestras intenciones del taita, miró a los rebeldes como a sus salvadores y corrió hacia ellos; mas, al advertir cómo la miraban, se detuvo, con el corazón helado por el terror, y maquinalmente tornó al sitio donde la dejara Asdrúbal.

De pronto cantó el "yacabó". Campanadas funerales en el silencio desolador del crepúsculo de la selva, que hielan el corazón del viajero.

—Ya-cabó. Ya-cabó...

¿Fue el canto agorero del ave o el propio gemido mortal de Asdrúbal? ¿Fue la descarga repentina de la prolongada tensión nerviosa, o la sideración, misteriosamente transmitida a distancia, de un golpe mortal que en aquel momento recibía otro cuerpo: el tajo de El Sapo en el cuello de Asdrúbal?

Ella sólo recordaba que había caído de bruces, derribada por una conmoción subitánea y lanzando un grito que le desgarró la garganta.

Lo demás sucedió sin que ella se diese cuenta, y fue: el estallido de la rebelión, la muerte del capitán y enseguida la de El Sapo, que había regresado solo al campamento, y el festín de su doncellez para los vengadores de Asdrúbal.

Cuando, ahogándose en la sofocación de la carrera, el viejo Eustaquio llegó en su auxilio al grito lanzado por ella, ya todos estaban hartos y uno decía:

—Ahora podemos vendérsela al turco, aunque sea por las veinte onzas que ofreció enantes.

Reflejos de hogueras empurpuran la oscuridad de la noche; óyese salvaje gritería. Es la caza del gaván. Los indios encienden fogatas de paja en torno a los pantanos inaccesibles, el ave levanta el vuelo, asustada por la algarabía, sus alas se tiñe de rosa al resplandor del fuego entre las tinieblas profundas; pero, de pronto, los cazadores enmudecen y apagan rápidamente las hogueras, y el ave, encandilada, cae indefensa al alcance de las manos.

Algo semejante ha acontecido en la vida de Barbarita. El amor de Asdrúbal fue un vuelo breve, un aletazo apenas, a los destellos del primer sentimiento puro que se albergó en su corazón, brutalmente apagado para siempre por la violencia de los hombres, cazadores de placer.

De sus manos la rescató aquella noche Eustaquio —viejo indio baniba que servía de piloto en la piragua, sólo por estar cerca de la hija de aquella mujer de su tribu que, a la hora de sucumbir a los crueles tratos del capitán, le recomendó que no le abandonase a la guaricha—; pero ni el tiempo, ni la quieta existencia de la ranchería donde se refugiaron, ni el apacible fatalismo que el son de los tristes yapururos removía por instantes en su alma india, habían logrado aplacar la sombría tormenta de su corazón: un ceño duro y tenaz le surcaba la frente, un fuego maligno le brillaba en los ojos.

Ya sólo rencores podía abrigar en su pecho y nada la complacía tanto como el espectáculo del varón debatiéndose entre las garras de las fuerzas destructoras. Maleficios del Camajay-Minare —siniestra divinidad de la selva orinoqueña—, el diabólico poder que reside en las pupilas de los dañeros y las terribles virtudes de las hierbas y raíces con que las indias confeccionan la pusana para inflamar la lujuria y aniquilar la voluntad de los hombres renuentes a sus caricias, apasiónanla de tal manera que no vive sino para apoderarse de los secretos que se relacionan con el hechizamiento del varón.

También la iniciaron en su tenebrosa sabiduría toda la caterva de brujos que cría la bárbara existencia de la indiada. Los ojeadores, que pretenden producir las enfermedades más extrañas y tremendas sólo con fijar sus ojos meléficos sobre la víctima; los sopladores, que dicen curarlas aplicando su milagroso aliento a la parte señalada del cuerpo del enfermo; los ensalmadores, que tiene oraciones contra todos los males y les basta murmurarlas mirando hacia el sitio donde se halle el paciente, así sea a leguas de distancia, todos le revelaron sus secretos, y a vuelta de poco las más groseras y extravagantes supersticiones reinaban en el alma de la mestiza.

Por otra parte su belleza había perturbado ya la paz de la comunidad. La codiciaban los mozos, la vigilaban las hembras celosas, y los viejos prudentes tuvieron que aconsejarle a Eustaquio:

—Llévate a la guaricha. Vete con ella de por todo esto.

Y otra vez fue la vida errante por los grandes ríos, a bordo de un bongo, con palanqueros indios.

El Orinoco es un río de ondas leonadas; el Guainía las arrastra negras. En el corazón de la selva, aguas de aquél se reúnen con las de éste; mas por largo trecho corren sin mezclarse, conservando cada cual su peculiar coloración. Así en el alma de la mestiza tardaron varios años en confundirse la hirviente sensualidad y el tenebroso aborrecimiento al varón.

La primera víctima de esta horrible mezcla de pasiones fue Lorenzo Barquero.

Era éste el menor de los hijos de don Sebastián y se había educado en Caracas. Ya estaba para concluir sus estudios de derecho, y le sonreía el porvenir en el amor de una mujer bella y distinguida y en las perspectivas de una profesión en la cual su talento cosecharía triunfos, cuando, a tiempo que en el Llano estallaba la discordia entre Luzardos y Barqueros, empezó a manifestarse en él un extraño caso de regresión moral. Acometido de un brusco acceso de misantropía, abandonaba de pronto las aulas universitarias y los halagos de la vida de la capital, para ir a meterse en un rancho de los campos vecinos, donde, tumbado en un chinchorro, pasábase días consecutivos, solo, mudo y sombrío, como una fiera enferma dentro de su cubil. Hasta que, por fin, renunció definitivamente a cuanto pudiera hacerle apetecible la existencia en Caracas: a su novia, a sus estudios y a la vida brillante de la buena sociedad, y tomó el camino del Llano para precipitarse en la vorágine del drama que allá se estaba desarrollando.

Y allá se tropezó con Barbarita, una tarde, cuando, de remontada por el Arauca con su cargamento de víveres para La Barquereña, el bongo de Eustaquio atracó en la pos del Bramador, donde él estaba dirigiendo la tirada de un ganado.

Una tormenta llanera, que se prepara y desencadena en obra de instantes, no se desarrolla, sin embargo, con la violencia con que se desataron en el corazón de la mestiza los apetitos reprimidos por el odio, pero éste subsistía y ella no lo ocultaba.

—Cuando te vi por primera vez te me pareciste a Asdrúbal —díjole, después de haber referido el trágico episodio—. Pero ahora me representas a los otros; un día eres el taita, otro día El Sapo.

Y como él replicara, poseedor orgulloso:

—Sí. Cada uno de los hombres, todos aborrecibles para ti; pero, representándotelos, uno a uno, yo te hago amarlos, a todos a pesar tuyo.

Ella concluyó rugiente:

—Pero yo los destruiré a todos en ti.

Y este amor salvaje, que en realidad le imprimía cierta originalidad a la aventura con a bonguera, acabó por pervertir el espíritu y ya perturbado de Lorenzo Barquero.

Ni aun la maternidad aplacó el rencor de la devoradora de hombres; por lo contrario, se le exasperó más; un hijo en sus entrañas era para ella una victoria del macho, una nueva violencia sufrida, y bajo el imperio de este sentimiento concibió y dio a luz una niña, que otros pechos tuvieron que amamantar, porque no quiso ni verla siquiera.

Tampoco Lorenzo se ocupó de la hija, súcubo de la mujer insaciable y víctima del brebaje afrodisiaco que le hacía ingerir, mezclándolo con las comidas y bebidas, y no fue necesario que transcurriera mucho tiempo para que de la gallarda juventud de aquel que parecía destinado a un porvenir brillante sólo quedara un organismo devorado por los vicios más ruines, una voluntad abolida, un espíritu en regresión bestial.

Y mientras el adormecimiento progresivo de las facultades —días enteros sumido en un sopor invencible— lo precipitaba a la horrible miseria de las fuentes vitales agotadas por el veneno de la pusana, la obra de la codicia lo despojó de su patrimonio.

La idea la sugirió un tal coronel Apolinar que apareció por allí en busca de tierras para comprar, con el producto de sus rapiñas en la Jefatura Civil de uno de los pueblos de la región. Ducho en argucias de rábulas, como advirtiese la ruina moral de Lorenzo Barquero y se diese cuenta de que la barragana era conquista fácil se trazó rápidamente su pan y a tiempo que empezaba a enamorarla, entre un requiebro y otro, le insinuó:

—Hay un procedimiento inmancable y muy sencillo para que usted se ponga en la propiedad de La Barquereña, sin necesidad de que se case con don Lorenzo, ya que, como dice, le repugna la idea de que un hombre pueda llamarla su mujer. Una venta simulada. Todo está en que él firme el documento; pero eso no es difícil para usted. Si quiere, yo le redacto la escritura de manera que no pueda haber complicaciones con los parientes.

Y la idea encontró fácil asidero.

—Convenido. Redácteme ese documento. Yo se lo hago firmar.

Así se hizo, sin que Lorenzo se resistiera al despojo; pero cuando ya se iba a proceder al registro del documento, descubrió Bárbara que existía una cláusula por la cual reconocía haber recibido de Apolinar la cantidad estipulada como precio de La Barquereña y comprometía la finca en garantía de tal obligación.

Y Apolinar explicó:

—Ha sido menester poner esa cláusula como una tapa contra los parientes de don Lorenzo, que si descubren que es una venta simulada pueden pedir su anulación declarándolo entredicho. Para que no haya dudas, yo le entregaré a usted ese dinero en presencia del registrador. Pero no se preocupe. Es una comedia entre los dos. Luego usted me devuelve mis reales y yo le entrego esta contraescritura que anula la cláusula.

Y le mostró un documento privado cuya invalidez corría de su cuenta.

Ya era tarde para retroceder, y, por otra parte, también ella se había trazado su plan para apoderarse de aquel dinero que Apolinar quería invertir en fincas, y le respondió devolviéndole el contradocumento:

—Está bien. Se hará como tú quieras.

Apolinar comprendió que también se rendía a su amoroso asedio y se complació en sus artes. Por el momento, la mujer que se le entregaba con aquel tú; luego, la finca. Y su dinero intacto.

Días después le comunicó a Lorenzo:

—He resuelto reemplazarte con el coronel. De modo que ya estás de más en esta casa.

A Lorenzo se le ocurrió esta miseria:

—Yo estoy dispuesto a casarme contigo.

Pero ella le respondió con una carcajada, y el ex hombre tuvo que ir a refugiarse junto con su hija, y ahora de veras y para siempre, en un rancho del palmar de La Chusmita, que tampoco era tierra suya, en virtud de aquella transacción por la cual su madre y su tío José Luzardo habían renunciado a al propiedad que les asistía sobre aquella porción de la antigua Altamira.

Ni el nombre quedó de La Barquereña, pues Bárbara se lo cambió por El Miedo, denominación del paño de sabana donde estaban situadas las casas del hato, y éste fue el punto de partida del famoso latifundio.

Desatada la codicia dentro del tempestuoso corazón, se propuso ser dueña de todo el cajón del Arauca, y asesorada por las extraordinarias habilidades de litigante de Apolinar, comenzó a meterles pleitos a los vecinos, obteniendo de la venalidad de los jueces lo que la justicia no pudiera reconocerle, y cuando ya nada tenía que aprender del nuevo amante y todo el dinero de éste había sido empleado en el fomento de la finca, recuperó su fiera independencia haciendo desaparecer, de una manera misteriosa, a aquel hombre que podía jactarse de llamarla suya.

Altamira, descuidada por su dueño, en manos de administradores fácilmente sobornables, fue la presa predilecta de su ambición de dominio. Leguas y leguas diéronle los litigios, y entre uno y otro el lindero de El Miedo iba metiéndose por tierras altamireñas, mediante una simple mudanza de los postes, favorecida por la deliberada imprecisión y oscuridad de los términos con que los jueces comprados redactaban las sentencias y por la complicidad de los mayordomos de Luzardo, que se hacían de la vista gorda.

A cada noticia de una de estas bribonadas, Santos Luzardo cambiaba de administrador y así, de mano en mano, fue Altamira a caer en las de un tal Balbino Paiba, antiguo tratante en caballos que había tenido la oportunidad de ir a comprarle algunos a la dueña de El Miedo y la audacia de dirigirle un requiebro en el preciso momento en que ella estaba necesitando un mayordomo para Altamira, sin que se sospechase que hubiera inteligencia entre ambos.

Fue a raíz del último pleito ganado a Santos Luzardo, enamorándole al abogado que, además de poco escrupuloso, era blando al amor. Las quince leguas de sabanas altamireñas pasaron a engrosar las de El Miedo; pero ella no se conformó con esto e hizo que el abogado recomendase a Balbino Paiba para la mayordomía vacante. Desde entonces y trabajando sin descanso, cuantos orejanos y mostrencos habían caído por allá en rodeos y carreras fueron marcados con el hierro de El Miedo y, entretanto, el lindero errante avanzando Altamira adentro.

Y mientras las tierras limítrofes iban incorporándose de este modo a su feudo, y la hacienda ajena engrosaba sus rebaños, todo el dinero que caía en sus manos desaparecía de la circulación. Hablábase de varias botijuelas repletas de morocotas, su moneda predilecta, que ya tenía enterradas; y era fama que, una vez, cierto dueño de hato muy rico en cabezas de ganado, sabedor de que ella para apreciar su dinero no lo contaba sino lo media, cual si se tratase de cereales, fue a proponerle:

—Présteme una cuartilla de morocotas, doña.

Dice el cuento que ella fue y vino con la medida colmada por encima de los bordes.

—¿Cómo la quiere, ño, con o sin copete?

—Rasita, doña. Porque, a la hora de pagar, el copete me puede salir muy caro.

Ella quitó las monedas excedentes, pasando al ras de los bordes de la medida una regla que al efecto usaba, y dijo:

—Fíjese, ño. Así la quiero cuando me la pague; descopetada de un solo toletazo.

Esto contaban. Tal vez había mucho de leyenda en cuanto le decía a propósito de su fortuna; pero bastante rica y muy avara sí era doña Bárbara.

En cuanto a la conseja de sus poderes de hechicería, no todo era tampoco invención de la fantasía llanera. Ella se creía realmente asistida de potencia sobrenaturales y a menudo hablaba de un "Socio" que la había librado de la muerte, una noche, encendiéndole la vela para que se despertara, a tiempo que penetraba en su habitación un peón pagado para asesinarla, y que, desde entonces, se le aparecía a aconsejarle lo que debiera hacer en las situaciones difíciles o a revelarle los acontecimientos lejanos o futuros que le interesara conocer. Según ella, era el propio milagroso Nazareno de Achaguas; pero lo llamaba simplemente y con la mayor naturalidad: "el Socio" y de aquí se originó la leyenda de su pacto con el diablo.

Mas, Dios o demonio tutelar, era lo mismo para ella, ya que

en su espíritu, hechicería y creencias religiosas, conjuros y oraciones, todo estaba revuelto y confundido en una sola masa de superstición, así como sobre su pecho estaban en perfecta armonía amuletos de los brujos indios y escapularios, y sobre la repisa del cuarto de los misteriosos conciliábulos con "el Socio", estampas piadosas, cruces de palma bendita, colmillos de caimán, piedras de curvinata y de centella, y fetiches que se trajo de las rancherías indígenas, consumían el aceite de una común lamparilla votiva.

Tocante a amores, ya ni siquiera aquella mezcla salvaje de apetitos y odio de la devoradora de hombres. Inhibida la sensualidad por la pasión de la codicia y atrofiadas hasta las últimas fibras femeniles de su ser por los hábitos del marimacho —que dirigía personalmente las peonadas, manejaba el lazo y derribaba un toro en plena sabana como el más hábil de sus vaqueros y no se quitaba de la cintura la lanza y el revólver, ni los cargaba encima sólo para intimidar—, si alguna razón de pura conveniencia, como la necesidad de un mayordomo incondicional, en un momento dado, o en el caso de Balbino Paiba, de un instrumento suyo en el campo enemigo, la movía a prodigar caricias; más era hombruno tomar que femenino entregarse. Un profundo desdén por el hombre había reemplazado al rencor implacable.

No obstante este género de vida y el haber traspuesto ya los cuarenta era todavía una mujer apetecible, pues si carecía en absoluto de delicadezas femeniles, en cambio el imponente aspecto del marimacho le imprimía un sello original a su hermosura: algo de salvaje, bello y terrible a la vez.

Tal era la famosa doña Bárbara: lujuria y superstición, codicia y crueldad, y allá en el fondo del alma sombría una pequeña cosa pura y dolorosa: el recuerdo de Asdrúbal, el amor frustrado que pudo hacerla buena. Pero aun esto mismo adquiría los terribles caracteres de un culto bárbaro que exigiera sacrificios humanos: el recuerdo de Asdrúbal la asaltaba siempre que se tropezaba en su camino con un hombre en quien valiera la pena hacer presa.

IV
UNO SOLO Y MIL CAMINOS DISTINTOS

El paso del Algarrobo daba acceso al hato de Altamira por depresiones de los altos ribazos que allí encajonaban el cauce del Arauca.

Al son de la guarura que anunciaba la llegada de un bongo, corrieron a asomarse al borde de la barranca derecha unas cuantas muchachas y bajaron a la playa tres chicos y dos hombres.

En uno de éstos, araucano buen mozo, cara redonda de color aceitunado, Santos Luzardo reconoció a Antonio Sandoval. Antoñito el becerrero, en los tiempos de su infancia en el hato su camarada de expediciones en busca de panales de aricas y nidos de paraulatas.

Saludó descubriéndose respetuosamente; pero cuando Luzardo le echó los brazos, tal como lo hiciera para despedirse de él trece años antes, murmuró:

—¡Santos!

—No has cambiado de fisonomía, Antonio —dijo Luzardo, apoyadas todavía sus manos en los hombros del peón.

Y éste, volviendo al tratamiento respetuoso:

—Usted sí que es otra persona. Tanto, que si no hubiera sido porque sabía que venía en el bongo no lo habría reconocido.

—¿De modo que no te he cogido de sorpresa? ¿Cómo supiste que venía?

—Parece que la noticia la trajo a El Miedo el peón que acompañaba a El Brujeador de venirse con usted en el bongo. De eso estábamos hablando, cuando sonó la guarura, yo y mi vale Carmelito.

Referíase al compañero, y en seguida presentándoselo:

—Carmelito López. Un hombre en quien puede confiarse con los ojos cerrados. Es de los nuevos; pero luzardero, también, hasta los tuétanos.

—A su mandar —dijo el presentado, lacónicamente, tocándose apenas el ala del sombrero. Un hombre de facciones cuadradas, cejijunto, nada simpático al primer golpe de vista. Uno de esos hombres que están siempre "encuevado", como dice el llanero, sobre todo en presencia de extraños.

No obstante y a causa de las recomendaciones de Antonio, a Luzardo le produjo buena impresión; pero al mismo tiempo, se dio cuenta de que no había sido recíproca.

En efecto, era Carmelito uno de los tres o cuatro peones del hato con cuya lealtad podía contar Santos Luzardo en la lucha que se había propuesto emprender contra los enemigos de su propiedad. Había llegado a Altamira hacía poco tiempo y si aún permanecía allí, a pesar de lo mal avenido que estaba con el mayordomo Balbino Paiba, era por complacer a Antonio, quien, extremando la tradicional fidelidad de los Sandovales hacia los Luzardos, no sólo soportaba al mayordomo traicionero, sino que procuraba retener en Altamira a los pocos peones honrados que por allí quedaran, en la esperanza de que algún día resolviera Santos ir a encargarse del hato. Como Antonio, Carmelito se había alegrado con la noticia de la llegada del amo; Balbino Paiba sería destituido y obligado a rendir cuenta de sus latrocinios; se acabarían los abusos de doña Bárbara y todo marcharía en regla.

Pero del concepto que tenía Carmelito de la hombría estaba excluido todo lo que descubrió en Santos Luzardo, apenas éste saltó del bongo: la gallardía, que le pareció petulancia, la tersura del rostro, la delicadeza del cutis ya sollamado por el resol de uno días de viaje, rasurado el bigote, que es atributo de machos, los modales afables, que le parecieron amanerados, el desusado traje de montar, aquel saco tan entallado, aquellos calzones tan holgados arriba y en las rodillas tan ceñidos, puños estrechos en vez de polainas, y corbata, que era demasiado trapo para llevar encima por aquellas soledades.

—¡Hum! —murmuró entre dientes— ¿Y éste es el hombre de quien tanto esperábamos? Con este patiquincito presumido no se va a ninguna parte.

Entretanto, el padre de Antonio, un anciano de piel cuarteada pero con la cabeza todavía negra, bajaba la rampa que conducía a la playa, rengueando y sonriente.

—¡Viejo Melesio! —exclamó Santos, saliéndole al encuentro— . ¡Sin una cana todavía!

—Indio no las pinta, niño Santos —y después de reír un rato, con una risa silenciosa, apenas mueca, que dejaba ver las encías desdentadas y la negra saliva de la mascada de tabaco—: ¡Conque no se había olvidado de mí el niño Santos! ¿Déjeme que lo miente asina, como desde pequeñito lo he mentado, hasta que me vaya haciendo a llamarlo dotol! Usted sabe que los viejos semos duros de bocas pa cogé los pasos nuevos.

—Dígame como mejor le parezca, viejo.

—Siempre habrá respeto, ¿verdad, niño? Venga, pa que se repose en casa, un saltico aunque sea, antes de seguir pa la suya. A la derecha de la rampa se extendían, blanqueadas por la intemperie, las palizadas de los corrales donde se reunía el ganado que por allí se sacaba, y a la izquierda se agrupaban las construcciones típicas de la vivienda llanera: dos casas de bahareque y palma, que eran las habitaciones de la familia de Melesio, y entre ambas un caney de gruesa y baja techumbre pajiza, bajo el cual había una mesa larga rodeada de bancos; otro caney, más allá, alto y espacioso, a cuyos horcones estaban amarradas las bestias de Antonio y Carmelito y la que ellos habían traído del hato para Santos; otro, en fin, separado de las casas y de cuyas travesañas de macanilla pendían cueros de venados y de chigüires, recién curtidos, pestilentes todavía.

Detrás de este caney se alzaba una hilera de árboles; jobos, dividives y el alto algarrobo que le daba nombre al esguazadero. Lo demás era llanura despejada, la inmensidad de los pastos, en cuyo remoto confín circular, y como suspendida en el aire por efecto del espejismo, divisábase la ceja de una arboleda, la "mata" llanera, bosque aislado en medio de las sabanas.

—¡Altamira! —exclamó Santos—. ¡Los años que no te veía!

De las puertas de las casas desaparecieron las muchachas que poco antes se habían asomado al borde del ribazo, y Melesio dijo:

—Son mis nietas. Muchachas cimarronas, como decimos por aquí. En toda la tarde no han hecho sino aguaitar pa el río, esperándole a usted, y ahora que llega, se esconden.

—¿Hijas tuyas, Antonio? —preguntó Santos.

—No, señor. Yo todavía ando escotero, a Dios gracias.

—De los otros hijos —explicó Melesio—. De los difuntos que en paz descansen.

Penetraron bajo el sombroso abrigo del caney pequeño. El piso de tierra había sido barrido con esmero y los bancos colocados al hilo de la horconadura, como para las noches del joropo. Además, había un butaque, lujo del rústico mobiliario del llanero, puesto allí para el huésped en sitio de honor.

—Salgan pa juera, muchachas —gritó Melesio—. No sean tan camperusas. Arrímense pa que saluden al dotol.

Ocultas detrás de las puertas y al mismo tiempo deseosas de presentarse, las ocho nietas de Melesio disimulaban su timidez riendo y empujándose unas a otras.

—Salí tú primero, chica.

—¿Guá y por qué no salís tú?

Por fin aparecieron, en fila india, como si marcharan por una vereda angosta, y con una misma frase, pronunciada con un idéntico tono cantarino de voz, saludaron a Luzardo tendiéndole unas manos escurridizas.

—¿Cómo está? ¿Cómo está? ¿Cómo está?

A tiempo que el abuelo iba diciendo:

—Esta es Gervasia, la de Manuelito. Esta es Francisca, la de Andrés Ramón. Genoveva, Altagracia... Las novillas sandovaleras, como les dicen por aquí. En mautes no tengo sino esos tres zagaletones que le sacaron sus macundos del bogo. La herencia que me dejaron los hijos: once bocas con sus dientes completos.

Pasada la vergüenza del saludo y de la presentación, se fueron sentando en los bancos, una al lado de la otra, en el mismo orden en que habían salido de la casa, sin hallar qué hacer con las manos ni dónde poner los ojos. La mayor, Genoveva, no pasaría de diecisiete años; algunas eran buenas mozas, de tez arrosquetada, ojos negros y brillantes, y todas de carnes macizas y aspecto saludable.

—Tiene usted una familia que da gusto, Melesio —dijo Luzardo—. Fuerte y sana. Se ve que por aquí no reina el paludismo.

El viejo se cambió la mascada de uno al otro carrillo y respondió:

—Voy a decirle, niño Santos. Es verdad que por aquí no es tan enfermizo como por esos otros llanos que usted ha atravesado; pero a nosotros también nos jeringa el paludismo. Yo, que le estoy hablando, once hijos tuve y siete de ellos llegaron a hombres. Usted debe recordarlos. Pues hoy sólo me queda Antonio. Y asina como le hablo yo, le pueden hablar también muchos otros. Lo que sucede es que habemos personas que le damos fiebre a la calentura. En buena hora lo haiga dicho, por todos los que estamos presentes, con el favor de Dios. Pero con los demás hace su juego el paludismo.

Escupió la amarga saliva de la mascada y, volviendo a su lenguaje metafórico de hombre criado entre reses, concluyó, con fatalismo bromista:

—No tiene sino que mirar cómo me he quedado con el mautaje solamente. El ganado grande: los hijos y las mujeres de los hijos, me los arrasó el gusano.

Y volvió a soltar su risa silenciosa.

—Pero cuántos abuelos no le envidiarían, Melesio, al verlo rodeado de tantas nietas bonitas —dijo Santos, desechando el tema aflictivo.

—Con sus favores —murmuró Genoveva, mientras las demás cuchicheaban azoradas.

—¡Hum! —hizo Melesio—. No se esté creyendo que eso es una ventaja. Ojalá me hubieran dejado con un hatajo de feas, porque ésas se pastorean sin mucho trabajo. Visiversa, ni dormir completo puedo. Toda la noche tengo que estar como el alcaraván: ¡oído al zorro! Y de rato me tiro del chinchorro y voy a darles una recorrida, contándolas una por una, a ver si están completas las ocho.

Y la plácida mueca volvió a marcarle las mil arrugas del rostro, mientras las muchachas, rojas de vergüenza y haciendo esfuerzos por contener la risa, refunfuñaban:

—¡Jesús, taita! Las cosas suyas.

Allanándose al tono chancero de Melesio, Santos charló un rato dándoles bromas a las muchachas. Rebullían ellas, entre complacidas y azoradas, escuchábalo el viejo con la silenciosa risa desplegada en el rostro y lo contemplaba en silencio Antonio con una mirada leal.

Se presentó luego uno de los muchachos con la taza de café, que nunca le falta al llanero para obsequiar a sus huéspedes.

—Va usted a beber en la misma taza en que bebía su padre, a quien Dios tenga en su gloria —dijo Melesio—. Desde entonces, nadie más la ha usado.

Y en seguida:

—¡Conque no me morí sin ver al niño Santos!

—Gracias, viejo.

—No tiene de que darlas, niño. Luzardero nací y en esa ley tengo que morir. Por estos lados, cuando se habla de nosotros los Sandovales, dicen que y que tenemos marcado en las nalgas el jierro de Altamira. ¡Je! ¡Je!

—Siempre han sido ustedes muy consecuentes con nosotros. Es la verdad.

—En buena hora lo diga, pa que estos muchachos que lo están escuchando sigan siempre por el mismo rumbo. Sí, señor. Consecuentes semos y siempre lo hemos sido: hablando cuando nos toca y callando cuando no nos preguntan; pero cumpliendo siempre el deber en lo que nos corresponde. ¿Que hay cosas de cosas? ¡No señor! Lo que siempre le he dicho a Antonio: los Sandovales con los Luzardos, hasta que ellos no nos corran de lo suyo. Porque si...

—Bueno, viejo —intervino Antonio sonriendo—. Todavía no están preguntándonos nada.

Y Santos comprendió lo que quería decir Melesio con aquello de "callando cuando no nos preguntan". Anticipábase a los reproches que él pudiera hacerles, por no haberlo tenido al corriente de las bribonadas de los administradores y dejaba traslucir el resentimiento de quienes, a pesar de la probada y tradicional lealtad, se vieron subordinados a advenedizos como Balbino Paiba, a quien ni siquiera de vista conocía Luzardo.

—Comprendo, viejo. Y reconozco que el verdadero culpable de lo que ocurre por aquí soy yo, pues estando ustedes, nadie mejor para haberles confiado mis intereses. Pero la verdad es que nunca me ocupé ni quise ocuparme del hato.

—Sus estudios, que no le dejaban tiempo —dijo Antonio.

—Y el despego de esta tierra.

—Eso sí es malo, niño Santos —observó Melesio.

—Y ya me doy cuenta —prosiguió Luzardo— de lo tirante que ha debido de ser la situación de ustedes en Altamira.

—Sosteniendo el barajuste, como dicen, —manifestó Antonio.

Y el viejo, apoyando, en el mismo estilo metafórico de ganaderos:

—Y que no han sido pocas las atropelladas. Antonio, mijo, principalmente, ha tenido que dejarse supiritar, sobre todo por el don Balbino, y hasta aparentarse enemigo de usted para que no lo despidiera. Que, por cierto, ya estará fijándose usted en que no ha venío a recibirlo a usted.

—Mejor está así —dijo Santos—. Y ojalá se le ocurra marcharse del hato antes de que yo llegue a la casa, pues ¿qué cuentas puede rendirme, que no sean de las que siempre me rindieron sus antecesores, todas del Gran Capitán, ni qué cargos puedo hacerle, si de todas sus pillerías el verdadero culpable soy yo?

Al oír esto, Carmelito, que estaba más allá, apretándoles las cinchas a los caballos amarrados a los horcones del caney grande, murmuró:

—¿No lo dije? Ya el hombre está deseando que no se le presenten dificultades con el mayordomo. La regla no manca, con los patiquines no hay esperanza. A quien van a tener que arreglarle su cuenta, y esta noche mismo, es a mí, porque de madrugada voy a estar ensillando.

Y quizás hasta el mismo Antonio pensó algo semejante, a pesar de la afectuosa adhesión que le profesaba a Santos, al oírlo dispuesto a tolerar que el mayordomo se fuera tranquilo con el producto de sus pillerías, pues arrugó el ceño y guardó silencio de contrariedad.

Santos continuó saboreando, sorbo a sorbo, el café tinto y oloroso, placer predilecto del llanero, y mientras tanto, saboreó también una olvidada emoción.

El hermoso espectáculo de la caída de la tarde sobre la muda inmensidad de la sabana; el buen abrigo, sombra y frescura del rústico techo que lo cobijaba; la tímida presencia de las muchachas, que habían estado esperándolo toda la tarde, vestidas de limpio y adornadas las cabezas con flores sabaneras, como para una fiesta; la emocionada alegría del viejo al comprobar que no lo había olvidado el "niño Santos", y la noble discreción de la lealtad resentida de Antonio, estaban diciéndole que no todo era malo y hostil en la llanura, tierra irredenta donde una gente buena ama, sufre y espera.

Y con esta emoción, que lo reconciliaba con su tierra, abandonó la casa de Melesio, cuando ya el sol empezaba a ponerse, rumbo de baquianos a través de la sabana, que es , toda ella, uno solo y mil caminos distintos.

<h1 style="text-align:center">V</h1>

LA LANZA EN EL MURO

Del que seguían las bestias, sendero abierto por las pezuñas del ganado, se levantaban con silencioso vuelo las lechuzas y aguaitacaminos, encandilados todavía por la claridad diurna, y al paso de la cabalgata lanzaban sus ásperos gritos los alcaravanes.

Parejas de venados huían por todas partes, hasta perderse de vista. Distante, en la contraluz de un crepúsculo de colores calientes y suntuosos, se destacaba la silueta de un jinete que iba arreando un rebaño. Reses señeras se engreían, aquí y allá, amenazantes, o se disparaban ariscas, a la vista del hombre, mientras que otras, mansas, se encaminaban paso a paso y por distintos rumbos hacia los corrales del hato, donde ya se elevaban las blancas humaredas de la boñiga seca que era costumbre quemar al aproximarse la noche, para ahuyentar las nubes de mosquitos perturbadores del sueño de gente y ganado.

Lejos se alzaba la polvareda de una "rochela" de caballos salvajes. Un bando de garzas se alejaba hacia el Sur, una tras otra en la armoniosa serenidad del vuelo.

Pero era un cuadro de desolación dentro del grandioso marco de la llanura. Ya le habían dicho a Santos Luzardo que en Altamira no quedaban sino unas "paraparas" y, en efecto, toda aquella hacienda que se movía sobre el inmenso paño de sabana sería, apenas, un centenar entre bestias y reses, cuando antes, hasta los tiempos de José Luzardo, eran yeguadas y rebaños numerosos.

—¡Se acabó esto! —exclamó Santos—. ¿A qué he venido si aquí no hay nada que salvar?

—Hágase cargo —dijo Antonio—. Por un lado, doña Bárbara, y por el otro una runfla de mayordomos, a cual más ladrón, haciendo de las suyas con el ganado de acá. Y, como si fuera poco, los cuatreros del Cunaviche metiéndose en Altamira como río en conuco, cada vez que les dé la gana; los revolucionarios por un lado y por el otro las comisiones del Gobierno que vienen a buscar caballos y de aquí es de donde se los llevan, porque doña Bárbara, para que no le quiten los suyos, los encamina para acá.

—El desastre —concluyó Santos—. La ruina bien merecida.

—Pero todavía queda, doctor —agregó Antonio—. Puras cimarroneras, y a Dios gracias, porque si no, a estas horas también le habrían manoteado esas reses. En Altamira, afortunadamente, desde la soltada de las queseras, casi todo el ganado se ha alzado, pero las cimarroneras han sido aquí una salvación, porque, como dan tanta brega, los mayordomos se han contentado con cogerse el ganado manso. Una de estas noches lo voy a llevar al mastrantal de Mata Luzardera para que se dé una idea de la plata que todavía tiene que defender. Pero si se hubiera dilatado en venir unos días más, ni eso habría encontrado, pues ya el don Balbino tenía dispuesto empezar a darles choques a las cimarroneras para repartírselas con doña Bárbara. Para algo se ha enredado ella con él.

—¡Cómo! ¿De modo que Paiba es el amante de turno de doña Bárbara?

—Pero ¿usted no lo sabía, doctor? ¡Ah, caramba! Si por eso es que está él aquí. A lo menos, la misma doña Bárbara dice que fue ella quien hizo poner a Balbino en Altamira.

Y fue entonces cuando Santos vino a darse cuenta de la traición del apoderado que le recomendara a Paiba, encima de haber dejado perderse la causa que él le confiara.

Una leve sonrisa, que sólo la mirada zahorí de Antonio podía percibir, cruzó por el rostro de Carmelito, y ya aquél se arrepentía de las palabras con que había puesto en evidencia la desairada situación de Luzardo, cuando descubrió también en éste, por el fiero gesto, el encabritamiento de la hombría que Carmelito no le reconocía, y de la cual él mismo había llegado a dudar, por un momento, hacía poco.

—Tenemos hombre — se dijo para sus adentros, complacido en el hallazgo—. La raza de los Luzardos no se ha acabado todavía.

Guardó respetuoso silencio el peón leal; Carmelito continuó hermético, y por largo rato se escucharon las pisadas de los caballos. Luego, allá lejos, por donde iba, negra en la contraluz del crepúsculo, la silueta del jinete en pos del rebaño, un cantar de notas largas, tendido en la muda inmensidad.

Y la emoción apaciguante del paisaje natal volvió a apoderarse del ánimo de Santos. Dejó vagar la vista, desarrugando el ceño, por la ancha tierra y fueron acudiendo a sus labios los nombres familiares de los sitios que reconocía a la distancia.

—Mata Oscura, Uveral, Corozalito. El palmar de La Chusmita. Cosa de un instante nada más, al pronunciar el nombre del lugar aciago, causa de la discordia que destruyó a su familia, sintió que surgían intempestivamente del fondo de su ser torvos sentimientos que le oscurecían la recuperada serenidad del ánimo. ¿Acaso el odio de los Luzardos por los Barqueros, la pasión de la cual se creía exento?

Y a tiempo que se hacía la interrogación, reveladora de conciencia alerta, oyó que Antonio, fiel también al rencor de la "familia", como, por antonomasia, decían los Sandovales, murmuraba:

—¡El maldito palmar! Sí, señor. Allá está purgando en vida su crimen el que azuzó al hijo contra el padre.

Referíase a Lorenzo Barquero, instigador de Félix Luzardo la tarde de la monstruosa tragedia de la galera, y parecía verdaderamente suyo el rencor que le vibraba en la voz.

En cambio, tras una breve pausa, Santos se complació en comprobar que sólo un interés compasivo lo movía a hacer esta pregunta:

—¿Vive todavía el pobre Lorenzo?

—Si se puede llamar vida al resuello, que es lo que le queda. El "Espectro de La Barquereña", lo mientan por aquí. Es una piltrafa de hombre. Dicen que fue doña Bárbara quien lo puso así; pero para mí que fue castigo de Dios porque comenzó a secarse en vida desde la hora y punto en que el difunto José lo clavó en el bahareque.

Aunque Santos no comprendió todo lo que quería decir Antonio con la frase final, le repugnó que mezclara a su padre en aquel asunto y cambió el tema haciendo una pregunta relativa al ganado que pacía por allí.

Se ocultó por fin el sol, pero quedó largo rato suspendido sobre el horizonte el lento crepúsculo llanero en una faja de arreboles sombríos cortados por la línea neta del disco de la llanura, mientras en el confín opuesto, al fondo de una transparente lontananza de tierras mudas, comenzaba a levantarse la luna llena. Se fue haciendo más y más brillante el fulgor espectral que plateaba los pajonales y flotaba como un velo en las hondas lejanías, y ya era entrada la noche cuando llegaron a las fundaciones del hato.

Una casa grande, de bahareque y tejas, torcidas las paredes, despatarradas las techumbres, de cinc las de los corredores que la rodeaban, con un palenque por delante para defenderla del ganado y algunos árboles por detrás, en lo que se denomina el patio, no muy altos, pues el llanero no los consiente cerca de sus viviendas por temor al rayo al fondo, la cocina y unas piezas destinada a almacenar las yucas, topochos y frijoles que producían los conucos para el consumo del personal; a la derecha el caney sillero y los que servían de dormitorios de la peonada, y entre éstos y aquél, la tasajera, donde se secaba al aire y al sol, pasto de las moscas, la carne salada; a la izquierda, las trojes donde se depositaba el maíz en mazorcas, el totumo y el merecure del gallinero, los botalones de tallar sogas, las majadas, medias majadas y corralejas y finalmente, el chiquero de los marranos, eso era el hato de Altamira, tal como lo fundara el cunavichero don Evaristo, en años ya remotos, excepto las tejas y el cinc de los techos de la casa de familia, mejoras introducidas por el padre de Santos. Una fundación primitiva, asiento de una industria rudimentaria y abrigo de una existencia semibárbara en medio del desierto.

Dos mujeres que se asomaron a la puerta de la cocina a fisgonear cómo era el amo, y tres peones que acudieron a recibirlo, era toda la gente que había por allí.

Antonio los fue presentando por sus nombres, oficios y condiciones. A uno de color cetrino y tres o cuatro pelos lacios por bigotes, con estas palabras:

—Venancio, el amansador. Hijo de ño Venancio, el quesero. ¿Se acuerda usted de ño Venancio?

—¡Cómo no voy a acordarme! —respondió Santos—. Gente de la casa, desde tiempo inmemorial.

—Pues no tengo nada que decirle —manifestó el presentado. Pero Santos volvió a ver en aquel rostro la misma expresión de recelo que ya había descubierto en el de Carmelito.

—El cabrestero María Nieves —prosiguió Antonio, presentando al segundo, un catire retaco—. Llanero marrajo, hasta en el nombre que parece de mujer. Ya usted se irá dando cuenta de la clase de hombre que es. Y no le presento sino lo bueno.

—Son favores suyos, Antonio —dijo el aludido, y dirigiéndose a Luzardo, agregó—: Aquí me tiene, pues, para lo poco que pueda serle útil.

En cuanto al tercero, un zambo contento, canilludo y desgalichado, que todo se volvía movimiento, no tuvo tiempo de presentarlo Antonio.

—Con su licencia, doctor. Yo me voy a presentar yo mismo, no vaya a ser cosa que mi vale Antonio le dé malas recomendaciones, porque ya le estoy viendo la bellaquería pintada en los ojos. Soy Juan Palacios; pero me llaman Pajarote y así puede mentarme. No soy de la casa desde tiempo inmemorial, como usted acaba de decir, pero conmigo puede contar para todo lo que se le ofrezca, porque yo no soy sino lo que se me ve por encima. Y con ésta, si no es abuso, le entrego al zambo Pajarote.

Diciendo así, le tendió la mano y Santos se la estrechó, complacido en aquella ruda franqueza, tan llanera también.

—Así se habla, Pajarote —murmuró Antonio, con agradecida lealtad.

—¡Guá, zambo! Las palabras son para decirlas.

Cruzó algunas Santos con sus peones y luego se retiró a la casa, y entonces Antonio hizo estas preguntas, que no le había parecido prudente formular en presencia de aquél:

—¿Por qué está esto tan solo? ¿Qué se han hecho los demás muchachos?

—Se fueron —respondió Venancio—. Apenas habían partido ustedes para El Paso, ensillaron y cogieron rumbo a El Miedo.

—¿Y don Balbino? ¿No ha estado por aquí?

—No. Pero eso es plan combinado por él. Yo había maliciado ya que estaba sonsacando a los muchachos.

—No se ha perdido gran cosa, pues toda era gente balbinera, bellaca y manguareadora —concluyó Antonio, después de una breve cavilación.

Entretanto, molido el cuerpo por las incomodidades del largo viaje, pero con el espíritu excitado por las emociones de aquella jornada, decisiva en su existencia, Santos Luzardo se había reclinado en la hamaca que encontró dispuesta para él en una de las habitaciones de la casa y analizaba sus sentimientos.

Eran dos corrientes contrarias: propósitos e impulsos, decisiones y temores.

Por una parte, lo que había sido fruto de reflexiones ante el espectáculo de la llanura: el deseo de consagrarse a la obra patriótica, a la lucha contra el mal imperante, contra la Naturaleza y el hombre, a la búsqueda de los remedios eficaces; propósito desinteresado, hasta cierto punto, pues lo que menos contaba en él era el ansia de reconquistar la riqueza dedicándose a restaurar el hato.

Pero en aquella decisión hubo también mucho del impulsivo escapado de la disciplina del razonador, al contacto con el medio propicio: la llanura semibárbara, "tierra de los hombres machos", como solía decir su padre, pues bastó que el bonguero ponderase los riesgos que corría quien intentara oponerse a los planes de doña Bárbara, para que él desistiese de su propósito de vender el hato.

Finalmente, ¿no fue de aquel mismo contacto con el medio, de donde se originó el intempestivo acceso del rencor de la familia, ante la visión del palmar de La Chusmita, y no sería esta regresión a la violencia, aunque momentánea, una advertencia que le prevenía contra sí mismo? La vida del Llano, esa fuerza irresistible con que atrae su imponente rudeza, ese exagerado sentimiento de la hombría producido por el simple hecho de ir a caballo a través de la sabana inmensa, pondría en peligro la obra de sus mejores años, consagrados al empeño de sofocar las bárbaras tendencias del hombre de armas tomar, latente en él.

Luego, lo prudente era volver al propósito primitivo: vender el hato. Además, era lo que estaba de acuerdo con sus verdaderos planes de vida, puesto que cuanto pensó a bordo del bongo tal vez no fue sino momentánea exaltación. ¿Estaba acaso preparado para la obra que se proponía? ¿Sabía, realmente, lo que era un hato, cómo había que manejarlo y de qué modo corregir las deficiencias de una industria que había venido pasando a través de varias generaciones sin perder su forma primitiva? Las lineas generales del vasto plan civilizador no podían escapársele; pero los detalles ¿podría, acaso, dominarlos? Desplazada de un momento a otro su inteligencia de aquel espacio ideal de las teorías por donde hasta allí había discurrido, ¿daría algún resultado positivo aplicada a pormenores tan concretos y mezquinos como tenían que ser los de la administración de una finca de aquel género? ¿No estaba ya bastante demostrada su incompetencia por la torpeza con que hasta allí había procedido en todo lo relativo a Altamira?

Tal era la falla de aquel carácter, tan bien templado por lo demás: Santos Luzardo no sentía la presencia de las energías que alentaban en él, se tenía miedo y exageraba la necesidad de la actitud vigilante.

La aparición de Antonio, anunciándole que ya estaba servida la mesa, lo sacó de sus cavilaciones.

—No tengo apetito —respondió.

—El cansancio, que quita las ganas —observó Antonio—. Por esta noche tiene que acomodarse a dormir en esta pieza así como está, pues no tuvimos tiempo sino de barrerla. Mañana se procederá a darle una lechada a las paredes y a asearla un poco más. A menos que usted disponga hacerle una reparación general a la casa, porque, verdaderamente, así como está no puede habitarla.

—Por el momento dejémosla así. Quizá venda el hato. Dentro de un mes pasará por aquí don Encarnación Matute, a quien le he propuesto que me compre Altamira, y, si me hace una oferta aceptable, cerraré el negocio inmediatamente.

—¡Ah! ¿Conque piensa usted desprenderse de Altamira?

—Creo que es lo mejor que pueda hacer.

Antonio se quedó pensativo unos instantes y luego:

—Usted que lo ha resuelto, así le convendrá —dijo. Y entregándole un manojo de llaves agregó—: Aquí tiene las llaves de la casa. Esta, más mohosa, es la de la sala. Puede que ya ni funcione, porque esa pieza no se ha vuelto a abrir. Ahí todo está tal como lo dejo el difunto, que en paz descanse.

"Tal como lo dejó el difunto. Desde la hora y punto en que el difunto lo clavó en el bahareque."

Y la rápida asociación de aquellas dos frases de Antonio fue un instante decisivo en la vida de Santos Luzardo.

Se levantó de la hamaca, cogió la palmatoria donde ardía una vela y le dijo al peón:

—Abre la sala.

Antonio obedeció y, después de batallar un rato contra la resistencia de la cerradura oxidada, abrió la puerta, cerrada hacía tres años.

Una fétida bocanada de aire confinado hizo retroceder a Santos; una cosa negra y asquerosa que saltó de las tinieblas, un murciélago, le apagó la luz de un aletazo.

Volvió a encenderla y penetró en la habitación, seguido por Antonio.

En efecto, todo estaba allí como lo dejara don José Luzardo: la mecedora donde murió, la lanza hundida en el muro.

Sin pronunciar una palabra, profundamente conmovido y con la conciencia de que realizaba un acto trascendental, Santos se acercó a la pared y, con un movimiento enérgico como el que debió de hacer su padre para clavar la lanza homicida, la retiró del bahareque.

Era como sangre la herrumbre que cubría la hoja de acero. La arrojó lejos de sí, a tiempo que le decía a Antonio:

—Así como he hecho yo con esto, haz tú con ese rencor que hace poco te oí expresar, que no es tuyo, por lo demás. Un Luzardo te lo impuso como un deber de lealtad; pero otro Luzardo te releva en este momento de esa monstruosa obligación. Ya es bastante con lo que han hecho los odios en esta tierra.

Y cuando Antonio, impresionado por estas palabras, se retiraba en silencio, agregó:

—Dispón lo necesario para que mañana se proceda a la reparación de la casa. Ya no venderé Altamira.

Volvió a meterse en la hamaca, sereno el espíritu, lleno de confianza en sí mismo.

Y entretanto, afuera los rumores de la llanura arrullándole el sueño, como en los claros días de la infancia: el rasgueo del cuatro en el caney de los peones, los rebuznos de los burros que venían buscando el calor de las humaredas, los mugidos del ganado de los corrales, el croar de los sapos en las charcas de los contornos, la sinfonía persistente de los grillos sabaneros, y aquel silencio hondo, de soledades infinitas, de llano dormido bajo la luna, que era también cosa que se oía más allá de todos aquellos rumores.

VI
EL RECUERDO DE ASDRÚBAL

Aquella misma noche en El Miedo.

Cerca de la oscurecida llegó El Brujeador. Dijéronle que doña Bárbara acababa de sentarse a la mesa, pero como tenía cuentas que rendirle y noticias que comunicarle, y, además, estaba deseoso de tumbarse a descansar, no quiso esperar a que ella concluyese de comer y se dirigió a la casa, todavía con su cobija al brazo.

Mas, ya al entrar, se arrepintió de su prisa. Doña Bárbara comía acompañada de Balbino Paiba, persona con quien no simpatizaba. Trató de revolverse, a tiempo que ella le decía:

—Entra, Melquiades.

—Yo vuelvo más tarde. Siga comiendo tranquila.

Y Balbino, con sorna y mientras se enjugaba, a manotadas, los gruesos bigotes impregnados del caldo grasiento de las sopas:

—Entre, Melquiades. No tenga miedo, que aquí no hay perros.

El Brujeador le arrojó una mirada muy poco amistosa y replicó, mordaz:

—¿Está seguro, don Balbino?

Pero Balbino no entendió la reticencia y el otro continuó, dirigiéndose a doña Bárbara:

—Vine solamente a darle cuenta de que las bestias llegaron bien a San Fernando, y a entregarle lo suyo.

Dejó la cobija sobre una silla, se corrió hacia adelante el bolsillo de la faja y sacó varias monedas de oro, que luego puso apiladas en la mesa, diciendo:

—Cuente a ver si esta completo.

Balbino las miró de soslayo, y aludiendo a la costumbre de doña Bárbara de enterrar todo el oro que le caía en las manos, exclamó:

—¿Morocotas? ¡Ojos que te vieron!

Y siguió masticando el trozo de carne que le llenaba la boca;

pero sin apartar de las monedas la codiciosa mirada.

A la brusca contracción del ceño, las cejas de doña Bárbara se juntaron y se separaron en seguida, con el rápido movimiento del aletazo del gavilán. No acostumbraba tolerarle chanzas al amante en presencia de terceros, como tampoco consentía ternezas ni nada que pudiese ponerla en condiciones de inferioridad, y no procedía así por espíritu de disimulo, porque en esto, como en todo lo demás, su despreocupación era absoluta, sino por la naturaleza misma de los sentimientos que le inspiraba aquel hombre.

Balbino Paiba no lo ignoraba; pero, como era torpe y jactancioso, no desperdiciaba ocasión de aparentar que tenía un ascendiente absoluto sobre ella, aunque por cada uno de sus alardes ya se hubiera llevado un chasco. La chanza que acababa de permitirse era de las que menos solía tolerar la avara doña Bárbara y se la cobró en seguida.

—Debe de estar completo —dijo, guardándose el dinero sin contarlo—. Usted nunca se equivoca, Melquiades. No tiene esa mala costumbre.

Balbino se manoteó los bigotes, no para limpiárselos, sino como maquinalmente hacía cuando algo lo contrariaba. A él nunca le había dado una muestra de confianza semejante; por lo contrario, siempre contaba minuciosamente el dinero que él debiera entregarle, y si algo faltaba —cosa que ocurría con alguna frecuencia— se quedaba mirándolo sin decir palabra, hasta que él, fingiendo caer en cuenta de su descuido completaba la cantidad con lo que se había dejado en el bolsillo. Además, claro estaba que aquello de la mala costumbre se refería a él. A pesar de los excelentes servicios que le había prestado en su calidad de mayordomo de Altamira, aún no había logrado captarse su confianza. En cuanto a su condición de amante, ni siquiera podía contar con la precaria garantía de un capricho.

—Bueno, Melquiades —prosiguió doña Bárbara—. ¿Qué me cuentas? ¿Por qué mandaste adelante al peón?

—¿No le contó él? —interrogó, a su vez, tratando de avadir la explicación en presencia de Balbino, ante el cual siempre era sumamente parco en palabras.

—Sí. Me dijo algo; pero quiero que me refieras los detalles.

Estas palabras, así como las que antes le había dirigido, las pronunció sin mirarlo a la cara, atenta al plato que se servía. Recíprocamente, Melquiades también le hablaba sin verla. Brujos ambos, habían aprendido de los "dañeros" indios a no mirarse nunca a los ojos.

—Pues en San Fernando escuché decir que había llegado el doctor Santos Luzardo, a meterle a usted, de atrás palante, todos esos pleitos que usted le ha ganado. Me dio curiosidad de conocer al hombre y por fin logré que me lo mostraran. Pero a luego lo perdí de vistas, hasta que, ayer tarde, yo que estoy ensillando para seguir con la fresca de la noche y amanecer aquí con el día, cuando oigo que llega un viajero diciendo que se le ha atarrillado la bestia y contratando un bongo, que estaba allí cogiendo una carga de cueros de chigüire, para que lo trajera hasta el paso del Algarrobo. "Ese es mi hombre", me dije, y desensillé otra vuelta, me calé mi cobija y fui a acurrucarme en el caney donde le iban a servir la comida, a escuchar lo que conversara.

—Y oíste muchas cosas, seguramente. Ya me las imagino.

—Pues para que vea: nada que valiera la pena de estar sudando calenturas ajenas, como dice el dicho. Pero, oyendo al doctorcito, que da gusto oírlo cuando se le afloja la lengua, porque conversa muy sabroso, pensé: "Hombre que le gusta escucharse, no puede estar callado mucho tiempo. La cuestión es tener paciencia y la oreja parada". Y anoche mismo le dije al peón: Llévate mi caballo arrebiatado, que yo voy a ver si quepo en el bongo.

Y refirió luego la escena del palodeagua, durante la siesta, pintando a Santos Luzardo como a hombre arriesgado y peligroso.

Era el espaldero de doña Bárbara uno de esos sujetos tortuosos y agazapados que siempre necesitan manifestar todo lo contrario de lo que sienten. Sus ademanes blanduzcos, sus palabras calmosas y su costumbre de mostrarse siempre muy admirado de la hombría de los demás envolvían una maldad buida y fría que traspasaba los límites de lo atroz.

—No se agache tanto, zambo —díjole Balbino, al oírlo ponderar las condiciones varoniles del dueño de Altamira—. Ya sabemos que usted no es hombre para achicársele a patiquines.

—Pues mire, don Balbino. Voy a decirle. No es que me agache, ¿sabe?

Es que el hombre es talludito y, además, se empina cuando hace falta.

—Si es así, mañana lo rebajaremos un poco, para emparejarlo —concluyó Paiba, quien, por lo contrario, no acostumbraba concederle nada al enemigo.

El Brujeador sonrió, y luego, sentencioso:

—Acuérdese, don Balbino, de que siempre es mejor recoger que devolver.

—No tenga cuidado, Melquiades. Yo sabré recoger mañana lo que sembré hoy.

Aludía al plan urdido para imponérsele a Luzardo: sonsacarle los peones, ausentarse de Altamira aquella noche, caer al día siguiente por allá, y, con un pretexto cualquiera, provocar un altercado con el primer peón que encontrase y despedirlo del trabajo, todo sin hacer caso de la presencia de Luzardo.

Mas, como al tener una idea en la cabeza ya no podía estar tranquilo si no lo divulgaba y, además, necesitaba demostrarle a Melquiades que él sí se atrevía con Santos Luzardo, no se contentó con la vaga alusión a sus planes y, tragando de prisa el bocado, comenzó a exponerlos:

—Mañana muy temprano va a saber el doctor Luzardo qué clase de hombre en su mayordomo Balbino Paiba.

Pero se interrumpió para observar lo que, entretanto, hacía doña Bárbara.

Acababa de servirse un vaso de agua y se lo levaba a los labios, cuando, haciendo un gesto de sorpresa, echó atrás la cara y se quedó luego mirando fijamente el contenido del envase suspendido a la altura de sus ojos. En seguida la expresión de extrañeza fue reemplazada por otra, de asombro.

—¿Qué pasa? —interrogó Balbino.

—Nada. El doctor Luzardo, que ha querido dejarse ver —respondió, mirando siempre el agua del vaso.

Balbino hizo un movimiento de recelo, Melquiades dio un paso hacia la mesa y, apoyando en ésta la diestra, se inclinó a mirar también el embrujado envase, y ella prosiguió visionaria:

—¡Simpático el catire! ¿Qué colorada tiene la cara! Se conoce que no está acostumbrado a los soles llaneros. ¡Y viste bien!

El Brujeador se retiró de la mesa con estas frases mentales:

—Perro no come perro. Que te lo crea Balbino. Todo eso te lo dijo el peón.

Era en efecto, una de las innumerables trácalas de que solía valerse doña Bárbara para administrar su fama de bruja y el temor que con ello inspiraba a los demás. Algo de esto sospechaba Balbino, pero, sin embargo, la cosa lo impresionó:

—¡Tres Divinas Personas! —invocó entre dientes, agregando en seguida—: ¡Por si acaso!

Entretanto, doña Bárbara había depositado el vaso sobre la mesa, sin llevárselo a los labios, asaltada por un recuerdo repentino que le ensombreció la faz:

"Era a bordo de una piragua... Lejos, en el profundo silencio, se oía el bronco mugido de los raudales de Atures... De pronto cantó el yacabó..."

Transcurrieron unos instantes.

—¿No vas a terminar de comer? —inquirió Balbino.

Y la pregunta se quedó sin respuesta.

—Si no tiene nada más que mandarme —dijo Melquiades, al cabo de un rato.

Recogió su cobija, se la echó al hombro y esperó otro rato para agregar:

—Bueno, con su permiso, yo me retiro. Que la pase usted bien.

Balbino continuó comiendo, mientras la mujerona cavilaba. Luego retiró de pronto el plato, se manoteó los bigotes y abandonó la mesa.

Comenzó a parpadear la lámpara. Se apagó por fin. Doña Bárbara estaba todavía junto a la mesa, y su pensamiento, inmóvil, torvo, sombrío, en aquel momento atroz de su pasado.

"...Lejos, en el profundo silencio, se oía el bronco mugido de los raudales de Atures... De pronto cantó el yacabó..."

VII
EL FAMILIAR

Noche de luna llena, propicia para los cuentos de aparecidos. Bajo los techos de los canayes o encaramados en los tramos de las puertas de los corrales, siempre hay entre los vaqueros alguno que hable de los espantos que le han salido.

La ambigua claridad del satélite, trastornando las perspectivas, puebla de duendes la llanura. Son las noches de las pequeñas cosas que de lejos se ven enormes, de las distancias incalculables, de las formas disparatadas. De las sombras blancas apostadas al pie de los árboles, de los jinetes misteriosos, inmóviles en los claros de sabana, que desaparecen de pronto cuando alguien se queda mirándolos. Noche de viajar "con el escalofrío de capotera y la Magnífica en los labios" —según decía Pajarote—. Noches alucinantes en que hasta las bestias duermen inquietas.

En Altamira, siempre era Pajarote quien contaba los casos más espeluznantes. La vida andariega del encaminador de ganados y la imaginación vivaz suministrábanle mil aventuras que narrar, a cual más extraordinaria.

—¿Muertos? A todos los que salen desde el Uribante hasta el Orinoco y desde Apure hasta el Meta, les conozco sus pelos y señales —solía decir—. Y si son los otros espantos, ya no tienen sustos que no me hayan dado.

Las almas en pena que recogen sus malos pasos por los sitios donde os dieron; la Llorona, fantasma de las orillas de los ríos, caños o remansos y cuyos lamentos se oyen a leguas de distancia; las ánimas que rezan a coro, con un rumor de enjambres, en la callada soledad de las matas, en los claros de luna de los calveros, y el Anima Sola que silba al caminante para arrancarle un Padre Nuestro, porque es el alma más necesitada del purgatorio; la Sayona, hermosa enlutada, escarmiento de los mujeriegos trasnochadores, que les sale al paso, les dice: "Sígueme" y de pronto se vuelve y les muestra la horrible dentadura fosforescente, y las piaras de cerdos negros que Mandinga arrea por delante del viajero y las otras mil formas bajo las cuales se presenta, todo se le había aparecido a Pajarote.

Nada tenía, pues, de sorprendente que aquella noche, abandonando de pronto el cuarto que punteaba, anunciara que había visto al "familiar" de Altamira.

Según una antigua superstición, de misterioso origen, bastante generalizada por allí, cuando se fundaba un hato se enterraba un animal vivo entre los tranqueros del primer corral construido, a fin de que su "espíritu", prisionero de la tierra que abarcaba la finca, velase por ésta y por sus dueños. De aquí veníale el nombre de "familiar" y sus apariciones eran consideradas como augurios de sucesos venturosos. El de Altamira era un toro araguato que, según la tradición, enterró don Evaristo Luzardo en la puerta de la majada, y decíanle también "el Cotizudo" por atribuírsele grandes pezuñas de toro viejo, vueltas flecos, como cotizas deshilachadas.

A pesar de que allí no era costumbre tomar muy en serio las visiones de Pajarote, a un mismo tiempo dejaron de oírse las maracas que sacudía María Nieves y se enderezaron en sus chinchorros Antonio y Venancio. Sólo Carmelito permaneció indiferente.

Pero algo más que simple curiosidad revelaba la expresión de Antonio. Hacía muchos años que no se aparecía "el Cotizudo", tantos cuantos eran los de la adversidad que se había ensañado con los Luzardos, de modo que entre los habitantes actuales del hato sólo su padre —el viejo Melesio— recordaba haber oído hablar, allá en su infancia, de las frecuentes apariciones del "familiar" al propio don José de los Santos, que fue el último de los Luzardos que disfrutó de prosperidad. De atenerse a la leyenda y si Pajarote no mentía, la aparición anunciaba la vuelta de los buenos tiempos con la llegada de Santos.

—Echa el cacho, Pajarote a ver si te lo podemos creer. ¿Cómo fue la cosa?

—A la tardecita, cuando venía recogiendo los mautes, caté de ver por el boquerón de la Carama, allá en Médano El Tigre, un toro araguato echándose tierra en medio de un espejismo de aguas. Era como oro molido el polvero que levantaba y no podía ser otro sino "el Cotizudo", porque al leco que le pegué desapareció como si se lo hubiese tragado la sabana.

Venancio y María Nieves cambiaron miradas con las cuales cada uno explotaba la credulidad del otro, y Antonio se quedó pensativo:

—Nada le falta al cuento: entre dos luces, echándose tierra en medio de un espejismo de aguas. Así es como dice el viejo que siempre se aparecía el "familiar"... Pero este Pajarote no cobra por decir mentiras... Sin embargo, ¡quién quita!... Además, las cosas son verdad de dos maneras; cuando de veras lo son y cuando a uno le conviene creerlas o aparentar que las cree. Eso de que se haya aparecido "el Cotizudo" viene como mandado a hacer para que esta gente coja confianza en Santos, sobre todo Carmelito, que es de los hombres más necesarios aquí, contimás ahora que doña Bárbara se va a abrir en pelea, según lo da a entender la sonsacada de los peones balbineros.

Y ya iba a poner por obra lo que se le había ocurrido para aprovechar el cuento de Pajarote, cuando María Nieves, incorporándose en su chinchorro, le quitó la palabra:

—Diga, vale Pajarote; ¿eso lo vio usted o se lo han contado?

—Con estos ojos que se han de comer los zamuros —prorrumpió el interpelado, con su hablar a gritos—. Porque lo que es a mí no me entra el gusano ni después de muerto, ni tampoco soy de los que se van a pudrir, como Dios manda, quietecitos dentro del hoyo, según me lo tiene anunciado don Balbino, que ahora también se las está dando de brujo, por no quedarse atrás de la mujer, y asegura que voy a morir de mala muerte, en un paso de mata, y todo porque sabe que le estoy llevando la cuenta de lo que se manotea, en una tarja que está cuajadita de rayas.

—¡Ya se le entabanaron los bichos! —exclamó Venancio, por decir que a Pajarote se le alborotaban y se le iban las ideas en cuanto comenzaba a hablar, así como barajusta y se disgrega el rebaño cuando lo acosa el tábano—. No era de don Balbino que ibas a hablar.

—Déjalo quieto —intervino María Nieves—. Es que está corcoveando a ver si se quita la marota.

Aludía, a su vez, con esta frase llanera de sentido figurado, al apuro en que había puesto a Pajarote al pedirle testimonio personal, pues todo lo que éste había contado respecto al "familiar" no era sino versión desfigurada de algo que él le había referido días antes.

—¿De modo que no crees que sea verdad lo que cuenta Pajarote? —interpeló Antonio.

—Voy a decirte. A mí no me coge de sorpresa, porque yo también caté de ver al araguato, hace ya algunos días. No entre espejismo de agua ni echándose tierra con las pezuñas, como cuentan los viejos de antes que siempre se aparecía y como ahora dice que lo ha mirado mi vale, que siempre ve más que los demás.

Dijo esto último con las reservas mentales que Pajarote debía entender e hizo una pausa para explorar el efecto que sus palabras le causaran; pero el aludido no se inmutó.

—Siga, pues, vale —le dijo—. Acabe de echar para afuera el cacho. Cuéntenos cómo fue que vio al "familiar". Aunque ahora nadie querrá quedarse sin haberlo visto, porque en el mundo todo pasa como en los viajes, que detrás de un puntero van una porción de culateros.

—Puntero o culatero, yo como lo vi fue asina: parado en la loma del médano.

Se quedó mirándolo en silencio un rato y luego agregó:

—Asina fue como te lo conté. Tú has agregado lo del espejismo y el polvero para colearme la parada; pero yo te la gano de mano.

Y, prosiguiendo su explicación:

—Un bigarro araguato, bonito y bien plantado. Estuvo venteando para acá un rato largo y aluego se volteó para los lados de El Miedo, echó un pitido que debieron de oírlo en las casas de allá y desapareció de repente, como si se lo hubiera tragado el médano.

Pajarote sonrió. Todo era, en efecto, invención suya, a base de lo que le refiriera María Nieves y encaminada a producir en el ánimo de sus compañeros la confianza en que, con la llegada del amo, vendrían buenos tiempos para Altamira, pues Luzardo le había caído en gracia, quizás precisamente por haberle producido a los otros —y a él no podía escapársele— la impresión opuesta.

—Del médano a donde yo lo vi no hay mucho trecho. Nada tiene de particular que "el Cotizudo" se "haiga" aparecido una vez sobre la loma y otra dentro del agua del encanto. Todo eso es su paradero.

A tiempo que Antonio, ya más interesado:

—¿Por qué no habías contado eso, María Nieves?

—Porque como así no es el modo de aparecer el "familiar" de acá, creía que fuera un toro araguato cualquiera.

—Pero eso de ventear para Altamira y después echar un pitido para lo lados de El Miedo ha debido llamarte la atención, a ti que sabes las cosas —insistió Antonio.

—No te creas que no caté de pensarlo; pero...

Pajarote le quitó la palabra:

—Pero es que hay personas que entre pensar y hacer les salen canas.

—¡Arrea, catire María Nieves! —exclamó Venancio—. Mira que ya el zambo te viene pisando los corvejones.

—De alguna manera tenía yo que desquitarme de la punta tapada que me zumbó enantes mi vale —concluyó Pajarote.

Amigos dispuestos en todo momento a dar la vida el uno por el otro, Pajarote y María Nieves no podían cruzar dos palabras sin trabarse en una esgrima de sátiras y malicias que divertía a los circunstantes. Ya Venancio había comenzado a azuzarlos, como era costumbre; pero Antonio tenía aquella noche un interés especial en que no se desvira la conversación y volvió a preguntar:

—¿Cuánto tiempo hace de eso, María Nieves?

—¿De eso?... Ya te lo voy a decir... Eso fue el lunes de la semana pasada.

—¡Aguárdate ahí! —exclamó Antonio—. Este fue, precisamente, el día de la llegada del doctor a San Fernando.

—¡Andá viendo, pues! —exclamó Pajarote.

Y Venancio, saltando del chinchorro:

—Pues yo también voy a echar mi cacho.

—¿No lo dije? Ahora todos han mirado.

—No es ahora que lo digo. Hace tiempo vengo con mi tema de que por aquí están sucediendo cosas raras.

—Es verdad —apoyó María Nieves.

—Contá, pues, ¿qué has mirado?

—La verdad sea dicha, no he visto nada; pero sí he venteado. Aquello, por ejemplo, que todos vimos en la última vaquería.

—¿El cabildeo del ganado?

—¡Eso! A ninguno de los que estábamos velando allí nos pareció que aquello pudiera ser natural. ¡Ese animalaje arremolineado, llorando y forzando por barajustarse, toda la noche! A mí nadie me quita de la cabeza que allí había algo dándole vuelta al paradero. Más les digo: yo escuché las pisadas y miré cómo la hierba se apretaba contra la tierra, sin que hubiera nada a la

102

vista caminando por allí. ¿Y aquello de que no hubiera forma de parar un rodeo de proporción? Miraba uno la sabana negrita de hacienda y en cuanto se le metían los cabaños se regaba como fruta de maraca.

—Eso es verdad —apoyó María Nieves—. No quedaban sino unas paraparas.

Pero Pajarote quería decirlo todo, él solo, y alzando todavía más la voz destemplada, de sabanero acostumbrado a hacerse oír a distancia, volvió a coger la palabra:

—¿Se acuerda, Carmelito, de la mañana aquella en que partimos usted y yo, en junto con unos cuantos vaqueros de El Miedo, a cortar aquel ojeo que se nos abrió en la sabana de La Culata? Allí no fue posible que los fustaneros enlazaran un orejano, con todo y ser muy buenas sogas. Se desvestían los lazos mejor puestos, les bolereaban los caballos más vaqueros, les hacían de cuanto Dios crió para burlarse del diablo. Con nosotros, entre los de allá, iba el viejo don Torres, que es una de las mejores sogas de Arauca, y en el reparto que en la carrera nos hicimos, le tocó un bigarro araguato, por más señas. Iba el viejo corriendo pareado, entre la costa de monte y el toro, y ya le tramoleaba el lazo, cuando de repente el bigarro se le paró y se le quedó mirando. Y óigame esto, compañero Antonio. Usted sabe que el viejo don Torres es llanero bragado y hombre de hazañas con la cimarronera de El Caribe, que es de las más bravas de Apure. Pues aquella mañana lo vide ponerse jipato, ¡él que es tan colorado! No se atrevió a largar la soga, ahí mismito recogió su gente y lo escuché decir: "Con las ganas que tenía de enguaralarlo, no me fijé en que era el propio "Cotizudo" de Altamira. Lo que soy yo no abro más un lazo en esta sabana".

A todas éstas, Carmelito permanecía encerrado en su mutismo, y Antonio se decidió a sondearlo, preguntándole:

—¿Qué decís tú a eso, Carmelito? ¿Es verdad lo que cuenta Pajarote? Pero él se limitó a responder evasivamente:

—Yo estaba lejos, ¿sabes? O fijándome en otra cosa.

—Todavía el hombre está encuevado —murmuró Antonio.

A tiempo que Pajarote decía:

—Permita Dios que no pueda decir más embustes, si no es como lo he contado. Y lo del "Cotizudo" no me lo crean a mí, si no quieren; pero también mi vale María Nieves lo ha visto y él tiene fama de no decir mentiras. Y eso de que esté apareciendo otra vuelta el "familiar" significa que ya se le van a acabar los poderes a la bruja y que ahora nos toca a nosotros los altamireños echar suertes. De modo y manera que, diga topo, vale Carmelito, porque si no, no le pagan la parada.

Carmelito cambió de posición en el chinchorro y replicó ásperamente:

—¿Hasta cuándo irán a estar ustedes con eso de los poderes
de doña Bárbara? Lo que pasa es que esa mujer es de pelo en
pecho, como tienen que serlo todos los que pretenden hacerse
respetar en esta tierra.

—¡Vaya! Ya el enfermo empieza a botar para afuera los malos
humores —se dijo Antonio.

Y Pajarote, intencionadamente:

—En eso del pelo en pecho tiene usted mucha razón, Carmelito; pero óigame lo que le voy a decir: no sólo los que andan en-
señándolo son los que tienen, porque a muchos puede ser que
les convenga tapárselo y para eso están los trapos. Ahora, que
doña Bárbara es faculta en brujerías, eso nadie lo puede negar.
Y si quiere convencerse, óigame también esto, que conforme
me lo echaron asina se lo voy a echar.

Escupió por el colmillo y prosiguió:

—Hace cosa de unos siete días, de madrugada, cuando ya unos
cuantos miedeños se preparaban para salir a parar un rodeo
en las sabanas de Corozal, que usted sabe que son de las más
cazadoras que hay por todo esto, se asomó doña Bárbara a la
ventana de su cuarto, todavía en paños menores, y les dijo: "No
pierdan su tiempo, porque hoy no se cogerá ni un maute". A
pesar de eso, como ya estaban a caballo, los peones salieron. Y
resultó como ella lo había dicho: ni un maute pudieron arrear
por delante. No había ni una res en aquellos comederos que
siempre están cuajaditos de hacienda.

Hizo una breve pausa y continuó:

—Pero eso no es nada todavía. Ahora viene lo mejor. Días después, cosa de trasanteayer, cuando apenas comenzaban a menudear los gallos, disperto a los peones diciéndoles: "Ensillen
ligero y salgan ahora mismo. En las sabanas de Lagartijera está
una rochela de cimarrones. Son setenta y cinco reses y todas
van a caer suavecitas". Y como lo dijo, asina sucedió. Explíque-
me eso. Carmelito. ¿Cómo ha podido esa mujer contar desde su
casa los cimarrones que estaban en Lagartijera? Son dos leguas
largas.

Carmelito no se dignó responder y María Nieves intervino para
que no quedara desairado el amigo.

—Que esa mujer aprendió entre los indios cosas que pueden
más que los hombres, ¿para qué negarlo, si ella misma no lo
oculta? Yo sé, por ejemplo, que una vez una persona amiga
suya le dijo que se avispara con el querido que la estaba roban-

do, y ella le respondió: "Ni ese hombre ni nadie saca de aquí una res sin que yo lo permita. Puede amadrinar todo el ganado que quiera y arrearlo por delante, pero del lindero del hato no le pasa. Se le barajusta y se le revuelve a sus comederos, porque yo tengo quien me ayude".

—Ya lo creo que sí tiene quien la ayude —intervino Venancio—. El mismo Mandinga. "El Socio", como le dice ella. ¿Para qué son, pues, esas conversaciones que tiene todas las noches con él en esa pieza donde no le permite la entrada a nadie?

Y hubiera sido cuento de nunca acabar el de las brujerías de doña Bárbara si Pajarote no hubiese desviado la charla, diciendo:

Pero ya todo eso se va a acabar. El pitido de araguato que escuchó mi vale María Nieves es el aviso de que ya se le ha llegado su hora. Por lo pronto, aquí hemos ganado mucho con que, por la venida del doctor, se le haya acabado el negocio al ladronazo del don Balbino. ¡Ah, hombre bien lambido para manotear lo ajeno! Con decir que ha robado hasta al Anima de Ajirelito, ya está dicho todo.

A lo que acudió María Nieves, en el tono habitual de sus "contrapunteos".

—Por eso no, vale, porque yo sé de otro que también a metido su mano en la totuma del Anima Santa.

El Anima de Ajirelito —muchas otras hay en todo el Llano— era la devoción más popular entre los moradores del cajón del Arauca, quienes nunca se ponían en camino sin encomendársele, ni pasaban cerca de la mata de Ajirelito sin llegarse hasta allá a encenderle una vela o dejarle una limosna. Al efecto, había al pie de uno de los árboles de la mata un techadillo de palma, bajo el cual ardían las velas votivas y estaba una totuma donde los caminantes depositaban las limosnas, que de cuando en cuando iba a recoger el cura del pueblo inmediato para las misas que se le dedicaban mensualmente al Anima. Nadie custodiaba este dinero y decíase que no era raro ver entre él onzas y morocotas, pago de promesas hechas en graves trances. En cuanto a la leyenda, nada de fantástico tenía: un caminante fue encontrado muerto al pie de aquel árbol; otro, a quien un día, en un mal paso, se le ocurrió decir: "Anima de Ajirelito, sácame con bien". Y como saliera bien librado del peligro, al pasar por Ajirelito se apeó del caballo, construyó aquel techadillo y encendió la primera vela.

Lo demás lo hizo el tiempo.

Como oyes la intencionada alusión de María Nieves, Pajarote replicó:

—No me zumbe en lo oscuro, vale. Ese que metió su mano en la totuma del Ánima fui yo. Pero como los demás que están presentes no conocen la historia, se las voy a echar, para que no crean en los cuentos de los lenguas largas. Fue que yo estaba limpio y con ganas de tener plata, que son dos cosas que casi siempre andan juntas, y al pasar por Ajirelito se me ocurrió la manera de conseguirme los centavos que me estaban haciendo falta. Me acerqué al palo, me bajé del caballo, nombré las Tres Divinas Personas y saludé al muerto: "¿Qué hay, socio? ¿Cómo estamos de fondos?". El Ánima no me respondió, pero la totuma me les dijo a los ojos: "Aquí tengo unos cuatro fuertes entre estos centavos". Y yo, rascándome la cabeza, porque la idea me estaba haciendo cosquillas: "Oiga, socio. Vamos a tirar una paradita con esos fuertes. Se me ha metido entre ceja y ceja que vamos a desbancar el monte-y-dado en el primer pueblo que encuentre en mi camino. Vamos a medias: usted pone la plata y yo la malicia". Y el Ánima me respondió, como hablan ellas, sin que se les escuche: "¡Cómo no, Pajarote! Coge lo que quieras. ¿Hasta cuándo lo vas a estar pensando? Si se pierden los fuertes, de todos modos se iban a perder entre las manos del cura". Pues bien: cogí mi plata y en llegando a Achaguas, me fui a la casa de juego y tiré la paradita, fuerte a fuerte.

—¿Y desbancaste? —preguntó Antonio.

—Tanto como usted que no estaba por todo aquello. Me los rasparon seguiditos, porque esos demonios de las casas de juego ni las ánimas respetan. Me fui a dormir silbandito iguanas y de regreso por Ajirelito le dije al muerto: "Ya usted sabrá que no se nos dio la parada, socio. Otro día será. Aquí le traigo este regalito". Y le encendí una vela —¡de a locha!— que era toda la luz que, cuando más, iban a dar aquellos cuatro fuertes, si hubieran caído en manos del cura.

Largas risotadas celebraron la bellaquería de Pajarote. Luego se comentaron los milagros recientes del Ánima y, finalmente, cada cual volvió a meterse en su chinchorro.

Reina el silencio en el caney. La noche ha avanzado bastante y la luna ahonda las lejanías de la sabana. En las ramas del totumo el gallo sueña con gavilanes y su gritido de alarma despierta y alborota el gallinero. Los perros, que duermen echados en el patio, levantan las cabezas, enderezan las orejas, pero como sólo oyen el vuelo de las lechuzas y de los murciélagos en torno al higuerón, vuelven a meter los hocicos entre las patas. Muge una res en la majada.

Distante, se oye el bramido de un toro que tal vez ha venteado al tigre.

Pajarote, que ya estaba cogiendo el sueño, exclama:

—¡Toro viejo! Falto de caballo y de soga. ¡De hombre no, porque yo estoy aquí!

Uno ríe y otro se pregunta:

—¿Será "el Cotizudo"?

—Falta que estaba haciendo —respondió Antonio.

Después no se habló más.

VIII
LA DOMA

La llanura es bella y terrible a la vez; en ella caben, holgadamente, hermosa vida y muerte atroz. Esta acecha por todas partes; pero allí nadie la teme. El Llano asusta; pero el miedo del Llano no enfría el corazón: es caliente como el gran viento de soleada inmensidad, como la fiebre de sus esteros.

El llano enloquece y la locura del hombre de la tierra ancha y libre es ser llanero siempre. En la guerra buena, esa locura fue la carga irresistible del pajonal incendiado en Mucuritas, y el retozo heroico de Queseras del Medio; en el trabajo: la doma y el ojeo, que no son trabajos, sino temeridades; en el descanso: la llanura en la malicia del "cacho", en la bellaquería del "pasaje", en la melancolía sensual de la copla; en el perezoso abandono: la tierra inmensa por delante y no andar, el horizonte todo abierto y no buscar nada; en la amistad: la desconfianza, al principio y luego la franqueza absoluta; en el odio: la arremetida impetuosa; en el amor: "primero mi caballo". ¡La llanura siempre!

Tierra abierta y tendida, buena para el esfuerzo y para la hazaña, toda horizontes, como la esperanza, toda caminos, como la voluntad.

—¡Alivántense, muchachos! Que ya viene la aurora con los lebrunos del día.

Es la voz de Pajarote, que siempre amanece de buen humor, y son los lebrunos del día —metáfora ingenua de ganaderopoeta— las redondas nubecillas que el alba va coloreando en el horizonte, tras la ceja oscura de una mata.

Ya en la cocina, un mecho de sebo pendiente del techo alumbra, entre las paredes cubiertas de hollín, la colada del café, y uno a uno van acercándose a la puerta los peones madrugadores. Casilda les sirve la aromática infusión, y, entre sorbo y sorbo, ellos hablan de las faenas del día. Todos parecen muy esperanzados; menos Carmelito, que ya tiene ensillado el caballo para marcharse. Antonio dice:

—Lo primero que hay que hacer es jinetear el potro alazano tostado, porque el doctor necesita una bestia para su silla y ese mostrenco es de los mejores.

—¡Que si es bueno! —apoya Venancio, el amansador.

Y Pajarote agrega:

—Como que el don Balbino, que de eso sí sabe y no se le puede quitar, ya lo tenía visteado para cogérselo.

Mientras Carmelito, para sus adentros:

—Lástima de bestia, hecha para llevar más hombre encima.

Y cuando los peones, se dirigieron a la corraleja donde estaba el potro, detuvo a Antonio y le dijo:

—Siento tener que participarte que yo he decidido no continuar en Altamira. No me preguntes por qué.

—No te lo pregunto, porqué ya sé lo que te pasa, Carmelito —replicó Antonio—. Ni tampoco te pido que no te vayas, aunque contigo contaba, más que con ningún otro; pero sí te voy a hacer una exigencia. Aguárdate un poco. Un par de días no más, mientras yo me acomodo a la falta que me vas a hacer.

Y Carmelito, comprendiendo que Antonio le pedía aquel plazo con la esperanza de verlo rectificar el concepto que se había formado del amo, accedió:

—Bueno. Voy a complacerte. Por ser cosa tuya, me quedo hasta que te acomodes, como dices. Aunque hay cosas que no tienen acomodo en esta tierra.

Avanza el rápido amanecer llanero. Comienza a moverse sobre la sabana la fresca brisa matinal, que huele a mastranto y a ganados. Empiezan a bajar las gallinas de las ramas del totumo y del merecure; el talisayo insaciable les arrastra el manto de oro del ala ahuecada y a una les hace esponjarse de amor. Silban las perdices entre los pastos. En el paloapique de la majada una paraulata rompe su trino de plata. Pasan los voraces pericos, en bulliciosas bandadas; más arriba, la algarabía de los bandos de güiriríes, los rojos rosarios de corocoras; más arriba todavía las garzas blancas, serenas y silenciosas. Y bajo la salvaje algarabía de las aves que doran sus alas en la tierna luz del amanecer, sobre la ancha tierra por donde ya se dispersan los rebaños bravíos y galopan las yeguadas cerriles saludando al día con el clarín del relincho, palpita con un ritmo amplio y poderoso la vida libra y recia de la llanura. Santos Luzardo contempla el espectáculo desde el corredor de la casa y siente que en lo íntimo de su ser olvidados sentimientos se le ponen al acorde de aquel bárbaro ritmo. Voces alteradas, allá junto a la corraleja, interrumpieron su contemplación:

—Ese mostrenco pertenece al doctor Luzardo, porque fue cazado en sabanas de Altamira y a mí no me venga usted con cuentos de que es hijo de una yegua miedeña. Ya aquí se acabaron los manoteos.

Era Antonio Sandoval, encarado con un hombrachón que acaba de llegar y le pedía cuentas por haber mandado a enlazar el potro alazano, del cual poco antes, le hablara al amansador.

Santos comprendió que el recién llegado debía de ser su mayordomo Balbino Paiba y se dirigió a la corraleja a ponerle fin a la pendencia.

—¿Qué pasa? —le preguntó.

Mas, como ni Antonio, por impedírselo la sofocación del coraje, ni el otro, por no dignarse dar explicaciones, respondían a sus palabras, insistió, autoritariamente y encarándose con el recién llegado:

—¿Qué sucede? —preguntó.

—Que este hombre se me ha insolentado —respondió el hombretón.

—¿Y usted quién es? —inquirió Luzardo, como si no sospechase quién pudiera ser.

—Balbino Paiba. Para servirle.

—¡Ah! —exclamó Santos, continuando la ficción—. ¡Conque es usted el mayordomo! A buena hora se presenta. Y llega buscando pendencia en vez de venir a presentarme sus excusas por no haber estado aquí anoche, como era su deber.

Una manotada a los bigotes y una respuesta que no estaba en el plan que Balbino se había trazado para imponérsele a Luzardo desde el primer momento:

—Yo no sabía que usted venía anoche. Ahora es que vengo a darme cuenta de que se hallaba aquí. Digo, porque supongo que debe de ser el amo, para hablarme así.

—Hace bien en suponerlo.

Pero ya Paiba había reaccionado del momentáneo desconcierto que le produjera la inesperada actitud enérgica de Luzardo, y tratando de recuperar el terreno perdido dijo:

—Bueno. Ya he presentado mis excusas. Ahora me parece que le toca a usted, porque el tono con que ha hablado... Francamente... No es el que estoy acostumbrado a oír cuando alguien me dirige la palabra.

Sin perder su aplomo y con una leve sonrisa irónica, Santos replicó:

—Pues no es usted muy exigente.

—¡Tenemos jefe! —se dijo Pajarote.

Y ya no le quedaron a Balbino ganas de bravuconadas ni esperanzas de mayordomias.

—¿Quiere decir que estoy dado de baja y que, por consiguiente, aquí se terminó mi papel?

—Todavía no. Aún le falta rendirme cuentas de su administración. Pero eso será más tarde.

Y le dio la espalda, a tiempo que Balbino concluía a regañadientes:

—Cuando usted lo disponga.

Antonio buscó con la mirada a Carmelito, y Pajarote, dirigiéndose a María Nieves y Venancio —que estaban dentro de la corraleja esperando el resultado de la escena y aparentemente ocupados en preparar los cabos de soga para maniatar el alazano—, les gritó, llenas de intenciones las palabras:

—¡Bueno, muchachos! ¿Qué hacen ustedes que todavía no han aspeado a ese mostrenco? Mírenlo cómo está temblando de rabia que parece miedo. Y eso que sólo le han dejado ver los aperos. ¿Qué será cuando lo tengamos planeado contra el suelo?

—¡Y que va a ser ya! Vamos a ver si se quita estas marotas como se quitó las otras —añadieron María Nieves y Venancio, celebrando con risotadas la doble intención de las palabras del compañero, que tanto se referían a Balbino, como al alazano.

Brioso, fino de líneas y de gallarda alzada, brillante el pelo y la mirada fogosa, el animal indómito había reventado, en efecto, las maneas que le pusieran al cazarlo y, avisado por el instinto de que era el objeto de la operación que preparaban los peones, se defendía procurando estar siempre en medio de la madrina de mostrencos que correteaban de aquí para allá dentro de la corraleja.

Al fin Pajarote logró apoderarse del cabo de soga que llevaba a rastras y, palanqueándose, con los pies clavados en el suelo y el cuerpo echado atrás, resistió el envión de la bestia cerril, dando con ella en tierra.

—Guayuquéelo, catire —le gritó a María Nieves—. No lo deje que se pare.

Pero en seguida el alazano se enderezó sobre sus remos, tembloroso de coraje. Pajarote lo dejó que se apaciguara y cobrare confianza y luego fue acercándosele, poco a poco, para ponerle el tapaojos.

Vibrante y con las pupilas inyectadas por la cólera, el potro lo dejaba aproximarse; pero Antonio le adivinó la intención y gritó a Pajarote:

—¡Ten cuidado! Ese animal te va a manotear.

110

Pajarote adelantó lentamente el brazo, mas no llegó a ponerle el tapaojos, pues en cuanto le tocó las orejas, el mostrenco se le abalanzó, tirándole a la cara. De un salto ágil el hombre logró ponerse fuera de su alcance, exclamando:

—¡Ah, hijo de puya bien resabiao!

Pero este breve instante fue suficiente para que el potro corriera a defenderse otra vez dentro de la madrina de mostrencos que presenciaban la operación erguidos los pescuezos, derechas las orejas.

—Enguarálalo —ordenó Antonio—. Echale un lazo gotero.

Y allí mismo estuvo el alazán atrincándose el nudo corredizo. María Nieves y Venancio se precipitaron a echarle las marotas y con esto y la asfixia del lazo el mostrenco se planeó contra la tierra y se quedó dominado y jadeante.

Puesto el tapaojos y el bozal y abrochadas las "sueltas" y la manea, dejáronlo enderezarse sobre sus remos y en seguida Venancio procedió a ponerle el simple apero que usa el amansador. El mostrenco se debatía encabritándose, y cuando comprendió que era inútil defenderse, se quedó quieto, tetanizado por la cólera y bañado en sudor, bajo la injuria del apero que nunca habían sufrido sus lomos.

Todo esto lo había presenciado Santos Luzardo junto al tranquero del corral, con el ánimo excitado por la evocación de su infancia, a caballo en pelo contra el gran viento de la llanura, cuando, a tiempo que Venancio se disponía a echarle la pierna al alazán, oyó que Antonio le decía, tuteándolo:

—Santos, ¿te acuerdas de cuando jineteabas tú mismo las bestias que el viejo escogía para ti?

Y no fue necesario más para que comprendiera lo que el peón fiel quería decirle con aquella pregunta. ¡La doma! La prueba máxima de llanería, la demostración de valor y de destreza que aquellos hombres esperaban para acatarlo. Maquinalmente buscó con la mirada a Carmelito, que estaba de codos sobre la palizada, al extremo opuesto de la correleja, y con una decisión fulgurante dijo:

—Deje, Venancio. Seré yo quien lo jineteará.

Antonio sonrió, complacido en no haberse equivocado respecto a la hombría del amo; Venancio y María Nieves se miraron, sorprendidos y desconfiados, y Pajarote con su ruda franqueza:

—No hay necesidad de eso, doctor. Aquí todos sabemos que usted es hombre para lo que se necesite. Deje que se lo jinetee Venancio.

Pero ya Santos no atendía a razones y saltó sobre la bestia indómita, que se arrasó casi contra el suelo al sentirlo sobre sus lomos.

Carmelito hizo un ademán de sorpresa y luego se quedó inmóvil, fijo en los mínimos movimientos del jinete, bajo cuyas piernas remachadas a la silla, el alazán, cohibido por el tapaojos y sostenido del bozal por Pajarote y María Nieves, se estremecía de coraje, bañado en sudor, dilatados los belfos ardientes.

Y Balbino Paiba, que se había quedado por allí en espera de que se le proporcionara oportunidad de demostrarle a Luzardo, si éste volvía a dirigirle la palabra, que aun no había pasado el peligro a que se arriesgara al hablarle como lo hiciera, sonrió despectivamente y se dijo:

—Ya este... patiquincito va estar clavando la cabeza en su propia tierra.

Mientras, Antonio se afanaba en dar los inútiles consejos, la teoría que no podía habérsele olvidado a Santos:

—Déjelo correr todo lo que quiera al principio, y luego lo va trajinando, poco a poco, con la falseta. No lo sobe sino cuando sea muy necesario y acomódese para el arranque, porque este alazano es barajustador, de los que poco corcovean, pero se dispara como alma que lleva el diablo. Venancio y yo iremos de amadrinadores.

Pero Luzardo no atendía sino a sus propios sentimientos, ímpetus avasalladores que le hacían vibrar los nervios, como al caballo salvaje los suyos, y dio la voz a tiempo que se inclinaba a alzar el tapaojos.

—¡Denme llano!

—¡En el nombre sea de Dios! —exclamó Antonio.

Pajarote y María Nieves dejaron libre la bestia, abriéndose rápidamente a uno y otro lado. Retembló el suelo bajo el corcovear furioso, una sola pieza, jinete y caballo, se levantó una polvareda y aún no se había desvanecido cuando ya el alazano iba lejos, bebiéndose los aires de la sabana sin fin.

Detrás, tendidos sobre las crines de las bestias amadrinadoras, pero a cada tranco más rezagados, corrían Antonio y Venancio.

Carmelito murmuró, emocionado:

—Me equivoqué con el hombre.

A tiempo que Pajarote exclamaba:

—¿No le dije, Carmelito, que la corbata era para taparse los pelos del pecho, de puro enmarañados que los tenía el hombre? ¡Mírelo cómo se agarra! Para que ese caballo lo tumbe tiene que aspearse patas arriba.

Y en seguida, para Balbino, ya francamente provocador:

—Ya van a saber los fustaneros lo que son calzones bien puestos. Ahora es cuando vamos a ver si es verdad que todo lo que ronca es tigre.

Pero Balbino se hizo el desentendido, porque cuando Pajarote se atrevía nunca se quedaba en las palabras.

—Hay tiempo para todo —pensó—. Bríos tiene el patiquincito, pero todavía no ha regresado el alazano y puede que ni vuelva. La sabana parece muy llanita, vista así por encima del pajonal; pero tiene sus saltanejas y sus desnucaderos.

No obstante, después de haber dado unas vueltas por los caneyes, buscando lo que por allí no tenía, volvió a echarle la pierna a su caballo y abandonó Altamira, sin esperar a que lo obligaran a rendir cuenta de sus bribonadas.

¡Ancha tierra, buena para el esfuerzo y para la hazaña! El anillo de espejismos que circunda la sabana se ha puesto a girar sobre el eje del vértigo. El viento silba en los oídos, el pajonal se abre y se cierra en seguida, el juncal chaparrea y corta las carnes; pero el cuerpo no siente golpes ni heridas. A veces no hay tierra bajo las patas del caballo; pero bombas y saltanejas son peligros de muerte sobre los cuales se pasa volando. El galope es un redoblante que llena el ámbito de la llanura. ¡Ancha tierra para correr días enteros! ¡Siempre habrá más llano por delante!

Al fin comienza a ceder la bravura de la bestia. Ya está cogiendo un trote más y más sosegado. Ya camina a medio casco y resopla, sacudiendo la cabeza, bañada en sudor, cubierta de espuma, dominada, pero todavía arrogante. Ya se acerca a las casas, entre la pareja de amadrinadores, y relincha engreída porque, si ya no es libre, a lo menos trae un hombre encima.

Y Pajarote la recibe con el elogio llanero:

—¡Alazano tostao, primero muerto que cansao!

IX
LA ESFINGE DE LA SABANA

Buen negocio dejaba atrás Balbino Paiba y lo perdía cuando iba a empezar a sacarle verdadero provecho. Hasta entonces había sido doña Bárbara quien realmente se benefició con su mayordomía de Altamira, pues mientras ella sacó de allí orejanos a millares marcados con el hierro de El Miedo, él apenas había "manoteado" por cuenta propia unos trescientos, número insignificante para sus habilidades administrativas.

Ahora sólo le quedaba la perspectiva de "mayordomear" en El Miedo —como por allí se llamaba el abigeato de los mayordomos—, ya que, por precaria que fuese su condición de amante de doña Bárbara, ésta tenía que resarcirlo de la pérdida de las gangas de Altamira, a causa de los buenos servicios que le había prestado.

Pero, además de éstas, Balbino iba rumiando otras contrariedades. Su retirada equivalía a reconocerle a Santos Luzardo las condiciones de hombría que no había querido concederle la noche anterior, y bien pudiera ocurrírsele a El Brujeador recibirlo con estas palabras:

"¿No le dije, don Balbino? Mejor es recoger que devolver."

Llegaba ya a las casas de El Miedo cuando se le reunieron tres hombres que traían la misma dirección.

—¿Qué buscan por aquí los Mondragones? —les preguntó.

—¡Guá! ¿No sabe usted la novedad, don Balbino? La señora nos ha mandado desocupar la casa de Macanillal. Parece que ya no nos necesita por allá.

Eran los Mondragones tres hermanos, oriundos de las llanuras de Barinas, a los cuales por su bravura y fechorías apodaban: Onza, Tigre y León. Fugitivos por sus crímenes cometidos en los llanos de aquel Estado, pasaron al de Apure y, después de haber merodeado y practicado el abigeato durante algún tiempo, entraron al servicio de doña Bárbara, en cuyos dominios hallaban seguro asilo cuantos facinerosos cayeran por el Arauca.

La casa de Macanillal estaba situada en el lindero con Altamira, establecido de acuerdo con la última sentencia que había obtenido doña Bárbara en su favor; pero tanto la casa como los postes del lindero habían cambiado ya de sitio, Altamira adentro, pues para eso estaban allí los Mondragones con la consigna de hacer avanzar, de tiempo en tiempo, la línea divisoria cuyo punto de referencia, deliberadamente vago en la decisión del tribunal, era la "casa en piernas" que ellos habitaban, fácil de desarmar y reconstruir en obra de horas, sin que del traslado quedaran muestras perceptibles, a primera vista, en la·uniformidad del inmenso paño de sabana.

Mediante esta estratagema ya doña Bárbara le había quitado a Altamira cerca de media legua más en el espacio de seis meses, con lo cual, al mismo tiempo preparaba otro litigio.

A Balbino le cayó mal la noticia que le dio El Onza; pero fue más sorprendente todavía lo que agregó El Tigre:

—No fuera nada que nos hubiera manado a desocupar la casa, sino que esta mañana llegó allá Melquiades con la orden de que la desbaratáramos esta noche y la volviéramos a poner en junto con los postes del lindero, en donde estaban enantes. Como si eso de mudar una casa y cambiar una posteadura fuera cosa de hacerse en una noche. Además, a nosotros nunca nos ha gustado echar para atrás, después que hemos empujado palante. Por eso venimos a decirle a la señora que mejor es que mande a otros a hacer ese trabajito.

Balbino cavilaba ceñudo y El León concluyó:

—Yo lo que digo es que hay cosas que no entiendo. A menos que la señora la vaya a dar ahora por tenerle miedo al vecino.

—No desbaraten la casa ni muden los postes —díjoles Balbino—. No hablen con ella todavía, tampoco. Dejen eso de mi cuenta.

Y en llegando a los caneyes:

—Quédense por aquí mientras yo converso con la señora.

Los Mondragones se entretuvieron conversando con los otros peones que estaban por allí y Balbino se dirigió a la casa. La primera impresión desagradable fue el cambio que, de la noche a la mañana, se había operado en el aspecto de la mujerona. Ya no llevaba aquella sencilla bata blanca, cerrada hasta el cuello y con mangas que le cubrían completamente los brazos, que era el máximo de feminidad que se consentía en el traje, sino otra, que nunca le había visto usar Balbino, descotada y sin mangas y adornada con cintas y encajes. Además llevaba el cabello mejor peinado, hasta con cierta gracia que la rejuvenecía y la hermoseaba.

No obstante, a Balbino no le cayó bien la transformación. Contrajo el ceño y dejó escapar un leve gruñido de desconfianza.

La segunda impresión desagradable fue la sonrisa mordaz con que ella le preguntó, aludiendo a la fanfarronada que le oyera la noche anterior a propósito de sus planes contra Luzardo:

—¿Lo emparejaste?

Molesto y desconcertado por esta acogida burlona, el hombre respondió bruscamente:

—Del camino me revolví a esperar que él me llame a rendirle cuentas. Ojalá se atreva a pedírmelas, para ver quién es el que va a tener que darlas.

Ella se quedó mirándolo, sin dejar de sonreír, y él, después de darse dos o tres manotadas en los bigotes:

—Si yo estaba allá era por complacerte.

Desapareció la sonrisa de la faz de la mujer; pero se mantuvo su desconcertante silencio.

Balbino hizo un gesto de desconfianza y se dijo mentalmente:

—Ya esto no me está gustando mucho.

En efecto, la superioridad de aquella mujer, su dominio sobre los demás y el temor que inspiraba parecían radicar especialmente en su saber callar y esperar. Era inútil proponerse arrebatarle un secreto: de sus planes nadie sabía nunca una palabra; en sus verdaderos sentimientos acerca de una persona, nadie penetraba. Su privanza lo daba todo, incluso la incertidumbre perenne de poseerla realmente; cuando el favorito se acercaba a ella no sabía nunca con qué iba a encontrarse. Quien la amara, como llegó a amarla Lorenzo Barquero, tenía la vida por tormento.

Muy distante estaba Balbino de una pasión como aquella de Barquero; pero los favores de doña Bárbara no eran despreciables todavía, y por añadidura, enriquecían. La leyenda de aquel poder sobrenatural que la asistía, haciendo imposible, por procedimientos misteriosos, que nadie le quitase una res o una bestia, era quizá invención de la bellaquería de los mayordomos-amantes que habían hecho de sus negocios fraudulentos con la hacienda de ella, pues, sumamente supersticiosa como era, por creerse asistida, en realidad, de aquellos poderes, se descuidaba y se dejaba robar.

Decidió aprovechar lo de los Mondragones para sondear los sentimientos de la enigmática mujer:

—Por ahí están los Mondragones, que acaban de llegar de Macanillal.

—¿A qué han venido? —inquirió ella.

—Parece que quieren hablar con usted —ahora le parecía más prudente darle tratamiento respetuoso—. Porque, como que no están muy conformes con desbaratar todo lo que se había hecho por allá.

Doña Bárbara volvió la cabeza con un movimiento brusco y un gesto imperioso:

—¿Cómo que no están conformes? ¿Y a ellos, quién les ha preguntado si les agrada o no? Llámalos acá.

—Es decir: no es que no quieran hacer lo que se les ha mandado, sino que, como son tres hombres nada más, no pueden darse abasto para mudar la casa y los postes en una noche.

—Que se lleven la gente que sea necesaria; pero que mañana amanezca todo donde estaba antes.

—Se los diré así —respondió Balbino, encogiéndose de hombros.

—Por ahí has debido empezar. Bien sabes que no consiento que se discutan mis órdenes

Balbino salió al patio, llamó aparte a los Mondragones y les dijo:

—Ustedes están equivocados. No es miedo al vecino como se imaginaban, sino un peine que queremos ponerle para que se envalentone y se zumbe contra nosotros. Andense allá y procedan a hacer todo lo que ella les mandó y llévense la gente que necesiten para que mañana mismo amanezca la casa en su puesto de antes y los postes del lindero donde los mandó poner el juez.

—Ese es otro cantar —dijo El Onza—. Si es así, ya vamos a estar mudándonos con lindero y todo.

Y regresó con sus hermanos a Macanillal, llevándose además la gente necesaria para ejecutar rápidamente el trabajo.

Balbino volvió al lado de doña Bárbara y, después de haberle dirigido algunas palabras que se quedaron sin respuesta, resolvió salir de dudas acerca de los sentimientos que ella abrigara respecto a Luzardo, diciendo:

—Ya Melquiades como que está perdiendo los libros. ¡Miren que habérsele ocurrido venirse en el bongo, donde nada podía hacer, habiendo en esa costa de monte del Arauca tanto apostadero bueno para no dejar al doctor Luzardo! Y un río tan caimanoso como ése, que carga con todos los muertos que se le quieran echar. Ahora la cosa va a ser más comprometida, porque aunque no sea sino por llenar la fórmula, las autoridades tendrán que abrir averiguaciones.

Sin cambiar de actitud y con una voz lenta y sombría, doña Bárbara replicó a la siniestra insinuación:

—Dios libre al que se atreva contra Santos Luzardo. Ese hombre me pertenece.

X
EL ESPECTRO DE LA BARQUEREÑA

Era un bosque de maporas, profundo y diáfano, que cubría una vasta depresión de la sabana y le venía el nombre del de una pequeña garza azul que, según una antigua leyenda, solía encontrarse por allí, único habitante del paraje. Era un lugar maldito: un silencio impresionante, numerosas palmeras carbonizadas por el rayo y en el centro un tremedal donde perecía, sorbido por el lodo, cuanto ser viviente se aventurara a atravesarlo.

La chusmita que le daba nombre, al decir de la leyenda, sería el alma en pena de una india, hija del cacique de cierta comunidad yarura que habitaba allí cuando Evaristo Luzardo pasó con sus rebaños al cajón del Arauca. Hombre de presa, El Cunavichero les arrebató a los indígenas aquella propiedad de derecho natural, y como ellos trataron de defenderla, los exterminó a sangre y fuego; pero el cacique, cuando vio su ranchería reducida a escombros, maldijo el palmar de modo que en él sólo encontraran ruina y desgracia el invasor y sus descendientes, víctimas del rayo, vaticinando, al mismo tiempo, que volvería al poder de los yaruros cuando uno de éstos sacara de la tierra la piedra de centella de la maldición.

Según la conseja, la maldición se había cumplido, pues no solamente no hubo nunca por allí tormenta que no se desgajara en rayos sobre el palmar, matando, en varias ocasiones, rebaños enteros de reses luzarderas, sino que también fue aquel sitio la causa de la discordia que destruyó a los Luzardos. En cuanto al vaticinio, hasta los tiempos del padre de Santos fue voz corriente que, después de aquellas tempestades, siempre se veía por allí algún indio —quién sabe desde dónde venía— escarbando la tierra en busca de la piedra de centella.

Hacía años que no aparecía por allí el yaruro. Tal vez, allá en sus rancherías, se había perdido la tradición. En Altamira nadie confesaba creer en la leyenda; pero todos preferían hacer un largo rodeo antes que pasar por el paraje maldito

Santos bordeó el tremedal por un terreno de limo negro y pegajoso, pero practicable sin riesgo, que retumbaba bajo los cascos del caballo. En torno a la charca mortífera, la tierra estaba revestida de hierba tierna; mas, no obstante la frescura de aquel verdor grato a la vista, algo sombrío se cernía sobre el paraje, y en vez de la chusmita de la leyenda, un garzón solitario en un islote de borales acentuaba la nota de fúnebre quietud.

Iba Santos ensimismado en el propósito que lo llevaba por allí, cuando algo que se movió en la margen de su campo visual lo hizo volver la cabeza. Era una muchacha, desgreñada y cubierta de inmundos harapos, que portaba un haz de leña sobre la cabeza y trataba de ocultarse detrás de una palmera.

—¡Muchacha! —la interpeló, refrenando la bestia—. ¿Dónde queda por aquí la casa de Lorenzo Barquero?

—¿No lo sabe, pues? —respondió la campesina, después de haber proferido un gruñido de bestia arisca.

—No lo sé. Por eso te lo pregunto.

—¡Guá! ¿Y aquel techo que se aguaita, de qué es, pues?

—Has podido empezar por ahí —díjole Santos y continuó su camino.

Una vivienda miserable mitad caney mitad choza, formada ésta por cuatro paredes de barro y paja sin enlucido, con una puerta sin batientes, y aquél por otros tantos horcones que sostenían el resto de la negra y ya casi deshecha techumbre de hojas de palmera, y de dos de los cuales colgaba un chinchorro mugriento, tal era la cada del "Espectro de La Barquereña", como por allí se le decía a Lorenzo Barquero.

De haberlo visto una vez en su infancia, Santos conservaba de él apenas un vago recuerdo; mas, por claro que éste hubiera sido, tampoco habría podido reconocerlo en aquel hombre que se incorporó en el chinchorro cuando lo sintió llegar.

Sumamente flaco y macilento, una verdadera ruina fisiológica, tenía los cabellos grises y todo el aspecto de un viejo, aunque apenas pasaba de los cuarenta. Las manos, largas y descarnadas, le temblaban continuamente, y en el fondo de las pupilas verdinegras le brillaba un fulgor de locura. Doblegaba la cabeza, cual si llevase un yugo a la cerviz; sus facciones, así como la actitud de todo su cuerpo, revelaban un profundo desmadejamiento de la voluntad y tenía la boca deformada por el rictus de las borracheras sombrías. Con un esfuerzo visible sacó una voz cavernosa para preguntar:

—¿A quién tengo el gusto?...

Ya el visitante había bajado del caballo y, después de amarrarlo a uno de los horcones, avanzaba diciendo:

—Soy Santos Luzardo y vengo a ofrecerte mi amistad.

Pero dentro del escombro humano aún ardía el odio implacable:

—¡Un Luzardo en la casa de un Barquero!

Y Santos lo vio ponerse trémulo y trastabillar, buscando, quizá, un arma; pero avanzó a tenderle la mano:

—Seamos razonables, Lorenzo. Sería absurdo que nos empeñáramos en mantener ese funesto rencor de la familia. Yo, porque en realidad no lo abrigo; tú...

—¿Porque ya no soy un hombre? ¿No es eso lo que ibas a decir? —interrogó, con el tartamudeo de un cerebro que fallaba.

—No, Lorenzo. No ha pasado por mi mente tal idea —respondió Luzardo, ya con un comienzo de compasión verdadera, pues hasta allí sólo lo había guiado el propósito de ponerle término a la discordia de la familia.

Pero Lorenzo insistió:

—¡Sí! ¡Sí! Eso era lo que ibas a decir.

Y hasta aquí lo acompañaron la voz bronca y la actitud impertinente. De pronto volvió a desmadejarse, como si hubiera consumido en aquel alarde de energía las pocas que le quedaban, y prosiguió con otra voz, apagada, dolorida y más tartajosa todavía:

—Tienes razón, Santos Luzardo. Ya no soy un hombre. Soy el espectro de un hombre que ya no vive. Haz de mí lo que quieras.

—Ya te he dicho: vengo a ofrecerte mi amistad. A ponerme a tus órdenes para lo que pueda serte útil. He venido a encargarme de Altamira, y ...

Pero Lorenzo volvió a quitarle la palabra, exclamando, a tiempo que le apoyaba sobre los hombros sus manos esqueléticas:

—¿Tú también, Santos Luzardo? ¿Tú también oíste la llamada? ¡Todos teníamos que oírla!

—No entiendo. ¿A qué llamada puedes referirte?

Y como Lorenzo no lo soltaba, fija la mirada delirante, y ya no era posible, tampoco, soportar más el tufo del alcohol digerido que le echaba encima, agregó:

—Pero todavía no me has brindado asiento.

—Es verdad. Espérate. Voy a sacarte una silla.

—Puedo tomarla yo mismo. No te molestes —díjole, viendo que vacilaba al andar.

—No. Quédate tú aquí afuera. Tú no puedes entrar ahí. No quiero que entres. Esto no es una casa; esto es el cubil de una bestia.

Y penetró en la habitación, doblegándose más todavía para poder pasar bajo el dintel.

Antes de coger la silla que iba a ofrecerle al huésped, se acercó a una mesa que estaba en e fondo del cuarto y en la cual se veía una garrafa con un vaso invertido sobre el pico.

—Te suplico que no bebas, Lorenzo —intervino Santos acercándose a la puerta.

—Un trago nada más. Déjame tomarme un trago. Me hace falta en estos momentos. No te ofrezco porque es un lavagallos. Pero, si quieres...

—Gracias. No acostumbro beber.

—Ya te acostumbrarás.

Y una sonrisa horrible surcó la faz cavada del ex hombre, mientras sus manos hacían chocar el vaso contra el pico de la garrafa.

Al ver la cantidad de aguardiente que se servía, Santos trató de impedírselo; pero era tal la pestilencia del aire confinado allí dentro, que no pudo pasar del umbral. Además, ya Lorenzo se empinaba el vaso y a grandes tragos apuraba el contenido.

Luego, haciendo un ademán de niño que todavía no sabe emplear la mano, se enjugó los bigotes restregándoselos con el antebrazo, cogió un butaque y una silla de pringoso asiento de cuero crudo, y salió diciendo:

—¡Conque un Luzardo en la casa de un Barquero! Y todavía viven los dos. ¡Los únicos que quedan!

—Te suplico que...

—No. Ya me lo has dicho. Ya lo sé... El Luzardo no viene a matar y el Barquero ofrece el mejor asiento que tiene: esta silla. Siéntate. Y se sienta él en este butaque. Así.

El asiento, sumamente bajo, lo obliga a replegar las piernas y apoyar los brazos sobre las rodillas, péndulas las temblorosas manos, en una posición grotesca que hacía más repulsiva aún la miseria de su organismo, y por todo traje llevaba unos mugrientos calzones de los que el llanero llama "de una de pavo", abiertos por los lados hasta las rodillas, y una camiseta de listado, a través de cuyos agujeros salíansele los vellos del pecho.

Ante el espectáculo de aquella repugnante ruina, Santos tuvo un instante de terror fatalista. Aquello que estaba por delante de él había sido un hombre en quien se habían puesto orgullo, esperanzas y amores.

Por hacer algo que justificara el hablarle sin mirarlo, sacó un cigarrillo y mientras lo encendía díjole:

—Es la segunda vez que nos vemos, Lorenzo.

—¿La segunda? —repitió interrogativamente el ex hombre, con una expresión de penoso esfuerzo mental—. ¿Quieres decir que nos conocíamos ya?

—Sí. Hace ya algunos años. Yo tendría ocho, apenas.

Lorenzo se enderezó bruscamente para replicar:

—¿Yo en tu casa? No habría comenzado todavía la...

—No —interrumpió Santos—. Aún no había estallado la discordia entre nosotros.

—Entonces, ¿vivía mi padre todavía?

—Sí. Y en casa, lo mismo que en la tuya, todos hacían grandes elogios de ti, de tu extraordinaria inteligencia, que era el orgullo de la familia.

—¿Mi inteligencia? —interrogó Lorenzo, como si le hablaran de algo que nunca hubiera poseído—. ¡Mi inteligencia! —repitió exclamativamente una y otra vez, pasándose las manos por la cabeza con atormentado ademán y, finalmente, clavando en Santos una mirada suplicante—: ¿Por qué vienes a hablarme de eso?...

—Un recuerdo repentino que acaba de asaltarme —respondió Santos, disimulando la intención de provocar en aquel espíritu envilecido alguna reacción saludable—. Yo era un niño, pero a fuerza de oír cómo te elogiaban todos en la familia y, especialmente mamá, que no se quitaba de la boca un "aprende a Lorenzo" cada vez que quería estimularle, me había formado de ti la más alta idea que puede caber en una cabeza de ocho años.

No te conocía pero vivía pensando en "aquel primo que estudiaba en Caracas para doctor" y no había palabras, modales o gestos usuales tuyos de que oyera hablar, sin que inmediatamente comenzara a copiártelos, ni recuerdo haber experimentado en mi niñez una emoción tan profunda como la qué experimenté cuando, un día, me dijo mi madre: "Ven para que conozcas a tu primo Lorenzo". Podría reconstruir la escena: me dirigiste esas tres o cuatro preguntas que se les hacen a los muchachos cuando nos los presentan, y a propósito de que papá te dijo, seguramente con un orgullo muy llanero, que yo era "bueno de a caballo" le respondiste con un largo discurso que me pareció música celestial, tanto porque no lo entendía —¡imagínate!— como porque, siendo tuyas, aquellas palabras tenían que ser para mí la elocuencia misma. Sin embargo, me impresionó una de las frases: "Es necesario matar al centauro que todos los llaneros llevamos por dentro", dijiste. Yo, claro está, no sabía qué podía ser un centauro ni mucho menos lograba explicarme por qué los llaneros lo llevamos por dentro; pero la frase me gustó tanto y se me quedó grabada de tal manera, que —tengo que confesártelo— mis primeros ensayos de oratoria —todos los llaneros, hombres de una raza enfática, somos de algún modo aficionados a la elocuencia— fueron hechos a base de aquel: "Es necesario matar al centauro", que declamaba yo, a solas conmigo mismo, sin entender una jota de lo que decía, naturalmente, y sin poder pasar de allí tampoco. De más estará decirte que ya había llegado a mis oídos tu fama de orador.

Hizo una pausa, en apariencia, para tumbarle la ceniza al cigarrillo, pero era en realidad para dejar que Lorenzo manifestase el efecto que aquellas palabras le hubieran producido.

Alguno le habían causado, pues era grande la agitación de que daba muestras, pasándose las manos desde la frente hasta la nuca con atormentados movimientos, y Santos, satisfecho de su obra, prosiguió:

—Años después, en Caracas, cayó en mis manos un folleto de un discurso que habías pronunciado en no sé qué fiesta patriótica, e imagínate mi impresión al encontrar allí la célebre frase. ¿Recuerdas ese discurso? El tema era: El centauro es la barbarie y, por consiguiente, hay que acabar con él. Supe entonces que con esa teoría, que proclamaba una orientación más útil de nuestra historia nacional, habías armado un escándalo entre los tradicionalistas de la epopeya, y tuve la satisfacción de comprobar que tus ideas habían marcado época en la manera de apreciar la historia de nuestra independencia. Yo estaba ya en capacidad de entender la tesis y sentía y pensaba de acuerdo contigo. Algo tenía que quedárseme de haberla repetido tanto, ¿no te parece? Pero Lorenzo no hacía sino pasarse las temblorosas manos por el cráneo, bajo el cual se le había desencadenado, de pronto, la tormenta de los recuerdos.

Su juventud brillante, el porvenir, todo promesas, las esperanzas puestas en él. Caracas... La Universidad... Los placeres, los halagos del éxito, los amigos que lo admiraban, una mujer que lo amaba, todo lo que puede hacer apetecible la existencia. Los estudios, ya para coronarlos con el grado de doctor, un aura de simpatía propicia para el triunfo bien merecido, la orgullosa posesión de una inteligencia feliz, y, de pronto: ¡la llamada! El reclamo fatal de la barbarie, escrito de puño y letra de su madre: "Vente. José Luzardo asesinó ayer a tu padre. Vente a vengarlo".

—¿Te explicas ahora por qué no puedo sentirme enemigo tuyo? —concluyó Santos Luzardo, tendiéndole un apoyo a aquella alma que batallaba por surgir del abismo—. Tú fuiste objeto de mi admiración de niño, me ayudaste, después, de una manera indirecta pero muy eficaz, pues muchas de las facilidades con que me encontré en Caracas, en mi vida de estudiante y en mis relaciones sociales, fueron obra del aprecio y de las simpatías que allá dejaste y, por último, en punto a dirección espiritual, tengo una deuda sagrada para contigo: por querer imitarte, adquirí aspiraciones nobles.

Y el tremendo sarcasmo que las circunstancias le daban a estas palabras de sana intención acabó de exasperar al ex hombre. Se levantó bruscamente del asiento donde estaba encorvado bajo el peso de sus miserias y de sus tormentas y se precipitó a la puerta del cuarto.

A poco se oyó el tintineo del pico del garrafón contra los bordes del vaso, sostenido por las manos trémulas, y Santos murmuró:

—Es inútil. A este infeliz no le queda ya más recurso sino la inconsciencia de la borrachera.

Y ya se disponía a retirarse cuando reapareció Lorenzo, con un paso más firme y un aire más inteligente en la fisonomía, galvanizado por el latigazo del alcohol.

—¡No! No puedes irte todavía; tienes que escucharme. Ya hablaste tú y ahora me toca a mí. Siéntate y óyeme lo que tengo que responderte.

—Déjalo para otro día, Lorenzo. Volveré a menudo por aquí a conversar contigo.

—¡No! Ha de ser ahora mismo. Te suplico que me oigas.

Y en seguida, energúmeno:

—¡Te suplico, no! ¡Te ordeno que me oigas! Has venido a provocarme y ahora tienes que oírme.

—¡Vaya, pues! Te complaceré —accedió Santos, tolerante—. Ya estoy sentado otra vez. Habla todo lo que quieras.

—Sí. Hablaré. ¡Hablaré, por fin! ¡Qué cosa tan grande es poder hablar, Santos Luzardo!

—¿Es que no tienes con quién? ¿No vives con tu hija?

—No me hables ahora de mi hija. No hables tú. Oye. Oye nada más. Así. ¡Ajá!... ¡Mírame bien, Santos Luzardo! Este espectro de un hombre que fue, esta piltrafa humana, esta carroña que te habla, fue tu ideal. Yo era eso que has dicho hace poco, y ahora soy esto que ves. ¿No te da miedo, Santos Luzardo?

—¿Miedo, por qué?

—¡No! ¡No te pregunto para que contestes!, sino para que me oigas estotro: ese Lorenzo Barquero de que has hablado no fue sino una mentira; la verdad es ésta que ves ahora. Tú también eres una mentira que se desvanecerá pronto. Esta tierra no perdona. Tú también has oído ya la llamada de la devoradora de hombres. Ya te veré caer entre sus brazos. Cuando los abra, tú no serás sino una piltrafa... ¡Mírala! Espejismos por dondequiera: allí se ve uno; allá otro. La llanura está llena de espejismos. ¿Qué culpa tengo de que te hayas hecho ilusiones de que un Luzardo —un Luzardo, porque también lo soy, aunque me duela— podría ser un ideal de hombre? Pero no estamos solos, Santos. Es el consuelo que nos queda. Yo he conocido muchos hombres —tú también, seguramente— que a los veinte y pico de años prometen mucho. Déjalos que doblen los treinta: se acaban, se desvanecen. Eran espejismos del trópico. Pero óyeme esto: yo no me equivoqué nunca respecto a mí mismo. Sabía que todo aquello que los demás admiraban en mí era mentira. Lo descubrí a raíz de uno de los triunfos más celebrados de mi vida de estudiante: un examen para el cual no me había preparado bien. Me tocó desarrollar un tema que ignoraba por completo, pero empecé a hablar, y las palabras, puras palabras, lo hicieron todo. No solamente fui bien calificado, sino hasta aplaudido por los mismos profesores que me examinaban. ¡Bribones! Desde entonces comencé a observar que mi inteligencia, lo que todos llamaban mi gran talento, no funcionaba sino mientras estuviera hablando; en cuanto me callaba se desvanecía el espejismo y no entendía nada de nada. Sentí la mentira de mi inteligencia y de mi sinceridad. ¿Te das cuenta? La mentira de la propia sinceridad que es lo peor que puede sucederle a un hombre. La sentí agazapada en

124

el fondo de mi corazón, como debe sentirse en lo íntimo de la carne aparentemente sana la úlcera latente del cáncer hereditario. Y comencé a aborrecer la Universidad y la vida de la ciudad, los amigos que me admiraban, la novia, todo lo que era causa o efecto de mixtificación de mí mismo.

Santos lo escuchaba vivamente interesado y con emoción optimista. Quien así podía pensar todavía y con tal lucidez expresarse no era un hombre irremisiblemente perdido.

Pero esto no podía durar mucho. Era el latigazo del alcohol y aquel organismo habituado sólo respondía a este estímulo durante cortos instantes, seguidos de bruscas caídas en la inconsciencia. Y, en efecto, bastó la breve pausa que hizo para que, una vez más, se le desvaneciera el espejismo.

—¡Matar al centauro! ¡Je! ¡Je! ¡No seas idiota, Santos Luzardo! ¿Crees que eso del centauro es pura retórica? Yo te aseguro que existe. Lo he oído relinchar. Todas las noches pasa por aquí. Y no solamente aquí; allá, en Caracas, también. Y más lejos todavía. Dondequiera que esté uno de nosotros, los que llevamos en las venas sangre de Luzardos, oye relinchar el centauro. Ya tú también lo has oído y por eso estás aquí. ¿Quién ha dicho que es posible matar al centauro? ¿Yo? Escúpeme la cara, Santos Luzardo. El centauro es una entelequia. Cien años lleva galopando por esta tierra y pasarán otros cien. Yo me creía un civilizado, el primer civilizado de mi familia, pero bastó que me dijeran: "Vente a vengar a tu padre", para que apareciera el bárbaro que estaba dentro de mí. Lo mismo te ha pasado a ti; oíste la llamada. Ya te veré caer entre sus brazos y enloquecer por una caricia suya. Y te dará con el pie, y cuando tú le digas: "Estoy dispuesto a casarme contigo", se reirá de tu miseria y...

Se mesó los cabellos. La idea fija, que ya poco antes se deslizara en su discurso, había logrado, por fin, apoderarse de él. Se le desmadejaron los brazos, con hebras de cabello entre los dedos, y hundiendo la cabeza en el pecho, se quedó murmurando:

—¡La devoradora de hombres!

Santos Luzardo contempló un rato en silencio y con el corazón oprimido el dramático espectáculo de aquella ruina humana y luego, tratando de reanimarlo, le preguntó:

—¿Y tu hija?

Pero Lorenzo, con la vista fija en el horizonte de la llanura, seguía murmurando:

—¡La llanura! ¡La maldita llanura, devoradora de hombres!

Y Santos pensó:

—Realmente, más que a las seducciones de la famosa doña Bárbara, este infeliz ha sucumbido a la acción embrutecedora del desierto.

Un súbito destello de lucidez reanimó el rostro del ex hombre. Por un momento desapareció el rictus de la borrachera sombría.

—Marisela —llamó—. Ven para que conozcas a tu primo.

Pero como dentro del rancho nadie respondía, agregó:

—Esa no sale de ahí ni que la arrastren por los cabellos. Es más arisca que báquiro... Un báquiro.

Clavó otra vez la cabeza y empezaron a manarle de la boca contraída lentos hilos de saliva.

—Bien, Lorenzo —dijo Santos poniendose de pie—. Volveré por aquí a menudo.

Se incorporó de pronto el borracho y dando traspiés penetró en la habitación.

—Déjala tranquila —díjole Santos, creyendo que iba en busca de la hija—. Otro día la conoceré —y comenzó a desamarrar su caballo.

Ya ponía el pie en el estribo cuando vio que Lorenzo se empinaba el garrafón de aguardiente, derramándoselo encima por no acertar a llevarse el pico a la boca. Se precipitó dentro de la habitación a quitárselo de las manos.

Mas ya el borracho había bebido lo suficiente para caer fulminado. Se asió a los brazos de Luzardo y clavándole una mirada delirante, exclamó:

—¡Santos Luzardo! ¡Mírate en mí! ¡Esta tierra no perdona!

XI
LA BELLA DURMIENTE

De regreso a Altamira, bajo la penosa impresión del espectáculo que acababa de presenciar, Santos volvió a encontrarse con la campesina, a quien le preguntara por la casa a donde se dirigía. Sólo después de haber visto la miseria que reinaba en el rancho de Lorenzo Baquero podía sospecharse que fuera su hija aquella criatura montaraz, greñuda, mugrienta, descalza y mal cubierta por un traje vuelto jirones.

Había depositado en el suelo el haz de chamizas y estaba tendida junto a él, con los codos hundidos en la arena, la cara entre las manos, soñadora la mirada.

Santos se detuvo a contemplarla. Bajo los delgados y grasientos harapos que se le adherían al cuerpo, la curva de la espalda y las líneas de las caderas y de los muslos eran de una belleza estatuaria; pero rompían el encanto los pies anchos y gruesos, de piel endurecida y cuarteada por el andar descalzo, y fue en esta fealdad lamentable donde se detuvieron las miradas compasivas.

Un resoplido de la bestia de Luzardo la sacó de su abstracción y al advertir la presencia del hombre detenido a pocos pasos de ella, se hizo un ovillo para ocultar la desnudez de sus piernas, y después de haber proferido algunos gruñidos de protesta, rompió a reír, de bruces sobre el arenal.

—¿Eres tú Marisela? —interrogó Santos.

Ella se hizo repetir la pregunta y luego respondió, con la rudeza de su condición silvestre reforzada por el azoramiento:

—Si ya sabe cómo me mientan, ¿pa qué pregunta, pues?

—No lo sabía, propiamente. Sospechaba que fueras la hija de Lorenzo Barquero, llamada así; pero quería cerciorarme.

Arisca, como el animal salvaje con el cual la comparó su padre, al oír aquel término, desconocido para ella replicó:

—¿Cerciorarse? ¡Hum! Usté está mal fijao. Bien pué seguí su camino.

—Menos mal si la cerrilidad le custodia la inocencia —pensó Santos, y luego: —¿Qué entiendes tú por cerciorarse?

—¡Umjú! ¡Qué preguntón es usté! —exclamó soltando de nuevo la risa.

—¿Ingenuidad o malicia? —se preguntó entonces Santos Luzardo, comprendiendo que, lejos de disgustarle le agradaba que él se hubiese detenido a hablarle, y ya sin sonreír siguió contemplando compasivamente aquella masa de greñas y harapos.

—¿Hasta cuándo va a estar ahí pues? —gruñó Marisela—. ¿Por qué no se acaba de dir?

—Eso mismo te pregunto yo: ¿hasta cuándo vas a estar ahí? Ya es tiempo de que regreses a tu casa. ¿No te da miedo andar sola por estos lugares desiertos?

—¡Guá! ¿Y por qué voy a tener miedo, pues? ¿Me van a comé los bichos del monte? ¿Y a usté qué le importa que yo ande sola por donde me dé gana?

¿Es, acaso, mi taita, pues, pa que venga a regañarme?

—¡Qué maneras tan bruscas, muchacha! ¿Es que ni siquiera te han enseñado a hablar con la gente?

—¿Por qué no me enseña usté, pues? —y otra vez la risa sacudiéndole el cuerpo echado de bruces sobre la tierra.

—Sí, te enseñaré —díjole Santos, cuya compasión empezaba a transformarse en simpatía—. Pero tienes que pagarme por adelantado las lecciones, mostrándome esa cara que tanto te empeñas en ocultar.

—¡Qué mano! —exclamó ella, ovillándose más—. Acábase de dir de una vez, que lo va a cogé la noche por estos montes.

—No me moveré de este sitio mientras no me hayas dejado ver tu cara. He venido sólo a conocerte, porque me han dicho que eres muy fea y no quiero creerlo hasta que lo vea con mis propios ojos. Me cuesta trabajo creer que pueda ser fea una parienta mía. Verdad que no te había dicho todavía que somos primos.

—¡Zape! —exclamó ella—. Yo no tengo más familia que mi taita, porque ni a mi mae puedo decí que la conozco.

La mención a la madre disipó la jovial disposición de ánimo que estaba poniendo Santos en la charla, y ella, como temiese haberle disgustado de veras, después de mirarlo de soslayo por debajo del brazo con que se cubría el rostro, insistió:

—¿No ve que usté no es na mío, como dice? Si juera, no se habría quedao tan callao.

—Sí, criatura —afirmó él, tornando a emplear el término compasivo—. Soy Santos Luzardo, primo de tu padre. Pregúntaselo a él, si quieres cerciorarte. Y no vayas a tomar a mal, otra vez, esta palabra.

—Bueno. Si es verdá que es primo mío. Aunque yo no se lo creo, ¿sabe?... ¡Umjú! Y después dicen que las mujeres semos las curiosas. Aguaite, pues, pa que se acabe de dir de una vez.

Y sin que Santos hubiera insistido en que se dejara ver el rostro, levantó y bajo en seguida la cabeza; pero con los ojos cerrados y apretando la boca para que no se le escapara la risa, coquetería de azoramiento y de ingenuidad.

Tendría unos quince años, y aunque la comida escasa, el agua mala, el desliño y la rustiquez le marchitaban la juventud, bajo aquella miseria de mugre y greñas hirsutas se adivinaba un rostro de facciones perfectas.

Pero bastó el breve instante para que los ojos de Santos apresaran la revelación de belleza.

—¡Qué bonita eres, criatura! —exclamó, y luego se quedó contemplándola con una forma de compasión diferente, mientras ella, ya no arisca, sino remilgada, humanizada por el primer destello de emoción de sí misma que aquella exclamación le había producido, decíales, con una voz dulce y suplicante.

—Váyase, pues.

—Todavía falta —replicó Santos—. No me has mostrado tus ojos. Déjame verlos. ¡Ah! Ya comprendo por qué no te atreves a abrirlos en mi presencia. Eres bizca, seguramente. Los tendrás muy feos.

—¿Bizca yo? Aguaite.

E incorporándose, animosa, abrió los hermosos ojos, que eran lo más bello de su rostro, y se quedó mirándolo sin pestañear, mientras él volvía a exclamar:

—¡Es preciosa esta criatura!

—Váyase, pues —repitió Marisela, cubierta de rubor bajo la pringue del rostro, pero sin dejar de mirarlo.

—Aguarda. Voy a darte, en seguida, la primera de esas lecciones que me has pagado anticipadamente.

Bajó del caballo, se acercó a la muchacha, cuyos negros ojazos expresaron un temor suplicante, y la obligó a levantarse, tomándola por un brazo y diciéndole:

—Ven acá, primita. Voy a enseñarte para qué sirve el agua. Eres linda, pero lo serías mucho más si no te abandonaras tanto.

Repuesta de su instintivo temor, por el tono sin sombra de malicia con que le hablaba aquel hombre perteneciente a un mundo diferente del que ella conocía, Marisela se dejó conducir hasta el borde de una charca de agua clara que había en la orilla del tremedal, ocultando el rostro bajo el brazo libre y riendo, entre avergonzada y complacida.

Llegados juntos a la charca, Santos la hizo inclinarse y tomando el agua en el hueco de sus manos, comenzó a lavarle los brazos y luego la cara, como hay que hacer con los niños, mientras le decía:

—Aprende y cógele cariño al agua, que te hará parecer más bonita todavía. Hace mal tu padre en no ocuparse de ti como mereces; pero es pecado contra la Naturaleza, que te ha hecho hermosa, el que cometes con ese abandono de tu persona. Por lo menos, limpia deberías estar siempre, ya que la tierra no te niega el agua. Haré que te traigan ropas decentes, para que te cambies ésa, que ni siquiera te cubre, y un peine para que te arregles el cabello y zapatos para que no andes descalza. ¡Así! ¡Así! ¿Cuánto tiempo haría que no te lavabas la cara?

Marisela abandonaba el rostro al frescor del agua, apretados lo labios, cerrados los ojos, estremecida la carne virginal bajo el contacto de las manos varoniles. Luego Santos, a falta de toalla, sacó su pañuelo para enjugarle la cara, y hecho esto, la obligó a levantar la cabeza, tomándola de la barbilla. Ella abrió los ojos y mirándolo, mirándolo, se le fueron cuajando de lágrimas.

—Bien —díjole Santos—. Ahora te regresas a tu casa. Yo te acompañaré, porque no es prudente que andes sola por estos lugares a estas horas.

—No. Yo me iré sola —replicó ella—. Váyase usté primero.

Y era otra voz aquella con que ahora hablaba.

Las manos le lavaron el rostro y las palabras le despertaron el alma dormida. Advierte que las cosas han cambiado de repente. Que ella misma es otra persona.

Siente la limpieza de su piel y oye que dicen: —¡Qué bonita eres, criatura!—, y la asalta la curiosidad de conocerse: ¿Cómo serán sus ojos y su boca y el modelado de sus facciones? Se pasa las manos por la cara, se palpa las mejilla, se acaricia, se moldea a sí misma, para que las manos le digan cómo es Marisela.

Pero las manos sólo le dicen:

—Somos ásperas y no sentimos nada. Las chamizas, las espinas nos han endurecido la piel.

¿Por qué no se sentirá la propia belleza, como se sienten los dolores?

El le ha dejado dos cosas tiernas.

La frescura del agua en las mejillas, que ahora le están produciendo sensaciones desconocidas. ¡Sí se siente la cabeza! Estas sensaciones nuevas y tiernas no pueden tener otra causa. Así debe de sentir el árbol, en la corteza endurecida y rugosa, la ternura de los retoños que de pronto le reventaron. Así debe de estremecerse la sabana, cuando un día, después de las quemas de marzo, siente que ha amanecido toda verde. Le ha dejado, también, la emoción de unas palabras nunca oídas hasta entonces. Las repite y oye que le resuenan en el fondo del corazón, y se da cuenta, a la vez, de que su corazón era algo negro, hondo, mudo y vacío. Pero algo sonoro, también, como el pozo que está junto a su casa, oscuro, profundo y con un espejo de agua allá adentro. "¡Es preciosa esta criatura!"... Y la voz resuena, honda, como en el pozo cuando se habla sobre el brocal.

También fuera de ella ya el mundo no es lo que hasta allí había sido: un monte intrincado donde recoger chamizas, un palmar solitario donde era imposible estar horas y horas, tendida en la arena, inmóvil hasta el fondo del alma, sin emociones ni pensamientos. Ahora los pájaros cantan y da gusto oírlos, ahora el tremedal refleja el paisaje y es bonito aquel palmar invertido, aquel fondo de cielo que se le ha formado al remanso; ahora trasciende de los bejucos que se vinieron enredados en el haz de chamizas el silvestre aroma de las flores del monte y es agradable aspirarlo. La belleza no está en ella solamente; está en todas partes: en el trino que trae en la garganta la paraulata llanera, en la charca y su orla de hierba tierna, en el palmar profundo y diáfano, en la sabana inmensa y en la tarde que cae dulcemente, dorada y silenciosa. ¡Y ella no se había dado cuenta de que todo esto existía, creado para que lo contemplaran sus ojos!

Por primera vez, Marisela no se duerme al tenderse sobre la estera. Extraña el inmundo camastro de ásperas hojas, cual si se hubiese acostado en él con un cuerpo nuevo, no acostumbrado a las incomodidades; se resiente del contacto de aquellos pringosos harapos que no se quitaba ni para dormir, como si fuese ahora cuando empezara a llevarlos encima; sus sentidos todos repudian las habituales sensaciones que, de pronto, se le han vuelto intolerables, como si acabase de nacer una sensibilidad más fina.

Además, la desvela el alma de mujer que acaba de despertársele, complicándole la vida, que era simple como la del viento, que no sabe sino corretear por la sabana. Sentimientos confusos empiezan a moverse dentro de su corazón: hay una alegría que tiene mucho de sufrimiento, una esperanza estremecida de temores, una necesidad de sacudir la cabeza para ahuyentar una idea, y un quedarse inmóvil, en seguida, para que la idea vuelva. Hay muchas cosas más que ella no alcanza a discernir.

Ya está cantando el carrao que anuncia la próximidad del día:

—¡Arriba, Marisela! Está fresca el agua del pozo. La enfriaron las estrellas que estuvieron pasando toda la noche sobre el brocal. Todavía quedan algunas en el fondo. Anda. Sácalas con el cántaro y derrámatelas encima. Te dejarán toda limpia, como siempre están ellas.

A un mismo tiempo estaba saliendo el Sol y poniéndose la Luna, y el palmar se estremecía como un bosque sagrado en el silencio del alba.

El cántaro del pozo baja y sube sin descanso, y el agua subterránea que no conocía la luz corre encandilada por el núbil cuerpo desnudo.

XII
ALGÚN DÍA SERÁ VERDAD

Grande fue la sorpresa de Antonio, cuando, al día siguiente —como llevase a Santos a Macanillal para que viera cómo venía avanzando el lindero de El Miedo—, descubrió que la casa de los Mondragones había retrocedido a su primitivo asiento.

—La mudaron anoche —exclamó—. Mire por dónde venía ya el poste del lindero. Ahí está el hoyo todavía.

—Bien —dijo Luzardo—. Ahora está en su sitio y por este respecto no tendremos dificultades, a lo menos por el momento. Para evitar que en lo sucesivo pueda ser trasladado de la noche a la mañana echaremos una cerca por este viento.

Pero Antonio objetó:

—¿Quiere decir que va a aceptar ese lindero? ¿Va a quedarse con los pleitos que tan malamente le ha ganado doña Bárbara?

—Son hechos consumados que tiene ya autoridad de cosa juzgada. De muchas, si no de todas esas decisiones de los tribunales, se habría podido apelar con éxito; pero no me supe ocupar en mis intereses... Además, tierra todavía hay bastante, a pesar de todo. Hacienda es lo que no veo. Apenas una que otra mancha de ganado.

—Hacienda tampoco falta —replicó Antonio—. Lo que sucede es que se ha alzado casi toda. Son muchas las cimarroneras que hay en Altamira, como ya le he dicho, porque nosotros, los poquitos amigos suyos que hemos quedado por aquí, en vez de procurar que se acabaran, las hemos fomentado. Era la única manera de salvarle el ganado: dejarlo que se alzara todo. Aquí lo que hacía falta era amo y ahora lo que se necesita es gente para trabajar.

—Efectivamente, veo que Altamira se ha convertido en un verdadero desierto. Antes, por dondequiera había casas.

—A los poquitos colonos que quedaban los mandó desocupar don Balbino al encargarse de la mayordomía, para que, no habiendo en los linderos gente luzardera que vigilara, los vecinos se pudieran meter a la hora y punto que les diera gana y arrear por delante todo el mautaje con que se tropezaran.

—¿De modo que el enemigo no era solamente doña Bárbara?

—Ella ha hecho con lo de usted todo lo que le ha pedido el cuerpo, como dicen; pero los otros también han manoteado a su gusto. Así, por ejemplo, han acabado con los bebederos de Altamira y los han puesto donde mejor les ha parecido, de modo que el ganado de acá vaya por sus propios pasos a caer en manos de ellos, porque en cada bebedero de éstos encuentra usted, al mediodía, cuatro o cinco peones del hato respectivo cazando a lazo el ganado luzardero. Eche la vista para allá. ¿Aguaita aquella mancha de hacienda? Todo ese animalaje va buscando los bebederos del Bramador en tierras que fueron de aquí y hoy pertenecen a El Miedo, y orejano que pise la orilla del caño ya se puede contar como perdido. Los mismo peones de doña Bárbara han picado el ganado en esa dirección hasta acostumbrarlo, sin que nosotros hayamos podido impedírselo. Y si es el musiú del lambedero de La Barquereña, ¡ no se diga! El míster Danger de quien le hablé esta mañana. Ese le ha cogido todos los tiros al llanero bellaco, y res que pase el boquerón de Corozalito, no regresa más para acá. Yo creo que lo primero que hay que hacer es volver a poner los tapices de los bebederos de antes y acostumbrar al ganado a que no busque los del vecino, y echar otra vez la palizada que hasta en tiempos de su padre de usted tapaba el boquerón de Corozalito, para impedir que el ganado pase a arrochelarse en los lambederos de La Barquereña. Si usted quiere, hoy mismo se puede proceder a abrir los hoyos para la posteadura.

—No hay que precipitarse. Antes necesito estudiar las escrituras de Altamira para determinar el lindero y consultar la Ley del Llano.

—¿La Ley de Llano? —replicó Antonio socarronamente—. ¿Sabe usted cómo se la mienta por aquí? Ley de doña Bárbara. Porque dicen que ella pagó para que se la hicieran a la medida.

—No tendría nada de extraño, según andan las cosas por aquí —dijo Santos—. Pero mientras sea ley, hay que atenerse a ella. Ya se procurará reformarla.

Aquella tarde, previo el estudio de los títulos de propiedad de Altamira y de la Ley de Llano, Santos envió aviso por escrito a doña Bárbara y a míster Danger de que había resuelto cercar el hato, a fin de que procediesen en el término legal a sacar los respectivos ganados que pastasen en sabanas altamireñas, pidiéndoles, al mismo tiempo, permiso para retirar los suyos de las de El Miedo y del Lambedero.

El mismo Antonio llevó las cartas y por el camino se hizo estas reflexiones: "A doña Bárbara como que le robaron sus reales. Esto de la cerca, que está en su ley, no me gusta mucho; pero menos le va a gustar a ella. Algún día tenía que venir quien le metiera los bichos en el corral".

Al anochecer del siguiente día partió Santos en compañía de Antonio, rumbo a Mata Luzardera y después de haber cabalgado durante dos horas por sabanas trajinadas, comenzaron a atravesar un campo intrincado de mastrantales secos y escobares amargos, por donde no había huellas de ganado.

Tras el monte oscuro de la mata, se elevaba el disco de la luna esparciendo una melancólica claridad sobre el vasto campo enmarañado.

Antonio puso su bestia al paso, y después de recomendarle a Luzardo silencio y cautela, subieron a la loma de un médano.

—Ponga cuidado —díjole el caporal—. Ya va a escuchar lo que no se habrá imaginado siquiera.

Y haciendo de sus manos portavoz, lanzó desde lo alto del médano un grito agudo que barrenó el silencio de la noche.

Inmediatamente se levantó un vasto rumor creciente y todo el amplio espacio que desde aquella altura se dominaba se agitó y retembló bajo el tropel de numerosos rebaños salvajes.

—¡Escuche! —exclamó el peón—. Esos son millares y millares de orejanos que no conocen al hombre. Hace más de siete años que no entran caballos en este paño de sabana. Y esto que está oyendo es nada comparado con otras cimarroneras que hay, más adentro, hacia el viche. A pesar de todo, Altamira aguanta todavía. Las cimarroneras han sido la salvación; pero ahora hay que acabar con ellas. Yo tengo ganas de empezar a darle unos choques a esta rochela, si le parece. Por el momento nos hacen falta sogueros especiales, porque no todos saben trabajar cimarrones; pero yo sé dónde los hay y los puedo hacer venir. Además, me parece que sería conveniente volver a fundar las queseras, que antes las hubo y daban muy buenos resultados. La quesera es conveniente no sólo porque es una entrada de plata más, sino porque sirve para el amansamiento del ganado, que el de aquí es del más bravo y es mucha la bestia que mata en el trabajo.

Estas razones prácticas eran motivo suficiente para que se procediese a la fundación de las queseras; pero Santos Luzardo vio también algo más, de un orden diferente y tan interesante para él como el económico; todo lo que contribuyese a suprimir ferocidad tenía una importancia grande para su espíritu.

Finalmente, de otra conversación con el mismo Antonio, al día siguiente, se le ocurrió un idea, ya más de acuerdo con el plan de civilizador de la llanura.

—Hoy cachilapiamos unos cincuenta orejanos en una sola pasadita de lazo —díjole Sandoval.

Cachilapiar, es decir, cazar a lazo el ganado no herrado que se encuentra dentro de los términos del hato, es la pasión favorita del llanero apureño. Como en aquellas sabanas sin límites las fincas no están cercadas, los rebaños vagan libremente, y la propiedad sobre la hacienda es una adquisición que cada dueño de hato viene a hacer, o en las vaquerías que se efectúan de concierto entre los vecinos y en las cuales aquél recoge y marca con su hierro cuanto becerro desmadrado y orejano caiga en los rodeos, o fuera de ellas, en todo momento, por derecho natural de brazo armado de lazo. Esta forma primitiva de adquirir—única que puede prevalecer dentro de las condiciones del medio y que las mismas leyes sancionan, con la sola limitación de la extensión de tierras y número de cabezas que para el efecto se deben poseer— tiene, sin embargo, algo del abigeato originario, y de aquí que no sea solamente un trabajo, sino un deporte predilecto del hombre de la llanura abierta, donde la fuerza es todavía derecho.

Haciéndose estas reflexiones, Santos Luzardo concluyó:

—Todo esto perjudica el fomento de la cría porque destruye el estimulo, y todo eso desaparecería con la obligación que las leyes del llano les impusieran a los propietarios de cercar sus hatos.

Antonio objetó:

—Puede que usted tenga razón, pero para eso sería menester cambiar primeramente el modo de ser del llanero. El llanero no acepta la cerca. Quiere su sabana abierta como se la ha dado Dios, y la quiere, precisamente, para eso: para cachilapiar cuanto bicho le caiga en el lazo. Si se le quita ese gusto se muere de tristeza. Un llanero está contento cuando puede decir: hoy cachilapié tantas reses, y no le importa que su vecino esté diciendo allá lo mismo, porque el llanero siempre cree que sus bichos están seguros y que los que se coge el vecino son de otro.

No obstante, Luzardo se quedó pensando en la necesidad de implantar la costumbre de la cerca sería el derecho contra la acción todopoderosa de la fuerza, la necesaria limitación del hombre ante los principios.

Ya tenía, pues, una verdadera obra propia de un civilizador: hacer introducir en las leyes de Llano la obligación de la cerca. Mientras tanto, ya tenía también unos pensamientos que eran como ir a lomos de un caballo salvaje, en la vertiginosa carrera de la doma, haciendo girar los espejismos de la llanura. El hilo de los alambrados, la línea recta del hombre dentro de la línea curva de la Naturaleza, demarcaría en la tierra de los innumerables caminos, por donde hace tiempo se pierden, rumbeando, las esperanzas errantes, uno solo y derecho hacia el porvenir.

Todos estos propósitos los formuló en alta voz, hablando a solas, entusiasmado. En verdad, era muy hermosa aquella visión del Llano futuro, civilizado y próspero, que se extendía ante su imaginación. Era una tarde de sol y viento recio. Ondulaban los pastos dentro del tembloroso anillo de aguas ilusorias del espejismo, y a través de los médanos distantes y por el carril del horizonte, corrían, como penachos de humo, las trombas de tierra, las tolvaneras que arrastraba el ventarrón.

De pronto, el soñador, ilusionado de veras en un momentáneo olvido de la realidad circundante, o jugando con la fantasía, exclamó:

—¡El ferrocarril! Allá viene el ferrocarril.

Luego sonrió tristemente, como se sonríe al engaño cuando se acaban de acariciar esperanzas tal vez irrealizables; pero después de haber contemplado un rato el alegre juego del viento en los médanos, murmuró optimista:

—Algún día será verdad. El progreso penetrará en la llanura y la barbarie retrocederá vencida. Tal vez nosotros no alcanzaremos a verlo; pero sangre nuestra palpitará en la emoción de quien lo vea.

Era una gran masa de músculos, bajo una piel roja, con un par de ojos muy azules y unos cabellos color de lino. Había llegado por allí hacía algunos años, con un rifle al hombro, cazador de tigres y caimanes. Le agradó la región, porque era bárbara como su alma, tierra buena de conquistar, habitada por gentes que él consideraba inferiores por no tener los cabellos claros y los ojos azules. No obstante el rifle, se creyó que venía a fundar algún hato y a traer ideas nuevas, se pusieron en él muchas esperanzas y se le acogió con simpatía; pero él se limitó a plantar cuatro horcones, en un terreno ajeno y sin pedir permiso, a echarles encima un techo de hojas de palmera, y una vez construida esta cabaña, colgó su chinchorro y su rifle, se metió en aquél, encendió su pipa, estiró los brazos, distendiendo los potentes músculos, y exclamó:

—¡All right! Ya soy en mi casa.

Decía llamarse Guillermo Danger y ser americano del Norte, nativo de Alaska, hijo de un irlandés y de una danesa buscadores de oro; pero se dudaba de que el apellido que se ponía fuera realmente el suyo, pues en seguida añadía: "Míster Peligro", y como era humorista, a su manera, con la ingenuidad de un niño, se sospechaba que se apellidase así sólo por añadir la inquietante traducción.

Por otra parte, había cierto misterio en torno a su persona. Referíase que, en los primeros tiempos de su establecimiento en la región, varias veces había mostrado gacetillas de periódicos neoyorquinos, titulados siempre The Man Whitout Country, en las cuales se protestaba contra cierta injusticia cometida con un ciudadano a quien no se nombraba, y que, a su decir, era él; y aunque nunca explicó de modo claro y satisfactorio cuál había sido aquella injusticia, ni por qué ocultaba su nombre bajo tal denominación, se le abrieron todas las puertas en espera de los ríos de dólares que iban a correr por la llanura.

Entretanto, míster Danger, por industria, no hacía sino cazar caimanes, cuyas pieles exportaba anualmente en grandes cantidades, y por afición, tigres, leones y cuantas fieras le pasasen al alcance de su rifle. Un día, como diese muerte a una cunaguara recién parida, se apoderó de los cachorros y logro criar y domesticar uno, con el cual retozaba, ejercitando su perenne buen humor de niño grande y brutal. Ya el cunaguaro lo había acariciado con algunos zarpazos; pero él se divertía mucho mostrando las cicatrices y éstas le dieron tanto prestigio como las gacetillas.

Poco después la cabaña del cazador se convirtió en una casa dotada de una instalación interior bastante confortable y rodeada de extensos corrales de ganado. La historia de esa transformación, que parecía indicar que el "hombre sin patria" había echado raíces en la tierra tenía puntos de contacto con la de doña Bárbara.

Fue en los tiempos del coronel Apolinar y se estaban haciendo fundaciones en el hato de El Miedo, recién bautizado así. Míster Danger, enterado de la leyenda de los "familiares", quiso presenciar el bárbaro rito, que no podía dejar de practicar la supersticiosa mujerona, y con tal objeto fue a hacerle una visita, que por otra parte le debía, ya que era propiedad de ella aquel palmo de tierra donde había levantado su cabaña.

Ver al extranjero, oírlo expresar el deseo que lo animaba, enamorarse de él y trazarse su plan, todo fue para doña Bárbara obra de un instante. Hizo que Apolinar lo invitara a comer con ellos, les cargó la mano al servirles la bebida a que ambos eran muy aficionados, y como el criollo era más débil y tenía la borrachera idiota, no se dio cuenta de las guiñadas de ojos con que el invitado y su mujer concertaron durante la comida la traición que le harían.

Entretanto los peones abrían de prisa la zanja donde sería enterrado un caballo viejo y derrengado, que sólo para "familiar" podía ya servir.

—Lo enterraremos a punto de medianoche, que es la hora indicada —había dicho doña Bárbara—. Y nosotros tres solamente, porque los peones no deben presenciar la operación. Así es como debe hacerse, según la costumbre.

—¡Bonito! —exclamó el extranjero—. Las estrellas arriba y nosotros abajo, echando tierra encima del caballo vivo. ¡Bonito! ¡Pintoresco!

En cuanto a Apolinar, ni estaba enterado de la costumbre, ni era ya persona capaz de hacer objeciones, y fue necesario que míster Danger lo cargara en brazos para montarlo caballo, cuando llegó la hora de partir, camino de las fundaciones distantes de las casas del hato.

Ya estaba abierta la zanja y amarrado a un poste de los corrales en construcción el caballejo derrengado, víctima del bárbaro rito. Junto a la zanja había tres palas para los enterradores. La noche estrellada envolvía en sombras densas el paraje desierto. Míster Danger desamarró el caballo y lo condujo hasta el borde de la zanja, dirigiéndole palabras compasivas, entre ruidosas risotadas que provocaban la hilaridad idiota de Apolinar, y luego lo arrojó dentro del hoyo, de un envión formidable.

—Ahora, rece usted, doña Bárbara, las oraciones que sabe para que los diablos suyos no dejen que se escape el espíritu del caballito, y usted apúrese, coronel. Ahora somos enterradores y hay que hacer las cosas bien.

Ya Apolinar se había apoderado de una de las palas y batallaba con las leyes de la gravedad para poder inclinarse a llenarla con la tierra amontonada al borde de la zanja, murmurando entretanto frases obscenas que parecían causarle gracia, pues se desmigajaba de risa a cada atrocidad que soltaba. Por fin logró llenar la pala y la balanceó torpemente, yéndose detrás de ella a cada vaivén.

—¡Qué borracho estás, coronelito! —acababa de exclamar míster Danger, afanado en su papel de enterrador, cuando advirtió que Apolinar soltaba la herramienta y se llevaba las manos a los riñones, cimbreándose y exhalando un gemido mortal, para caer luego dentro de la zanja, con su propia lanza hundida en la espalda.

—¡Oh! —exclamó el extranjero, interrumpiendo su tarea—. No estaba esta cosa en el programa. ¡Pobrecito coronel!

—No lo compadezca, don Guillermo. El también me tenía sentenciada. Yo lo que he hecho es andarle adelante —dijo doña Bárbara, y tomando la pala que se había escapado de las manos del coronel, agregó—: Ayúdeme. Usted tampoco es hombre a quien se le agüe el ojo por estas cosas. Peores las habrá hecho usted en su tierra.

—¡Caramba! Usted no tiene pepitas en la lengua. Míster Danger no aguársele nunca el ojo; pero míster Danger no hace cosas que no están en el programa. Yo soy venido aquí para enterrar "familiar" solamente.

Y diciendo así, soltó la pala, montó a caballo y regresó a su cabaña a retozar con el cunaguaro.

Pero guardó el secreto, primeramente, por no verse envuelto en un embrollo que podría complicarse con el misterio del "hombre sin patria", y luego, porque para él, extranjero despreciativo, no había gran diferencia entre Apolinar y el caballo que lo acompañaba en su sepultura, y dejó prevalecer la versión de que el coronel había perecido ahogado en el caño Bramador al tratar de atravesarlo a nado, y en apoyo de la cual la única prueba fue el haberse encontrado en el estómago de un caimán cazado en dicho caño, días después, una sortija que doña Bárbara reconoció como perteneciente a aquél.

En pago de su encubrimiento transformó en casa la cabaña, y construyó corrales en tierras de La Barquereña, y de cazador de caimanes se convirtió en ganadero, o mejor dicho, en cazador de ganados, pues eran mautes ajenos, altamireños, los que él herraba como suyos, y así pasó algún tiempo sin que doña Bárbara lo molestara ni él se ocupara de ella, hasta que un día se presentó en El Miedo con este alegato:

—He sabido que usted piensa quitarle a don Lorenzo Barquero el pedacito de tierra que le dejó junto al palmar de La Chusmita, y vengo a decirle que usted no puede hacer esa arbitrariedad, porque yo defiendo los derechos de este hombre. Voy a administrarle esa tierrita, que es lo único que le queda, y usted no puede tampoco meter gente suya para sacar ganados que caminen encima de ella.

Mas los derechos de Lorenzo Barquero no hicieron sino pasar de las manos de un usurpador a las de otro, pues del producto de aquellas tierra no vio nunca sino las botellas de brandi que le mandaba míster Danger cuando regresaba de San Fernando o de Caracas, con una buena provisión de su bebida predilecta, o los garrafones de aguardiente que le hacía enviar de la pulpería de El Miedo, y esto mismo, sin pagárselo a doña Bárbara.

En cambio, el extranjero se enriquecía cachilapiando a su gusto. Era el resto del antiguo fundo de La Barquereña apenas un rincón de sabanas atravesadas por un caño, seco durante el verano, denominado de Lambedero, cuyas barrancas salitrosas atraían el ganado de los hatos vecinos. Numerosos rebaños veíanse constantemente por allí, lamiendo la tierra del caño, y gracias a esto era sumamente fácil cazar orejanos dentro de los límite de aquel pedazo de tierra, que no llegaba al mínimo de extensión que establecían las leyes del Llano para tener derechos al común de las greyes no herradas que vagan por la llanura abierta; pero míster Danger podía saltar por encima de las restricciones legales y apoderarse del ganado de los vecinos, porque los administradores de Luzardo siempre eran sobornables y porque la dueña de El Miedo no se atrevería a protestar.

Recogida así su cosecha, marchábase a venderla en cuanto entraba el invierno, y como durante la época de lluvias, lleno el caño de Lambedero, el ganado no acudía allí, se quedaba en San Fernando o en Caracas, hasta la salida de aguas, tirando el dinero en borracheras gigantescas, porque no le tenía apego, propiamente, y no le alcanzaban las manazas para despilfarrarlo.

Ya había resuelto darse aquella escapada anual, cuando recibió la carta donde Luzardo le participaba su determinación de restablecer la antigua palizada de Corozalito, sitio por donde pasaban las reses altamireñas a perderse en el Lambedero.

—¡Oh! ¡Caramba! —exclamó al leer la carta—. ¿Qué cosa quiere este hombre? Diga usted, Antonio, al doctor Luzardo que míster Danger leyó su carta y dijo esto. Fíjese usted bien. Que míster Danger necesita abierto boquerón de Corozalito y tiene derecho para impedir que él levante ninguna palizada.

No lo creyó así Santos Luzardo, y al día siguiente se fue allí a esclarecer el asunto.

Al ladrido de los perros apareció en el corredor la imponente figura del yanqui, con grandes demostraciones de afabilidad:

—Adelante, mi doctor. Adelante. Ya sabía yo que usted iba a venir por aquí. Yo soy sumamente apenado por haber tenido que decir a usted que no puede tapar boquerón de Corozalito. Hágame el favor de pasar adelante.

E introdujo a Luzardo en una pieza cuyas paredes estaban tapizadas con los trofeos de su afición cinegética: carameras de venados, pieles de tigres, pumas, y osos palmeros y el cuero de un caimán enorme.

—Siéntese, doctor. No tenga usted miedo; el cunaguarito está metido dentro de su jaula.

Y acercándose a la mesa, donde había una botella de whisky:

—Vamos a tomar la mañana, doctor.

—Gracias —repuso Santos, rechazando el obsequio.

—¡Oh! No diga usted que no. Yo soy muy contento de verlo a usted en mi casa y quiero que me complazca pegándose un palito conmigo, como dicen ustedes.

Molesto por la insistencia, Santos aceptó, sin embargo, el obsequio y, en seguida, entrando en materia, dijo:

—Pues, creo que usted está equivocado, señor Danger, respecto a los linderos de La Barquereña.

—¡Oh! No, doctor, —replicó el extranjero— Yo no soy nunca equivocado cuando digo alguna cosa. Yo tengo mi plano y puedo mostrárselo a usted. Aguarde un momento.

Pasó a la habitación contigua, de la cual salió en seguida guardándose dentro del bolsillo del pantalón unos papeles, para extender otro que venía arrollado.

—Aquí tiene, doctor, Corozalito y Alcornocal de Abajo están dentro de mi propiedad y usted puede verlo con sus ojos.

Era un plano, dibujado por él, en el cual aparecían como pertenecientes a La Barquereña los sitios a que se había referido. Luzardo lo tomó entre sus manos, por cortesía, pero replicó:

—Permítame que le haga observar que este plano no es prueba

fehaciente. Sería necesario cotejarlo con los títulos de propiedad de La Barquereña y con los de Altamira, que lamento no haberlos traído conmigo.

Sin dejar de sonreír, el yanqui protestó:

—¡Oh! ¡Malo! ¿Cree el doctor que yo dibujo cosas que no están sino dentro de mi cabeza? Yo nunca digo sino lo que soy completamente seguro.

—No debe usted darle esa interpretación a mis palabras. Me he limitado a decirle que esto no es una prueba. No niego que usted posea otras que verdaderamente lo sean, y ya que quiere mostrármelas, le supongo que lo haga.

Y como la actitud del extranjero, atento al humo de su pipa, era francamente impertinente, añadió, con un tono más enérgico:

—Le advierto que antes de dar este paso he estudiado bien el asunto, con mis títulos de propiedad por delante, y me permito observarle que también estoy seguro de lo que digo cuando afirmo que Corozalito y Alcorconal de Abajo pertenecen a Altamira, y que, por consiguiente, me asiste un derecho indiscutible para levantar la palizada en el boquerón. Más aún: hasta en tiempos de mi padre, no hace muchos años, existía allí una, de la cual todavía quedan algunos horcones.

—¡En tiempos de su padre! —exclamó míster Danger—. Yo no quisiera decir a usted que no sabe lo que dice cuando asegura tener esos derechos todavía.

—¿Cree usted que hayan prescrito? —interrogó Santos, sin hacer caso del tono con que le había dicho aquello.

—¡Oh! Yo no quiero seguir hablando palabras en el aire —y sacando los papeles que se había guardado en el bolsillo, agregó—: Aquí están escritas y usted podrá leerlas. Yo soy muy contento de que usted se convenza con sus ojos de que no puede levantar la palizada.

Y le puso en las manos un documento, suscrito por Lorenzo Barquero y por uno de los administradores que había tenido Altamira después de la muerte de José Kuzardo, según el cual el propietario de La Barquereña había adquirido, por compra, las montañuelas de Corozalito y Alcornocal de Abajo, comprometiéndose además el de Altamira a no levantar cercas ni estorbar con ninguna otra clase de construcciones el libre paso de los ganados por aquel lindero.

El objetivo de tal operación fue, precisamente, hacer desaparecer el obstáculo de aquella palizada a que se refirió Luzardo y que, cerrando el boquerón, impedía que la hacienda altamireña pasase a arrocholarse en los lambederos de la finca vecina; pero

Santos no había tenido noticias de aquella venta y obligación consiguiente, así como tal vez ignoraba quién sabe cuántos otros menoscabos y gravámenes de su propiedad, con los cuales se lucraron sus apoderados y de cuyos documentos no había copias en el legajo que él conservaba en su poder.

El que mostraba mister Danger estaba debidamente autenticado y registrado, y Santos se avergonzó de haber dado aquel paso en falso y de tener que confesar ahora que desconocía la verdadera situación de Altamira; pero lo acompañaba otro documento en el cual constaba la venta hecha por Lorenzo Barquero al norteamericano, de las sabanas del Lambedero, y al ver la firma del vendedor, escrita con caracteres ininteligibles, desiguales y tortuosos, que daban la impresión de haber sido trazados por un analfabeto a quien le llevasen la mano, le pareció que tenía ante los ojos una prueba material de la coacción ejercida por el extranjero sobre la abolid voluntad de Lorenzo, pues podía asegurarse, sin riesgo de incurrir en calumnia, que la tal compra no había sido sino un despojo, llevado a cabo a la manera de aquellas otras ventas simuladas que le había hecho firmar doña Bárbara. —Me he olvidado de mis propósitos —pensó mientras contemplaba la firma ilegible—. Me dije que venía a constituirme en defensor de los derechos atropellados, y ni siquiera se me ha ocurrido todavía averiguar si son defendibles los de este pobre hombre. Nada de extraño tendría que las tales ventas adoleciesen de defectos que permitieran intentar acciones reivindicatorias.

Entretanto, míster Danger se había acercado a la mesa y servía dos copas de whisky, para celebrar su triunfo sobre el vecino que había venido a reclamar derechos perdidos. Una altanera satisfacción de sí mismo le impulsaba a humillar al hombre de la raza inferior que se había atrevido a discutirle los suyos.

—¿Otro palito, doctor?

Santos se levantó del asiento clavándole una mirada de dignidad ofendida; pero el yanqui no le concedió ninguna importancia a aquella actitud y siguió llenando su copa tranquilamente.

Luzardo le devolvió las escrituras, diciéndole:

—Ignoraba la existencia de esa venta de Corozalito y Alcornocal de Abajo. De otro modo no hubiera venido a reclamar lo que no me corresponde. Tenga la bondad de excusarme.

—¡Oh! No se preocupe usted, doctor Luzardo. Yo sabía que usted hablaba sin conocimiento de causa. Pero vamos a tomarnos otro poquito de whisky para hacer las paces, porque yo quiero ser amigo suyo y el whisky es bueno para estas cosas.

Recobrando el dominio de sí mismo, Luzardo repuso:

—Perdóneme que no se lo acepte.

Míster Danger comprendió que tampoco aceptaba la amistad que él le ofrecía, y cuando Luzardo se retiró, viéndolo alejarse, se dijo:

—¡Oh! Estos hombrecitos. Nunca saben nada de lo que hablan.

Camino de Altamira, como pasara cerca de la casa de Lorenzo Barquero, Santos decidió aprovechar la oportunidad para pedirle explicaciones precisas de la pérdida de La Barquereña.

Hundido dentro del mugriento chinchorro, Barquero dormía todavía su borrachera de la víspera y estaba solo en la casa. Un ronquido de estertores se escapaba de su garganta, una saliva viscosa le fluía de la boca entreabierta, y bajo el sueño profundo de la intoxicación alcohólica la miseria del rostro tenía una expresión agónica. Alarmado por aquel aspecto, Santos se acercó a tomarle el pulso en el brazo péndulo fuera del chinchorro y sintió bajo sus dedos el martillazo de la tensión arterial. Se quedó un rato contemplándolo, compasivamente.

—Poca vida le queda ya a este infeliz; pero es necesario hacer algo por él.

Bajo el chinchorro había una camaza y en el fondo de ella una pichagua, vasija y cuchara rústicas vegetales. Con sólo alargar el brazo y con ayuda de la segunda, Lorenzo había consumido todo el licor que llenara la primera, echándoselo dentro de la boca, sorbo a sorbo, "meleadito", como por allí decían de este bestial manera de emborracharse.

De un puntapié, Luzardo arrojó de allí la vasija, y apoderándose luego de la garrafa colocada sobre la mesa y que contenía una buena cantidad de aguardiente, se lanzó fuera de la casa. Hecho esto, y en vista de que sería inútil despertar a Lorenzo, se disponía ya a marcharse cuando apareció la mole roja y risueña del norteamericano.

Fingió sorprenderse de hallar allí a Luzardo; pero como a éste no se le escapó que se había venido siguiéndolo e hiciera un gesto poco afable, interrogó indicando a Lorenzo con un movimiento de cabeza:

—¿Borracho, eh? Seguramente se ha bebido ya todo el aguardiente que le mandé ayer.

—Hace usted mal en proporcionarle bebida a este hombre —repuso Santos.

—Esto no tiene remedio, doctor. Déjelo usted que se acabe de matar. El no quiere vivir. Está enamorado todavía de la linda Barbarita. Terriblemente enamorado, y bebe y bebe para olvidarse de ella. Ya se lo he dicho muchas veces: "Don Lorenzo, te estás matando". Pero él no quiere hacer caso de mí y no se quita la pichagüita de la boca.

Y acercándose al chinchorro y sacudiéndolo por las cabuyeras:

—¡Eh! ¡Don Lorenzo! Que tienes visita, chico. ¿Hasta cuándo vas a estar roncando ahí, metido dentro de ese chinchorro? Aquí está el doctor Luzardo que viene a saludarte.

—Déjelo tranquilo —dijo Santos, dispuesto a marcharse.

Lorenzo entreabrió los párpados y murmuró unas palabras ininteligibles. El yanqui le dio una cachetada brutal y soltó la risa:

—¡Qué rasca tienes, chico!

Y al volverse se quedó un instante mirando hacia el palmar, luego se encogió, crispó los dedos como para arañar, mostró los dientes y dejó escapa un bufido, cual si imitara al cunaguaro cuando retozaba con él.

—¿Qué le pasa a este hombre? —se preguntaba ya Santos, extrañado de aquellos desplantes, cuando él soltó la risa y explicó:

—La muchacha, nombre bonito de joropo.

Era Marisela, que venía con el haz de leña, como la tarde del encuentro del palmar; pero era una persona ya diferente de aquella sucia y desgreñada. Vestía uno de los trajes que Santos le había hecho mandar, confeccionado por las nietas de Melesio Sandoval, y todo en ella daba muestra de aseo y hasta de acicalamiento, a pesar del bajo oficio a que se dedicaba. Santos se complació en esta transformación, que era obra de unas cuantas palabras suyas, y fue entonces cuando vino a fijarse en que la casa tampoco era aquel cubil inmundo y maloliente. El piso estaba barrido, y si todavía reinaba allí la miseria, ya la incuria había desaparecido.

Enretanto, míster Danger continuó:

—Ahora, es la señorita Marisela; pero todavía brava como una cunaguara.

Y moviendo el índice en ademán de amonestaciones:

—Ayer me sacaste sangre con tus uñas.

—¡Guá! ¿Pa qué viene a atocame, pues? —respondió Marisela.

—Ella se pone brava conmigo porque yo digo: yo te he comprado a tu papá y cuando él se muera te voy a llevar conmigo; yo tengo en casa un cunaguaro macho y quiero tener también una cunaguara hembra para sacar cunaguaritos.

Y mientras míster Danger celebraba su brutalidad con estentóreas carcajadas, y Marisela refunfuñaba enojada, Santos se dio cuenta del peligro que corría la muchacha bajo la protección de aquel hombre sin piedad y experimentó una vez más la profunda animadversión que le inspiraba.

—Ya es demasiado —exclamó sin poder contenerse—. Le emborracha usted al padre, la despoja de su patrimonio y por añadidura no tiene usted delicadez para tratarla.

Míster Danger cortó en seco sus carcajadas, se le oscurecieron los ojos azules y la sangre huyó de su rostro. Sin embargo, no se le alteró la voz al replicar:

—¡Malo! ¡Malo! Usted quiere ponerse enemigo mío y yo puedo prohibirle a usted que pise esta tierra donde está parado. Yo tengo derechos para prohibírselo.

—Y yo conozco la historia de los derechos de usted —replicó Santos, con fogosa decisión.

El yanqui meditó un momento. Luego, desentendiéndose de Santos, sacó su cachimba, la cargó y mientras la chupaba, aplicándole la llama del fósforo, defendida entre sus enormes y velludas manos, repuso:

—Usted no conoce nada, hombre. Usted ni siquiera conoce sus derechos.

Y se marchó, haciendo resonar el suelo duro y sequizo bajo sus anchas plantas de conquistador de tierras mal defendidas. Santos sintió que la indignación se le convertía en vergüenza; pero en seguida reaccionó:

—Pronto se convencerá de que sí los conozco y sabré defenderlos.

Y decidió llevarse consigo a Lorenzo y su hija, para librarlos de la humillante tutela del extranjero.

SEGUNDA PARTE

I
UN ACONTECIMIENTO INSÓLITO

Artera fue la táctica empleada por doña Bárbara cuando recibió aquella carta donde Luzardo le participaba su determinación de cercar Altamira. Nada podía agradarle menos que esta noticia de un límite a quien, cuando se le ponderaba su ambición de dominio, solía replicar socarronamente:

—Pero si yo no soy tan ambiciosa como me pintan. Yo me conformo con un pedacito de tierra nada más: el necesario para estar siempre en el centro de mis posesiones, donde quiera que me encuentre.

Sin embargo, en concluyendo de leer la carta, exclamó con una entonación de voz de mujer bonachona y sencillota:

—¡Bueno, pues! Por fin se van a acabar los pleitos por causa de ese bendito lindero con Altamira, porque el doctor Luzardo va a cercar su hato y de ahora en adelante no habrá más equivocaciones. Esto es lo mejor: la cerca. ¡Sí, señor! Así cada cual sabe hasta dónde llega lo suyo y puede estar como dice el dicho: cada cual en su casa y Dios en la de todos. ¡Eso es! Hace tiempo que vengo pensando en la cerca; pero todavía no he podido darme ese gusto porque es mucha la plata que cuesta. El doctor sí puede darse ese gusto porque él tiene, y hace bien en gastarse una poca de plata en eso.

Balbino Paiba, que a la voz de carta de Luzardo se le había acercado, por si de él se tratara, se quedó mirándola de hito en hito, sin comprender que todo aquello eran puras marrajerías encaminadas a que Antonio Sandoval, que estaba esperando la respuesta, llevase a Altamira el cuento de la buena disposición de ánimo con que había acogido la noticia. Pero como ya Antonio había oído decir que aquella entonación de voz no la empleaba ella sino cuando se proponía un plan artero, se hizo esta reflexión:

—Ahora es cuando está peligrosa la mujer.

—Dígale, pues, al doctor Luzardo —concluyó ella— que quedo en cuenta de lo que se propone; pero que, respective a medianería, por ahora no estoy en condiciones de costearla. Que si él quiere y tiene mucha prisa —pues ya veo que el doctor es de los que llegan tumbando y capando, como dicen vulgarmente— puede proceder a plantar los postes de una vez, que después nos entenderemos. El me dirá lo que haya gastado y no pelearemos por eso.

—Y, respective al trabajo que le pide el doctor —inquirió Antonio, dándole una entonación especial al término empleado por ella—, ¿qué le contesta?

—¡Ah! Se me olvidaba que también me habla de eso. Dígale que por ahora mis sabanas no están en condiciones de permitir trabajos; pero que yo le avisaré en cuanto no más pueda dárselos. Mientras tanto que vaya echando la posteadura. De aquí a cuando vayamos a echar el alambre hay tiempo de sobra para que él recoja su ganado de por aquí y yo los mautes míos que andan por allá. Dígale eso. Y démelo un saludo de mi parte.

Apenas hubo partido Antonio, Balbino Paiba expresó la idea siniestra que no podía por menos de atribuirle a doña Bárbara:

—Por supuesto, el doctor Luzardo no va a tener tiempo de echar esa cerca.

—¿Por qué no? —replicó ella, mientras doblaba la carta para meterla de nuevo en el sobre—. Eso es cuestión de unas semanas no más. Pero, como no vaya a equivocarse y echarla más acá del lindero.

Y volviendo a su tono natural de voz, sin socarronerías que ya no tenían objeto:

—Llámate acá a los Mondragones.

Al día siguiente amanecieron trasplantados el poste del lindero y la casa de Macanillal; pero no Altamira adentro, como antes solían moverse, sino en sentido inverso, cediendo terreno y a un sitio cuyas señales no pudieran corresponder a las de la demarcación última vigente.

La estratagema tenía por objeto que Luzardo se extralimitara al echar la cerca, ateniéndose sólo al poste y a la casa, que eran los puntos de referencia más ostensibles dentro de la vaguedad de los términos del deslinde. Luego, sería fácil demostrar que la mudanza había sido obra de él, valiéndose de que no había por allí quien se lo impidiera, pues hacía tres días que los

Mondragones, únicos habitadores del desierto de Macanillal, habían desocupado la casa en piernas. Por algo lo había dispuesto ella así.

Y hasta Balbino Paiba, que no solía concederle nada a nadie, tuvo que reconocer:

—¡No hay cuestión! Esta mujer ve el gusano donde uno no ve la res. No sé si serán consejos del "Socio", pero lo cierto es que el plan ha estado bien combinado.

La verdad era que tal orden de desocupación de Macanillal, dada junto con la de restituir el lindero al sitio donde lo pusiera la ejecución de la sentencia del último litigio, no había sido encaminada a la estratagema de ocurrencia posterior, pues entonces, ni siquiera le había cruzado por la mente a doña Bárbara la posibilidad de que Santos Luzardo quisiese cercar; pero como vino a resultar útil para el ardid recién concebido, ella se engañó a sí misma considerándola como paso previo de su plan, cual si tal se hubiese trazado desde el primer momento, adelantándose a los propósitos del enemigo, por obra y milagro de aquel don de adivinación de los acontecimientos futuros que estaba convencida de poseer, gracias al "Socio". Así, por momentáneos impulsos aislados, que luego circunstancias fortuitas encadenaban, había procedido siempre, y como casi siempre la había ayudado la fortuna, visto por fuera —y era así como ella misma lo veía— aquello parecía efectiva y extraordinaria previsión; mas, visto por dentro, doña Bárbara resultaba incapaz de concebir un verdadero plan. Su habilidad estaba, únicamente, en saber sacarle en seguida el mayor provecho a los resultados aleatorios de sus impulsos.

Pero esta vez no acudieron en su ayuda las circunstancias. Avisado por el recelo que a Antonio le había causado la falsa actitud conciliatoria de la mujerona y aleccionado por lo que acababa de ocurrirle con míster Danger, Santos estudió cuidadosamente el asunto antes de proceder a plantar la posteadura de la cerca, y cuando aquélla vio que la plantaba justamente donde debía, sin caer en el ardid, tuvo la intuición de que algo nuevo comenzaba para ella desde aquel momento.

No obstante, ensoberbecida por la desairada situación en que había quedado, optó por la violencia abierta, y cuando Luzardo, días después, le reiteró la petición del permiso para sacar sus ganados de las sabanas de El Miedo, se lo negó rotundamente.

—Y ahora, doctor —insinuó Antonio Sandoval—, usted, por supuesto, va a pagarle con la misma moneda echando la cerca sin permitirle que ella saque su ganado de aquí. ¿No es así?

—No. Por ahora acudiré a la autoridad inmediata para que la obligue a cumplir lo que le ordena la ley. Al mismo tiempo haré citar ante la Jefatura Civil al señor Danger y así quedarán zanjadas de una vez las dos dificultades.

—¿Y cree usted que ño Pernalete le hará caso? —objetó todavía Antonio, refiriéndose al Jefe Civil dentro de cuya jurisdicción estaban ubicados Altamira y El Miedo—. Ño Pernalete y doña Bárbara son uña y carne.

—Ya veremos si se niega a hacerme justicia —concluyó Santos. Y al día siguiente partió para el pueblo cabecera del Distrito.

Escombros entre matorrales, vestigios de una antigua población próspera; ranchos de barro y palma esparcidos por la sabana; otros, más allá, alineados a orillas de una calle sin aceras y sembrada de baches; una plaza, campo de yerbajos rastreros a la sombra de tiñosos samanes centenarios, a un costado de ella, la fábrica inconclusa —que más parecía ruina— de un templo que habría sido demasiado grande para la población actual, y finalmente algunas casas de antigua y sólida construcción, las más de ellas deshabitadas, algunas sin dueño conocido, y sobre una de las cuales, hundidos los techos y desplomados los muros, aún se apoyaba el tronco gigante de un jabillo derribado por el huracán, hacía ya muchos años; una población cuyas principales familias habían desaparecido o emigrado, uno de esos muchos pueblos venezolanos que, guerras, paludismo, anquilostomiasis y otras calamidades más han ido dejando convertidos en escombros a las orillas de los caminos; esto era el pueblo cabecera del Distrito, teatro de las sangrientas contiendas entre Luzardos y Barqueros.

Ya Santos lo había recorrido casi todo sin tropezarse con un transeúnte, cuando por fin vio unos hombres en el corredor de una pulpería, silenciosos, desocupados, pero como si esperasen algo que debiera ocurrir de un momento a otro. Unos hombre ventrudos, de caras macilentas, bigotes lacios y miradas mustias.

—¿Pueden decirme dónde queda por aquí la Jefatura Civil? —les preguntó.

Se miraron entre sí, como disgustados de que los obligasen a hablar, y, por fin, con voz quejumbrosa, uno de ellos comenzaba a dar la indicación pedida, cuando de la pulpería salió alguien exclamando:

—¡Luzardo! ¡Santos Luzardo! ¿Tú por aquí, chico?

Mas, como Santos no correspondiese a sus amistosas demostraciones, ya para abrazarlo, se detuvo frente a él y lo interpeló:

—¿No me conoces?

—Pues, francamente...

—Recuerda, chico. Procura recordar... ¡Mujiquita, chico! ¿No te acuerdas de Mujiquita? Condiscípulos en la Universidad, en el primer año de Derecho.

No lo recordaba, pero habría sido una crueldad dejarlo con los brazos abiertos:

—¡Cómo no! Mujiquita, sí.

Como los hombres que estaban en el corredor de la pulpería, Mujiquita parecía pertenecer a una raza distinta de la que poblada las sabanas, hombres fuertes y alegres, generalmente. En cambio, estos del pueblo llanero eran tristes, melancólicos, aniquilados por la leucemia palúdica. Mujiquita, especialmente, era una verdadera lástima: los bigotes, el cabello, las pupilas, la piel, todo parecía tenerlo empolvado, con aquel polvo amarillo que alfombraba las calles del pueblo; todo en él daba la impresión de esos pobres árboles de orillas de camino, que no se sabe de qué color son. No era desaseo, propiamente; era pátina, marchitez palúdica y soflama del alcohol. Hasta cuando quería demostrar contento sólo se le escapaban exclamaciones quejumbrosas:

—¡Sí, hombre! Condiscípulo tuyo. ¡Qué tiempos aquéllos, Santos! ¡Ortolán, el doctor Urbaneja!...¡Mujiquita, chico! Así me llamaban ustedes y así todavía me dicen los amigos. Tú eras el alumno más aprovechado del curso. ¡Cómo no! Yo no me he olvidado de ti. ¿Te acuerdas de cuando me ayudabas a estudiar las lecciones de Derecho Romano, paseándonos por los claustros de la Universidad? Pater est quem nuptiae demostrant. ¡Cómo se le quedan a uno grabadas ciertas cosas! A mí no me entraba el Derecho Romano y tú te calentabas conmigo, porque no entendía... ¡Ah, Santos Luzardo! ¡Qué tiempos aquéllos! Me parece estar oyendo aquellas peroratas tuyas que nos dejaban a todos con la boca abierta. ¿Quién me iba a decir que iba a volver a verte? ¿Tú te graduaste ya, por supuesto? ¡Cómo no! Tú eras el mejor del curso. ¿Y qué buscas aquí?

—La Jefatura Civil.

—Acabas de dejarla atrás. No te has fijado porque está cerrada. Como hoy el general no está en el pueblo —ha salido para uno de sus hatos—, no la he abierto. Has de saber que estás hablando con el secretario.

—¡Ah! ¿Sí? Pues celebro haberme tropezado contigo —díjole Santos, y en seguida le explicó el objeto de su viaje.

Mujiquita se quedó un rato caviloso, y luego:

—Has tenido suerte, chico, de no encontrar al coronel, porque con él hubieras perdido tu tiempo. Es muy amigo de doña Bárbara, y si es míster Danger, ya tú sabes que musiú tiene garantías en esta tierra. Pero yo te voy a arreglar la cosa. ¡Cómo no, Santos! Para algo hemos sido amigos. Voy a citar a doña Bárbara y a míster Danger, en nombre del Jefe Civil, haciéndome el que no sé las cosas que median entre ellos, de modo que cuando se presenten en la Jefatura, ya no haya remedio y tú puedas exponer tus quejas.

—¿De manera que si no me encuentro contigo?...

—Te habrías ido con las cajas destempladas. ¡Ay, Santos Luzardo! Tú estás acabando de salir de la Universidad y crees que eso de reclamar derechos es tan fácil como parece en los libros. Pero no tengas cuidado; lo principal está logrado ya: que se haga comparecer ante la Jefatura a doña Bárbara y a míster Danger. Aprovechándome de que el coronel no está aquí y haciéndome el mogollón, ya voy a mandar un propio con las boletas de citación. De modo que pasado mañana a estas horas deben de estar aquí. Mientras tanto tú te quedas por ahí, sin dejarte ver, no vaya a informarse el coronel a qué has venido y tener yo que explicarle antes de tiempo.

—Tendría que encerrarme en la posada. Si es que alguna hay en este pueblo.

—No es muy recomendable la que hay; pero... Si no fuera porque no conviene que el general se dé cuenta de que somos buenos amigos, yo te diría que te quedaras en casa.

—Gracias, Mujica.

—¡Mujiquita, chico! Dime como me decías antes. Yo siempre seré el mismo para ti. No te imaginas el placer que me has proporcionado. ¡Aquellos tiempos de la Universidad! ¿Y el viejo Lira, chico? ¿Vive todavía? ¿Y Modesto, siempre rezando? ¡Qué buen hombre aquel Modesto! ¿Verdad, chico?

—Muy bueno. Pues oye, Mujiquita: yo te agradezco la buena voluntad de serme útil que has mostrado; pero como lo que vengo a reclamar es perfectamente legal, no tengo por qué andar con tantos tapujos. El Jefe Civil, ése de quien todavía no sé si es general o coronel, pues le das los dos tratamientos, alternativamente, tendrá que atender mi solicitud...

Pero Mujiquita no lo dejó concluir:

—Mira, Santos: Síguete por mí. Tú traes la teoría, pero yo tengo la práctica. Haz lo que te aconsejo: métete en la posada, fíngete enfermo y no salgas a la calle hasta que yo te avise.

Se parecía a casi todos los de su oficio, como un toro a otro del mismo pelo, pues no poseía ni más ni menos que lo necesario para ser Jefe Civil de pueblos como aquél: una ignorancia absoluta, un temperamento despótico y un grado adquirido en correrías militares: De coronel era el que había ganado en las de su juventud; pero aunque sus amigos y servidores tendían a darle, a veces, el de general, el resto de la población del Distrito prefería llamarlo ño Pernalete.

Estaba despachando con Mujiquita, bajo la égida de un sable pendiente de la pared, envainado, pero con muestras de un uso frecuente en el desniquelado de la tarama, cuando se sintieron en la calle pisadas de caballos.

Empalideciendo de pronto, aunque ya todo lo tenía preparado para aquel preciso momento, Mujiquita exclamó:

—¡Ah, caramba! Se me olvidaba decirle, general.

Y echó el cuento, aduciendo en justificación de la prisa que se había tomado para citar a los vecinos de Santos, el temor de que éste —Luzardo al fin— se hiciera justicia por sí mismo si no encontraba a la autoridad pronta a impartírsela.

—Como usted se había ido para Las Maporas sin decirme cuánto tiempo estaría por allá —concluyó—, yo creí que lo mejor era proceder en seguida.

—Ya sabía yo que usted tenía algún entaparado, Mujiquita. Porque desde ayer está como perro con gusano y en lo que va de hoy, si no se ha asomado cien veces a la puerta, es porque habrán sido más. ¿Conque lo mejor era proceder en seguida? Mire, Mujiquita, ¿usted cree que yo no sé que ese doctorcito que está ahí en la posada es amigo suyo?

Pero ya se detenían en la puerta de la Jefatura doña Bárbara y mister Danger, y ño Pernalete se reservó para después lo que todavía tenía que decirle al secretario. No le convenía que las personas citadas se enterasen de que allí no se podía hacer nada sin consentimiento suyo, y salió a recibirlas, aceptando el papel que le obligaba a representar Mujiquita; pero, ¡eso sí!, dispuesta a cobrárselo caro.

—Adelante, mi señora. ¡Caramba! Si no es así no la vemos a usted por aquí. Siéntese, doña Bárbara. Aquí estará más cómoda. ¡Mujiquita! Quite su sombrero de esa silla para que se siente míster Danger. Ya le he dicho varias veces que no ponga el sombrero sobre las sillas.

Mujiuita obedeció solícito. Era el precio, el inevitable vejamen que tenía que sufrirle a ño Pernalete cada vez que se atrevía a meter la mano en ayuda de algún solicitante de justicia; su corona de martirio, hecha de reprimendas insolentes en público, a voz en cuello, para mayor escarnio de su dignidad de hombre. Ya tenían callos en los oídos de tanto recibirlas; pero en aquel pueblo no se daban cuenta de lo que le debían a Mujiquita. —¿Hasta cuándo te estarás metiendo a redentor? —solía decirle su mujer cuando lo veía llegar a casa, después de aquellos regaños, deprimido, con lágrimas en los ojos.

Pero él respondía invariablemente:

—Pero, ¡chica! Si no me meto, ¿quién aguanta al coronel?

Y, atolondrado por la vergüenza, estuvo largo rato buscando dónde poner el sombrero.

—Bueno. Aquí estamos a la orden de usted —dijo míster Danger.

Y doña Bárbara, sin disimular el enojo que todo aquello le causaba, agregó:

—Poco ha faltado para que se nos atarrillaran los caballos, por estar aquí como usted mandaba, al término de la distancia.

Ño Pernalete le echó una mirada furiosa a Mujiquita y en seguida le dijo:

—Ande y búsquese al doctor Luzardo. Dígale que no se haga esperar mucho, que ya están aquí los señores.

Y Mujiquita salió de la Jefatura, diciéndose, bajo el peso del mal presentimiento:

—Lo que soy yo, de ésta pierdo el puesto. Tiene razón mi mujer: ¿quién me manda a meterme a redentor?

Momentos después, cuando regresó en compañía de Luzardo, ya la actitud de doña Bárbara era otra: había recobrado su habitual expresión de impasibilidad y sólo un ojo muy zahorí habría podido descubrir en aquel rostro un indicio de pérdida de satisfacción reveladora de que ya se había entendido con ño Pernalete. Sin embargo tuvo un instante de desconcierto al ver a Luzardo: la intuición fulminante del drama final de su vida.

—Bien —dijo ño Pernalete, sin responder al saludo de Luzardo—. Aquí están los señores que han venido a oír las quejas que usted tiene que formular contra ellos.

—Perfectamente —dijo Luzardo, tomándose el asiento que no le brindaban, pues ni Pernalete estaba para cortesías, ni Mujiquita para demostraciones amistosas que acabaran de comprometerlo—. En primer lugar, y perdóneme la señora que la posponga, el caso del señor Danger.

Y como advirtiese la rápida guiñada de ojos que con el aludido cruzó el Jefe Civil, comprendió que ya se habían entendido entre sí e hizo una pausa para dejarlos gozarse en su picardía.

—Es es caso que el señor Danger tiene en sus corrales —y me sería fácil comprobarlo— reses marcadas con su hierro, pero que, sin embargo, llevan las señales de Altamira.

—¿Y eso qué quiere decir? —interpeló el extranjero, sorprendido de aquel tema que no era el que esperaba oírle plantear.

—Que no le pertenecen. Simplemente.

—¡Oh! ¡Caramba! Cómo se conoce que usted está tiernito en cosas de llano, doctor Luzardo. ¿No sabe usted que las señales no tienen importancia ninguna, y que lo único que da fe sobre la propiedad de una res es el hierro, siempre que esté debidamente empadronado?

—¿De modo que puede cazar orejanos marcados con señales ajenas?

—¿Y por qué no? Yo estoy cansado de hacerlo y usted también lo estaría si se hubiera ocupado antes de su hato. ¿No es así, coronel?

Pero antes de que éste hubiese apoyado la afirmación de míster Danger, Luzardo dijo:

—Basta. Lo que me interesaba era que usted confesara que caza orejanos en La Barquereña.

—¿Y no es mía La Barquereña? Aquí tengo encima de mi pecho los títulos de mi propiedad. ¿Pretende usted prohibirme que yo haga en mi posesión lo que usted puede hacer en la suya?

—Algo de eso me propongo, realmente. Coronel, tenga la bondad de exigirle al señor Danger que le muestre esos títulos de propiedad.

—Pero, bien —replicó ño Pernalete—. ¿Qué es lo que usted se propone, doctor Luzardo?

—Demostrar que el señor Danger está fuera de la ley, porque no posee la extensión de tierras que la Ley de Llano señala como mínimo para tener derecho a cazar orejanos.

—¡Oh! —hizo míster Danger, a tiempo que palidecía de ira, sin hallar objeción que hacer, pues era cierto lo que afirmaba Luzardo.

Y éste, sin darle tiempo a recobrarse de aquella sorpresa, concluyó:

—¿Ve usted cómo sí conozco mis derechos y estoy dispuesto a defenderlos? ¿Creía usted que yo venía a tratar de la palizada de Corozalito? Ahora será usted quien tendrá que levantarla, porque no teniendo derecho a cazar orejanos, su propiedad debe estar cercada.

—¡Pero, bien! —volvió a exclamar ño Pernalete, descargando un puñetazo sobre la mesa de despacho ante la cual estaba sentado—. ¿Y qué papel hago yo aquí, doctor Luzardo? Porque usted habla en un tono que parece que fuera la autoridad.

—En absoluto, coronel. Hablo en el tono de quien reclama ante la autoridad el cumplimiento de una ley. Y como ya he expuesto el caso del señor Danger, pasemos al de la señora.

Entretanto, doña Bárbara, sin mezclarse en la querella, había demostrado un interés creciente a medida que Santos hablaba. Ya bien impresionada —y muy a pesar suyo— desde que lo vio aparecer en la puerta de la Jefatura, acabó de hacérselo simpático la habilidad con que él le había arrancado al extranjero despreciativo la confesión que necesitaba. En parte, por la astucia misma, que era lo que más podía admirar en alguien doña Bárbara; en parte, porque se trataba de míster Danger y nada podía serle más grato que la derrota de aquel hombre, el único que podía jactarse de no haberse sometido a sus designios, y, finalmente, porque se trataba de un extranjero y doña Bárbara los odiaba de todo corazón.

Pero las últimas palabras de Santos hicieron desaparecer de su rostro la expresión de complacencia y aquél volvió a convertirse para ella en el enemigo de guerra jurada.

—Se trata de que la señora —prosiguió Santos— se niega a darme trabajo en sus sabanas. Trabajo que necesito urgentemente y que la Ley de Llano la obliga a darme.

—Es cierto lo que dice el doctor —manifestó doña Bárbara—. Se lo he negado y se lo niego otra vez.

—¡Más claro no canta un gallo!, —exclamó el Jefe Civil.

—Pero la ley también es clara y terminante —replicó Luzardo—. Y pido que la señora se atenga a ella.

—A ella me atengo, sí, señor.

Sonriendo de la picardía ya concertada entre ambos, ño Pernalete se dirigió al secretario, que hasta allí había estado como si solo atendiera a lo que escribía en uno de los libros que estaban sobre la mesa.

—A ver, Mujiquita. Tráigame acá la Ley de Llano vigente.

Cogió el folleto de las manos de Mujiquita, arrebatándoselo casi, lo abrió, pasó unas hojas mojándose de saliva el índice y finalmente exclamó:

—¡Anjá! ¡Aquí está! Vamos a ver qué dice la Ley soberana. Pues sí, señora. El doctor tiene razón: la ley es terminante. Escuche cómo dice: "Todo dueño de hato o fundación está obligado a..."

—Sí —interrumpió doña Bárbara—. Me sé de memoria el artículo ese.

—Entonces —rearguyó ño Pernalete, farsa adelante.

—¿Entonces, qué?

—Que debe atenerse a la ley.

—A ella me atengo, ya lo he dicho. Me niego a darle al doctor el trabajo que me pide. Impóngame usted el castigo que señale la ley.

—¿El castigo? Vamos a ver qué dice la ley soberana.

Pero Luzardo lo interrumpió, diciendo, a tiempo que se ponía de pie:

—No se moleste, coronel. No lo encontrará. La Ley no establece para este caso penas de multas ni arrestos, que son las únicas que puede imponer la autoridad civil de que está investido usted.

—¿Y entonces? Le pregunto yo ahora a usted: ¿Qué pretende que yo haga si la ley no me autoriza?

—Ya no pretendo nada. En un principio sí pretendí: que usted le hiciera comprender a la señora que, aunque la ley no determine penas de multas o arrestos, ella obliga de por sí. Obliga a su cumplimiento, pura y simplemente. Y si la señora, por no entenderlo así, no se aviene a lo que exijo, dentro del término de ocho días, la demandaré por ante un tribunal. Como demandaré también al señor Danger por lo que le corresponde. Y basta de explicaciones.

Dicho esto, abandonó la Jefatura.

Hubo un momento de silencio durante el cual Mujiquita se dijo mentalmente:

—¡Ah, Santos Luzardo! El mismo de siempre.

De pronto estalló el Jefe Civil:

—¡Esto no se queda así! Alguno va a pagar la altanería del doctorcito ese. ¡Venir a hablarme a mí de leyes!

Especialmente de leyes que obligasen por sí solas, sin necesidad de la manu militaria, que era la que él solía meter cuando de leyes se tratare, no podía tolerar ño Pernalete que se le hablase; pero como además de celos de autoridad, a la manera como la entiende el bárbaro, o mejor dicho, a causa de esos mismos celos, ño Pernalete teníale cierta ojeriza a la dueña de El Miedo por el tratamiento de potencia a potencia que se veía obligado a darle, en seguida reaccionó contra ella y así que se hubo convencido de que ya Mujiquita —para quien fueron dichas sus anteriores palabras— no tenía más sangre que pudiera afluirle al rostro, agregó, cambiando de tono:

—Ahora le digo una cosa, doña Bárbara. Y a usted también, míster Danger. Eso que ha dicho el doctorcito es la pura verdad: las leyes tienen que cumplirse porque sí, pues si no, no serían leyes, que quiere decir mandatos, órdenes del Gobierno de hacer o no hacer tal o cual cosa. Y como parece que ese doctorcito sabe dónde le aprieta el zapato, yo les aconsejo a ustedes que se transen con él. De modo que eche su cerca, míster Danger, porque usted, verdaderamente, no está en ley. Aunque no sea sino para llenar la fórmula. Después, un palo que se cae hoy y otro mañana, y el ganado que para pasar al Lambadero no necesita boquetes muy grandes, ¿quién va a fijarse en eso? Vuelve usted a parar los palos, si el vecino reclama, y ellos se volverán a caer, porque esa tierra suya como que no es muy firme. ¿Verdad?

—¡Oh! Muy flojita, coronel. Usted lo ha dicho.

Y descargando sus manazas en los hombros del Jefe Civil con la familiaridad a que le daba derecho la bribonada que acababa de oír, agregó:

—¡Este coronel tiene más vueltas que un cacho! Por allá le tengo dos vacas lecheras, muy buenas. Un día de éstos voy a mandárselas.

—Serán bien recibidas, míster Danger.

—¡Ah, coronel bien competente! ¿Quiere ir a echarse un trago conmigo?

—Dentro de un rato. Yo pasaré más tarde por la posada a buscarlo, porque supongo que usted no se va a ir ahora mismo.

—Convenido. Allá lo espero. ¿Y tú Mujiquita, quieres acompañarme?

—Gracias, míster Danger.

—¡Oh! ¡Esta cosa sí que es rara! Mujiquita no quiere beber hoy. Bueno. Hasta más luego como dicen ustedes. Hasta más lueguito, doña Bárbara. ¡Ja!, ¡ja! Doña Bárbara se ha quedado muy pensativa esta vez.

En efecto, ceñuda y pensativa, con la mano extendida sobre la Ley de Llano que ño Pernalete acababa de consultar representando la farsa concertada entre ambos para burlarse de las pretensiones de Luzardo, sobre la "Ley de doña Bárbara", como por allí se la llamaba, porque a fuerza de dinero había obtenido que se la elaboraran a la medida de sus desmanes, la mujerona se había quedado rumiando el encono que le habían producido las palabras de Santos Luzardo.

Por primera vez había oído amenaza semejante, y lo que más le encrespaba la cólera era que fuese, precisamente, aquella ley suya, pagada con su dinero, lo que la obligase a otorgar cuanto se había propuesto negar. Estrujó rabiosamente la hoja del folleto, murmurando:

—¡Que este papel, este pedazo de papel que yo puedo arrugar y volver trizas, tenga fuerza para obligarme a hacer lo que no me da la gana!

Pero estas rabiosas palabras, además de encono, expresaban también otra cosa: un acontecimiento insólito, un respeto que doña Bárbara nunca había sentido.

II
LOS AMANSADORES

Varios días había estado Carmelito poniéndole un veladero a la Catira del hatajo del Cabos Negros.

No había en Altamira padrote más rijoso que este bayo salvaje y por eso era célebre y tenía nombre propio: no podía ver yegua bonita en hatajo ajeno sin que tratara de robársela, ni para impedírselo les era fácil a los demás sementales resistir la carga impetuosa de sus coces y dentelladas. Por otra parte, los hombres no habían encontrado todavía manera de capturarlo. Varias carreras le habían dado; mas por bien disimulados que estuvieran entre el monte los corrales falsos siempre los descubría y escapaba a tiempo.

La Catira, blanca y esbelta como una garza, era la potranca más hermosa de su yeguada; pero llegó el tiempo en que, vedada la hija para el amor del caballo salvaje, debía de ser expulsada del hatajo. El Cabos Negros le amusgó las orejas, le mostró los dientes, haciéndola entender que de allí en adelante no podían continuar juntos, y ella se quedó plantada en medio de la sabana, viendo alejarse la familia de la cual ya no formaba parte, junto los delgados remos, temblorosos los rosados belfos, tristes los claros ojos.

Vagó sola, desganada y lenta, por los acostumbrados sitios, y de regreso al hato, Carmelito la divisó a distancia contemplando la dorada polvareda que allá en el horizonte levantaba el alegre retozo del perdido hatajo.

A la mañana siguiente fue Carmelito a apostarse en el bebedero, encaramado y oculto entre las ramas de un merecure, apercibido el lazo; pero la potranca era tan bellaca como el padre y fue necesario velarla por espacio de una semana.

Al fin cayó en el engaño. Al manosearla, Carmelito la consoló diciéndole:

—No te pesará, Catira. Estate quieta.

Marisela, como viese el hermoso animal que el peón traía arrebiatado, exclamó:

—¡Qué bestia tan bonita! ¡Quién tuviera una así!

—Te la compro, Carmelito —propúsole Santos.

Pero el peón huraño le respondió secamente:

—No está en venta, doctor.

En el Llano —donde, según el proverbio, propiedad que se mueve no es propiedad—, el dueño de una bestia salvaje es quien la captura, y la costumbre establece que si el propietario del hato la quiere para sí, debe comprársela, por una cantidad que, en realidad, no es sino el pago del trabajo de cazarla y amansarla; pero bien puede aquél negarse a venderla, siempre que la destine a su uso personal.

Laborioso fue el amansamiento, porque la Catira tenía un "corcorveo jacheado" que había de ser muy de a caballo para mantenérsele encima; pero bestia que amansara Carmelito, por bellaca que fuese, quedaba como una seda, suave y blanda de boca.

—¿Cómo va la Catira, Carmelito? —solía preguntarle Luzardo.

—¡Ahí, doctor! Ya está cogiendito el paso. ¿Y a usted, cómo le va en lo suyo?

Se refería a la tarea de la educación de Marisela, emprendida por Santos.

También Marisela tenía su "corcoveo jacheado". No porque le costase trabajo aprender, sino porque de pronto se enfurruñaba con el maestro.

—Déjeme ir para mi monte otra vez.

—Vete, pues. Pero hasta allá te perseguiré diciéndote: no se dice jallé sino hallé o encontré; no se dice aguaite, sino mire, vea.

—Es que se me sale sin darme cuenta. Mire, pues, lo que me encontré curucuteando... registrando por ahí. ¿No le parece bonito para ponerlo con flores en la mesa?

—El florero no es bonito propiamente.

—¿No ve? Ya sabía yo que iba a encontrarle algún defecto.

—Aguarda, criatura. No me has dejado terminar. Que no sea bonito el florero no es culpa tuya. En cambio, sí me agrada que se te haya ocurrido poner flores en la mesa.

—Ya ve, pues, que no soy tan bruta. Eso no me lo había enseñado usted.

—Nunca he creído que lo seas. Por el contrario, siempre te he dicho que eres una muchacha inteligente.

—Sí. Ya eso me lo ha dicho bastante.

—Parece que no te agradara oírlo. ¿Qué más quieres que te diga?

—¡Guá! ¿Qué voy a querer yo? ¿Acaso estoy pidiendo más, pues?

—¡El guá, otra vez!

—¡Umjú!

—No te impacientes —concluyó él—. Te llevo la cuenta de los

guás y todos los días la cifra va disminuyendo. En todo el de hoy una sola vez se te ha escapado.

Esto en cuanto al vocabulario corrigiéndoselo a cada momento. Las lecciones, propiamente, eran por las noches. Ya del largo olvido estaban saliendo bastante bien la lectura y la escritura, que fue lo único que, de pequeñita, le había enseñado su padre. Lo demás, todo era nuevo e interesante para ella y lo aprendía con una facilidad extraordinaria. En cuanto a maneras y costumbres, los modelos eran señoritas de Caracas, todas bien educadas y exquisitas, amigas de Santos, siempre oportunamente recordadas en las conversaciones con que él animaba las sobremesas.

Marisela sonreía, pues no se le escapaba a su despierta imaginación que todo aquel largo hablar de las amigas de Caracas era para proponerle a ella algo que debiera imitar. También se enfurruñaba a veces, si Santos se complacía demasiado en la pintura de los modelos, como generalmente sucedía que empezaran lecciones y terminaran nostalgias de la vida de la ciudad; pero entonces era cuando Marisela aprendía más porque, si el maestro se distraía, su instinto vigilaba. Limpia, presumida ya, todavía silvestre, pero como la flor del paraguatán, que embalsama el aire de la mata y perfuma la miel de las aricas, nada quedaba en el aspecto de Marisela de aquella muchacha que portaba el haz de chamizas sobre la greña inmunda.

Lo mejor que traía en su pacotilla el turco que todos los años, por aquella época, recorría los hatos del cajón de Arauca se lo compró Santos para que anduviese calzada y vestida con decencia. En la confección de los primeros trajes la sacaron del paso las nietas de Melesio Sandoval; para otros hizo de modisto Santos, dibujándole modelos, y esto dio origen a regocijadas escenas, pues si los dibujos no eran del todo malos, los patrones resultaban siempre inimitables y de un gusto deplorable, a veces.

—¡Hum! Yo no me pongo esa mojiganga —protestaba ella.

—Tienes razón —concedía él—. Esto me ha resultado un poco sobrecargado. Tiene de todo, alforza, faralaes. Quitémosle esto.

—Y esto también. Este gurrufío por el pescuezo no me lo pongo yo.

—Convengamos en lo del gurrufío, pero di más bien cuello. Y quítaselo también. En esto como en muchas otras cosas tu instinto te dirige rápida y certeramente —concluía Santos, complacido en las felices disposiciones de aquella naturaleza, recia y dúctil a la vez, y viendo en Marisela una personalidad del alma de la raza abierta como el paisaje a toda acción mejoradora.

También le proporcionaba ocupación espiritual, compensadora de las rudas faenas del hato, la empresa de la regeneración de Lorenzo Barquero. Dosificándole la bebida y procurándole ocupaciones físicas y mentales, ya comenzaba a lograr que él mismo se empeñara en quitarse el vicio. Durante el día se lo llevaba consigo a sabanear y en las tertulias de sobremesa se empeñaba en interesarlo con temas que despertasen su aletargada inteligencia, que hacía años no funcionaba sino bajo la acción del alcohol.

Pero, además de producirle las incomparables satisfacciones de toda obra lograda, Marisela le alegraba la casa y le llenaba una necesidad de orden personal. Cuando ella entró en la de Altamira, ya ésta no era aquella inmunda madriguera de murciélagos donde días antes se metiera él, pues ya había hecho blanquear las paredes manchadas por las horruras de las asquerosas bestias, y fregar los pisos, cubiertos por una capa de barro endurecido, que durante quién sabe cuántos años habían depositado en ellos las plantas de los peones; pero era todavía la casa sin mujer. En lo material, la aguja que no se sabe manejar para zurcir la ropa, la comida servida por un peón; en lo espiritual —que para Santos Luzardo era lo más importante—, la casa sin respeto: el poder estar dentro de ella de cualquier modo, el no importar que en su silencio retumbara la palabra obscena del peón, el descuido de la persona y el endurecimiento de las costumbres.

Ahora, por lo contrario, después de las rudas faenas de ojeos y carreras, era necesario regresar con un ramo de flores sabaneras para la niña de la casa, cambiarse, quitarse el áspero olor de caballo y de toro que traía adherido a la piel y sentarse a la mesa dando ejemplo de buenos modales y manteniendo una conversación agradable y escogida.

Así, pues, mientras él la iba desbastando de su condición silvestre, Marisela le servía de defensa contra la adaptación a la rustiquez del medio, fuerza incontrastable con que la vida simple y bravía del desierto le imprime su sello a quien se abandona a ella.

Por momentos la discípula se le encabritaba, se le revolvían las sangres, como decía ella, y se negaba a recibir lecciones o respondía a sus advertencias con aquel brusco:

—"Déjeme ir para mi monte otra vez".

Pero eran arrebatos pasajeros, manifestaciones de carácter que provenían de los mismos sentimientos que Santos estaba despertando en su espíritu. En seguida volvía espontáneamente por lo que había rechazado:

—Bueno. ¿Esta noche no voy a dar lecciones?

Lo mismo que la Catira, que después de unos corcoveos cogía el paso por sí sola.

Pero Carmelito terminó primero. Con la potranca de diestro se le presentó una tarde a Santos diciéndole:

—Me voy a permitir una licencia, doctor. Como aquí no hay bestia fina que pueda montar la señorita Marisela, le he amansado la Catira para su silla. Aquí la tiene, si quiere probarla usted mismo, antes de que ella la monte. Por eso no se la traigo aperada; pero por ahí le tengo también el galápago y su apero completo.

Por el momento, Santos no vio en esto sino una manifestación del carácter de Carmelito, quien en vez de haberle respondido, cuando le propuso comprarle la potranca, que no se la vendía porque pensaba regalársela a Marisela, le dio aquella respuesta brusca. Pero después pensó que el haber escogido Carmelito la persona de Marisela para hacerle a él una demostración de simpatía, en desagravio de la actitud reservada con que lo había acogido, podía significar también que tal vez allá entre los peones se le juzgaba enamorado de la muchacha, y aunque esto nada agregaba a los sentimientos, completamente desinteresados, que ella le inspiraba, no le agradó que pudieran ser interpretados de aquel modo.

Llamó a Marisela para que fuese ella misma quien le diera las gracias.

—¡Qué bueno! —exclamó, palmoteando de alegría—. ¡Conque era para mí! ¿Y por qué no me lo había dicho antes, Carmelito? Me ha tenido usted envidiándole esa bestia todos estos días. Ensíllemela para dar un paseo.

Y en seguida:

—La cosa es que papá está hoy de mírame y no me toques y no querrá acompañarme.

—Por eso no —díjole Santos. Puedo acompañarte yo.

Y Carmelito:

—Permítame que yo también vaya, doctor. Quiero ver cómo se desempeña la Catira con la señorita. Porque una cosa son las bestias con uno y otra con las mujeres.

La razón era aceptable; pero no la que verdaderamente movía a Carmelito.

Por el camino, dándole conversación, Santos se empeñó en que acabara de franqueársele. Antonio Sandoval no se cansaba de recomendarle aquel hombre y a él le inspiraba confianza; pero durante largo rato sólo logró arrancarle respuestas breves y secas. Por fin, a una pregunta de Santos, se resolvió a la confidencia que hacía días quería hacerle:

—Yo no nací peón, doctor Luzardo. Mi familia era una de las mejores del pueblo de Achaguas, y en San Fernando y en Caracas mismo tengo muchos parientes que quizá conozca usted —y citó varios, gente de calidad, en efecto—. Mi padre, sin ser rico, tenía de qué vivir. El hato del Ave María era suyo. Un día —tendría yo unos quince años, cuando más— asaltaron el hato una pandilla de cuatreros, de las muchas que, por entradas y salidas de aguas, andaban por todo este llano, arrasando con lo ajeno. Venían buscando caballos; pero mi viejo los divisó a tiempo y me dijo: "Carmelito. Hay que sacar de carrera esos cuarenta mostrencos que están en la corraleja y esconderlos en el monte. Llévese los peones que estén por ahí y no regresen hasta que yo no les mande aviso". Sacamos las bestias, después de haberles amarrado a las colas unas ramas, para que ellas mismas fueran borrando sus huellas, y nos internamos en el monte, tres peones y yo. Pastoreando el bestiaje durante el día y velando en la noche, con el agua a la coraza de la silla, muchas veces —porque aquel año fue bravo el invierno y casi todos los montes estaban anegados— estuvimos durante más de una semana pasando hambre. Nos pegó la calentura, y las picadas de los puyones nos pusieron que no nos conocíamos unos a otros, de puro hinchadas que teníamos las caras, y ya las bestias estaban flacas y cubiertas de mataduras, porque las mordió el vampiro y les cayó el gusano, cuando, en vista de que el viejo no mandaba el aviso de que podíamos regresar, resolví ir hasta la casa, yo solo, a ver qué estaba pasando allá. ¿Pasando? Ya todo había pasado, hacía días. Una zamurada voló de la casa cuando yo pisé el corredor. Los esqueletos, solamente, era lo que quedaba de mi padre y mi madre, y, en un rincón, Rafaelito ese hermano de quien le dije el otro día que lo he mandado a llamar para que se venga a trabajar con usted. Entonces estaba gateando, de meses no más de nacido. Muriéndose de hambre lo recogí del suelo.

Y al cabo de una breve pausa:

—Ese que mientan ño Pernalete estaba entre aquellos cuatreros asesinos. Todavía vive, porque, aunque andaba con los otros, fue el único que no puso sus manos sobre mis viejos, según supe después. Los demás, ya me la pagaron uno a uno. Yo sé que la venganza no es buena; pero es lo único que tenemos por aquí para cobrar deudas de sangre. De más está decirle cómo es que he venido a parar en peón. Aunque de usted lo soy con gusto.

Y volvió a encerrarse en su mutismo, mientras Luzardo hacía los comentarios del caso, con el cálido lenguaje que empleaba cuando se trataba de algo que tuviese relaciones con la violencia enseñoreada de la llanura.

Entretanto, Marisela escuchaba; pero como el tema en que se había engolfado Santos era poco interesante para ella, y, además, no podía perdonarle que durante una hora larga todavía no le hubiese dirigido la palabra una sola vez, taloneó los ijares de la Catira, haciéndola coger un trote más animado, y rompió a cantar una de esas coplas que para cada sentimiento tiene el cantador llanero.

La letra no se le oía: pero la voz agradable modulaba con gracia la tonada. Santos interrumpió su discurso para prestarle atención, y Carmelito, disipada ya la amargura del recuerdo, se deleitó, también, en el canto bien entonado, y cuando Marisela terminó la copla, dijo:

—¡Ah, doctor! Como que no somos tan malos amansadores, usted y yo. Véale el paso a la Catira, por lo que a mí me corresponde. Que tocante a la obra de usted...

III
LOS REBULLONES

Para las puñaladas, Melquiades; para las bribonadas, Balbino; para los mandados, Juan Primito. Sólo que algunos mandados de Juan Primito eran como puñaladas.

Greñudo, piojoso y con una barba hirsuta que no había manera de que conviniese en recortársela, era el recadero de doña Bárbara un bobo con alternativas de lunático furioso, aunque no desprovisto de atisbos de malicia, cuyas manías más singulares consistían en no beber el agua de las casas de El Miedo, así tuviese que caminar leguas por buscarla en otras, y en colocar sobre los techos de los caneyes cazuelas llenas de los más extraños líquidos, para que bebiesen unos pájaros fantásticos que denominaba rebullones.

A lo que se podía colegir de sus disparatados discursos, los rebullones eran una especie de materialización de los malos instintos de doña Bárbara, pues había cierta relación entre el género de perversa actividad a que ésta se entregara y el líquido que él les ponía a aquéllos para que aplacaran su sed: sangre, si fraguaba un asesinato; aceite y vinagre, si preparaba un litigio; miel de aricas y bilis de ganado mezcladas, si tendía las redes de sus hechizos a alguna futura víctima.

—¡Beban, bichos! —rezongaba Juan Primito al colocar las cazuelas sobre los techos—. ¡Jártense para que dejen quieto al cristiano!

Y como los rebullones casi siempre tenían alguna sed, Juan

Primito no bebía el agua de El Miedo, no fueran a trocarse las suertes, pues aseguraba que agua donde aquellos pájaros diabólicos metiesen el pico se transformaba en el líquido que apetecieran, y persona que la bebiese inmediatamente recibiría el daño a que otra estuviera sentenciada.

—Ya van a alborotarse otra vuelta los rebullones —se había dicho a raíz de la noticia de la llegada del dueño de Altamira, y desde aquel día se le vio a menudo explorando el cielo en espera de la diabólica bandada y ya con sus cazuelas listas para llenarlas con lo que fuese menester.

—¿Qué hubo, Juan Primito? —solían preguntarle los peones de la mujerona que con aquello se divertían—. ¿Todavía no aparecen?

—Allá como que viene uno —respondíales, poniéndose la mano extendida a la altura de las cejas, como si realmente hubiese algo que ver en aquel punto del cielo resplandeciente hacia donde miraba.

No obstante, entre los peones de El Miedo, más que por bobo, Juan Primito pasaba por bellaco.

Por fin, una tarde, Juan Primito exclamó:

—¡Ya están aquí los rebullones! ¡Ave María Purísima! Aguaiten, muchachos, cómo viene esa bandada de bichos negros escureciendo el cielo.

Pero los que estaban en el secreto comprendieron que no era el cielo adonde había que mirar, sino al rostro de doña Bárbara, que regresaba del pueblo con el tajo vertical del ceño bravío en la frente.

Desde aquel momento y durante varios días, Juan Primito se lo pasó, augur de su locura o de su bellaquería —él mismo no habría podido determinar dónde concluía la una y comenzaba la otra—, observando el vuelo de los fantásticos pájaros siniestros para descubrir qué clase de sed traían, en idiota exploración del cielo entre una y otra maliciosas miradas de rojo al rostro de doña Bárbara.

—¿Será aceite y vinagre lo que quieren beber estos bichos? No parece. Porque cuando hay pleito entre manos, ahí mismo hay registradera de papeles. Ese vuelo es muy conocido... ¿Será miel y jiel lo que vienen buscando? Pero si juera asina sería un revoloteo conteto, y estos rebullones están volando muy callados... ¡Hum! ¡Como no vaya a ser sangre lo que vengan buscando!

Y así pasaron varios días, sin que tuvieran reposo las cazuelas propiciatorias, de la charca de sangre que dejaban las reses beneficiadas para el consumo del hato a los panales de aricas o a la pulpería por el aceite y vinagre, y a medida que pasaban los días sin que el fiero ceño desapareciese de la frente de doña Bárbara, la idiota manía de Juan Primito se iba convirtiendo en locura frenética.

Parejo frenesí se iba apoderando del ánimo de doña Bárbara, rabioso despecho de no haber podido silenciar para siempre aquella boca que había proferido la primera amenaza que ella escuchara: "y si la señora no se aviene a lo que le exijo, en el término de ocho días, la demandaré por ante un tribunal".

Durante las jornadas se entregaba a una actividad febril, a horcajadas sobre el caballo, amazona repugnante de pantalones hombrunos hasta los tobillos bajo la falda recogida al arzón, lazo en mano detrás del ganado altamireño que paciese por sus sabanas, insultando a los peones por el menor descuido y destrozándole los ijares a la bestia con las espuelas, y por las noches se encerraba en el cuarto de las conferencias con el "Socio" y allí permanecía en vela hasta el primer menudeo de los gallos.

—Veremos si se atreve —decíase a menudo, durante el largo soliloquio, paseándose de un extremo al otro de la habitación, detrás de cuya puerta casi siempre estaba Juan Primito escuchando y éste aseguraba haber oído varias veces el estribillo con que respondía el "Socio":

—¡Se atreverá!

Era la íntima convicción, sentida a pesar suyo y formulada con ronca voz de ira inútil, de que Santos Luzardo cumpliría su palabra.

Ya finalizaba el último día del plazo cuando llamó al recadero.

—Mande, señora —dijo Juan Primito, planteándosele por delante con la sonrisa que en su faz de idiota ponían el pavor supersticioso y la sumisión incondicional, y a tiempo que se hurgaba nerviosamente la inmunda barba con el negro garabato de la uña.

—Vas a ir a Altamira ahora mismo. Preguntas por el doctor Luzardo y le dices de mi parte que puede proceder cuando quiera al trabajo que me ha pedido y que me avise hora y punto para mandar mi gente.

Juan Primito le vio fulgurar en las negras pupilas la siniestra intención y antes de ponerse en marcha llenó de prisa todas sus cazuelas en la charca del degolladero y las colocó sobre los techos de los caneyes, murmurando:

—¡Era sangre lo que querían! ¡Beban bichos! ¡Jártense y dejen quieto al cristiano!

Nadie como Juan Primito para tragarse las leguas al tranco precipitado de su marcha, volviendo a cada momento la cabeza cual si se sintiera perseguido, y murmurando:

—¡Estas mujeres del demonio!

Pero no se refería especialmente a doña Bárbara, ni por el encargo que acababa de darle, sino a la mujer en general, tema de una extraña manía persecutoria que se le iba desarrollando a medida que caminaba por la sabana desierta.

Aquella tarde, además, espoleábalo el deseo de ver a Marisela.

Unico afecto de su espíritu simple, nunca hubo para Juan Primito mayor placer que el de conversar con Marisela; sólo a ella le mostraba la pequeña porción razonable de su alma: las amarguras del hombre que había dentro del bobo. La había visto nacer; ocurrencia suya fue el nombre que a ella le pusieron; entre sus brazos, repudiada por la madre y aborrecida del padre, la había acunado, aya solícita por tierna ambigüedad de bobería, y si algunas palabras dulces había escuchado Marisela eran las de aquel llamarla: "Niña de mis ojos", que salían de los labios belfos, por entre la pelambre asquerosa, como de los negros panales la miel de las aricas. Dinero que cayera en las manos de Juan Primito fue siempre para regalar a la niña de sus ojos con cuanta baratija vistosa llevaron en sus pacotillas los buhoneros que pasaban por el hato, y después cuando lanzado de su casa Lorenzo Barquero y refugiado en el rancho del palmar se abandonó por completo a la borrachera, si ella no había pasado hambre la mayor parte de los días, era porque aquél le llevaba diariamente las sobras de la comida de la peonada de El Miedo.

—Aquí te traigo tus retallones, niña de mis ojos —decíale, mostrándole el porsiacaso lleno, quién sabe con cuánta amargura bajo la risa idiota.

Luego, el cúmulo de disparates que él iba ensartando en su charla atropellada y las risotadas con que ella se los celebraba, y el gusto que él ponía en oírselas, y el placer que ella encontraba en hacérselos decir, pero, almas adentro, el afecto recíproco, luz de la vida del simple.

Santos Luzardo lo había privado de este placer al llevarse a Marisela para Altamira. Hasta allá habría ido a verla diariamente, porque para el no existían distancias; pero los peones de El Miedo, entre groseras chanzas, le habían dicho:

—Te quitaron la novia, Juan Primito.

Y esto, enfureciéndolo, fue como revolver una charca dormida; celos bestiales y pensamientos ruines, fango del alma elemental, turbáronle el puro afecto, y Marisela se le convirtió, de pronto, en una de aquellas mujeres de su manía persecutoria que corrían desnudas detrás de él, visionario, por la sabana desierta.

Atormentado por esta visión cruel, tuvo su paso de luna y poco faltó para que doña Bárbara ordenara ponerle la chaqueta de fuerza.

Pasado el acceso de furia, no volvió a nombrar a Marisela, y cuando le preguntaban por ella respondía:

—¡Guá! ¿No sabe que se murió? Esa que está en Altamira es otra persona.

No obstante, aquella tarde no le daban abasto las piernas tragaleguas para la prisa que llevaba por verla. Realmente, parecía otra persona aquella Marisela que le salió al encuentro.

—¡Niña de mis ojos! —exclamó, deteniéndose alelado—. ¿Eres tú?

—¿Quién voy a ser, Juan Primito? —replicó ella, soltando la risa entre azorada y complacida.

—¡Pero si estás rebuenamoza, muchacha! ¡Y hasta has engordado! ¡Cómo se conoce que ahora comes completo! ¿Y ese camisón tan bonito, quién te lo compró? ¿Y esos zapatos? ¡Tú con zapatos, niña de mis ojos!

—¡Umjú! —hizo Marisela, enrojeciendo de la vergüenza que aquellas exclamaciones le sacaban a la cara—. ¡Qué preguntón y qué antipático te has puesto, Juan Primito!

—Es que me da gusto verte asina. Estás más linda que la flor de la maravilla. ¡Lo que pueden los trapos!

—Ya lo sabes, pues, para que te cambies esos que llevas encima, que ya dan grima.

—¿Vestirme yo de limpio? Eso está bueno para ti, que tienes a quién lucirle. ¿Te quiere mucho? Dime la verdad.

—No seas pajuato, Juan Primito —replicó enrojeciendo de nuevo.

Pero era otro rubor el que ahora le reventaba en las mejillas y le aterciopelaba los hermosos ojos.

—¡Hum! —hizo el bobo con entonación maliciosa— No me lo niegues, que yo lo sé toitico.

Marisela iba a protestar para que la agradable broma siguiera, pero Juan Primito agregó:

—Me lo contó un pajarito que va siempre por allá.

Y a ella se le ocurrió replicar:

—¿Un rebullón?

Y la palabra maquinalmente pronunciada trajo consigo pensamientos graves. Enseriándose de pronto, interrogó:

—¿Están alborotados los rebullones por allá?

Allá era el término que solía emplear cuando necesitaba referirse a la madre, a quien nunca nombraba.

—¡No me digas, chica! —repuso Juan Primito—. Si en El Miedo ya no se puede vivir. Ese alboroto que forman esos bichos, revoloteando todo el santo día por encima de los caneyes. ¡Ave María Purísima! Ya estoy aborrecido de tanto bregar con esos pájaros del infierno. De buena gana me vendría yo para acá, para estar a la vera tuya; pero no puedo, chica. Yo tengo que estar allá, pendiente de los rebullones, para ponerles la bebida a tiempo, porque si no... ¡Ah, caramba! Tú no sabes lo que son lo rebullones. Esos bichos son muy malucos, niña de mis ojos. Malos de verdad.

—¿Y en estos días, qué les has puesto para que beban? —inquirió Marisela, con acento intencionado por la preocupación que acababa de asaltarla. —Sangre, chica —respondió—. Esos rebullones tiene una cosas, ¡chica! Miren que y que gustales beber sangre, que debe de ser tan maluca, ¿verdad, chica? En denante mismo les llené las perolitas, antes de salir para acá. Ya a estas horas deben de estar jartos.

Y en seguida:

—Antes que se me olvide. ¿Por dónde anda el dotol Luzardo? Traigo un recado de la señora para él.

Y esto, dicho a continuación de aquello, ardid socorrido de Juan Primito para advertir a quien le llevase algún recado de doña Bárbara de las intenciones que a ella le atribuyera, hizo estremecerse a Marisela.

—¿Hasta cuándo vas a estar en ese oficio, idiota? —lo interpeló colérica—. Vas a condenarte por estar trayendo y llevando. ¡Sal de aquí inmediatamente!

Pero en esto intervino Santos Luzardo, que hacía rato estaba por allí, atento a la conversación del bobo con la muchacha.

—Déjalo, Marisela. Diga, Juan Primito, ¿qué recado es ése que me trae?

Se volvió con risueña sorpresa y a tiempo que la emprendía a uñazos con la maraña de la barba, despachó su comisión con las mismas palabras de doña Bárbara.

—Dígale que en Mata Oscura, mañana, al amanecer, estaré con mi gente —repuso Luzardo y en seguida penetró en la casa.

Marisela esperó a que no pudiese oírla Luzardo y, agarrando a Juan Primito por los brazos, lo sacudió con furia y le dijo:

—Como vuelvas a venir por aquí con recados de allá, te voy a echar los perros.

—¿A mí, niña de mis ojos? —exclamó él, entre aterrorizado y resentido.

—Sí, a ti. Y ahora quítateme de por delante. ¡Anda, vete ya de por todo esto!

Y Juan Primito regresó a El Miedo con la tristeza de que lo hubiese despedido así la niña de sus ojos, cuando él había ido tan contento sólo porque volvería a verla. Además, ¿no era un bien lo que había hecho, diciendo aquello de la sangre para que Luzardo supiera a qué atenerse?

Pero cuando llegó a El Miedo ya se le había disipado el resentimiento y después de repetirle a doña Bárbara las palabras de Santos Luzardo, rompió a hablar de Marisela:

—¡Si usted la viera, doña! No la conocería. ¡Ah, muchacha para haberse puesto buena moza de verdad! ¡Esos ojotes tan requetelindos! Más bonitos que los de usté, doña. Y aseadita que da gusto verla. Bien vestida que la tiene el dotol, desde zapatos p'arriba. ¡Sabroso que debe ser para un hombre —¿ah, doña?— tener a la vera suya una mujer tan bonita como está esa muchacha!

Nada que se refiriera a Marisela le había interesado nunca a doña Bárbara, pues respecto a ella ni siquiera había experimentado el amoroso instinto de la bestia madre por el hijo mamantón; pero de donde no existían sentimientos maternales, las palabras de Juan Primito hicieron saltar, de pronto, impetuosos celos de mujer.

—Bueno. Eso no me interesa —díjole al mandadero impertinente—. Puedes retirarte.

Pero Juan Primito, si se hubiera fijado un poco, habría descubierto en seguida qué sed tenían entonces los rebullones.

IV
EL RODEO

Aquella noche se comentó mucho el caso entre los peones de Altamira. Era la primera vez que se tenían noticias de que doña Bárbara diese su brazo a torcer, y a la madrugada siguiente, cuando ya aquéllos estaban ensillando. Antonio les recomendó:

—No sería malo que llevaran sus revólveres, los que los tengan, porque bien puede ser que no sea con ganado solamente que tengamos hoy que bregar.

A lo que replicó Pajarote:

—Yo, revólver no llevo porque el mío lo tengo empeñado; pero, a la casualidad, aquí estoy metiendo bajo la coraza esta puntica de machete. Mide su media vara corridita y lo demás lo pone la estirada del brazo.

Y con esta disposición de ánimos partieron antes de clarear el día, rumbo a Mata Oscura, con Santos Luzardo a la cabeza.

Eran, apenas, los cinco peones fieles que a su llegada encontrara Luzardo y tres sabaneros más, que, a mucho instar, habría logrado conseguir Antonio, pues toda la gente de trabajo que por allí podía encontrarse había sido contratada por doña Bárbara a fin de que no fuesen a engrosar la peonada de Altamira; pero todos eran gente muy llanera, bien montada y dispuesta a multiplicarse en obsequio de aquel que había venido a enfrentársele a la cacica del Arauca.

La sabana dormía aún, negra y silenciosa bajo el chisporroteo de las constelaciones, y a medida que la cabalgata se alejaba de la casa, la marcha repercutía a distancias en carreras atropelladas de hatajos y de cimarrones que huían a sus escondites al ventear al hombre. Eran apenas masas más oscuras que la noche, que se movían por entre los pajonales o leve rumor de éstos, agitados por la fuga de las reses; pero los sentidos sutilísimos del llanero no necesitaban indicios más seguros para permitirles afirmar:

—Esa es la rochela del barroso de Uverito. Ahí van más de cien reses huyendo.

—Allá va el hatajo del Cabos Negros, rumbeando hacia Corozalito.

Con el alba llegaron al sitio de la reunión. Ya los de El Miedo estaban allí, capitaneados por doña Bárbara y aleccionados para trabajar de modo de ahuyentar el ganado que Luzardo se proponía recoger, pues entre la hacienda altamireña que se majadeaba por allí había gran cantidad de vacas, cuyos becerros, todavía mamantones ya tenían marcado el hierro de El Miedo, procedimiento predilecto de doña Bárbara para robarse las reses ajenas, al amparo de la complicidad de los mayordomos de las fincas descuidadas por sus dueños.

Pero la astucia de Antonio se adelantó a la bellaquería de la mujerona. Viendo el gran número de vaqueros que con ella estaban, díjole a Santos:

—Ha traído tanta gente para que usted se confíe y se abra con un levante en grande y luego ellos espantar el ganado, picando para afuera, como ya lo han hecho otras veces.

Y a la insinuación de Antonio, una vez más Santos se trazó rápidamente su plan. Saludó a la vecina, descubriéndose, pero sin acercársele. Ella avanzó a tenderle la mano con una sonrisa alevos y él hizo un gesto de extrañeza; era casi otra mujer muy distinta de aquella, de desagradable aspecto hombruno, que días antes había visto por primera vez en la Jefatura Civil.

Brillante los ojos turbadores de hembra sensual, recogidos, como para besar, los carnosos labios con un enigmático pliegue en las comisuras, la tez cálida, endrino y lacio el cabello abundante. Llevaba un pañuelo azul de seda anudado al cuello, con las puntas sobre el escote de la blusa; usaba una falda amazona, y hasta el sombrero "pelodeguama", típico del llanero, única prenda masculina en su atavío, llevábalo con cierta gracia femenil.

Finalmente, montaba a mujeriegas, cosa que no acostumbraba en el trabajo, y todo esto hacía olvidar a la famosa marimacho.

No podía escapársele a Santos que la feminidad que ahora ostentaba tenía por objeto producirle una impresión agradable; mas, por muy prevenido que estuviese, no pudo menos de admirarla.

Por su parte, al mirarlo a los ojos, a ella también se le borró, de pronto, la sonrisa alevosa que traía en el rostro, y sintió, una vez más, pero ahora con toda la fuerza de las intuiciones propias de los espíritus fatalistas, que desde aquel momento su vida tomaba un rumbo imprevisto. Se le olvidaron las actitudes zalameras que llevaba estudiadas; se le atropellaron y dispersaron por el tenebroso corazón los propósitos inspirados en la pasión fundamental de su vida —el odio al varón—; pero sólo se dio cuenta de que sus sentimientos habituales la abandonaban de pronto. ¿Cuáles los reemplazaron? Era cosa que por el momento no podía discernir.

Cambiaron algunas palabras. Santos Luzardo parecía esmerarse en ser cortés, como si hablara en un salón con una dama de respeto, y ella, al oír aquellas palabras correctas, pero al mismo tiempo secas, casi no se daba cuenta de lo que respondía. La subyugaba aquel insólito aspecto varonil, aquella mezcla de dignidad y de delicadeza que nunca había encontrado en los hombres que la trataran, aquella impresión de fortaleza y dominio de sí mismo que trascendía del fuego reposado de las miradas del joven, de sus ademanes justos, de sus palabras netamente pronunciadas, y aunque él apenas le dirigía las imprescindibles, relativas al trabajo, a ella le parecía que se complaciera en hablarle, sólo por el gusto que encontraba en oírlo. Entretanto, Balbino Paiba no les quitaba la vista y disimulaba su contrariedad haciendo burlas de Luzardo que hacían sonreír a los peones de El Miedo, mientras más allá, los de Altamira se cambiaban impresiones acerca de todo aquello.

Luego, Santos comenzó a dar las órdenes relativas al trabajo; pero Balbino, en cuya cabeza ninguna idea perversa podía estarse quieta, se precipitó a interrumpirlo:

—Somos treinta y tres hombres y se puede hacer un buen levante bien abierto.

Satisfecho de su perspicacia, Antonio cruzó una mirada con Santos, y éste replicó:

—No hay necesidad de eso. Además, vamos a trabajar por grupos proporcionales: un vaquero de los míos para tres de ustedes, ya que nos llevan triplicados en número.

—¿Y ese entreveramiento, para qué? —objetó Balbino—. Aquí siempre se ha trabajado por separado, cada hato por su hierro.

—Sí. Pero hoy se trabajará de otro modo.

—¿Es que tiene desconfianza de nosotros? —insistió Paiba, protestando contra el procedimiento que frustraba los planes de doña Bárbara, pues, controlados por los de Altamira, los vaqueros de El Miedo no podrían manejarse conforme a las instrucciones recibidas.

Pero antes de que Luzardo respondiese a la altanera interrogación, intervino doña Bárbara:

—Se hará como usted disponga, doctor. Y si le parece que sobra gente de la mía puedo hacerla retirarse en seguida.

—No es necesario, señora —repuso Santos, secamente.

Sorprendidos por aquella ocurrencia intempestiva, los de El Miedo se miraron entre sí, unos con visible disgusto y otros con expresión maliciosa, según el grado de su adhesión a doña Bárbara, a tiempo que Balbino Paiba se daba las características manotadas a los bigotes y, en el bando contrario, Pajarote, aparentemente distraído, canturreaba entre dientes los dos primeros versos de la maliciosa copla:

> El toro pita a la vaca
> y el novillo se retira...

Con lo cual expresaba el pensamiento que a todos se les había ocurrido:

—Ya la mujer se enamoró del doctor. Ya Balbino puede ir despidiéndose de sus comederos.

Entretanto, Luzardo había dicho:

—Encárgate tú, Antonio, de dirigir la operación.

Y éste, asumiendo el carácter de caporal de sabana, comenzó a dictar sus órdenes:

—Salga de allá el del caballo marmoleado, con cinco compañeros más para Carmelito y Pajarote, a picar por detrás de aquel jarizal. Todo el ganado que se majadea por ahí corre para arriba y así hay que levantarlo. Es con usted, amigo.

Dirigíase al Mondragón apodado El Onza. Lo dejaba en libertad de acompañarse con sus hermanos; pero los obligaba a entendérselas con Carmelito y Pajarote, que eran tan hombrones como ellos.

—Tengo mi apelativo —replicó, amoscado y sin moverse a cumplir la orden que le daban, y entonces fueron los altamireños quienes se cruzaron miradas de alerta, como diciéndose:

—Ya va a reventar la cosa.

Pero volvió a intervenir doña Bárbara:

—Haga lo que le dicen, y si no, retírese.

Obedeció el Mondragón, aunque sin dejar de refunfuñar, y después de haber escogido como compañeros a sus dos hermanos, dijo:

—Hay dos puestos más para los que quieran venirse con nosotros —a tiempo que Carmelito y Pajarote se cruzaban una mirada rápida, que el segundo acompañó con esta frase entre dientes:

—Ahora vamos a ver si son braguetas o pretinas.

Antonio siguió distribuyendo los vaqueros en grupos que partieron en distintas direcciones y luego invitó a Balbino:

—Si usted quiere venirse conmigo.

Con esto le guardaba las consideraciones de caporal o mayordomo de El Miedo, par suyo en todo caso; pero, a la vez, se procuraba a sí mismo una oportunidad análoga a la que les deparara a Carmelito y Pajarote, pues entre él y Balbino se habían quedado pendientes las altaneras palabras del segundo la mañana de la doma del alazán.

Pero Balbino rechazó la invitación, diciendo socarronamente:

—Gracias, don Antonio. Yo me quedo por aquí con el blancaje.

Denomina así el llanero a la reunión de los dueños de hatos que asisten a los rodeos, sin tomar parte en los trabajos y sólo para vigilar sus intereses a la hora del reparto del ganado recogido. En tiempos de José Luzardo, y durante las vaquerías generales, el "blancaje", lo componían más de veinte propietarios de aquella porción del Arauca, de cuyas fincas, englobadas ahora en el latifundio de doña Bárbara, sólo quedaban los nombres para designar matas y sabanas de El Miedo.

Haciéndose reflexiones a propósito de esto, Santos permaneció largo rato ajeno al charloteo con que su vecina trataba de iniciar la conversación amistosa, dirigiéndose aparentemente

174

a Balbino, pero con temas que, a fuer de cortés, lo obligaron a intervenir.

Por fin se decidió a dirigirle la palabra francamente:

—¿No ha visto nunca un rodeo, doctor Luzardo?

—Cuando muchacho —respondió, sin volverse a mirarla—. Ahora todo esto es casi nuevo para mí.

—¿De veras? ¿Se le han olvidado las costumbres de su tierra?

—Imagínese. Tantos años fuera de ella.

Se quedó mirándolo un buen rato, con ojos acariciadores, y luego dijo:

—Sin embargo, ya he oído contar su hazaña con el alazano, apenas recién llegado. Como que no es usted tan olvidadizo como se quiere pintar.

La voz de doña Bárbara, flauta del demonio andrógino que alentaba en ella, grave rumor de selva y agudo lamento de llanura, tenía un matiz singular, hechizo de los hombre que la oían; pero Santos Luzardo no se había quedado allí para deleitarse con ella. Cierto era que por un momento, había experimentado la curiosidad, meramente intelectual, de asomarse sobre el abismo de aquella alma, de sondear el enigma de aquella mezcla de lo agradable y lo atroz, interesante, sin duda, como lo son todas las monstruosidades de la naturaleza; pero, en seguida, lo asaltó un subitáneo sentimiento de repulsión por la compañía de aquella mujer, no porque fuera su enemiga, sin por algo mucho más íntimo y profundo, que por el momento no pudo discernir, pero que lo hizo cortar bruscamente la absurda charla y alejarse de allí en dirección al paraje donde unos peones de El Miedo vigilaban los novillos madrineros, núcleo del rodeo.

Balbino Paiba sonrió y se atusó los bigotes, pero, aunque estuvo largo rato observándola de soslayo, no vio aparecer en aquel rostro el aletazo de la cejas que se juntaban y se separaban rápidamente, signo del arrebato de cólera, sino una expresión que él no le conocía, un aire de pensamientos lejanos.

Entretanto, levantada por los vaqueros, la hacienda empezaba a poblar y a animar la sabana, aparentemente desierta hasta entonces. Numerosos rebaños surgían de las matas y de los bajíos distantes, en alegres tropeles los que estaban compuestos por reses acostumbradas al pique, adelante los padrotes y retozando en torno a las madres los becerros mamantones; otros, más ariscos, abriéndose en puntas y lanzando mugidos de miedo.

Oíanse los gritos de los vaqueros. Correteaban ya por todas partes reses señeras, tratando de salirse del cerco que estrechaban los caballos; se engrillaban, aquí y allá, los toros bravos, ganosos de arremeter; pero las atropelladas se hacían irresistibles por momentos, repercutían a distancia lanzando en tropeles las madrinas de mansos, y éstos se llevaban por delante las reses bravas que intentaban defenderse convirtiéndoles la furia en miedo.

Ya algunas puntas empezaban a reunirse en el sitio donde estaban los novillos madrineros; pero otras se resistían, y los jinetes, que ya venían picando de cerca, tenían que multiplicarse para atropellarlas por distintos puntos, caracoleando los caballos, haciéndolos sentarse sobre los corvejones a la refrenada violenta, en la brusca enmienda de la carrera.

El rodeo crecía por momentos, alborotándose más y más con los torrentes de bravura que por todas partes convergían hacia el paradero. Se levantaban las polvaredas, se encrespaba la gritería de los vaqueros.

—¡Jilloo! ¡Jilloo! Sujeta por ahí, ¡oh! ¡Apretá! ¡Apretá!

Santos Luzardo contemplaba el animado espectáculo, con miradas enardecidas por las tufaradas de los recuerdos de la niñez, cuando al lado del padre compartía con los peones los peligros del levante. Sus nervios, que ya habían olvidado la bárbara emoción, volvían a experimentarla vibrando acordes con el estremecimiento de coraje con que hombres y bestias sacudían la llanura, y ésta le parecía más ancha, más imponente y hermosa que nunca, porque dentro de sus dilatados términos iba el hombre dominando la bestia y había sitio de sobra para muchos.

Ya estaba parado el rodeo. Eran centenares las reses congregadas. La faena había sido recia, los caballos jadeaban bañados de sudor, cubiertos de espuma, ensangrentados los ijares y muchos habían sido heridos por las cornadas de los toros; pero aún no había concluido, pues eran muchas las reses bravas y estaban inquietas, correteando por las orillas de la madrina o abriéndose paso entre ellas con furiosas arremetidas, venteando la sabana libre, ganosas de barajustarse, sin darle tregua a los sujetadores. Un clamoreo ensordecedor llenaba el ámbito de la llanura; los mugidos de las vacas que llamaban a sus becerros extraviados y los balidos lastimeros de ellos, buscándolas por entre la barahúnda; los bramidos de los padrotes que habían perdido el gobierno de sus rebaños y el cabildeo con que éstos les contestaban; el entrechocar de los cuernos, los crujidos de los recios costillares, la gritería de los vaqueros enronquecidos.

Ya parecía que el ganado empezaba a darse. Comenzaban a reconocerse los padrotes de los distintos rebaños, y a medida que éstos se iban congregando en torno a aquéllos, se arremansaban los torbellinos de bravura y disminuía el cabildeo, dejando oír el canto apaciguador de los sostenedores. Ya éstos se habían acomodado en sus puestos, formando un gran círculo en torno al rodeo, mientras aquellos vaqueros que traían los caballos heridos se encaminaban a una mata cercana a cambiarlos por sus remontas, y ya Antonio iba a dar la orden de sacar los toros madrineros para proceder al aparte, cuando, de pronto, un descuido de uno de los sostenedores, que se había apeado para apretarle la cincha a la bestia, a tiempo que un toro se abría paso en el centro de la madrina con una arremetida impetuosa, precipitó la avalancha del barajuste.

—¡Apretá! —gritaron, a una sola voz, todos los que se dieron cuenta del peligro, y muchos vaqueros acudieron en tropel a contener la dispersión inminente.

Pero ya era tarde. Con un empuje formidable el ganado se había precipitado por la brecha en pos del toro que la abriera, y se disgregaba en puntas por la sabana.

—¡Maldita bruja! —exclamaron los peones de Altamira, atribuyendo el suceso a maleficios de doña Bárbara. Pero a Antonio no se le escapó que el aparente descuido del sostenedor —que era el Mondragón apodado El Onza— había sido acto deliberado.

En efecto, como advirtiese El Onza que eran muchas las vacas altamireñas cuyos becerros mamantones ostentaban ya el hierro fraudulento de El Miedo, se valió del pretexto de apretarle la cincha a su caballo en el preciso momento en que el toro, abriéndose paso por entre la madrina amenazaba llevársela en pos de sí.

Cara le resultó su adhesión a doña Bárbara, pues el barajuste lo arrolló con caballo y todo, y cuando se disipó la polvareda levantada por las pezuñas, los que acudieron al sitio donde él había caído sólo encontraron una masa informe, ya inerte, cubierta de sangre y tierra.

Entretanto, Santos Luzardo, arrebatado por el instinto llanero, le había dado rienda suelta a su caballo, sumándose al tropel de los vaqueros.

Alguien le gritó:

—Por aquella punta de mata va a reventar la hacienda y alante viene un toro de cuidado.

Era Pajarote que corría a reunírsele.

Hacia él acudían también Antonio y Carmelito y dos vaqueros de El Miedo. Todos traían la soga en la diestra preparados para enlazar al toro que había sido el causante del desbarajuste.

Santos abrió el lazo, buscando el claro de la punta de mata que indicara Pajarote.

Inmediatamente comenzó a desembocar por allí el tropel de la hacienda. A los gritos de los vaqueros, rumbeó hacia arriba, buscando el vado de un caño que cortaba la sabana; pero del tumulto de reses se desprendió, ofreciendo pelea, un toro grande y bien armado.

—Ese es el melao frontino que hace dos años nos está dando brega —advirtió Pajarote—. Pero esta vez no se nos escapará.

El animal se detuvo un instante, correteó luego, de aquí para allá, con el cuello engrillado y la mirada zigzagueante sobre los hombres que lo acosaban por distintos puntos, y al cabo se disparó a lo largo de la orilla del monte que venía costeando Luzardo.

—Abrale el lazo ligero, que ya lo tiene encima —gritó Pajarote.

A tiempo que Carmelito y Antonio, viéndole en peligro entre la mata y el toro, le aconsejaban, mientras corrían en su auxilio:

—Despéguese de la costa del monte, que el bicho lo va acosando.

—Sáquele el caballo de una vez.

Santos Luzardo no oía las advertencias; pero tampoco las necesitaba: no se le habían olvidado del todo las habilidades de los quince años. Con una rápida maniobra de jinete experimentado hurtó el encontronazo, cortándole el terreno al toro, y lanzó la soga por encima del anca del caballo. El orejano se la llevó en los cuernos y Pajarote exclamó entusiasmado:

—¡Y de media cabeza, por si hay exigentes por aquí!

En seguida Santos paró en seco el caballo para que templara; pero se trataba de un toro de gran poder, que necesitaba más de una soga para ser derribado, y cuando ésta se tesó, vibrante, al formidable envión del orejano, la bestia, brutalmente tirada de la cola, se sentó sobre los corvejones, lanzando un gemido estrangulador, y ya el toro se revolvía contra ella, cuando Antonio, Carmelito y Pajarote lanzaron sus lazos, a un mismo tiempo, y un triple grito al verlos caer sobre los cuernos.

—¡Lo vestimos!

Templaron los caballos, vibraron las sogas y el orejano se aspeó sobre la tierra, levantando una polvareda.

Apenas había caído y ya tenía encima a los peones.

—Guayuquéalo tú, Pajarote —ordenó Antonio—, que yo lo mancorno, mientras Carmelito lo barrea.

Y Luzardo, acordándose de sus tiempos:

—Naricéenlo y cápenlo ahí mismo.

Pajarote se apoderó del rabo del toro, se lo pasó por entre las patas traseras y tirando de él con todas sus fuerzas, se le sentó en los costillares, mientras Antonio lo mancornaba contra el suelo. Inutilizado así el orejano, antes de que hubiese tenido tiempo de reponerse del aturdimiento de la caída, Carmelito le taladró la nariz, le pasó por la herida el cabo de la soga nariceadora, lo castró de un tajo rápido y sabio, y le marcó las orejas con las señales de Altamira.

—Ya éste no nos dará más guerra —dijo, al concluir la operación—. Por ahora, peguémoslo a la pata de un palo.

—Es que este bigarro es luzardero consecuente y no quería que le fueran a poner otro hierro que el que llevó su mae —agregó Pajarote—. Estaba esperando que el amo viniera para entregárselo en sus manos. Por eso no lo pudimos enguaralar la vaquería pasada.

—Y lo enguaralaron con lujo —concluyó Carmelito—. Si así enlazan los desacostumbrados, ¿qué nos dejarán para nosotros?

Y Antonio Sandoval, complacido en la proeza del amo:

—Llanero es llanero hasta la quinta generación.

Entretanto, doña Bárbara se acercaba, con la sonrisa en el rostro y diciendo:

—¡Ah, llanero bellaco que es usted! Y que se le habían olvidado las costumbres de su tierra.

Al hablar así, ni recordaba el desaire sufrido pocos momentos antes, ni tenía presente que ella también sabía, y mucho mejor que Luzardo, enlazar un toro y castrarlo en plena sabana.

Era solamente una mujer que le había visto ejecutar una proeza a un hombre interesante.

—Esto no lo he hecho yo solo, por lo tanto, no tiene mérito —replicó Santos—. En cambio, usted, según ya he oído decir, tumba como el más hábil de sus vaqueros.

Doña Bárbara sonrió y repuso:

—Ya veo que le han hablado de mí. ¿Cuántas cosas le habrán dicho? Yo también podría contarles otras que tal vez no le habrán referido y que no dejan de tener interés. Pero ya habrá tiempo, ¿verdad?

—Tiempo no faltará, seguramente —repuso Luzardo, en un tono que la hiciera comprender el poco gusto que ponía en hablarle.

Sin embargo, doña Bárbara no lo interpretó así y se dijo:

—Ya éste también cayó en el rodeo.

Pero Luzardo, aplicando espuelas para reunirse a sus peones, que ya se alejaban, después de haber amarrado el orejano al pie de uno de los árboles de la mata, la dejó plantada otra vez en medio de la sabana.

Permaneció un buen rato en el sitio, viendo alejarse al hombre esquivo, con la ilusionada sonrisa de triunfo en el rostro, y murmurando:

—Déjalo que se vaya. Ya ése lleva la soga a rastras.

Más allá, humillada la testuz contra el pie del árbol, el toro mutilado bramaba sordamente.

Doña Bárbara sonrió de otra manera.

V
LAS MUDANZAS DE DOÑA BÁRBARA

Las singulares transformaciones que desde aquel día comenzaron a operarse en doña Bárbara provocaban entre la peonada de El Miedo comentarios socarrones.

¡Ah, compañero! ¿Qué le estará pasando a la señora que ya no llega por aquí, como enantes, cuando se le revolvían las sangres del blanco y de la india, esponjada y gritona como una chenchena? Ni tampoco viene a tocar la bandurria y a contrapuntearse con nosotros, como le gustaba hacerlo cuando estaba de buenas. Ahora se la pasa metida en los corotos, hecha una verdadera señora, y hasta con el mismo don Balbino: ¡si te he visto, no me acuerdo!

—¡Ah caramba, compañero! ¿No sabe usted que a conforme es el pez, ansina tiene que ser el guaral? Este de ahora no es de los que andan en ribazones y caen de un tarrayazo zumbado de cualquier modo. Hay que trabajarlo fino de guaral, para que muerda la carnada.

Pero pasaban los días y Luzardo no aparecía por todo aquello.

—¡Ah, compañero, ese pez como que no ajila! Ni el aguaje se le ve por todo esto.

—Ese como que es de los que no se emborrachan ni que les embarbasquen el agua —respondía el interpelado, aludiendo al bebedizo embrujador que doña Bárbara les daba a los hombres que enamora, para destruirles la voluntad.

No faltó, tampoco, la alusión a las misteriosas veladas del cuarto de las brujerías:

—Y eso que "El Socio" no ha tenido descanso en todas estas noches. Hasta tarde lo han entretenido fuera de sus infiernos. Cualquier noche de éstas lo coge por el camino el menudeo de los gallos.

—¿Será que del lado de allá tienen la contra?

—O que del lado de acá se están acabando los poderes, a fuerza de tanto usarlos.

—¡Hum! No te creas —replicó Juan Primito—. La señora le dejó allá sus ojos, la mañana del rodeo en Mata Oscura, y él por más que se resista, tiene que venir a traérselos.

Todo esto era lo que se les podía ocurrir a los peones de la mujerona, sin mengua del respeto que les inspiraba y de la lealtad con que le servían, para explicarse las mudanzas operadas en ella.

Ella misma tampoco podría explicárselas, pues todo venía siendo obra de unos sentimientos, nuevos en su vida, sobre los cuales aún no tenía dominio.

Por primera vez se había sentido mujer en presencia de un hombre. Había ido al rodeo de Mata Oscura dispuesta a envolver a Santos Luzardo en la malla fatal de sus seducciones, a fin de que se repitiese en él la historia de Lorenzo Barquero; mas, aunque creía que sólo la animaban la codicia y el implacable odio al varón, llevaba también, en la vehemencia del alma atormentada por ese sentimiento y en los apetitos de su naturaleza, hecha para el amor, el ansia insaciada de una verdadera pasión. Hasta allí todos sus amantes, víctimas de su codicia o instrumentos de su crueldad, habían sido suyos como las bestias que llevaban la marca de su hierro; pero al verse desairada una y otra vez por aquel hombre que ni la temía ni la deseaba, sintió —con la misma fuerza avasalladora de los ímpetus que siempre la habían lanzado al aniquilamiento del varón aborrecido— que quería pertenecerle, aunque tuviera que ser como le pertenecían a él las reses que llevaban grabado a fuego en los costillares el hierro altamireño.

Al principio fue una tumultuosa necesidad de agitación; mas no de aquella, atormentada y sombría, que antes la impulsaba a ejercitar sus instintos rapaces, sino una ansia ardiente de gozar de sí misma con aquella región desconocida de su alma que, inesperadamente, le había mostrado su faz. Los días enteros se los pasaba correteando por las sabanas, sin objeto ni rumbo, sólo por gastar el exceso de energías que desarrollaba su sensualidad enardecida por el deseo de amor verdadero en la crisis de los cuarenta, ebria de sol, viento libre y espacio abierto.

Al mismo tiempo, sin ser todavía, no con mucho, la bondad, la alegría la impulsaba a actos generosos. Una vez repartió entre sus peones dinero a puñados, para que lo gastaran en divertirse. Ellos se quedaron viendo las monedas que llenaban sus manos, les clavaron el colmillo, las hicieron sonar contra una piedra y todavía no se convencieron de que fuese plata de ley. Con lo avara que era doña Bárbara, ¿quién iba a creer en su largueza?

Preparó un verdadero festín para agasajar a Santos Luzardo cuando éste concurriese al turno de vaquería en El Miedo. Quería abrumarlo a obsequios, echar la casa por la ventana, para que él y sus vaqueros saliesen de allí contentos y se acabara de una vez aquella enemistad que separaba a dueños y peones de los dos hatos.

La trastornaba la idea de llegar a ser amada por aquel hombre que no tenía nada de común con los que había conocido: ni la sensualidad repugnante que desde el primer momento vio en las miradas de Lorenzo Barquero, ni la masculinidad brutal de los otros, y al hacer esta comparación se avergonzaba de haberse entregado a amantes torpes y groseros, cuando en el mundo había otros como aquél, que no podían ser perturbados con la primera sonrisa que se les dirigiera.

Por un momento se le ocurrió valerse de sus "poderes" de hechicería, conjurar los espíritus maléficos obedientes a la voluntad del dañero, pedirle al "Socio" que le trajera al hombre esquivo; pero inmediatamente rechazó la idea con una repugnancia inexplicable. La mujer que había aparecido en ella la mañana de Mata Oscura quería obtenerlo todo por artes de mujer.

Pero como Santos Luzardo no aparecía por allá, ella andaba cavilosa, aunque siempre adornada y compuesta paseándose por los corredores de la casa, con la vista fija en el suelo y los brazos cruzados sobre el pecho, o se le iban las horas junto al palenque, la mirada en el horizonte hacia los lados de Altamira, o se salía a vagar por la sabana. Pero ya el caballo no regresaba como antes, cubierto de espuma y ensangrentados los ijares. Todo había sido un sosegado errar pensativa.

A veces, no era la sabana el objeto de sus miradas, ni Altamira el de sus imaginaciones, sino aquel río y aquella piragua donde las palabras de Asdrúbal la hicieron sentir el primer estremecimiento de esta ansia de bien, que ahora quería adueñársele del corazón hastiado de violencias.

Por fin, una mañana vio a Santos Luzardo dirigirse hacia allá.

—Así tenía que suceder —se dijo.

Y al formular esta frase —tal como la pronunció, saturada de los sentimientos de la mujerona supersticiosa que se creía asistida de poderes sobrenaturales— la verdad íntima y profunda de su ser se sobrepuso al ansia naciente de renovación.

Santos se apeó del caballo bajo el cañafístolo plantado frente a la casa y avanzó hacia el corredor, sombrero en mano.

Una mirada debió bastarle a doña Bárbara para comprender que no eran de fundarse muchas esperanzas en aquella visita, pues la actitud de Luzardo sólo revelaba dominio de sí mismo; pero ella no atendía sino a sus propios sentimientos y lo recibió con agasajo:

—Lo bueno siempre se hace desear. ¡Dichosos los ojos que lo ven, doctor Luzardo! Pase adelante. Tenga la bondad de sentarse. Por fin que proporciona usted el placer de verlo en mi casa.

—Gracias, señora. Es usted muy amable —repuso Santos con entonación sarcástica, y, en seguida, sin darle tiempo para más zalamerías—: Vengo a hacerle una exigencia y una súplica. La primera, relativa a la cerca de que ya le he escrito.

—¿Sigue usted pensando en eso doctor? Creía que ya se hubiera convencido de que eso no es posible ni conveniente por aquí.

—En cuanto a la posibilidad, depende de los recursos de cada cual. Los míos son por ahora sumamente escasos, y por fuerza tendré que esperar algún tiempo para cercar Altamira. En cuanto a la conveniencia, cada cual tiene su criterio. Pero, por el momento, lo que me interesa saber es si está usted dispuesta a costear a medias, como le corresponde, la cerca divisoria de nuestros hatos. Antes de tomar otro camino he querido tratar este asunto...

—¡Acabe de decirlo hombre! —acudió ella con una sonrisa—: Amistosamente.

Santos hizo un gesto de dignidad ofendida, y replicó:

—Con poco dinero, que a usted no le falta...

—Eso del dinero que haya que gastar es lo de menos, doctor Luzardo. Ya le habrán dicho que soy inmensamente rica. Aunque también le habrán hablado de mi avaricia, ¿no es verdad? Pero si uno fuera a atenerse a las murmuraciones...

—Señora —repuso Santos, vivamente—. Le suplico que se atenga al asunto que le he expuesto. No me interesa en absoluto ni saber si usted es rica o no, ni averiguar si tiene los defectos que se le atribuyen o carece de ellos. He venido solamente a hacerle una pregunta y espero su respuesta.

—¡Caramba, doctor! ¡Qué hombre tan dominante es usted! —exclamó la mujerona, recuperando su expresión risueña, no por adornarse con zalamerías, sino porque realmente experimentaba placer en hallar autoritario a aquel hombre—. No permite usted que uno... digo, que una se salga del asunto ni por un momento.

Santos, reconociéndole un dominio de la situación que él empezaba a perder, obra de cinismo o de lo que fuere, pero en todo caso manifestación de una naturaleza bien templada, se reprochó la excesiva severidad adoptada y repuso, sonriente:

—No hay tal, señora. Pero le suplico que volvamos a nuestro asunto.

—Pues bien. Me parece buena la idea de la cerca. Así quedaría solucionada, de una vez por todas, esa desagradable cuestión de nuestros linderos, que ha sido siempre tan oscura.

Y subrayó las últimas palabras con una entonación que volvió a poner a prueba el dominio de sí mismo de su interlocutor.

—Exacto —repuso éste. Estableceríamos una situación de hecho, ya que no de derecho.

—De eso debe saber más que yo, usted que es abogado.

—Pero poco amigo de litigar, como ya irá comprendiendo.

—Sí. Ya veo que es usted un hombre raro. Le confieso que nunca me había tropezado con uno tan interesante como usted. No. No se impaciente. No voy a salirme del asunto, otra vez. ¡Dios me libre! Pero antes de poderle responder tengo que hacerle una pregunta. ¿Por dónde echaríamos esa cerca? ¿Por la casa de Macanillal?

—¿A qué viene esa pregunta? ¿No sabe usted por dónde he comenzado a plantar los postes? A menos que pretenda que todavía el lindero no esté en su sitio.

—No está, doctor.

Y se quedó mirándolo fijamente a los ojos.

—¿Es decir que usted no quiere situarse en el terreno... amistoso, como usted misma ha dicho hace poco?

Pero ella, dándole a su voz una inflexión acariciadora:

—¿Por qué agrega: como yo he dicho? ¿Por qué no dice usted amistoso, simplemente?

—Señora —protestó Luzardo—. Bien sabe usted que no podemos ser amigos. Yo podré ser contemporizador hasta el punto de haber venido a tratar con usted; pero no me crea olvidadizo.

La energía reposada con que fueron pronunciadas estas palabras acabó de subyugar a la mujerona. Desapareció de su rostro la sonrisa insinuante, mezcla de cinismo y de sagacidad, y se quedó mirando a quien así era osado a hablarle, con miradas respetuosas y al mismo tiempo apasionadas.

—¿Si yo le dijera, doctor Luzardo, que esa cerca habría que levantarla mucho más allá de Macanillal? En donde era el lindero de Altamira antes de esos litigios que no le dejan a usted considerarme como amiga.

Santos frunció el ceño; pero, una vez más, logró conservar su aplomo.

—O usted se burla de mi o yo estoy soñando —díjole, pausadamente, pero sin aspereza—. Entiendo que me promete una restitución; mas no veo cómo pueda usted hacerla sin ofender mi susceptibilidad.

—Ni me burlo de usted ni está soñando. Lo que sucede es que usted no me conoce bien todavía, doctor Luzardo. Usted sabe lo que le consta y le cuesta: que yo le he quitado malamente esas tierras de que hablamos; pero, óigame una cosa, doctor Luzardo; quien tiene la culpa de eso es usted.

—Estamos de acuerdo. Mas, ya eso tiene autoridad de cosa juzgada, y lo mejor es no hablar de ello.

—Todavía no le he dicho todo lo que tengo que decirle. Hágame el favor de oírme esto: si yo me hubiera encontrado en mi camino con hombres como usted, otra sería mi historia.

Santos Luzardo volvió a experimentar aquel impulso de curiosidad intelectual que en el rodeo de Marta Oscura estuvo a punto de moverlo a sondear el abismo de aquella alma, recia y brava como la llanura donde se agitaba, pero que tal vez, también como la llanura, tenía sus frescos refugios de sombra y sus plácidos remansos, alguna escondida región incontaminada, de donde salieran, de improviso, aquellas palabras que eran, a la vez, una confesión y una protesta.

En efecto, sinceridad y rebeldía de un alma fuerte ante su destino era cuanto habían expresado aquellas palabras de doña Bárbara, pues al pronunciarlas no había en su ánimo intención de engaño ni tampoco blanduras sentimentales en su corazón. En aquel momento había desaparecido la mujer enamorada y necesitada de caricias verdaderas; se bastaba a sí misma y se encaraba fieramente con su verdad interior.

Y Santos Luzardo experimentó la emoción de haber oído a un alma en una frase.

Pero ella recobró en seguida su aspecto vulgar para decir:

—Yo le devuelvo esas tierras, mediante una venta simulada. Dígame que acepta, y en seguida redactamos el documento. Es decir: lo redacta usted. Aquí tengo papel sellado y estampillas. La autenticación y registro lo haremos cuando usted disponga. ¿Quiere que busque el papel?

Entretanto, Luzardo había juzgado propicio el momento para abordar el segundo objeto de su visita y repuso:

—Espere un instante. Le agradezco esa buena disposición que me demuestra, porque la ha precedido usted de unas palabras que, sinceramente, me han impresionado; pero ya le había anunciado que eran dos los objetos que perseguía al venir a su casa. En vez de restituirme esas tierra, que ya las doy por restituidas, oralmente, haga otra cosa que yo le agradecería más: devuélvale a su hija las de La Barquereña.

Pero la verdad íntima y profunda hizo fracasar el ansia de renovación.

Doña Bárbara volvió a arrellanarse en la mecedora de donde ya se levantaba, y con una voz desagradable y a tiempo que se ponía a contemplarse las uñas, dijo:

—¡Hombre! Ahora que la nombra. Me han dicho que Marisela está muy bonita. Que es otra persona desde que vive con usted.

Y el torpe y calumnioso pensamiento que se amparaba bajo el doble sentido de la palabra "vive", pronunciada con una entonación malévola, hizo ponerse de pie a Santos Luzardo con un movimiento maquinal.

—Vive en mi casa, bajo mi protección, que es una cosa muy distinta de lo que usted ha querido decir— rectificó, con voz vibrante de indignación—. Y vive bajo mi protección porque carece de pan, mientras usted es inmensamente rica, como hace poco me ha dicho. Pero yo me he equivocado al venir a pedirle a usted lo que usted no puede dar: sentimientos maternales. Hágase el cargo de que no hemos hablado una palabra, ni de esto ni de nada.

Y se retiró sin despedirse.

Doña Bárbara se precipitó al escritorio en cuya gaveta guardaba el revólver, cuando no lo llevaba encima; pero alguien le contuvo la mano y le dijo:

—No matarás. Ya tú no eres la misma.

VI
EL ESPANTO DEL BRAMADOR

Jueves Santo. Día de abstinencia de carne de animales terrestres, porque la tierra es el cuerpo del Señor que está agonizando en la Cruz, y quien come las carnes que de ella se nutren, profana y martiriza con sus dientes el propio cuerpo de Dios. Día de no trabajar; ni en la sabana, ni en el corral, porque esto arruinaría para toda la vida; día de soltar las queseras, porque la leche batida en días santos no cuaja y se convierte en sangre. Día solamente de pescar galápagos, cazar caimanes y castrar colmenares.

Lo primero tenía por objeto procurarse la comida predilecta del llanero por Jueves y Viernes Santos, y lo segundo obedecía a la tradicional costumbre de aprovechar el descanso de aquellos días para hacer batidas en los caños poblados de caimanes, tanto por limpiarlos de ellos cuanto porque el almizcle y los colmillos de caimán, cogidos en tales días, poseían mayores virtudes curativas y eran más eficaces como amuletos.

Ya estaba tendida la palizada que, disimulada con ramas, atravesaba el caño de una a otra orilla, dejando en el centro un espacio abierto o "puerta", y ya estaban apostados junto a ella los "porteros", con el agua a la cintura, mientras, cauce arriba, los apaleadores, provistos de largas varillas y gritando hasta desgañitarse, azotaban la superficie del caño, a fin de ahuyentar, curso abajo, cuanto ser viviente ocultasen las turbias ondas.

Agazapados detrás de las ramas, y con las manos dentro del agua, preparadas para juntarlas rápidamente, una sobre la otra al sentir que entre ellas les pesara la presa codiciada, los "porteros" acechaban en silencio, y a veces una repentina contracción de los músculos de la cara o un fugaz empalidecimiento era cuanto indicaba que un caimán les pasaba por entre las manos inmóviles.

Santos se detuvo a presenciar el temerario deporte, y en obra de pocos momentos vio llenarse de galápagos un jagüey que al efecto había sido abierto en la playa arenosa del caño. Luego se dirigió hacia donde estaba el resto de la peonada entregada a la cacería de caimanes.

Como todos los de la llanura, era aquel caño un criadero de caimanes, a cuyas tarascadas habían perecido varias reses por aquellos días, por lo cual Antonio lo había elegido para la tradicional batida del Jueves Santo.

Los cazaban a tiros o los arponeaban desde la orilla, pero cuando Luzardo llegó hacía rato que habían cesado los disparos, y una gran cantidad de aquellos terribles habitantes del caño esteraban la playa, panza arriba.

—¿Se acabó ya la fiesta? —preguntó Antonio—. El doctor venía con ganas de echar un tirito.

Los cazadores, silenciosos todos y retirados de la orilla, pero atentos a algo que sucedía dentro del caño, hicieron señas de silencio, y Antonio después de haber echado una mirada en la dirección que indicaba aquella actitud expectante, díjole a Luzardo:

—¿Ve aquellas dos taparas que están flotando en medio del caño? Debajo de ellas están dos hombres esperando que se aboye un caimán para alancearlo por el codillo, bajo el agua. Esa es la cacería que tiene más mérito y de seguro que son Pajarote y María Nieves esos que ahí están entaparados.

—Ellos son —repuso Carmelito—. Y nada menos que contra el Tuerto del Bramador, que se ha dejado chusiar hasta por aquí.

Era aquel caimán contra el cual Luzardo había intentado disparar en el sesteadero del palodeagua, el día de su llegada. Terror de los pasos del Arauca, de sus víctimas —gentes y reses— se había perdido la cuenta. Se le atribuían siglos de vida, y como siempre saliera ileso de los proyectiles, que rebotaban en su recio dorso, se había formado la leyenda de que no le entraban balas porque era un caimán encantado. Su apostadero habitual era la boca del caño Bramador, ahora en términos de El Miedo, pero desde allí dominaba el Arauca y sus afluentes, haciendo por ellos largas incursiones, de las cuales regresaba con la panza repleta a hacer su laboriosa digestión, adormitando al sol de las playas del Bramador, que eran para él seguro abrigo a causa de que doña Bárbara, supersticiosa del embrujamiento que se le atribuía, tenía prohibido que se le atacara, tanto más cuanto que, remontando el caño, eran reses de Altamira su ración preferida.

—No ha debido consentir, Carmelito, en que Pajarote y María Nieves arriesguen así la vida —dijo Santos—. Hágales señas de que salgan de ahí.

—Sería inútil en este momento —intervino Antonio—, porque los agujeros de las taparas, que es por donde ellos pueden ver, están para el otro lado. Además, ya es tarde. Ahora no se pueden ni mover siquiera. Cerquita de ellos viene aboyándose el caimán. Mírele el aguaje.

En efecto, a pocos metros de la taparas, la tersa superficie del caño comenzaba a rizarse levemente.

—¡Sh! —hicieron todos los circunstantes, a un tiempo, agachándose, para que no los descubriera el caimán.

Con la majestad de su vejez y de su ferocidad, el caimán sacó a flor de agua, lentamente, la horrible cabeza y el dorso enorme, blindado de recias escamas en cresta.

Las taparas se movieron lentamente hacia la orilla opuesta del caño, como si las arrastrase una suave corriente, y se oyó el desahogo de la respiración contenida de los espectadores, a tiempo que Antonio murmuró, quedo:

—Ya se le pusieron del lado del ojo tuerto.

Las taparas continuaron deslizándose hacia el caimán, y aunque éste no las veía, por estar completamente abollado y con el ojo sano atento hacia la playa, todavía no había pasado el peligro, pues ya los hombres estaban al alcance de la tarascada y la más leve imprudencia les costaría la vida.

En efecto, de pronto el saurio volvió la cabeza y se quedó mirando aquello que flotaba a flor de agua. Tres rifles lo apuntaron desde la playa, poniendo al azar de una puntería la vida de los hombres próximos a la fiera, y ya ésta iba a sumergirse de nuevo, cuando un brusco vaivén de las taparas indicó que Pajarote y María Nieves las abandonaban, jugando el todo por el todo, para lanzarse al asalto, que era la única esperanza de salvación que ya les quedaba.

Se produjo un borbollón de aguas fangosas, se agitó en convulsiones una masa enorme, se levantó varias veces en el aire una cauda formidable, produciendo un estruendo al caer sobre el agua, y, finalmente, el caimán se volteó y se quedó inmóvil, a flote la blanca panza descomunal, sangrantes los codillos alanceados, a tiempo que Pajarote y María Nieves sacaban por allá las cabezas, exclamando:

—¡Dios y hombre!

Y un clamor unánime en la orilla, celebrando la proeza:

—¡Se acabó el espanto del Bramador!

—Así se irán acabando todas las brujerías de El Miedo, porque ahora aquí tenemos la contra.

VII
MIEL DE ARICAS

El algarrobo del paso vibra como un arpa melodiosa entre el zumbido de las aricas.

Encaramados en las ramas donde ellas han formado sus colmenas, los nietos de Melesio las ahuyentan con el humazo pestilente de unos mechones de sebo, y los morenos panales van pasando de las manos de los muchachos a las de sus hermanas, reunidas al pie del árbol.

Huyen todas lanzando agudos chillidos si a alguna se le enreda entre el cabello una abeja furiosa; pero luego vuelven muertas de risa y disputándose la golosina dulce y picante.

—Ya tú cogiste. Ahora me toca a mí.

—No. ¡A mí! ¡A mí!

Son siete las que están disputándose los panales, porque Genoveva, la mayor, se ha quedado conversando con Marisela en el caney donde están los bancos en torno a la mesa. Mejor dicho, con los codos sobre ésta y la cara entre las manos, se ha quedado oyendo lo que le cuenta Marisela.

—De mañanita me levanto a bañarme. ¡Sabrosa esa agua friíta! Si oyeras el alboroto que se forma, porque mientras el agua me cae encima, yo estoy canta que canta, y junto conmigo los gallos y las gallinas, y los patos, y las guacharacas que se paran en el samán. Después me voy a la cocina a ver si ya han colado el café, y en cuanto Santos sale de su cuarto, ya le estoy llevando una taza del más tinto, cerrero, porque así es como le gusta. Después a arreglar la casa. Las manos me quedan ardiendo de tanto darle a la escoba. Si hay que remendar, remiendo, y luego me pongo a estudiar las lecciones. Ya cuando va a ser la hora de que él regrese de la sabana, me meto otra vez a la cocina a prepararle su comida, porque le tiene asco a la cocinera y no come sino lo que yo le preparo. Es maniático con la limpieza. Tengo que estar todo el día detrás de las moscas y espantando las gallinas para que no se metan en la casa. Ya las tengo acostumbradas a poner en sus nidales. Siempre trae flores de la sabana; pero ya los floreros están llenos con las que yo recojo por los alrededores de la casa. Al principio yo quería poner flores hasta en el techo. ¡Y ese abejero dentro de la casa! ¡La carcajada que soltó cuando vio aquello! Yo me puse brava, pero después comprendí que tenía razón. ¡Ah! ¿Qué te cuento, chica? ¿No sabes que ayer se me metieron lo indios en la casa? Yo estaba íngrima y sola en ese momento, porque él se había ido con papá y los peones, y las mujeres de la cocina estaban lavando en el cañito. Cuando de pronto oigo que dicen: "Comadre, amarra tus perros". Me asomo y veo que son como veinte yaruros que se han metido en la sala, muy sí señores. Ya tenían sus flechas en los rincones y para adentro era que iban.

—¿Y no te dio miedo, mujer?

—¿Miedo? Les salí al encuentro, gritándole: "¡Fuera de aquí atrevidos! ¿Por qué se meten sin pedir permiso? Ya les voy a soltar los perros". ¡Los pobrecitos! Eran unos indios mansos que andaban recogiendo changuango por la sabana y se acercaron a la casa a pedir sal y papelón. Pero ¡ay sí se le da a uno más que a otro! Es necesario repartírselo por igual. Pero yo, haciéndome la brava: "¡Cochinos! ¡Atrevidos! ¡Miren cómo me han puesto el suelo con sus pies sucios! Ojalá vinieran los cuibas que andan por ahí". Fue como si les hubiera nombrado el diablo. Pelaron los ojos y me preguntaron: "¿Comadre, tú has visto cuibas?". Pero... ¿por qué te cuento esto? ¡Ah! Ya sé. Si hubieras visto lo preocupado que se puso Santos cuando supo que los indios me habían sorprendido sola en casa. Hasta en la noche, tomándose las lecciones, todavía estaba pensativo.

Genoveva se la queda mirando en silencio. Ella se azora y sonríe.

—No. No es lo que te imaginas. No hay nada de eso. ¡Jesús! ¿Qué me ves tanto, mujer?

—Que estás muy bonita. Aunque no te cogerá de sorpresa, porque ya te lo habrán dicho bastante.

—Pues, para que veas: ni por ahí te pudras.

—No lo creo. Hoy, por lo menos, alguna flor te han echado.

—Las que acabas de echarme tú. Lo que me dice es que soy muy inteligente. Ya me tiene fastidiada de oírselo. A veces me dan ganas de no estudiar las lecciones, a ver si así cambia el tono. Pero ¿qué tanto me ves, chica?

—El camisón, que te queda muy bien.

—Con tus favores. Pero no te creas que no sé lo que estás pensando.

En seguida cuenta lo de los dibujos de Santos y ambas ríen durante largo rato del "garrufio que tenía en el cuello la muñeca que él pintó". Luego Genoveva baja la vista, tamborilea con los dedos sobre la mesa y al cabo de un rato dice:

—¡Que afortunada eres, a pesar de todo!

—¡Hum! —hace Marisela—. ¡Cuidado, pues!

—¿Cuidado de qué?

—¡Tú sabes lo que quiero decirte!

—Yo ¿qué voy a saber, mujer?

—No seas hipócrita. Confiésame. Tú también estás enamorada de él.

—¡Enamorada del doctor una percusia como yo! —exclamó Genoveva—. ¿Estás loca, mujer? Es un mozo muy simpático; pero no se ha hecho la miel para el burro.

Y Marisela, preguntando lo que ya le han dicho, sólo por el placer de decirlo ella también:

—¿Verdad que es muy simpático?

Pero involuntariamente sus palabras han tenido la entonación con que se habla del bien imposible y al oírse advierte que ella también se ha estado haciendo ilusiones, pues todo menos amor podría revelar la conducta de Santos para con ella: severidad de padre o maestro, cuando le daba consejo o le hacía advertencias, o camaradería de hermano mayor cuando estaba de humor chancero, y si a veces, por quedarse mirándolo ella en silencio, él también callaba y la miraba a los ojos, la sonrisa que se dibujaba en su rostro tenía tal aire de superioridad que la dulce zozobra de amor se le convertía a ella en vergüenza. Además, y especialmente durante aquellos último días, Santos no hablaba en la mesa sino de sus amigas de Caracas, ya no para proponérselas como ejemplo, sino para deleitarse recordándolas, sobre todo a una, Luisana Luján, cuyo nombre no pronunciaba sin que en seguida no se quedara pensativo.

—Yo también digo como tú, Genoveva: no se ha hecho la miel para el burro.

Y ahora son dos quienes tamborilean sobre la mesa, mientras las aricas que revolotean por allí se van apoderando de los panales, a cuya picante dulzura ya no acuden los dedos golosos.

Carraspea Marisela, disimulando nudos de llanto, y Genoveva pregunta:

—¿Qué te pasa, mujer?

—Que me arde la garganta de tanto panal que he comido.

Y Genoveva concluye:

—Eso malo tiene la miel de las aricas. Es muy dulce, pero abrasa como un fuego.

VIII
CANDELAS Y RETOÑOS

Ya se había escuchado, allá en el fondo de las mudas soledades, el trueno que anuncia la aproximación de la entrada de aguas;

ya estaban pasando hacia el occidente las rumazones de nubes que van a condensarse sobre la cordillera, donde comienzan las lluvias que luego descienden a la llanura, y ya estaba el fusilazo del relámpago al ras del horizonte en las primeras horas de la noche. El verano empezaba a despedirse con el canto de las chicharras entre los chaparrales resecos, amarilleaban los pastos hasta perderse de vista y bajo el sol ardoroso se rajaban como fauces sedientas las terroneras de los esteros. La atmósfera, saturada del humo de las quemas que comenzaban por las sabanas, se inmovilizaba en calmas sofocantes durante días enteros, y sólo a ratos, como anhelosos resuellos de fiebre, soplaban breves ráfagas ardientes.

Aquella tarde había llegado a su apogeo la modorra de la canícula. La reverberación solar poblaba de espejismos la sabana y en la abrumadora quietud del desierto sólo se movía la vibración del aire enrarecido, cuando de pronto, y a tiempo que los pastos se abatieron al soplo de una racha huracanada, empezó a suceder algo extraño; bandadas de aves palustres que volaban hacia el sotavento lanzando graznidos de pánico, numerosas yeguadas, reses sueltas o en madrinas que corrían en la misma dirección, unas rumbo a los corrales del hato, otras hacia el horizonte abierto, en precipitada fuga.

Ya para abandonarse al sopor de la siesta a la sombra del corredor delantero de la casa, como advirtiese aquel raro movimiento del bestiaje, Santos Luzardo se preguntó en alta voz:

—¿Por qué vendrá el ganado buscando los corrales a estas horas?

Y Carmelito, que ya por dos veces se había acercado hasta allí a explorar la sabana como si esperase algo, explicó:

—Es que ha venteado la candela. Mire. Por allá, detrás de aquella punta de mata, viene reventando el fuego. Por aquí detrás ya se ve también la humasera. Todo eso viene ardiendo, de Macanillal para acá.

Ideas rudimentarias, profundamente arraigadas en el hombre de los campos venezolanos, e impotencia de los escasos pobladores de la llanura ante la enormidad de las tierras que reclamaban sus esfuerzos, aconsejan el empleo del fuego, cuando ya se avecinan los primeros aguaceros del año, como único medio eficaz para que renazcan vigorosos los pastos agostados por la sequía y para destruir el gusano y los garrapatales arruinadores del ganado, y es costumbre, casi obligación de solidaridad, que todo llanero le pegue candela a los pajones secos que encuentre a su paso, así pertenezcan a fincas ajenas.

Pero Santos no había permitido que se hicieran tales quemas en Altamira, por considerar perjudicial el rudimentario procedimiento del fuego, y contra las opiniones de Antonio Sandoval se empeñó en hacer la experiencia de recurrir a la rotación de los rebaños, para acabar con los garrapatales, y de esperar a que los pastos se renovasen por sí solos cuando comenzaron las lluvias, para comparar los resultados, mientras estudiaba la manera de introducir un sistema racional de cultivos de las praderas.

Debido a esto, seco todo Altamira, el fuego tenía que propagarse con violencia, y en efecto, a poco el rojo anillo se corrió por el horizonte, y cundió en obra de momentos por todo el vasto paño de sabana. Los chaparrales oponían, acá y allá, una desesperada resistencia; pero se precipitaban sobre ellos las llamas, girando y silbando enfurecidas, se encrespaban en la refriega, se empenachaban de negras humaredas, resonaba el tiroteo del estallido de los bejucos y cuando ya aquel núcleo de resistencia había desaparecido, el fuego victorioso volvía a cerrar filas y proseguía el avance rápido, amenazando rodear las casas.

Estas no corrían peligro, gracias a los contrafuegos naturales de los medanales y paraderos de ganado que las circundaban; pero el aire ardiente que soplaba sobre ellas se hacía irrespirable por momentos.

—Parece que esto hubiera sido hecho de propósito —observó Santos.

—Sí, señor —murmuró Carmelito—. Esas candelas como que no vienen para acá por cuenta de ellas solas.

Era el único peón que estaba por allí. Los demás, incluso Antonio Sandoval, se habían ido después del almuerzo a continuar la batida de los caños poblados de caimanes, y se había quedado rondando en torno a la casa, como si montara guardia, porque un veguero con quien se encontró de camino la noche anterior le había comunicado que, estando en la pulpería de El Miedo, oyó conversar a los Mondragones de algo que por allá se fraguaba contra Altamira para el día siguiente.

Se reservó la noticia, porque quería darle a Santos, él solo, una prueba inequívoca de su lealtad; pero sin hacer ostentación de ella.

—Por muchos que sean los que vengan de allá —se había dicho—, entre el doctor y yo, él con su rifle y yo con mi recortado, no los dejaremos acercarse.

Pero ahora acababa de comprender que eran aquellas candelas lo que debía de venir de El Miedo, y se dijo:

—Menos mal, porque a éstas las atajan los peladeros de la sabana.

Las atajaron en efecto, pero cuando, roto en lenguas errantes por los medanales y abandonado del viento en la calma del atardecer, se extinguió, por fin, el incendio, el vasto paño de sabana carbonizado que se extendía hasta el horizonte bajo un cielo fuliginoso era un paisaje fúnebre iluminado por una hilera de antorchas agonizantes, allá en Macanillal, donde habían sido plantados los postes para la cerca. Fue la rebelión de la llanura, la obra del indómito viento de la tierra ilímite contra la innovación civilizadora. Ya la había destruido y ahora reposaba como un gigante satisfecho, resollando a rachas que levantaban torbellinos de cenizas.

Pero al día siguiente y durante varios consecutivos el incendio reapareció por distintos puntos. Las cimarroneras, desalojadas de sus breñales, se regaron por todas partes, aumentando el peligro a que se exponían los sabaneros en el apresurado pique de los rebaños para conducirlos a comederos inaccesibles al fuego; se dio el caso de que se atarrillaran hatajos enteros de bestias salvajes en la huida continua, y el ganado manso que no se alzó al contagio de los cimarrones regresaba por las tardes a los corrales extenuado y hambriento.

Sólo se salvaron del fuego aquellos paños de sabana que estaban defendidos por los caños que surcaban la finca: pero costó trabajos inauditos lograr que se refugiara en ellos la hacienda que no se hubiera dispersado por los hatos vecinos.

—Esto es obra de doña Bárbara —afirmaban los peones de Altamira— Aquí nunca se habían visto quemazones como ésta.

Y Pajarote propuso:

—Dénos permiso, doctor Luzardo, y un par de cajas de fósforos, que es todo lo que necesitamos yo y mi vale María Nieves para pegarle fuego a El Miedo por los cuatro costados.

Pero, una vez más, el enemigo de las represalias replicó:

—No, Pajarote. Procuraremos capturar a los culpables, si realmente los hay, para remitírselos a las autoridades a fin de que se les aplique el castigo consiguiente.

Y hasta Lorenzo Barquero, saliéndose de su habitual ensimismamiento, aconsejó las represalias.

—¿Si es que los hay, dices? ¿Dudas todavía de que todo esto no sea obra de tu enemiga? ¿No es de los lados del El Miedo de donde viene el fuego?

—Sí. Pero para hacer una acusación de esa naturaleza necesito estar seguro y hasta ahora no tengo sino simples presunciones.

—¿Acusación? ¿Y quién ha dicho que se necesite acudir a las autoridades? ¿No eres un Luzardo? Haz lo que siempre hicieron todos los Luzardos: mata a tu enemigo. La ley de esta tierra es la bravura armada; hazte respetar con ella. Mata a esa mujer que te ha jurado la guerra. ¿Qué esperas para matarla?

Era la brusca rebelión del hombre, el rencor de largos años sepultado dentro del alma envilecida, algo viril, por fin, brutal, pero con todo, menos innoble, menos abyecto que aquella relajación de la dignidad que lo había hecho entregarse al alcohol para olvidarse de su miseria. Ya esta saludable reacción había comenzado desde los primeros días de su estada en Altamira, pero hasta entonces no se había atrevido a hacer la más remota alusión a doña Bárbara. Su conversación giraba exclusivamente dentro de los recuerdos de su época de estudiante, y en la minuciosidad que ponía en estas evocaciones, citando nombres y señales fisonómicas de sus amigos de entonces y puntualizando los mínimos detalles de las cosas o sucesos a que se refiriera, se advertía cierto angustioso empeño. A veces se le iban de pronto las ideas hacia el tema que no debía ser tratado; pero cortaba a tiempo las frases y, para que Santos no advirtiese la solución de continuidad, se perdía en divagaciones desconcertantes, y en circunloquios plagados de contrasentidos, dando, con todo esto, la impresión de que las ideas corrieran por entre los escombros de su cerebro como sombras locas, buscándose y evitándose al mismo tiempo. Ahora, por primera vez, aludía a la mujer causante de su ruina, y Santos le vio brillar en las pupilas una ferocidad delirante.

—No es para tanto, Lorenzo —díjole, y en seguida, para desviar el enojoso asunto—: Cierto es que el fuego viene de El Miedo, pero también es verdad que de algún modo soy culpable, pues si no me hubiera opuesto a las quemas parciales establecidas por la costumbre, todas las sabanas no habrían ardido a la vez. El ensayo de rotación de los pastos ha sido una innovación que había de resultarme cara; la llanura ha campado por los fueros de la rutina.

Pero ya Lorenzo Barquero tenía una pasión cuya enardecedora intensidad podía suplir la falta del latigazo del alcohol cuando le fallara la voluntad de reconstruir su vida y le parpadeara la luz de la inteligencia, produciendo aquella danza de sombras locas que se buscaban y se evitaban a la vez por entre los escombros de su cerebro, y fue inútil que Santos se empeñara en disuadirlo de aquella idea homicida.

—No. Déjate de frases. Aquí no hay sino dos caminos: matar o sucumbir. Tú eres fuerte y animoso y podrías hacerte temible. Mátala y conviértete en el cacique del Arauca. Los Luzardos no fueron sino caciques y tú no puedes ser otra cosa, por más que quieras. En esta tierra no se respeta sino a quien ha matado. No le tengas grima a la gloria roja del homicida.

Entretanto, en El Miedo también retoñaban las viejas raíces. Después de aquel fracasado intento de reconstrucción de su vida, la tarde de la entrevista con Luzardo, doña Bárbara había pasado días de humor sombrío, entregada a maquinar venganzas terribles, y noches enteras en el cuarto de las conferencias con "el Socio"; pero como éste no acudiera al conjuro, su irascibilidad era tal que nadie se atrevía a acercársele.

Interpretando esto como signo de una guerra definitivamente declarada a Santos Luzardo, Balbino Paiba fraguó el plan de las quemas de Altamira para recuperar los perdidos favores de la amante, anticipándose a los designios que le atribuía, y encargó la ejecución a los Mondragones supervivientes, que otra vez habitaban la casa de Macanillal y eran las únicas personas que en El Miedo obedecían órdenes suyas; pero como mantuvo en secreto su iniciativa por aquello del "Dios libre a quien se atreva contra Santos Luzardo", doña Bárbara, a su vez, interpretó los incendios que asolaban Altamira como obra de los "poderes" que la asistían, puesto que la destrucción de la cerca con que Luzardo pretendía ponerle límites a sus desmanes no había sido sino realización de un deseo suyo, y se apaciguó en la confianza de que así caerían a su debido tiempo, las otras vallas que la separaban del hombre deseado y que, cuando ella lo quisiese, éste iría a entregársele con sus pasos contados.

Realmente, parecía como si una influencia maligna reinara en Altamira. Después de la afanosa brega del día, picando los ganados sedientos para acostumbrarlos a los bebederos que no se hubieran secado, exponiendo la vida entre las cimarroneras esparcidas, aún había que estar alerta por las noches contra el ataque de los zorros rabiosos, que recorrían en manadas las sabanas y se metían en las casas, y contra las serpientes, que también las invadían huyendo del fuego. Y como si todo eso fuese poco, a entrar en la casa tener que soportar el desagradable espectáculo que ahora daba Lorenzo Barquero, con su rencor impotente vibrándole en la voz tartajosa y con su empeño de que él se lanzara por el camino de las represalias contra doña Bárbara, para que pusiera su brazo al servicio del deseo vengativo que ahora le hervía en el pecho.

Finalmente, y para colmo, Marisela. Despechos de su ilusionado amor estaban convirtiéndola en una criatura desagradable. En su lenguaje habían reaparecido todas las exclamaciones vulgares y las palabras incorrectamente pronunciadas que tanto trabajo había costado hacérsela abandonar, y era un chaparrón de gruñidos soltados de propósito en cuanto abría la boca para responder a algo que él le preguntara, un plan premeditado de hacer todo lo que pudiese desagradarle, un mal humor perenne y un chocante replicar en cuanto él insinuaba alguna advertencia.

—¿Y por qué no me deja dar otra vuelta para mi monte, pues?

Pero entretanto, seguían pasando las rumazones de nubes, cada vez más espesas, se iba haciendo más frecuente el fusilazo del relámpago nocturno al ras del horizonte y todas las madrugadas se las pasaba cantando el carrao, que anuncia la estación lluviosa.

Observando las señales del tiempo, dijo por fin Antonio:

—Ya está lloviendo en la cordillera. Ahorita cambia el relámpago y no tarda en venir el barinés.

En efecto, al día siguiente, después de una calma sofocante, empezó a soplar el desagradable viento que baja del alto llano barinés, anuncio seguro de la entrada de aguas. Cambió el relámpago, se oyó el mugido del trueno hacia el Bajo Apura y pronto empezaron a verse plumas de aguaceros lejanos que corrían por la sabana, allá hacia el Cunaviche, donde se iban condensando y convirtiendo en chubascos acompañados de violentas tempestades. Nubarrones plomizos cubrían de un momento a otro todo el cielo, un viento huracanado los abatía sobre la sabana, se desgajaba entre ellos el árbol del rayo con un continuado estruendo ensordecedor y en obra de instantes toda la sabana se llenaba de charcas.

Y un día amaneció toda verde.

—No hay mal que por bien no venga —dijo Antonio—. Las candelas dejaron nuevecita a Altamira. Ahora retoñarán los pastos con fuerza, porque, dígase lo que se quiera, para eso no hay como las quemas, y cuando empiece la vaquería general todo esto estará cuajadito de hacienda, porque la propia volverá a sus comederos y la ajena vendrá a pagar las reses que mataron las candelas.

Volvieron las cimarroneras a sus acostumbrados refugios, las greyes mansas al sosegado errar por sus comederos habituales y las yeguadas a los alegres retozos de sus rochelas. Volvió el cuatro a las manos de los peones por las noches, bajo el caney, y Marisela a los buenos modales y a las lecciones, bajo la lámpara de la sala.

Y todo fue como los retoños después de las candelas.

IX
LAS VELADAS DE LA VAQUERIA

Ya era tiempo de proceder a la vaquería general de entrada de aguas. La costumbre, creada por la falta de límites cercanos y consagrada por las leyes de Llano, establece que los hatos colindantes trabajen la hacienda en comunidad, una o dos veces al año. Consisten estas faenas en una batida de toda la región para recoger los rebaños esparcidos por ella y proceder a la hierra de orejanos, y se van haciendo por turnos en las distintas fincas, bajo la dirección de un jefe de vaquerías, que se elige previamente en una asamblea compuesta por las distintas agrupaciones de vaqueros. Duran varios días consecutivos y constituyen verdaderos torneos de llanerías, pues cada hato se esmera en enviar a aquel donde se haga la batida sus peones más diestros y ellos llevan sus bestias más vaqueras, ostentando sus mejores aperos, y se esfuerzan en lucir todas sus habilidades de centauros.

Empezaban a menudear los gallos cuando comenzó en Altamira el bullicio de los preparativos. Pasaban de treinta los peones con que contaba ahora el hato y además estaban allí otros tantos vaqueros de Jobero Pando y El Ave María.

Ensillaban de prisa, pues había que caerle al ganado en sus dormideros antes de que empezara a disgregarse y, entretanto, se reclamaban a gritos los trebejos que no encontraran a mano.

—¡Mi mandador! ¿Dónde está, que no lo encuentro? Vaya soltándolo el que lo tenga porque es muy conocío: tiene una jachuela en la punta y si se la pican la conozco por el cortao.

—¿Qué hubo del cafecito? —voceaba Pajarote—. Ya el día viene rompiendo por la punta y nosotros todavía dando vueltas por aquí.

Y a su caballo, mientras le apretaba la cincha:

—Vamos a ver, castaño-lucero, cómo te portas hoy. Mi soga está más tiesa que pelo e negro; pero no la engraso, porque la nariz de un salenco viejo que vamos a aspear entre los dos en cuanto rompa el levante me la va a dejar suavecita, que ni pelo e blanco.

—Apuren, muchachos —reclamaba Antonio—. Y los que tengan caballos chucutos crinejeen de una vez porque vamos a llegar picando.

—Ch'acá el cafecito, señora Casilda —decían acudiendo a la cocina los que habían ensillado.

Un fuego alegre, de leñas resinosas, chisporroteaba en el fogón entre las negras tapias que sostenían la olla. Cantaba dentro de ésta el hervor de la aromática infusión y en las manos de Casilda no descansaba la pichagua con que la trasegaba al colador de bayeta, pendiente del techo por un alambre, mientras las otras mujeres se ocupaban en enjuagar los pocillos y en llenarlos y ofrecérselos a los peones impacientes, y durante un rato reinó en la cocina la animación de las frases maliciosas, de los requiebros crudos y picantes de los hombres, de las risas y réplicas de las mujeres.

Bebido el café —después de lo cual no caería en los estómagos de aquellos hombres, hasta la comida de la tarde al regreso al hato, sino el cacho de agua turbia y la amarga saliva de la mascada del tabaco—, partió el escuadrón de vaqueros, con Santos Luzardo a la cabeza, alegres, excitados por las perspectivas de la jornada apasionante, cruzándose chistes y reticencias maliciosas, recordándose mutuamente percances de anteriores vaquerías donde arriesgaron la vida entre las astas de un toro y estuvieron a punto de morir despanzurrados bajo el caballo, estimulándose unos a otros con hazañosos desafíos.

—Vamos a ver quién se pega conmigo —decía Pajarote—. He hecho la apuesta de aspear veinte bichos yo solo, y las gandumbas serán la prueba.

Recia fue la brega y duró hasta el mediodía. Los lazos no descansaron en las manos de los vaqueros, muchos caballos quedaron muertos, y los que no sucumbieron apenas podían sostenerse sobre sus remos calambreados; pero ya el rodeo estaba parado y quieto, porque también las reses estaban despeadas de tanto corretear. Sólo los hombres estaban enteros todavía, derechos sobre las bestias jadeantes, insensibles al hambre y a la sed, roncos de gritar, pero aún cantando, alegres, las tonadas que apaciguan el rebaño.

Promediaba la tarde cuando Antonio dio orden de que se procediera al aparte. María Nieves penetró en el rodeo gritando a los novillos madrineros, y éstas, que ya conocían la voz de cabestrero y estaban acostumbrados a la operación, salieron del rebaño a detenerse en el sitio donde se formaría la madrina del hato, que era el primer lote que se separaba.

Y como si nada hubiera sido aquella recia brega del levante, todavía el aparte dio ocasión para lucir habilidades llaneras, coleando y tumbando los toros entre madrina y madrina.

Luego se procedió a apartar las reses de El Miedo y del hato de Jobero Pando, formando así las madrinas llamadas de los vaqueros. Finalmente, como aparecieran algunos novillos y vacas paridas marcados con el hierro del hato de La Amareña, que no había tomado parte en la vaquería, por estar situado a gran distancia de Altamira, Balbino Paiba comenzó a apartarlos.

Santos Luzardo presenciaba la operación, sin proferir una palabra, pero cada vez que pasaba una res amareña le miraba el hierro, y en seguida el que ostentaba el caballo que montaba Paiba. Este se impacientó, al cabo, y lo interpeló:

—¿Por qué cada vez que pasa un bicho me le mira el doctor el anca al caballo?

—Porque ese caballo ha venido a correr por su hierro y no me parece que ése sea el que tienen todos los bichos que está apartando usted.

Mas al oír sus propias palabras le parecieron ajenas. Así se habría expresado Antonio o cualquier otro llanero genuino; así no hablaba el hombre de la ciudad.

Balbino tuvo que dar una explicación:

—Estoy autorizado para llevarme las reses de La Amareña.

Y entonces sí replico el hombre de la ciudad:

—Muéstreme esa autorización, pues mientras no compruebe que procede en derecho, no podrá sacar de aquí una res ajena.

—¿Se piensa usted quedar con ellas entonces?

—No debía darle explicaciones a un insolente como usted —le respondió—. Pero, sin embargo se las daré: errando libres por la sabana han llegado hasta aquí esas reses y así se irán hasta La Amareña, si de allá no vienen a buscarlas.

—¡Caramba! —exclamó Paiba—. ¿Usted como que piensa cambiar las costumbres del Llano?

—Justamente. Eso me propongo. Acabar con ciertas costumbres del Llano.

Y Balbino Paiba tuvo que conformarse a que Santos, después de haberles quitado el negocio que pensaba hacer con las reses altamireña, no lo dejara ahora llevarse aquellas otras, que no eran muchas, pero algo le habrían producido, una vez "cachapeados" los hierros como él sabía hacerlo.

Ya venía entrando en la manga la madrina y era el momento más emocionante. El animalaje bravío se arremolinaba dentro de las palizadas, que se iban estrechando en embudo hasta caer en la puerta de la majada, acosado por los caballos, que compartían el ardor del jinete en el dominio de la res, y entre la polvareda que levantaban los cascos y las pezuñas, y por encima del estruendo del entrechocar de los cuernos, de los balidos de los mautes, de los bramidos de los padrotes, del piafar y de las repechadas pujantes de las bestias, se alzaba la gritería ensordecedora de los vaqueros:

—¡Ahacá! ¡Apretá! ¡Apretá!

Atropellaban de cerca, empujando el ganado renuente a entrar en el corral, metiéndole el anca de los caballos, sin darle espacio para las arremetidas, sosteniendo el empuje de las revueltas, lanzando el grito en el esfuerzo del chaparrazo:

—¡Jilloo!

Terminó el encierro, corriéronse los tranqueros del corral, quedándose los vigilantes entonando sus coplas y los demás se dirigieron a las casas a desensillar y bañar sus caballos.

—¡Te portaste, castaño-lucero! —díjole al suyo Pajarote, palmeándole el pescuezo—. Por tu banda no pasó ni un bicho que no se llevara su merecido. Y eso que esta mañana te llamaron matalón los envidiosos de El Miedo. Yo lo que siento es no haber podido descubrir quién fue el que lo dijo, para cobrárselo en tu nombre.

La vuelta del trabajo animaba el patio de los caneyes. Al atardecer llegaban los vaqueros en grupos bulliciosos, empezaban a decirse algo entre sí y terminaban cantándolo en coplas, pues para cada cosa que se necesite decir hay en el Llano una copla que ya lo tiene dicho y lo expresa mejor, porque la vida es simple y desprovista de novedades, y porque los espíritus son propensos a las formas pintorescas de la imaginación.

Después de bañar los caballos y acomodarlos donde hubiera buen pasto, volvían al patio, donde ya estaba prendido el fogón y la ternera en los asadores, exhalando su apetitoso olor. En la cocina se proveían de un poco de "ají de leche", unos topochos y unas yucas salcochadas, y con esto y con la carne asada, de pie o acuclillados en torno al fogón, saciaban el hambre de sus estómagos sobrios después de no haber probado durante todo el día sino la taza de café de la madrugada.

Y entre un bocado y otro, episodios de la faena, malicias y fanfarronadas, el dicho hiriente de la broma cordial y la respuesta pronta y aguda, el pasaje de la pintoresca vida del vaquero y del encaminador, del hombre de los rudos trabajos y las marchas pacientes, con la copla en los labios.

Luego, mientras allá, en torno a los corrales, rondan por turno los veladores, cantando y silbando continuamente, porque todavía el ganado está inquieto, venteando la sabana libre, y un barajuste repentino puede llevarse las palizadas; aquí, bajo los caneyes, la otra velada bulliciosa: el cuatro y las maracas, el corrido y la décima. La poesía naciendo.

Generalmente son Pajarote y María Nieves, éste con el cuatro y aquél con las maracas, quienes improvisan alternativamente.

Cuando Cristo vino al mundo
fue en un caballo alazano.
Iba perdiendo la vida
por coger un orejano.
Cuando Cristo vino al mundo
fue por el mes de agosto.
¡Cómo se pondría ese Cristo
de manirito y jojoto!

Y así, cada cual apoyándose en un verso del otro y en cada copla la llanura, la musa ingenua y chispeante del hombre en contacto con la naturaleza, saltaba, en la agilidad de las réplicas, de lo tierno a lo picaresco, de lo risueño a lo trágico, sin pausas ni titubeos mientras hubiera cuerdas en el cuatro y capachos en las maracas, pues si el ingenio se agotaba o no venía pronto la ocurrencia, para salir del apuro se echaba mano de Florentino. Florentino el araucano, el gran cantador llanero que todo lo dijo en coplas y a quien ni el mismo Diablo pudo ganarle la apuesta de a cuál improvisara más, que una noche vino a hacerle disfrazado de cristiano, porque aquél, cuando ya no le alcanzaba la voz, sobrándole todavía el ingenio, y faltando poco para que los gallos comenzasen a menudear, le nombró en una copla las Tres Divinas Personas y lo hizo volverse a sus infiernos, de cabeza con maracas y todo.

Y los cuentos de Pajarote.

—Candela fea la que vi una noche, navegando por el Meta. Asina, sobre un ribazo, miramos de pronto unas luces, y creyendo que eran casas, nos acercamos a la orilla a ver si se encontraba algo que comer, porque se nos había acabado el bastimento y el hambre nos llevaba trozados. El ribazo era un médano, y las luces ¿qué creen ustedes que eran? Un solo rollo como de mil culebras —¡Ave María Purísima!— que se estaban restregando unas contra otras en el arenal. Era asina como cuando se frota un fósforo entre los dedos.

—No sea ponderativo, vale —dícele María Nieves.

—¡Ah, caramba! ¡Es que usted no ha visto nada, indio! Métase por esos ríos para que vea cosas raras. Eso es lo mismo que el pasaje que les he contado otras veces, de cuando estuve trabajando en la pesca de la tortuga en el Orinoco.

—¿Cómo es eso? —pregunta uno de los peones nuevos.

—¡Guá! Que un día del año, ahora no recuerdo cuál, al punto de medianoche, pasa un viejito en una curiara, íngrimo y solo y sin que nadie haya podido descubrir todavía quién es ni de dónde sale. Algunos dicen que es Nuestro Señor Jesucristo en persona. Lo cierto es que se para en una punta de playa y pega un leco, que lo oyen todas las tortugas del Orinoco, desde las cabeceras, allá más arriba del Roraima, hasta las Bocas. Esa es la señal que esperan las tortugas para salir a poner sus huevos en la arena de las playas. Ahí mismito se empieza a oír el trueno de los millones de carapachos tropezando unos contra otros. Y ésa es también la señal que esperan los que saben para salir a cazarlas mansitas.

Y antes de que se rompiese en risas el momentáneo silencio de credulidad:

—¿Y de lo del Dorado que vieron los españoles? Yo también lo he mirado. Ese resplandor que algunas noches se distingue desde aquí, por los lados donde cae el Meta.

—Esas son quemazones de la sabana, Pajarote.

—No, señor, vale Antonio. Yo le aseguro a usted que ése es el Dorado que mientan esos libros que usted me leyó una vez. Sobre el Meta se ve clarito y grande, como una ciudad de oro.

—Este Pajarote lo ha mirado todo —comenta uno, y los demás sueltan la risa.

—¿Cómo fue, vale, que se salvó usted de que lo fusilaran? —pregunta María Nieves.

—¡Ese es bueno! —exclaman los que conocen el cacho—. Echalo, Pajarote, que aquí hay muchos que no te lo han oído.

—Pues que habíamos caído en manos de los revolucionarios del Gobierno, y como nosotros les habíamos dado mucho que hacer en dondequiera que nos los tropezábamos —y Pajarote carga la fama—, a mí me habían colgado las mías y las ajenas, y ya estaba resuelto que me iban a fusilar. Eso fue cerca de las bocas del Apure y estaba el río de monte a monte. La gente que me cargaba preso se llegó hasta la orilla, para que bebieran las bestias. Todos íbamos cubiertos de barro hasta las narices y al capitán de la compañía le dieron ganas de bañarse; pero en la orillita, porque no era bueno de agua. Se me ocurrió mi idea y dije, de modo que él me escuchara:

"—¡Ah, capitán, para tener bríos! Yo en el pellejo de él no me estaría bañando ahí tan tranquilo, con la caimanada que hay en ese río."

—Me oyó el hombre y como cuando uno empieza a hacer la diligencia para salir de un mal paso, ahí mismo está Dios haciéndose cargo de lo demás, se le ocurrió también al capitán su idea, que no era muy bendita, y me preguntó:

"—¿Y usted no es llanero, pues?".

"—Sí, señor, mi capitán —le respondí mansito—. Llanero soy, pero de a caballo, que no es la misma cosa. A mí, búsqueme usted en la tierra; pero en el agua no me encontrará nunca, ni en la orillita."

—Me lo creyó el hombre, porque estaba de Dios que así sucediera; y para divertirse conmigo, o para no tener que pasar el mal rato de fusilarme, mandó que me quitaran el cabo de soga con que me tenían amarrado y me echaran al agua para que me bañara, diciéndome:

"—Acérquese, amigo, para que se lave las patas, no vaya mañana a ensuciar el cielo cuando San Pedro lo mande pasar adelante."

—Los soldados echaron a reírse, y yo me dije: "Te salvaste, Pajarote".

Y seguí haciendo mi papel:

"—¡No, mi capitán! ¡Por vía suyita! Yo prefiero que me fusilen, si ésa es mi suerte, antes que morir comido por un caimán."

—Pero él les gritó a los soldados:

"—Echen al agua a ese cobarde." —y me zumbaron al río para que me ahogara. Eso fue del lado de allá del Apure. Hice como si me hubiera ido de cabeza...

Pajarote deja en suspenso el cuento, y uno del auditorio reclama:

—¿Qué hubo, pues, vale? ¿Va a dejar el cacho sin punta?

—Pero ¿no me está viendo del lado de acá?, vine a sacar la cabeza en la otra orilla y les grité: "—No dejen de hacerme pasar un susto como éste otro día". —Me hicieron que sé yo cuántos tiros; pero ¿quién alcanza a Pajarote cuando es hora de decir: ¡Pata!, ¿pa qué te quiero?

—Y tú ¿por qué estabas alzado? —pregunta Carmelito.

—Por descansar de la brega con la cimarronera y porque ya las totumas estaban llenas de tanta paz que había habido, y era hora de repartir los centavos.

Las totumas, es decir: la lucha del llanero. A propósito de la guerra y de la distribución de la riqueza, Pajarote tenía ideas muy llaneras.

Sábado por la noche. Velada de amanecer bailando.

Se desocupó el caney sillero, se barrió y se regó convenientemente el piso y en cada horcón se puso un candil. Ya se estaban friendo los chicharrones y Casilda tenía preparado el carato de acupe y el dulce de ciruelas. Había, además un cuarterón de aguardiente. Ya había llegao Ramón Nolasco, el de Las Piñas, que era el mejor arpista de todo el cajón del Arauca; de maraqueo y cantador se trajo al tuerto Ambrosio, que, después de Florentino, era el improvisador más competente que por allí se conocía.

Llegaron las alegres cabalgatas de muchachas del paso del Algarrobo, del Ave María y de Jobero Pando. Los bancos colocados al hilo de la horconadura del espacioso caney, no dieron abasto para el mujerío.

Marisela hace los honores de la casa. Va y viene de aquí para allá. Todas tienen alo que decirle y todas se lo dicen al oído.

Ella se sonroja, suelta la risa y replica:

—Pero ¿de dónde sacan ustedes eso?

Y de grupo en grupo va recogiendo bromas y lisonjas.

—¿De veras? —insiste Genoveva—. ¿Nada?

—Nada. Y ahora menos que nunca. En estos días se ha puesto muy antipático.

—No puedo creértelo. Con lo bonita que estás.

—Ya te contaré.

Ya el arpista está afinando y el tuerto Ambrosio le ha dado dos o tres sacudidas a las maracas.

—¡Oiga, compañero! —exclama Pajarote—. Ese hombre es una novedad con los capachos.

—¿Y qué me dices del arpa? ¡Escucha cómo cantan esas primas!

Ramón Nolasco le hace una seña al maraquero. Este tose, para aclararse el pecho, escupe por el colmillo y:

—Ahí va el son de la Chipola —anuncia.

Y rompe a cantar, a tiempo que los hombres se precipitan a los bancos a sacar parejas.

> Chipolita, dame el seno,
> que yo me quiero ensená.
> Antes que otro se acomode
> yo me quiero acomodá.

Y comienza el joropo, con un paso animado que hace revolar las faldas de las mujeres.

Sólo Marisela se ha quedado sentada. Santos, que era el único que podía sacarla, porque a tanto no se atrevían los peones, ni se le ha acercado siquiera. El tampoco baila.

Cantan las primas entre el ronco gemido de los bordones; y las oscuras manos del arpista, al recorrer las cuerdas, son como dos negras arañas que tejen persiguiéndose. Poco a poco el golpe se va asentando en una cadencia melancólica de música voluptuosa. Los bailadores no se mueven de un palmo de tierra, marcando el compás con la cintura. El chischear de las maracas milagrosas tiene pausas de angustia y una y otra vez el cantador insiste:

> Si el Santo Padre supiera
> la revuelta de Chipola,
> se quitaría el balandrán,
> dejaría la iglesia sola.

Es el anuncio de la "revuelta" que ya está preparando el arpista. Por fin, los dedos virtuosos saltan de las primas a los bordones y de éstos a aquéllas, los bailadores lanzan un grito de placar satisfecho y el joropo vuelve al movimiento primitivo. La tierra retumba bajo el escobilleado frenético y las parejas, sueltas en las figuras, se persiguen por entre la confusión. Se enlazan de nuevo y otra vez revuelan las faldas en los giros finales del golpe.

Las mujeres a los bancos y los hombres al cuarterón de aguardiente. La bebida aumenta la animación y Pajarote pide:

—El son del zamuro, Ramón Nolasco. Ya va a ver cosa buena, doctor. ¡Señora Casilda! ¿Dónde está la señora Casilda? Venga acá. Hágase la muerta para que la concurrencia vea cómo este zamuro le come los piazos.

Era el son del zamuro —uno de los muchos que llevan nombres de animales— un baile con pantomima que se toca cuando hay algún gracioso que quiera hacer de hazmerreír. Consiste la pantomima en imitar, al compás de la música, los grotescos movimientos que hace el zamuro antes de lanzarse al festín que le depara la res muerta en la sabana. Pajarote tenía fama de ser el mejor bailador de zamuros de todos aquellos contornos, y, en efecto, lo ayudaba mucho lo canilludo y desgalichado que era. En cuanto a Casilda, que en la pantomima hace el papel de muerto, era la única pareja que para ello podía prestarse. Siempre dispuesta a secundar las humoradas de Pajarote, no había baile donde ellos estuvieran y no se tocara aquel golpe.

Les despejaron el caney y el arpista rompió el son:

> Zamuros de la barrosa
> del alcorconal de Abajo.
> Ahora verán, señores,
> al Diablo pasá trabajo.

> Zamuros de la barrosa
> del alcorconal del Frío.
> Albricias pido, señores,
> que ya Florentino es mío.

Eran las coplas del legendario desafío entre el Diablo y el famoso cantador araucano.

Plantada en el centro del caney, rígido el cuerpo y cerrados los ojos, Casilda llevaba el compás con movimientos de los hombros, mientras Pajarote le bailaba en torno, con grotescos movimientos de los brazos y grandes zancadas, que imitaban el batir de alas y los saltos recelosos del ave inmunda alrededor de la carroña.

Los espectadores se desternillaban de risa; pero Santos no se divertía, y al cabo de un rato dijo:

—Basta, Pajarote. Ya nos has hecho reír bastante.

El arpista cambió de son y el baile continuó. Otra vez Marisela se había quedado sentada. Santos oía el cuento que le echaba Antonio, de cierta famosa ocurrencia de Pajarote, y éste se había acercado a ellos cuando, de pronto, irrumpió Marisela, proponiéndole:

—¿Quiere bailar conmigo, Pajarote?

—¿Muerto, quieres misa? —exclamó el peón, a manera de respuesta; pero, en seguida, a la mirada de Antonio, agregó—: Eso me queda grande, niña Marisela.

—Baila —díjole Santos—. Baila con ella.

Marisela se mordió los labios y Pajarote se la llevó entre los brazos, gritándole de paso al arpista:

—Apréciese, Ramón Nolasco, y sacuda bien los capachos, tuerto Ambrosio, que de oro debieran ser. Aquí va Pajarote con la flor de Altamira, sin tenérselo merecido. ¡Abran campo, muchachos, abran campo!

X
LA PASIÓN SIN NOMBRE

—Genoveva. ¡Chica! ¡Lo que me ha ocurrido!

—¿Qué, mujer de Dios?

—Ven para contarte. Allí junto al palenque, donde nadie nos oiga. Tócame las manos. Óyeme el corazón.

—¡Ah! Ya sé: que te ha dicho, por fin.

—No. Ni una palabra. ¡Te lo juro! Fui yo quien me le declaré.

—¡Mujer! ¿Los venados corriendo detrás de los perros?

—Lo hice sin pensarlo. Óyeme. Yo estaba muy brava con él porque no me sacaba a bailar.

—Y para darle celos fuiste a convidar a Pajarote. Sí. Todas nos fijamos. Y después el doctor le pidió una palomita a Pajarote y bailó contigo.

—Pero déjame contártelo. Yo estaba muy brava, como te digo, tan brava que se me salían las lágrimas. De pronto él se me queda viendo y yo, para disimular, para que no fuera a creer que estaba resentida, me sonreí. Pero no como quería sonreírme. ¿Comprendes?

—Sí. Ya me figuro cómo te sonreirías.

—Pues bien. ¿Sabes lo que me ocurrió entonces para remediar la cosa?

Echarla a perder más de lo que ya estaba: me lo quedé mirando y le dije: "¡antipático!".

Se sonroja y agrega:

—¿Qué te parece, chica? ¿Has visto mujer más lista que yo?

La exclamación revela ingenuidad; pero a Genoveva la ha cruzado por el pensamiento otra idea: —¡Como no vaya a resultar lo que dice mi taita!: "Quien lo hereda no lo hurta".

—¿Qué te pasa, Genoveva? ¿Por qué te has quedado pensativa? ¿Crees que he hecho mal?

—No, chica. Esperaba que me siguieras contando.

—¿Qué más? ¿Te parece poco? ¡Si se lo había dicho todo con esa sola palabra!

—¿Y él lo comprendería así?

—Con decirte que perdió el compás, él, que tiene tanto oído para el baile. No me respondió una palabra, no volvió a mirarme a los ojos... Es decir, yo no sé si volvió a mirarme, porque después de aquello no me atreví a levantar más los míos.

Vuelve a quedarse pensativa, Genoveva. Marisela guarda silencio también, mientras sus miradas se hunden en las claras lejanías de la sabana, dormida bajo el fulgor lunar. De pronto palmotea y exclama:

—¡Se lo dije! ¡Se lo dije todo! Ya por mí no será.

A tiempo que Genoveva le pregunta:

—¿Y ahora, Marisela?

—¿Ahora qué? —inquiere, como si no entendiera, y, en seguida—: ¡Pero, chica! ¿Qué iba a hacer yo? Ponte en mi caso: todo el día he estado con la ilusión de este baile, pensando: Hoy me dice. Además, ya te repito: se me escapó sin quererlo. Tú misma tienes la culpa, pues cada vez que nos encontrábamos me preguntabas: ¿Todavía no te ha dicho? Y, últimamente, tú lo que estás es celosa.

—No, Marisela. Es que estoy pensando en ti.

—¿Con esa cara tan preocupada, cuando yo estoy tan contenta?

Pajarote, que venía en busca de Genoveva porque ya habían comenzado a tocar la pieza que bailaría con ella, interrumpió la confidencia.

Marisela se quedó junto al palenque esperando a que también viniesen a invitarla; pero como no venían, las palabras de Genoveva aprovecharon la ocasión:

—¿Y ahora, Marisela? ¿Crees que todo puede seguir como venía, después de lo que ha sucedido? ¿Te imaginas que has resuelto la situación con haberte lanzado a decir lo que no se atrevían a declararte? ¿No ves que, por el contrario, la has complicado? ¿Con qué cara te le presentarás mañana a Santos si esta misma noche no se te acerca él a confesarte que te ama? Y no viene. No vendrá en toda la noche. ¡Qué chasco te has llevado! Y todo por no saber disimular lo que sientes. Imagínate lo que habrá pensado de ti. El, que es tan... ¡antipático!

—Ya sé lo que soy. Ya me lo has dicho otra vez.

—¡Ah! ¿Estaba usted ahí?

—Sí. Aquí estoy. ¿No me ves?

—¿Por qué viene en puntas de pie a oír lo que una esté pensando?

—Ni he venido así, ni tampoco tengo el don de oír lo que·los demás piensen. Ahora, cuando se piensa en alta voz, se corre el riesgo de que los demás se enteren.

—Yo no he dicho nada.

—Pues, entonces, yo tampoco he oído.

Pausa. Pero ¿hasta cuándo irá a estar callado? No parecía tan tímido. ¿Será necesario sacarle las palabras?

—Bueno.

—¿Qué?

—Nada.

—Pues nada —y se sonríe.

—¿De qué se ríe?

—De nada —y sigue riendo.

—¡Guá! Será loco, pues.

—Dicen que las lunas llaneras perturban el juicio.

—Allá usted. Yo el mío lo tengo muy sano.

—Sin embargo, eso de enamorarse de Pajarote, así sin reflexionar, no deja de ser una locura. Bien está Pajarote para lo que es; mas, para novio tuyo...

—¡Guá! ¿Y por qué no, pues? ¿No era yo un bicho del monte cuando usted me recogió? "Pa quien es su pae, buena está su mae", como él dice el dicho.

—Ya sabía yo que esta noche sería de guás y de refranes vulgares; pero se te descubre a la legua que lo haces de propósito. De modo que, si quieres engañarme, inventa algo más ingenioso.

—¿Y usted por qué no ha inventado, también, algo más ingenioso que eso de que yo esté enamorada de Pajarote? Ahora soy yo quien se ríe. ¡La discípula cogiéndole las cáidas al maestro!

—No digas "cáidas"

—Los gazapos, pues... ¿Está mal dicho también?...

—No —responde él, y se queda contemplándola, y luego le pregunta—: ¿Has terminado de reírte?

—Por ahora sí. Diga otra cosa, de esas tan ingeniosas que a usted se le ocurren, a ver si me vuelven las ganas. Diga, por ejemplo, que ha venido a pararse aquí, junto al palenque, a pensar en una de esas amigas que dejó en Caracas, que no era propiamente amiga, sino novia.

—Pues, si vas a reírte de mí...

—Aunque no lo diga. Ya me estoy riendo otra vez. ¿No oye?

—Sigue. Sigue. Me agrada tu risa.

—Pues entonces me pongo seria otra vez. Yo no soy mono de nadie.

—Y yo me acerco más a ti y te pregunto: ¿me quieres, Marisela?

—¡Te idolatro, antipático!

Pero esto no sucedió sino en la imaginación de Marisela. Quizá habría sucedido realmente si Santos se hubiera acercado al palenque; mas no apareció por todo aquello.

Pero ¿quién ha dicho que sea necesario que él se me declare? ¿No puedo seguir queriéndolo por mi cuenta? ¿Y por qué ha de llamarse amor el cariño que le tengo? ¿Cariño? No, Marisela. Cariño se le puede tener a todo el mundo y a muchas personas a la vez. ¿Adoración?... Pero ¿por qué razón todas las cosas deben de tener un nombre?

Y en la complicada simplicidad de su espíritu así quedó resuelta la dificultad.

Por lo demás, bien podía ser el amor de Marisela algo que estuviera a igual distancia de lo simple, material, del apetito, como de lo simple, espiritual, de la adoración. La vida, inclinándolo a uno u otro lado, determinaría la forma futura, pero en aquel punto de equilibrio entre la realidad y el sueño, era, todavía, la pasión sin nombre.

XI
SOLUCIONES IMAGINARIAS

Lo extraño fue que a Santos Luzardo también se le ocurrieron soluciones imaginarias. Con la fría imparcialidad de que se revestía para analizar sentimientos suyos y situaciones difíciles que de ellos dependiesen, se planteó el caso, sentándose al escritorio, despejándolo de la barahúnda de papeles y libros que sobre él había dejado poco antes, poniéndolos en orden, uno sobre otro y separados éstos de aquéllos, como si se tratase de distinguir y analizar lo que eran y contenían libros de Derecho y papeles de la contabilidad del hato, y apoyando las manos sobre unos y otros, cual si necesitara exteriorizar y convertir en cosas inertes los sentimientos sobre los cuales era menester reflexionar, dijo, mirando lo que tenía bajo la izquierda:

—Que Marisela se ha enamorado de mí, es evidente, y perdóneseme la vanidad. Era lógico que así sucediera: "los años, la ocasión...". Es bonita, un verdadero tipo de belleza criolla, simpática, interesante como alma, compañera risueña y sin duda útil para un hombre que haya de llevar indefinidamente esta vida de soledad y de esperanzas entre peones y ganados. Hacendosa, valiente para afrontar situaciones difíciles. ¡Pero... esto no puede ser!

Y movió la mano sobre el papel como para borrar lo que allí estuviese escrito. Luego, asentando más la diestra sobre los libros:

—Aquí no hay nada más sino una simpatía muy natural, y el deseo, desinteresado, de salvar una pobre muchacha condenada a una triste suerte. Acaso, cuando más, una necesidad, puramente espiritual, de compañero femenino. Pero si esto puede dar origen, más tarde, a complicaciones sentimentales, lo prudente es ponerle remedio en seguida.

Retiró las manos de libros y papeles, y reclinándose en el asiento, con la cabeza echada hacia atrás, prosiguió su monólogo mental:

—Marisela no debe continuar en casa. Claro que volver al rancho del palmar, ni por un momento. Sería entregársela a míster Danger. ¿Si ese par de tías viejas que tengo en San Fernando consintieran en recibirla? Marisela les sería muy útil, y ellas, en cambio, le harían un gran favor. Acabarían de educarla, completarían la obra emprendida por mí, con esos toques que a un alma de mujer sólo manos de mujer pueden darle: esa ternura que le falta, ese fondo del corazón hasta donde yo no he podido llegar. En cuanto a Lorenzo, claro está que no voy a exigirle a mis tías que lo reciban también. Se quedará aquí, conmigo. Ya que me lo he echado encima, con él tengo que cargar hasta el fin. Que no estará muy distante, por lo demás. Por eso, también, hay que ir buscándole soluciones al problema de Marisela. Vivo Lorenzo, aunque sea metido dentro de ese cuarto de donde ya no quiere salir ni para sentarse a la mesa, la convivencia de Marisela conmigo está justificada; pero muerto el padre, las cosas cambiarían de aspecto. Además, Marisela será para mí una impedimenta que no me dejará disponer de mi vida libremente. Si resuelvo, por ejemplo, regresarme a Caracas o irme a Europa, como antes lo pensaba y ya vuelve a ocurrírseme, por momentos, ¿qué hago con Marisela? Abandonarla así como así, no sería humano. Hasta cierto punto, yo he contraído un deber moral al emprender la obra de su educación, he cambiado el destino de un alma. Ella era la presa que ya míster Danger había elegido y por ese camino iba a seguir los pasos de la madre. ¿Voy a decirle ahora: revuélvete, sigue por donde ibas?

Enciende un cigarrillo. Grato es pensar mirando desvanecerse el humo en el aire, sobretodo cuando los pensamientos se van desvaneciendo a medida que son formulados.

—¡Nada! La única solución es que las tías consientan en recibir a Marisela. Pero antes hay que preparar el terreno, personalmente, porque escribirles sería tiempo perdido. Ya me imagino la exclamación al terminar la carta: "¡Una hija de La Dañera en casa!". Explicarles el caso y persuadirlas de que pueden recibirla sin escrúpulos de conciencia ni temor de maleficios.

Tira el cigarrillo, que ha dado, de pronto, un humo amargo y con movimientos de atención ausente de ellos se pone a arreglar los papeles de modo que no sobresalgan el uno del otro, mientras se dice, ya no mentalmente, sino con palabras emitidas:

—Pero para ir a San Fernando es necesario esperar a que termine la vaquería. Por ahora no puedo moverme de aquí. Entretanto, si a la casita de El Bruscal se le pudieran hacer reparaciones, allí podría vivir Lorenzo con su hija.

—¡Antonio!

—Antonio no está por aquí —responde por allá Marisela.

Y —¡cosa extraña!— el problema ha desaparecido de pronto, o, por lo menos, la necesidad apremiante de resolverlo en seguida. ¿Acaso, con lo que había descubierto la noche anterior, al sacar a Marisela a bailar habían cambiado, realmente las cosas? ¿La ingenuidad misma de aquella tácita confesión de amor que ella hiciera al decirle "¡antipático!" no le daba al amor de Marisela un carácter especial, cierta diafanidad de sentimientos infantiles, ante los cuales resultaban desproporcionados sus escrúpulos?

Quizá, también, la clara voz que le había respondido por allá dentro hízole pensar, involuntariamente, en días venideros de casa sola y silenciosa.

Esto o aquello, o ambas a la vez, lo cierto fue que Santos Luzardo concluyó así sus reflexiones:

—¡Hombre! Bien está que me ocupe en buscarle una solución al problema, pero no con tanta prisa. Un poco más y resulto tan timorato como mis tías. ¿Qué inconveniente hay en que Marisela viva bajo el mismo techo que yo, próxima y lejana, como hasta ahora ha vivido? Hasta cierto punto esto le añadiría un encanto mayor a la vida: un amor que no exija sino la mutua conciencia de que existe, que no cambie las cosas ni él tampoco pueda ser modificado por ellas. Algo suficiente por sí solo, que no necesite convertirse ni en palabras ni en obras. Algo así como la moneda de oro del avaro, que es quizá el más idealista de los hombres. La riqueza toda sueños, la seguridad de que nunca se comprará con ella una desilusión.

Pero en la realidad, cuando no se tiene el alma sencilla, como la de Marisela, o demasiado complicada, como no la tenía Santos Luzardo, las soluciones deben ser siempre positivas. De lo contrario, acontece como le acontecía a él, que perdió el dominio de sus sentimientos y se convirtió en juguete de impulsos contradictorios.

¿Próxima y lejana Marisela? Cada vez más próxima, hasta el punto de que ya no había manera de estar dentro de aquella casa sin sentir su presencia. ¿Está en la cocina, preparándole la comida como a él le agrada? Pero desde aquí se le oye la voz o la risa o la copla. ¿Se ha quedado en silencio la casa y la mirada se fija en un sitio cualquiera? Es casi seguro que por allí cerca está una flor, que ella ha puesto. Vas a sentarte y tienes que quitar el libro o la labor que dejó en la silla. Buscas algo y apenas mueves el brazo, allí mismo lo encuentras, porque todo está en su sitio y al alcance de tu mano. Entras y ya puedes contar con que en la puerta te la tropezarás, porque en ese momento sale. Vas a salir y tienes que hacerte a un lado o te lleva por delante en su carrera. ¿Quieres reposar la siesta? Ni el vuelo de las moscas te molestará, porque es tal la guerra que les ha declarado Marisela que ya no se atreven a meterse en la casa, y mientras tú duermas, ella andará de puntillas y se morderá la lengua para que no se le escape la copla. Eso sí; apenas ya no tengas necesidad de silencio, romperá a cantar, como las propias paraulatas llaneras, que parece que tuvieran de plata la garganta, y todo lo que vaya haciendo se lo dirá a sí misma, en alta voz, y tú no necesitarás verla para saber en qué se ocupa.

—Ahora me pongo a remendar. Ahora barro la sala. Ahora riego las matas, y ahora, a estudiar mis lecciones.

Mas, por esto mismo, era conveniente poner distancias por medio, y olvidando aquel proyecto de llevar a Marisela a la casa de sus tías, Santos plantea un día en la mesa esta conversación:

—Bien, Lorenzo. Ya Marisela ha adquirido los rudimentos necesarios para comenzar a recibir una verdadera educación y es conveniente ponerla en un colegio. En Caracas hay buenos colegios de señoritas, y creo que debemos mandarla cuanto antes.

—¿Con qué voy a pagarle la pensión? —pregunta Lorenzo.

—Eso corre de mi cuenta. Lo que te pido es tu autorización para proceder.

—Haz lo que te parezca.

Entretanto Marisela se mordía los labios y ya iba a levantarse de la mesa enojada, cuando le vino "su idea". Siguió comiendo tranquila, y Santos creyó que también aceptaba su proyecto.

Pero al regresar a su casa, aquella misma tarde encontró sobre la puerta un trozo de papel donde Marisela había puesto:

"Colegio de Señoritas. El mejor de la república."

Celebró la ocurrencia quitó el papel y no volvió a hablar más de aquello.

Solos en la mesa. Cierto que era más grata, así, sin la repugnante presencia de Lorenzo Barquero. Ella le servía el plato, le estimulaba el apetito, diciéndole:

—¡Esto está rico!

Le vertía el agua en el vaso, sin darle tiempo a que él lo hiciera, y entretanto, charlaba, charlaba, charlaba sin tregua.

Agradable la voz, delicioso el reír, pintoresca la conversación, graciosos los gestos y ademanes, ¡y una animación y un chisporroteo de luz en los ojos!

—¡Chica, ya me tienes mareado!

—Pero hable usted también, hombre de Dios.

—¿Al mismo tiempo que tú? Verdaderamente, tendré que resignarme a hacerlo así.

—¡Exagerado! Esta mañana, en el almuerzo, fue usted solo quien habló.

—Pero como si tal cosa, porque tú en otras muy distintas estabas pensando. Te pondría en un apuro si te preguntara qué te dije.

—¡Miren qué gracia! ¿A que usted puede repetir lo que yo he dicho ahora?

—También es cierto. Pero no porque no te haya prestado atención, sino porque es imposible seguir el hilo de tu discurso. Saltas de un tema a otro con una rapidez vertiginosa.

—¿Entonces, todo lo que uno hable deben ser discursos?

—Verdaderamente resultaría fastidioso. Como lo estuve yo esta mañana.

—No he querido decirle eso, sino que cada uno tiene su manera de pensar y así como piensa, habla. Usted puede estar hablando dos horas seguidas, como un aguacerito blanco.

—Gracias por el símil. No me has dicho fastidioso.

—No es eso, señor. Quise decir: sin que hable de la misma cosa y al mismo tiempo sin que se vea que va cambiando el asunto. Mi manera es otra.

—Sí. Tu conversación podría compararse a una serie de chaparrones uno tras otro. Pero, aguaceros con sol. Para devolverte la metáfora con una galantería.

—¿El diablo y su mujer peleando? Pero nosotros no peleamos.

¡Ay! ¿Qué he dicho?

Se sonroja y suelta la risa.

—Claro está —dícele Santos, mientras la contempla sonriente—. Como que ni yo soy el diablo...

Pero ella no lo deja concluir:

—¿Sabe?

—¿Qué?

—Ya se me olvidó lo que iba a contarle.

Y como Santos sigue contemplándola , exclama:

—¡Ah, sí! —pero en seguida vuelve a hacer el gesto de olvido, que era pura ficción, recurso de disimulo.

Santos la imita, exclamando:

—¡Ah! No.

¡Qué linda se estaba poniendo! ¡Todos los días más! No obstante, él se engolfa, de pronto, en uno de aquellos discursos deliberadamente fundados sobre temas áridos o abstrusos que tenían por objeto aburrirla o interesarla intelectualmente, remedios heroicos, ambos, contra el amor.

Pero ella ni se aburría ni tampoco podía interesarse de aquella manera.

Mientras él hablaba no le quitaba la vista; mas, entretanto, iba pensando todo lo que se le viniera a la mente.

A lo mejor, interrumpió:

—¿Sabe? La venadita que me regaló no era ninguna bendita: va a tener venaditos.

Santos responde cualquier cosa y sigue comiendo en silencio; mas, de pronto, suelta la risa. Ella no se explica aquella hilaridad y se lo queda mirando extrañada. Al fin cae en malicia y las mejillas se le enrojecen, mientras, por disimular, busca de prisa algo que obligue a pensar en otra cosa; pero lo que se le viene a la boca, de golpe también, es la risa y ya no hay manera de que Santos logre cambiar la situación, pues, en cuanto comienza a decir algo, ella suelta la carcajada y él concluye imitándola.

Pero el reír malicioso de Marisela era algo tan diáfano como lo había sido la frase inocente, tan ajeno a la moral como el pecado de la venadita.

Era la naturaleza misma, sin bien ni mal; pero así no podía tomarla el hombre de la ciudad.

Por una parte, las reflexiones que otro cualquiera, dotado de un mediano buen juicio, se habría hecho: Marisela, fruto de una unión inmoral y acaso heredera de las funestas condiciones paternas y maternas, no podía ser la mujer en quien pusiera su amor un hombre sensato; y, por otra parte, las reflexiones que tenía que hacerse un Santos Luzardo. Sencilla como la naturaleza, pero, a ratos, inquietante, también, como las monstruosidades de la naturaleza, Marisela parecía tener selladas en el corazón las fuentes de la ternura. Alegre, jovial y expansiva, sin embargo, en sus relaciones con el padre, nunca le había visto un movimiento de amor filial.

Generalmente, mostrábase indiferente a los sufrimientos paternos, o cuando más, al pasar junto a Lorenzo, le dirigía una frase juguetona, aniñando la voz, pero sin que las palabras dejaran traslucir verdadera ternura.

—Esta muchacha no tiene corazón —decíase a menudo Santos—. No tendrá todavía la crueldad sombría de la madre, pero tiene la crueldad retozona del cachorro y de esto a aquello, con un poco que intervengan las circunstancias, no hay sino un paso. Tal vez por falta de la educación conveniente, por falta de esos toques a la sensibilidad dormida que sólo manos de mujer pueden darle.

Pero Santos Luzardo se veía obligado a confesarse que estas reflexiones pesimistas le producían un disgusto especial. Las hallaba demasiado severas, crueles, de crueldad consigo mismo. En cambio, postergando al razonador, le era grato poner, de cuando en cuando, un poco poeta el corazón y repetir aquello de la moneda de oro del avaro.

XII
COPLAS Y PASAJES

Pero con todo esto las soluciones imaginarias no habían hecho sino complicar el problema, pues ya para Santos Luzardo la vida se había vuelto insoportable dentro de aquella casa.

Afortunadamente, fuera de ella todavía había mucho que hacer. Concluida la recolecta de la hacienda, comenzó la hierra. Con el alba empezaba la algarabía del desmostrencaje, o sea, la separación, en dos corrales contiguos, de las vacas y los becerros.

Mugían aquéllas y lanzaban éstos balidos lastimeros, cual si presintiesen la tortura. Ya estaba candente el hierro que manejaría Pajarote. Con una copla lo anunciaban y los peones procedían a barrear los mautes. Los tumbaban en el suelo, les cortaban en las orejas las señales del hato y les pisaban las cabezas para inmovilizarlos, mientras Pajarote les aplicaba el hierro candente, dedicándoles coplas de acuerdo con sus pelos y señales: el comedero habitual, la madrina a que pertenecían, el levante donde cayeron. La historia de cada res, que el llanero conoce como la propia.

Y a cada pasada de hierro trazaba una marca, a punta de cuchillo, en un trozo de cuero donde se llevaba la cuenta, porque todo en Altamira se hacía todavía como en los remotos tiempos de don Evaristo, El Cunavichero.

Haciéndose esta reflexión, Santos Luzardo se dijo que ya era hora de empezar a poner en práctica los animosos proyectos de reformas del civilizador de la llanura, aplazados todavía.

Concluida la hierra, que duró varios días consecutivos, Antonio le dijo, mostrándole las tarjas del herrador:

—La cosa ha resultado mucho mejor de lo que esperábamos. Tres mil becerros y más de seiscientos cachilapos. Ahora se puede proceder a lo de las queseras.

Apenas fue clavar nos cuantos horcones en la costa del caño Bramador, echarles encima un techo de paja sabanera, fabricar, con un cuero de res, el bote donde se cuajaría la leche y con hojas de palma tejida los cinchos donde se prensaría el queso, reforzar los paloapiques de unos corrales abandonados, meter en ellos unas cuantas vacas mansas y otras todavía bravas, recogidas en el rodeo de Mata Oscura, y dejar todo aquello al cuidado del viejo Remigio, queso guariqueño que, a la casualidad, había llegado por allí buscando trabajo, acompañado de su nieto el becerrero Jesusito.

Cuando Santos vio que la obra se reducía a lo rudimentario de aquella "casa en piernas" aislada en medio de un extenso banco de sabanas, en el mismo sitio donde hacía más de veinte años había existido otra construcción idéntica, destinada al mismo uso, y se dio cuenta de que en la quesera actual todo iba a hacerse, como en la antigua, mediante los rutinarios procedimientos de una industria primitiva, se avergonzó de sí mismo. ¿Sería, acaso, así como Altamira se convertiría en un fundo moderno —palabras suyas cuando decidió dedicarse al hato— dotado de todos los adelantos de la industria pecuaria en los países civilizados?

—Así es como se trabaja de queseras por aquí —replicó Antonio—. Con lo que da el mismo Llano: palos de caramacate o macanillas, hojas de palma, cueros de res.

—Y rutina de siglos —agregó Santos—. Milagro que todavía exista el ganado, que fue innovación introducida por los colonizadores españoles. Duro es decirlo, pero el llanero no ha hecho nada por mejorar la industria. Su ideal es convertir en oro todo el dinero que le caiga en las manos, meterlo en una múcura y esconderlo bajo tierra. Así hicieron mis antepasados y así haré yo también, porque esta tierra es un mollejón que le embota el filo a la voluntad más templada. Con esto de la quesera, y así pasa con todo, otra vez empezaremos por donde mismo estábamos hace veinte años.

Entretanto, la cría degenera por falta de cruzamientos y por excesos de plagas que la diezman. Todavía se pretende curar el gusano con oraciones, y como los brujos abundan y hasta los inteligentes terminan creyendo en ellos, no se procuran remedios.

—Todo eso debe de ser como usted lo dice, doctor —repuso Antonio—. Pero póngase a cruzar ganados, ya que mienta lo del cruzamiento, que desde chiquito estoy oyendo decir que se necesita. ¿Para que se lo coman los revolucionarios? Déjelo criollo purito, doctor, porque entonces, como la carne será más sabrosa, habrá más revoluciones. Y otras cosas que no son la guerra: pero que se le parecen mucho, verbigracia las autoridades, que todo se lo quieren coger.

—Sofismas —replicó Santos—. Justificaciones de la indolencia del indio que llevamos en la sangre. Por todo eso, precisamente, es necesario civilizar la llanura; acabar con el empírico y con el cacique, ponerle término al cruzarse de brazos ante la naturaleza y el hombre.

—Ya habrá tiempo para todo —concluyó Antonio—. Por ahora, así como está, la quesera dará sus resultados. Sólo con que se amanse el ganado ya vamos ganando bastante. El todo es que logremos empadronarla ligero.

Muy práctico en fundaciones de este género era el guariqueño Remigio, pero empadronar una quesera con ganado tan salvaje como el de Altamira era empresa muy ardua.

—Maravilla, Maravilla, Maravilla.

—Punto Negro, Punto Negro, Punto Negro.

Y así todo el día, manoseando las vacas bravas pegadas a los botalones y sin apearles los nombres recién puestos, para que se fueran acostumbrando a ellos.

Y en los corrales y en el pastoreo, cada vez que él o Jesusito pasaban cerca de alguna:

—Botón de Oro, Botón de Oro, Botón de Oro.

Algunas comenzaban a aprenderlos y se les adivinaba en la mansedumbre de los ojos mientras los escuchaban; pero la mayor parte del rebaño tenía todavía en las pupilas inyectadas la bravura intacta.

Y mientras allá en la quesera comenzaba así la civilización de la barbarie del ganado, en las cimarroneras no descansaban los lazos.

Al choque de los vaqueros retemblaba el mastrantal bajo el tropel de los rebaños sorprendidos; pero a veces la rochela se encrespaba, se revolvía contra las bestias y a pesar de la destreza de los jinetes, muchas perecían en los encontronazos o caían fulminadas por el dolor del formidable envión del orejano.

También fueron muchos los toros que murieron calambreados por el furor, al sentirse dominados por el hombre, o sucumbieron a la tristeza de la mutilación, echados dentro de la espesura de las matas, esperando la muerte por hambre y sed y lanzando de rato en rato mugidos sordos, al pensar en el perdido señorío del rebaño salvaje y en la vida libre y fiera de la rochela dentro de la montaña inaccesible.

Santos Luzardo compartió con los peones los peligros de aquellos choques, y las intensas emociones lo hicieron olvidarse otra vez de los proyectos civilizadores. Bien estaba la llanura, así, ruda y bravía. Era la barbarie; mas, si para acabar con ésta no bastaba la vida de un hombre, ¿a qué gastar la suya en combatirla?

—Después de todo —se decía— la barbarie tiene sus encantos, es algo hermoso que vale la pena vivirlo, es la plenitud del hombre rebelde a toda limitación.

Es María Nieves agigantándose en la empresa de la esguazada de los grandes ríos donde acecha la muerte. Va a exponerse a la tarascada mortal de los caimanes y sólo lleva un chaparro en la mano y una copla en los labios.

Ya están llenos los corrales del paso del Algarrobo. Se va a tirar al Arauca una punta de ganado y los jinetes ya están colocados a lo largo de la manga para defenderla del empuje del tropel de reses. Ya María Nieves se dispone a conducirla a la otra orilla, a cabestrearla a nado. Es el mejor "hombre de agua" de todo el Apure y nunca se le ve tan contento como cuando la lleva al cuello, en pos de sí los cuernos, apenas de los madrineros que guían la esguazada y por delante, allá lejos, porque ya el río está de monte a monte, la orilla opuesta.

Ya está en el agua sobre su caballo en pelo y conversa a gritos con los canoeros que navegarán al costado de la punta para no dejarla regarse río abajo.

En los corrales se oye la gritería de los peones que arrean el rebaño. Ya los bueyes madrineros vienen, manga abajo, y en pos de ellos el tropel de las reses bisoñas. María Nieves rompe el canto y se arroja al agua, porque el caballo apenas le servirá de apoyo para la mano izquierda, mientras con la derecha bracea, empuñando el chaparro para defenderse del caimán. Detrás de él se arrojan al agua los bueyes madrineros y comienzan a nadar, apenas los cuernos y el hocico a flote.

—¡Apretá! ¡Apretá! —gritan los vaqueros.

Los caballos empujan y las reses van cayendo al río. Braman asustadas, algunas tienden a revolverse, y a otras se las lleva la corriente; pero en la orilla los vaqueros y a lo ancho del río los bogas de las canoas las contienen y las enfilan.

Un caramero de cuerno señala el rumbo sesgado de la esguazada. Adelante va la cabeza de María Nieves junto a la de su caballo. Se oye su canto en medio del ancho río, en cuyas turbias aguas acechan el caimán traicionero y el temblador y la raya y el cardumen devorador de los zamuritos y de los caribes.

Al fin la punta gana la ribera opuesta, a centenares de metros. Una a una van saliendo del agua las reses, lanzando mugidoa lastimeros, y así están largo rato agrupadas en la playa, mientras el cabestrero, vuelve a echarse al río a pasar otro lote.

Ya los corrales del paso se han vaciado por la manga, y en la margen opuesta del Arauca, en una playa árida y triste, bajo un cielo de pizarra, se eleva el cabildeo plañidero de centenares de reses que serán conducidas camino de Caracas, a través de leguas y leguas de sabanas anegadas, paso a paso, al son de las tonadas de los encaminadores.

> Ajila, ajila, novillo,
> por la huella el "cabestero"
> para contarte los pasos
> del corral al matadero.

Mientras, otras tantas, por distinto rumbo, han sido despachadas hacia la Cordillera, como en los buenos tiempos de los viejos Luzardos, cuando Altamira era el hato más rico del cajón del Arauca.

Es la vida hermosa y fuerte de los grandes ríos y las sabanas inmensas, por donde el hombre va siempre cantando entre el peligro. Es la epopeya misma. El Llano bárbaro, bajo su aspecto más imponente; el invierno que exige más paciencia y más audacia, la inundación que centuplica los riegos y hace sentir en el pedazo de tierra enjuta la enormidad del desierto; pero también la enormidad del hombre y lo bien acompañado que se halla, cuando no pudiendo esperar nada de nadie, está resuelto a afrontarlo todo.

¡Llueve, llueve, llueve!... Hace días no sucede otra cosa. Ya los llaneros que estaban fuera de sus casas han regresado a ellas, porque los caños y los ríos se desbordarán por las sabanas y pronto no habrá caminos transitables. ¡Ni necesidad de recorrerlos! Ya es tiempo de "mascada, tapara y chinchorro", y con estas tres cosas bajo el techo de palma, el llanero se siente feliz, mientras afuera se van desgajando las nubes en un llover obstinado y copioso.

Con las primeras lluvias comenzó el retorno de las garzas. Aparecieron por el sur —hacia donde emigran durante el verano, sin que nadie sepa hasta dónde van— y todavía estaban llegando las innumerables bandadas.

Fatigadas por el largo vuelo, se detenían, balanceándose sobre las ramas flexibles del monte del garcero, o llegaban sedientas, hasta el borde de la ciénega, y el monte y el agua iban cubriéndose de blancura.

Parecía haber reconocimientos y cambios de impresiones de viaje. Las de este bando miraban a las del otro, que habían emigrado a distintas regiones, alargaban los cuellos, batían las alas, lanzaban ásperos graznidos y luego quedábanse quietas observándose mutuamente, redondas e inmóviles las ágatas de las pupilas. A veces había riña por una rama del dormitorio, por un resto de nido de la estación anterior; pero después se iban acomodando todas en los mismos sitios que siempre habían ocupado.

Los patos salvajes, las corocoras, las chusmitas, las cotúas, los gavanes y los gallitos azules, que no habían emigrado, acudían a saludar a las viajeras, y eran también bandadas innumerables que iban llegando desde los cuatro puntos del cielo. También habían regresado los chicuacos y contaban sus impresiones de viaje.

Ya el estero está lleno, porque el invierno se ha metido con fuerza. Un día asoma a flor de agua la trompa negra de una baba. Ya aparecerán también los caimanes, pues los caños se están llenando de prisa y en la llanura por todas partes se va a todas partes. Los caimanes también vienen desde lejos, del Orinoco muchos de ellos, pero nada cuentan, porque todo el día se lo pasan durmiendo o haciéndose los dormidos. Y mejor es que se estén callados. No podrían contar sino crímenes.

Comienza la muda. El garcero es un monte nevado, al amanecer. Sobre los árboles, en los nidos colgados de ellos y en torno al remanso, la blancura de las garzas a millares, y por dondequiera, en las ramas de los dormitorios, en los borales que flotan sobre el agua fangosa de la ciénaga, la escarcha de la pluma soltada durante la noche.

Con el alba comienza la recolecta. Los recogedores salen en cunaras, pero terminan echándose al agua y con ella a la cintura, entre babas y caimanes, rayas, tembladores y caribes, desafían la muerte gritando o cantando, porque el llanero nunca trabaja en silencio. Si no grita, canta.

¡Llueve, llueve, llueve! Y se desbordan los caños y se inundan los esteros y empiezan a caer los hombres, fulminados por la "calentura", tiritando de frío, castañeando los dientes, y se ponen pálidos y se van volviendo verdes, y empiezan a nacerle cruces al cementerio de Altamira, que es apenas un pequeño rectángulo cercado de alambre de púas, en medio de la sabana, porque al llanero, hasta después de muerto, le basta con estar en medio de su sabana.

Pero, al fin, comienzan a cabecear los ríos y a escurrirse los rebalses ribereños, y los caimanes empiezan a abandonar los caños, hacia el Arauca, hacia el Orinoco los que de allá vinieron a hartarse con reses altamireñas y se van alejando las fiebres, y otra vez el cuatro y las maracas, el corrido y el pasaje, el alma recia y risueña cantando en coplas sus amores, sus trabajos y sus bellaquerías.

—¿Que de dónde le viene al llanero su fuerza, así tan jipato como es, para resistir todo un día sobre el caballo, detrás del ganado o con el agua a la cintura, y su alegría para ponerle buena cara al mal tiempo? Ya se lo voy a explicar, doctor —dícele Antonio Sandoval—. De la moraleja de este pasaje que le voy a echar. Un día se presentó por aquí, buscando trabajo, uno de por los lados del Cunaviche. Se ofrecía como cimarronero, nada menos, y venía muy mal montado; el matalón no podía con su alma y el apero era una tereca. Me lo quedé mirando y le dije: "—Bueno, amigo, bestia le ofrezco: uno de esos mostrencos que andan alzados por la sabana. Póngale un veladero al que más le guste y aluego lo amansa para su silla; pero de aperarlo se encarga usted".

"—Yo tengo apero —me contestó el hombre, poniéndole la mano encima a su tereca—. Me falta el arricés, el guardabastos se me perdió, el fuste me lo robaron y la coraza no sé qué se me hizo; pero me queda el sufridor."

Y Antonio concluyó sentencioso:

—Así me contestó el hombre, que es nada menos que Pajarote. Lo que le quedaba era el sufridor, y él decía que tenía apero. Conque, aplique el cuento. El sufridor, es decir: la voluntad de pasar trabajos. De ahí le viene al llanero su fuerza.

En efecto, así los vio vivir Santos Luzardo, al veguero triste y bruto junto al palmo de tierra de su conuco y al pastor alegre y fanfarrón en medio de su sabana inmensa, luchando con la naturaleza, compartiendo el tasajo de carne y el trozo de yuca de su sobriedad, que sólo se regala con la taza de café y la mascada de tabaco, conformándose con el chinchorro y la cobija —¡eso sí!, siempre que fuera fino el caballo y bonito el apero—, punteando la bandurria, rasgueando el cuatro, cantando hasta desgañitarse, por las noches, después de las rudas faenas de levantes y carreras, y destornillándose en el joropo hasta el amanecer, en las casas donde hubiese muchachas cuyos atractivos merecieran la maliciosa copla que dice:

Del toro la vuelta el cacho,
del caballo la carrera,
de las muchachas bonitas
la cincha y la gurupera.

Y vio que el hombre de la llanura era, ante la vida, indómito y sufridor, indolente e infatigable; en lucha, impulsivo y astuto; ante el superior, indisciplinado y leal; con el amigo, receloso y abnegado; con la mujer, voluptuoso y áspero; consigo mismo, sensual y sobrio. En sus conversaciones, malicioso e ingenuo, incrédulo y supersticioso; en todo caso alegre y melancólico, positivista y fantaseador. Humilde a pie y soberbio a caballo. Todo a la vez y sin estorbarse, como están los defectos y las virtudes en las almas nuevas.

Algo de esto lo dejaban traslucir las coplas donde el cantador llanero vierte la alegría jactanciosa del andaluz, el fatalismo sonriente del negro sumiso y la rebeldía melancólica del indio, todos los rasgos peculiares de las almas que han contribuido a formar la suya, y lo que no estuviese claro en las coplas y Santos Luzardo lo hubiere olvidado, se lo enseñaron los pasajes que les fue oyendo contar mientras compartía con ellos los duros trabajos y los bulliciosos reposos.

Y de todo esto y por todas las potencias de su alma, abierta a la fuerza, a la belleza y al dolor de la llanura, le encontró el deseo de amarla tal como era, bárbara pero hermosa, y de entregarse y dejarse moldear por ella, abandonado aquella perenne actitud vigilante contra la adaptación a la vida simple y ruda del pastoreo.

Cierto es que en el Llano no se doma un potro ni se enlaza un toro impunemente; quien lo haya llevado a cabo pertenece, desde luego, a la llanura. Además, ésta no hacía sino recuperarlo. Ya lo había dicho Antonio Sandoval: "¡Llanero es llanero, hasta la quinta generación!". Pero había también algo más, algo sobre lo cual no se reflexionaba; pero que estaba allí, en el fondo del alma, transformando los sentimientos del hombre de la ciudad, derribando los obstáculos: ¡Marisela, canto del arpa llanera, la del alma ingenua y traviesa, silvestre como la flor del paraguatán, que embalsama el aire de la mata y perfuma la miel de las aricas!

XIII
LA DAÑERA Y SU SOMBRA

Cerca de la anochecida, al dirigirse a la cocina para prepararle la comida a Santos, ya al entrar, Marisela oyó que la india Eufrasia le decía a Casilda: —¿Para qué iba a ser, pues, ese empeño de Juan Primito en que el doctor se dejara medir? ¿A quién puede interesarle esa medida, si no es a doña Bárbara, que es voz corriente que se ha enamorado ya del doctor?

—¿Y tú crees en eso de la medida, mujer? —replicó Casilda.

—¿Que si creo? ¿Acaso no he visto pruebas? Mujer que se amarre en la cintura la medida de un hombre, hace con él lo que quiera. A Dominguito, el de Chicuacal, lo amarró la india Justina y lo puso nefato. En una cabuya le cogió la estatura y se le amarró a la pretina. ¡Y se acabó Dominguito!

—¡Mujer! —exclamó Casilda—. Y si tú crees eso ¿cómo no le dijiste al doctor que no se dejara medir por Juan Primito?

—Sí, lo pensé, pero como el doctor no cree en esas cosas y estaba tan divertido con los disparates del bobo, no me atreví. Mi idea era quitarle a Juan Primito la cauya; pero me echó tierra en los ojos, como dicen, y cuando fui a buscarlo; ¡ni el polvo! Lejos debe ir ya, aunque eso fue ahorita. Porque cuando él dice a caminar, no hay quien lo siga.

Aquello era de lo más burdo y primitivo que en materia de superstición pudiera darse; pero Marisela se estremeció al oírlo. A pesar del empeño que había tomado Santos en combatirle la creencia en supercherías, y aunque ella misma aseguraba que ya no les prestaba crédito, la superstición estaba asentada en el fondo de su alma. Por otra parte, las palabras de las cocineras, oídas conteniendo el aliento y con el corazón por salírsele del pecho, habían convertido en certidumbre las horribles sospechas que ya le habían cruzado por la mente: su madre, enamorada del hombre a quien ella amaba.

Ahogó la exclamación de horror que iba a escapársele, tapándose la boca con la mano trémula, y se le olvidó el propósito que la había llevado a la cocina. Atravesó el patio en dirección a la casa, se revolvió, una y otra vez anduvo y desanduvo el trayecto, cual si las horribles ideas, repudiadas de la conciencia, se convirtieran todas en movimientos automáticos.

En esto vio llegar a Pajarote. Le salió al encuentro preguntándole:

—¿No ha visto por el camino a Juan Primito?

—Me crucé con él mas allá del alcornocal. Ya debe de estar llegando a El Miedo, porque iba como alma que lleva el diablo.

Pensó un instante y en seguida dijo:

—Necesito ir ahora mismo a El Miedo. ¿Quiere acompañarme?

—¿Y el doctor? —objetó Pajarote—. ¿No está aquí?

—Sí. En la casa está. Pero él no debe saberlo. Me iré escondida. Ensílleme la Catira, sin que nadie se dé cuenta.

—Pero, niña Marisela —objetó Pajarote.

—No. Es inútil, Pajarote. No pierda su tiempo tratando de hacerme desistir. Es necesario que yo vaya a El Miedo ahora mismo. Si usted no se atreve a acompañarme...

—No me diga más nada. Ya voy a estar ensillando la Catira. Espéreme detrás del topochal y así no la verán salir.

Algo mucho más grave se imaginó Pajarote, y por eso y porque Marisela había dicho: "si usted no se atreve", se decidió a acompañarla sin más averiguaciones. Todavía no había nacido quien pudiera decir: a esto no se atreve Pajarote.

Al abrigo del topochal se alejaron de las casas sin ser vistos, cuando ya empezaba a cerrar la noche. El deseo de no tener que encararse con la madre le hizo decir a Marisela:

—¿Cree usted que si apuramos alcanzaremos a Juan Primito antes de que llegue?

—Aunque trocemos las bestias no lo alcanzaremos —respondió Pajarote—. Con la ventaja que nos lleva y el tamaño de las zancadas, si no ha llegao todavía, será muy poco lo que le falte.

En efecto, en aquel momento llegaba Juan Primito a El Miedo. Encontró a doña Bárbara sentada a la mesa. Estaba sola, pues hacía varios días que Balbino Paiba, temeroso de provocar con su presencia la ruptura ya inminente, no se dejaba ver por allí.

—Aquí tiene lo que me encargó —dijo Juan Primito, sacándose de la faltriquera el ovillo de cordel y poniéndolo en la mesa—. Ni le falta ni le sobra un pelito.

En seguida refirió las mañas que tuvo que darse para tomarle la medida a Luzardo.

—Bien —díjole doña Bárbara—. Puedes retirarte. Pide en la pulpería lo que quieras.

Y se quedó pensativa, contemplando aquel pedazo de cordel pringoso, que tenía algo de Santos Luzardo y que debía traerlo a caer entre sus brazos, según una de las convicciones más profundamente arraigadas en su espíritu. Ya los apetitos se habían convertido en pasión, y puesto que el hombre deseado que debía de ir a entregársele "con sus pasos contados" no los encaminaba hacia ella, de la tiniebla del alma supersticiosa y bruja había surgido la torva resolución de apoderarse de él por artes de ensalmadora.

Entretanto, ya Marisela se acercaba a la casa. Rompiendo, por fin, el caviloso silencio en que hizo el trayecto, díjole a Pajarote:

—Necesito hablar con... mi madre. Llegaré sola hasta la casa. Usted se queda un poco más acá, de modo que si me veo en un apuro... oiga cuando le grite.

—Si así lo dispone usted, así será —respondió el peón, complacido en el coraje de la muchacha—. Y no tenga cuidado, que no tendrá que gritarme dos veces.

Se detuvieron al abrigo de unos árboles. Marisela bajó del caballo y avanzó resuelta, al hilo del paloapique de la majada.

Un instante, apenas, le flaqueó la voluntad al atravesar el corredor de aquella casa que por primera vez visitaba. El corazón parecia habérsele paralizado y las piernas le vacilaban. Estuvo a punto de que se le escapara el grito convenido con Pajarote; pero ya estaba en el umbral de aquella pieza, sala y comedor a la vez.

Doña Bárbara, acababa de levantarse de la mesa y había pasado a la habitación contigua.

Repuesta de su turbación, Marisela adelantó la cabeza. Dio un paso y otro y otro sigilosamente y mirando en derredor. El golpe del corazón le retumbaba dentro del cráneo; pero ya no tenía miedo.

En la habitación de los conjuros, ante la repisa de las imágenes piadosas y de los groseros amuletos, donde ardía una vela acabada de encender, doña Bárbara, de pie y mirando el guaral que medía la estatura de Luzardo, musitaba la oración del ensalmamiento:

—Con dos te miro, con tres te ato: con el Padre, con el Hijo y con el Espíritu Santo. ¡Hombre! Que yo te vea más humilde ante mí que Cristo ante Pilatos.

Y deshaciendo el ovillo, se disponía a ceñir el cordel a la cintura, cuando de pronto se lo arrebataron de las manos.

Se volvió bruscamente y se quedó paralizada por la sorpresa.

Era la primera vez que se encontraban frente a frente madre e hija, desde que Lorenzo Barquero fue obligado a abandonar aquella casa. Ya sabía doña Bárbara que Marisela era otra persona desde que estaba en Altamira; pero a la sorpresa de la aparición intempestiva se añadió la que le produjo la hermosura de la hija, y esto no le permitió precipitarse sobre ella a recuperar el cordel.

Ya iba a hacerlo, pasado el momentáneo desconcierto, cuando Marisela volvió a detenerla, exclamando:

—¡Bruja!

Tal como dos masas que chocan, saltan en el encontronazo y caen luego desmoronadas, confundiendo sus fragmentos, así sucedió en el corazón de doña Bárbara cuando en los labios de la hija estalló el epíteto infamante, que nadie fuera osado a pronunciar en su presencia. El hábito del mal y el ansia del bien, lo que ella era y lo que anhelaba ser para que pudiese amarla Santos Luzardo, chocaron, se encresparon y se confundieron, deshechos, en una masa informe de sentimientos elementales.

Entretanto, Marisela se había precipitado a la repisa y echado al suelo, de una sola manotada, toda la horrible mezcla que allí campaba: imágenes piadosas, fetiches y amuletos de los indios, la lamparilla que ardía ante la estampa del Gran Poder de Dios y la vela de la alumbradora, mientras con una voz ronca, de indignación y de llanto contenido, rugía:

—¡Bruja! ¡Bruja!

Enfurecida, rugiente, doña Bárbara se le arrojó encima, le sujetó los brazos y trató de arrebatarle la cuerda.

La muchacha se defendió, debatiéndose bajo la presión de aquellas manos hombrunas, que ya le desgarraban la blusa, desnudándole el pecho virginal, para apoderarse de la cuerda que había ocultado en el regazo, cuando una voz reposada y enérgica, ordenó:

—¡Déjela!

Era Santos Luzardo, que acababa de aparecer en el umbral de la puerta.

Obedeció doña Bárbara y con un sobrehumano esfuerzo de disimulación, trató de transformar en afable su faz siniestra; pero en vez de una sonrisa apareció en su rostro una mueca fea y triste, de propósito fallido.

Y fue tan profundo el trastorno de su espíritu que ni aun con "el Socio" pudo entenderse aquella noche.

Ya había recogido del suelo y vuelto a colocar sobre la repisa las imágenes piadosas y los groseros fetiches y amuletos que derribó la manotada de Marisela; otra vez ardía la lamparilla votiva, aunque con un chisporroteo continuo de aceite y agua mezclados en la mecha, y una llama vacilante, sin que dentro del cuarto, herméticamente cerrado, se moviera ni el más leve soplo de aire, y ya por varias veces había formulado el conjuro a que tan obediente se mostrara siempre el demonio familiar; pero éste no acudía a presentársele porque, como en la mecha de la lamparilla, también había inconciliables cosas mezcladas en el pensamiento que lo invocaba.

—¡Calma! —se recomendó mentalmente—. Calma.

Y en seguida la impresión de haber oído una frase que ella no había llegado a pronunciar:

—Las cosas vuelven al lugar de donde salieron.

Eran las palabras que había pensado decirse para apaciguar su excitación; pero "el Socio" se las arrebató de los labios y las pronunció con esa entonación familiar y extraña, a la vez, que tiene la propia voz devuelta por el eco.

Doña Bárbara levantó la mirada y advirtió que en el sitio que hasta allí ocupara su sombra, proyectada en la pared por la luz temblorosa de la lamparilla, estaba ahora la negra silueta de "el Socio". Como de costumbre, no pudo distinguirle el rostro, pero se lo sintió contraído por aquella mueca fea, fea y triste de sonrisa frustrada.

Convencida de haberlas percibido como emanadas de aquel fantasma volvió a formular, ahora interrogativamente, las mismas palabras que, de tranquilizadoras cuando ella las pensó, se habían trocado en cabalísticas al ser pronunciadas por aquél.

—¿Las cosas vuelven al lugar de donde salieron?

Luego, ¿debía desistir de aquellos sentimientos que se trajo de Mata Oscura, sentimientos postizos, que nunca llegarían a ser verdaderamente suyos, y en vez de procurar conquistarse el amor de Santos Luzardo, sólo por artes lícitas de mujer enamorada, apoderarse de su albedrío como se apoderó del de Lorenzo Barquero, o suprimirlo a mano armada, como había hecho con todos los hombres que se atrevieran a oponerse a sus designios?

Pero ¿eran realmente postizas aquellas ansias de vida nueva que se habían precipitado dentro de su corazón, con la misma vehemencia avasalladora con que siempre se le desataron los perversos instintos? ¿No estaba ella, tal cual era, con todo el vigor de su naturaleza, en aquel anhelo de sepultar para siempre a la mujerona siniestra de la mano tinta en sangre, a la bruja como acababa de llamarla Marisela?

Y de las dos porciones del alma desdoblada: de lo que era ella y de lo que anhelaba ser —lo que tal vez habría sido el tajo de El Sapo no troncha la vida de Asdrúbal—, de la región tenebrosa donde se alzaba el espectro viviente de un hombre envilecido por sus hechizos y otro que se iba de bruces dentro de una zanja, con una lanza hundida en la espalda, noche cerrada sin un parpadeo de estrella, y de la que aún recibía el resplandor intermitente de aquella luz de buen amor que brilló un instante en la piragua de los sarrapieros; de las dos porciones irreconciliables, levantáronse las réplicas.

—¿Vuelve, acaso, la culebra a su concha, ni el río a sus cabeceras?

—Vuelve la res a la majada, y el perdido a la encrucijada donde erró el camino.

—¿En el rodeo de Mata Oscura?

—Entre los brazos de los sarrapieros.

Y no se podía decir cuándo interrogaba ella y replicaba "el Socio", porque ella misma no sabía dónde había perdido el camino.

Se buscaba, y sin dejar de hallarse, no se encontraba. Quería oír lo que le aconsejara, "el Socio"; mas apenas comenzaba éste, ella tenía formulada la réplica y las dos frases se encabalgaban y se atropellaban y ambas eran percibidas por sus oídos como ajenas, siendo sentidas como propias, cual si su pensamiento fuera arrastrado, en un flujo y reflujo de mareas tormentosas, de ella al fantasma y de éste a ella.

Era insólita esta conducta del demonio familiar, cuyos consejos y premoniciones siempre los había percibido doña Bárbara claros y distintos, como originados de un pensamiento que no tuviera comunicación inmediata con el suyo, palabras que otro pronunciaba y que ella percibía, ideas que a ella no el habían cruzado por la mente; mientras que ahora sentía que todo lo que decía y lo escuchaba estaba ya en ella, poseía el calor de intimidad de su espíritu, no obstante todo lo cual se le volvía incomprensible, como si perdiera todo lo que de suyo tenía al ser formulado por "el Socio".

—¡Calma! Así no podremos entendernos.

Hundió la frente ardorosa entre las manos ateridas y así permaneció largo rato, en silencio y sin pensamientos.

Chisporroteó con más fuerza la llama de la lamparilla, ya para extinguirse, y a los oídos alucinados de doña Bárbara llegó clara y distinta esta frase:

—Si quieres que él venga a ti, entrega tus obras.

Alzó de nuevo la mirada hacia la sombra que por fin le decía algo que ella no hubiera pensado; pero la lamparilla se había extinguido y todo era sombra en torno suyo.

TERCERA PARTE

I
EL ESPANTO DE LA SABANA

A Melquiades podían tenerlo trabajando todo el año sin paga, siempre que fuera en hacerle daño a alguien; pero en cualquiera otra actividad, por bien recompensada que fuese, se aburría muy pronto. La más inocente de las ocupaciones a que lo destinaba doña Bárbara era la de trasnochar caballos.

Consistía esto en sorprender las yeguadas dormidas al raso de la sabana y perseguirlas durante la noche, y a veces durante días y noches consecutivos, de manera que se encaminasen hacia un corral falso, disimulado al efecto entre el monte. De su condición de brujo y por haber sido él quien introdujo en la región este procedimiento que simplificaba las faenas de la caza de mostrencos, decíase de este oficio, indiferentemente, trasnochar o brujear caballos.

Con este trabajo nocturno, era, además, muy fácil sacar los hatajos del fundo ajeno, sin riesgo de ser descubierto.

Los de Altamira descansaban de la persecución de El Brujeador, desde la llegada de Luzardo, a causa de la tregua que doña Bárbara juzgó conveniente a sus planes de seducción, y ya Melquiades, en vista de lo mucho que se prolongaba esta paz, en la cual se enmohecía, estaba pensando en irse de El Miedo, cuando Balbino le comunicó la orden de ponerse de nuevo en actividad.

—La señora le manda decir que se prepare para que salga a trabajar esta misma noche. Que en la sabana de Rincón Hondo va a encontrar un buen hatajo.

—¿Y ella viene de por esos lados? —preguntó Melquiades, quien nunca recibía de buen grado órdenes que le transmitiera Balbino.

—No. Pero usted sabe que ella no necesita ver las cosas con los ojos para saber donde están.

Era él mismo quien había visto, hacía poco, el hatajo a que se refería; pero dio aquella explicación porque así procedían siempre los mayordomos de doña Bárbara, a fin de que no decayese un momento en el ánimo de los servidores la creencia en sus facultades de bruja.

Mas, en materia de brujería, a Melquiades no podían "irle con cuentos, porque él conocía la historia". No negaba que la señora fuese hábil en algo de todo aquello que le atribuían; pero de ahí a que Balbino lo confundiera con Juan Primito, había alguna distancia. Ni necesitaba tampoco creer en aquellos poderes para servirle fielmente porque él tenía el alma del espaldero genuino, que no es un hombre cualquiera, sino uno muy especial, en quien tienen que encontrarse reunidas dos condiciones que parecen excluirse: inconsciencia absoluta y lealtad a toda prueba. Así le servía a doña Bárbara, no sólo para aquello de brujear caballos, oficio que podía desempeñar otro cualquiera, sino para cosas más graves, y sirviéndose así no lo animaba, propiamente, la idea del lucro, porque la espaldería no es un trabajo, sino una función natural.

Balbino Paiba, en cambio, podría ser todo menos eso, pues no pensaba sino en sacar provecho y era traidor por naturaleza. Otra clase de hombre, por los cuales Melquiades sentía el más profundo desprecio.

—Está bien. Si es orden de la señora nos prepararemos para trabajar esta noche. Y como de aquí a Rincón Hondo hay su buen trecho y la hora es nona, vamos a ensillar de una vez.

Cuando ya se ponía en camino, Balbino le salió al paso diciendole:

—Vea, Melquiades, si puede meterme unos mostrencos en el corral de La Matica. Es para ponerle un peine al doctor Luzardo. Pero no le diga nada a la señora. Quiero darle una sorpresa.

El corral de La Matica era el sitio donde Balbino encerraba las reses o bestias que le robara a doña Bárbara, y a estos hurtos, por ser actos de mayordomo, llamábanlos en El Miedo, mayordomear. Nunca se había atrevido Balbino a hacerle tales proposiciones a Melquiades, y éste le respondió:

—Usted como que se ha equivocado, don Balbino. A mí nunca me ha gustado mayordomear.

Y se alejó por la sabana, a medio casco, como andaba siempre su caballo, acostumbrado a llevar encima la calma trágica de aquel hombre, que nunca se alteraba ni se apresuraba por nada.

Balbino hizo su ademán característico y refunfuñó algo que no pudieron percibir los peones, que habían presenciado la breve escena cambiándose miradas maliciosas.

En Rincón Hondo, en una depresión de la sabana, encontró El

231

Brujeador el hatajo que le indicara el mayordomo. Era muy numeroso y dormía al raso, confiado en el oído vigilante del padrote.

Este lanzó un relincho al sentir la proximidad del hombre, y las yeguas y los potros se enderezaron rápidamente. Melquiades lo espantó de manera que huyese hacia los lados de El Miedo.

Excitadas por el fulgor alucinante con que las lunas llaneras perturban los sentidos, desveladas y perseguidas por el jinete silencioso que les inspiraba terror con su insistencia de sombra, las bestias comenzaron a galopar por la llanura, mientras Melquiades, calada la manta para abrigarse del relente, las seguía al trote sosegado de la suya, seguro de que más delante iban a detenerse, creyéndose libres ya de la persecución.

En efecto, así sucedía. Al principio, cuando les daba alcance, las encontraba ya echadas otra vez; pero a cada uno de estos encuentros iba aumentando el terror de la yeguada, y ya no se atrevían a echarse, sino se detenían, simplemente. Las yeguas y los potros, en un grupo inmóvil detrás del padrote y con los pescuezos estirados y las orejas erectas, todos miraban hacia aquella sombra que venía acercándose despacio, silenciosa, enorme y negra en la proyección contra la claridad del cielo. Y así durante toda la noche.

Ya empezaba a despuntar el día cuando Melquiades logró encaminar el hatajo por un rincón de sabana, en cuyo extremo, disimulada entre las orillas de monte del boquete que parecía ser la salida de la angosta culata, estaba la manga del corral falso. Para que se precipitara por aquella única salida sin recelar el engaño, lo atropelló corriéndolo y gritándolo.

Ya el hatajo había caído dentro de la manga en pos del padrote; pero éste, como advirtiese un trozo de palizada mal disimulado entre el monte, se detuvo de pronto y lanzando un relincho corto, que la yeguada entendió, se revolvió hacia la sabana abierta. Mas ya El Brujeador estaba encima y pudo atravesar la desbandada. Sólo el padrote y dos potrancas lograron escaparse. Melquiades corrió el tranquero y se alejó de allí para que las bestias aprisionadas e inquietas fueran sosegándose.

Cuando ya se marchaba vio al padrote en el extremo opuesto del rincón de sabana, con el cuello erguido, mirándolo, desafiador.

Era el Cabos Negros.

—¡Bonito animal! — exclamó Melquiades, deteniéndose a contemplarlo—. Y buen padrote. Es el hatajo más grande que hasta ahora me he traído de por allá. Vamos a ver si lo puedo coger enamorándolo con sus mismas yeguas, porque como que tiene ganas de venir a buscarlas.

Pero el Cabos Negros no se había detenido sino para que se le grabara en la memoria la imagen del espanto de la sabana, y, en habiéndolo mirado un rato, trémulo de coraje el haz de nervios bajo la piel luciente, rojas las pupilas, dilatados los belfos, volvió grupas y se fue con las potrancas que lo acompañaban.

—Ese vuelve —se dijo Melquiades—. Pero que venga otro de allá a ponerle el veladero. Yo hice ya lo que me correspondía y ahora me toca dormir.

El corral falso estaba en tierras de El Miedo y no muy lejos de las casas. Llegando a ellas, Melquiades se encontró con Balbino, que estaba esperándolo para hacerle olvidar la imprudente proposición de la víspera, antes de que le llevase el cuento a doña Bárbara. Lo recibió con demostraciones de una afabilidad inusitada entre ambos.

Pero Melquiades le respondió con la sequedad habitual de las escasas palabras que se dignaba dirigirle:

—Mande unos peones para que le pongan un lazo al padrote, que logró escaparse, y como que tiene ganas de venir a buscar sus yeguas. Vale la pena tratar de ponerse en él porque es un caballo muy bonito, que a la señora le gustará para su silla.

Más le estaba gustando ya a Balbino para la suya, sin conocerlo todavía. E inmediatamente se encaminó al corral falso a armarle el lazo.

Pero el Cabos Negros ya había encontrado manera de ejercer represalias. A poco andar, todavía en tierras de El Miedo, divisó un hatajo tan numeroso como el que había perdido, que venía paciendo y retozando bajo la tierna luz del amanecer.

Corrió hacia él, anunciándole al padrote, con su trémulo relincho, que iba en son de conquista. Congregó el otro, rápidamente, sus yeguas y potros, que se habían dispersado por el comedero, y plantándose luego a la cabeza de ellos esperó el ataque. Era un rucio mosqueado.

El Cabos Negros cargó impetuoso. Le llevaba las ventajas de la alzada y del coraje duplicado por la rabia del despojo que acababa de sufrir. Se manotearon, y, levantando polvareda, vibraron los relinchos y sonó el martillazo de la dentellada del rucio en el aire; la del Cabos Negros lo había alcanzado en la tabla del pescuezo. Una segunda arremetida, buscando la nuca, y otra encima sin darle tiempo de rehacerse.

Ya el rucio comenzaba a despermancarse en las atropelladas y por fin fue alcanzado donde el otro quería morderlo. Lo sacudió, con furia. Al fin el rucio logró zafarse y emprendió la fuga.

El Cabos Negros lo persiguió un buen trecho y luego se revolvió contra la yeguada, que había presenciado la lucha sin moverse del sitio. Cargó sobre ellas, rodeándolas y mostrándoles los dientes, y así las fue arreando hasta donde había dejado sus potrancas, e incorporadas éstas al nuevo hatajo, rumbeó hacia la querencia de los comederos de Altamira.

El rucio lo fue siguiendo un rato desde lejos; pero al fin se quedó parado en medio de la sabana, hasta que vio disiparse en el horizonte la polvareda que levantaba su perdido hatajo.

Algunas noches después, en su tarea de llevarse todas las yeguadas de Altamira, El Brujeador trasnochó una que le dio mucho quehacer, porque el padrote guiaba por la llanura abierta, evitando la proximidad de las matas, a galopes largos, y además se había metido una niebla espesa, que no permitía ver aun a corta distancia. Cuando empezó a clarear el día, el hatajo se hallaba en el mismo sitio de donde había sido levantado, y Melquiades se dio cuenta de que el padrote era el Cabos Negros, que ya se había "bellaqueado".

Era la primera vez que a El Brujeador lo engañaba un caballo, y como esto le pareciese de mal augurio, fue a referírselo a doña Bárbara.

Ella también lo interpretó así. "Las cosas vuelven al lugar de donde salieron", había dicho "el Socio".

Sin embargo, replicó encolerizada:

—¿Usted también, Melquiades? ¿Que el hatajo se le revolvió sin que se diera cuenta? ¡Cómo se conoce que en Altamira está ahora un hombre que no les teme a los espantos de la sabana!

Estas palabras traslucían la confusión de sentimientos que reinaba en su espíritu. Melquiades las oyó sin alterarse y luego replicó:

—Cuando usted se quiera convencer de que Melquiades Gamarra no le tiene miedo a otro hombre, no tiene sino que decirle: "Tráigamelo, vivo o muerto".

Y le volvió la espalda.

Doña Bárbara se quedó pensativa, como si tratara de hacerle sitio a un nuevo designio dentro de sus tempestuosos sentimientos.

II
LAS TOLVANERAS

No aquellas, retozo del viento en los médanos, que una vez le arrancaron a Santos Luzardo una exclamación ilusionada sino otras, las malas trombas, las que se llevan las esperanzas.

Ya Marisela no es el alma traviesa y risueña de la casa. Cabizbaja regresó de El Miedo aquella noche y fue inútil que Santos, después de haberla reprendido, tratara de reanimarla, diciéndole:

—Bueno. Se acabó el regaño. Levanta esa cabeza. Anímate. En lo único en que verdaderamente has hecho mal ha sido en darle crédito a supercherías tan burdas y grotescas. Ningún daño me podría sobrevenir por causa de ese pedazo de cabuya que traes ahí. Por lo demás, te has portado noble y valientemente y tengo que estarte agradecido. Si así defiendes la medida de mi estatura, ¡cómo defenderías mi vida si la vieras en peligro!

Pero ella permaneció cabizbaja y silenciosa, porque en El Miedo había adquirido una experiencia que desvanecía el encanto sobre el cual estaba construida su vida.

Primero en la inconsciencia de la cerrilidad, negrura del alma sepultada, y luego en el deslumbramiento de la nueva forma de existencia y de la posesión de aquel amor, que bien podía ser la pasión sin nombre, pues se apoyaba en un punto de equilibrio entre la realidad y el sueño, nunca se había detenido a reflexionar en lo que significaba ser hija de La Dañera. Si tenía que referirse a ella, cosa que muy raras veces le ocurría, la nombraba, simplemente, "ella", y esta palabra no despertaba en su corazón ni amor, ni odio, ni vergüenza. Fue al proponerle a Pajarote que la acompañara, cuando, por primera vez, la llamó madre, y tuvo que hacer un esfuerzo para que sus labios emitieran el vocablo desusado y desnudo de todo sentimiento, como si careciese de sentido.

En cambio, ahora ha adquirido uno atroz y a cada momento se le viene a la boca. Lo acompaña un gesto instintivo de repulsión. Es el alma incontaminada —pero que ya no es como la naturaleza, que no sabe ni de bien ni de mal— que rechaza violentamente todo lo que hay de monstruoso en ser hija de la embrujadora de hombres, que, para colmo, estaba enamorada de aquel a quien ella amaba.

Poco a poco y a fuerza de estar siempre presente en el pensamiento sin mancilla, la idea odiosa fue cubriéndose de sentimientos compasivos. ¿Acaso no fue también victima su madre?

Pero, de todos modos, el encanto se había desvanecido; el punto de equilibrio ya no existía. Ahora no era el sueño, sino la cruel e implacable realidad.

Entretanto, también Santos andaba abismado en reflexiones, y al cabo de ellas le dijo, un día:

—Tenemos que hablar formalmente, Marisela.

Ella creyó que iba a decirle lo que antes había deseado escuchar, y se apresuró a interrumpirlo, tuteándolo —ya podía hacerlo sin ruborizarse:

—¡Qué casualidad! Yo también tenía que hablar contigo. Estoy muy agradecida por todo lo que has hecho por nosotros; pero, ya papá desea volverse al palmar... y yo también quiero que me dejes ir.

Santos la miró un rato en silencio, y luego replicó, sonriente:

—¿Y si no te dejo?

—De todos modos me iré.

Y rompió a llorar. Santos comprendió, y tomándole las manos:

—Ven acá —díjole—. Háblame con franqueza. ¿Qué te sucede?

—¡Que soy hija de La Dañera!

La protesta, justa, pero exenta de piedad, prodújole a Santos el disgusto que le causaban las negaciones de la ternura en el corazón de Marisela, y maquinalmente le soltó las manos. Ella corrió a meterse en su cuarto y se encerró bajo llave.

Y fue inútil que él llamara a aquella puerta para concluir la conversación interrumpida, ni que procurara reanudarla más tarde, pues ella no volvió a salir de su encierro mientras él estaba en la casa.

Incluso que la amaba, nada podía ya decirle Santos que no fuera tardía compensación de la injusticia del destino que la había engendrado en el vientre maldito de la embrujadora de hombres.

Mientras tanto, fuera de la casa, también las tolvaneras se estaban llevando las esperanzas puestas en las cosas materiales.

Ya estaba empadronándose la quesera. Todavía el ganado iba por pique a los corrales, pero cada día era más numeroso el rebaño que se dejaba arrear y ya las vacas atendían a sus nombres, y la bravura no les escondía la leche en las ubres.

Con el primer menudeo de los gallos comenzaba el ordeño. Jesusito se apostaba friolento en la puerta del corral de los becerros, y los ordeñadores entraban en el de las vacas, rejo y camaza en mano, y con la copla ya pronta en los labios:

> Lucerito de la mañana,
> préstame tu claridad
> para alumbrarle los pasos
> a mi amante que se va.

Y el becerro, con su voz niña en el aire tierno:

—¡Claridad, Claridad, Claridad!

Bramaba la vaca del nombre mentado, acudía al reclamo materno el becerro, metiendo la cabeza por entre las trancas de la puerta, las corría el muchacho para dejarlo pasar y comenzaba el apoyo, a golosas trompadas contra la ubre que escondía la leche, mientras el ordeñador, pasándole la mano a la vaca, le iba diciendo:

—Ponte, Claridad, ponte.

Y cuando ya la ubre se hinchaba, enrejado el becerro a la pata de la madre, mientras ésta lo acariciaba lamiéndolo, comenzaba el ordeño hasta llenar las camazas.

Y otra copla:

> El que bebe agua en tapara
> y se casa en tierra ajena
> no sabe si el agua es clara,
> ni si la mujer es buena.

Y el becerrero por el consonante.

—Azucena, Azucena.

Y otra vaca que acudía a ponerse.

La fría madrugada, olor de boñiga y cantar de ordeño, dentro del vasto silencio de la sabana, a medida que el aire se movía y el alba empezaba a rayar, se iba poblando de olores y rumores diversos: aroma de los mastrantales enternecidos por el relente, perfume de los paraguatanes floridos, áspero canto del carrao en el monte de las orillas del caño, lejano clarín de un gallo, trino de los turpiales y de las paraulatas.

Y en la tarde, la vuelta de los rebaños a los corrales. Vienen con los tendidos rayos del sol sobre la sabana y con el canto de los pastores. Traen las ubres repletas y, en el tranquero de la corraleja donde se agolpan los becerros, hay tiernos belfos ansiosos. Remigio mira las ubres y calcula las arrobas de queso. Jesusito, sobre el tranquero, contempla la sabana y escuchaba las tonadas. Cantares de notas largas, música de tierras anchas y solas...

Pero un día se presentó Remigio en Altamira. Llegó sombrío y se sentó en silencio.

—¿Qué lo trae por aquí, viejo? —preguntóle Santos.

Y el quesero respondió con palabras lentas y graves:

—Vengo a ponerlo en cuenta de que anoche el tigre me mató al nietecito. Los ordeñadores se habían ido para un joropo y estábamos solos en la quesera, Jesusito y yo. Cuando me desperté, al grito del muchachito, ya el tigre me lo había degollado de un zarpazo. Pude alancearlo y allá amanecieron muertos los dos: Jesusito y el tigre. Vengo a ponerlo en cuenta de que ya no tengo para quién trabajar.

—Suelte la quesera, Remigio. Aquí no hay quien pueda encargarse de ella. Que se quede salvaje el ganado.

Terminó la recolecta de la pluma y Antonio le comunicó el resultado.

—Dos arrobas. Ahora sí podrá usted darse el gusto de la cerca. Con el precio que hoy tiene la pluma, más de veinte mil pesos le van a entrar. Si usted no dispone otra cosa, la voy a mandar con Carmelito. El mismo puede comprar en San Fernando el alambre de púas que se necesite para la cerca, que ya lo tengo calculado. En el ínterin podemos proceder a plantar otra vez la posteadura que destruyeron las candelas. Digo, si todavía piensa en eso.

Era la idea del vivilizador germinando ya en el cerebro del hombre de la rutina. Antonio Sandoval, convencido de la necesidad de la cerca, era un comienzo de obra, y Santos volvió a sus animosos proyectos postergados por la perentoria atención a las faenas cotidianas.

Días después aparecieron a la vista dos jinetes.

—Esa no es gente de por estos lados —observó Pajarote.

¿Quiénes serán? —se preguntó Venancio.

—Ellos lo dirán cuando lleguen, porque para acá vienen rumbeando —concluyó Antonio.

Llegaron los forasteros. Uno de ellas traía una bestia arrebiatada.

—Esa bestia es la de Carmelito —se dijeron los altamireños, a tiempo que Santos salía al corredor.

—¿Es usted el doctor Luzardo? —inquirió uno de los recién llegados—. Venimos a traerle una noticia desagradable, de parte del general Pernalete, jefe civil del distrito. Allá, por los lados del hato de El Totumo, en un chaparral, fue hallado muerto un hombre que parece que era de aquí. No se le pudo reconocer, porque ya estaba corrompido y medio comido por los zamuros; pero más después fue visto por la sabana este caballo aperado que tiene el hierro de usted. El general nos ha mandado a tráerselo y a darle el parte.

—¡Asesinaron a Carmelito! —exclamó Antonio, con rabioso dolor.

—¿Y el compañero del amo de esa bestia, que era hermano de él? ¿Y las plumas de garza que llevaban, qué se hicieron? —interrogó Pajarote.

Los mensajeros se miraron las caras.

—Por allá no se sabe que el difunto fuera acompañado ni que llevara nada de robar. Allá se cree que fue un mal que le dio en medio de la sabana. Pero si ustedes dicen que el difunto llevaba cosas de robar, se lo comunicaremos al general, porque entonces habrá que hacer averiguaciones.

—¿Luego aún no las han hecho? —preguntó Luzardo.

—Ya le digo: allá se cree...

— Sí. No continúe. Allá se cree siempre todo lo que contribuya a que el crimen se quede impune —dijo Santos—. Pero esta vez no se quedará.

Y al día siguiente partió para el pueblo, cabecera del distrito. Ya era hora de emprender la lucha para que en el ancho feudo de la violencia reinase algún día la justicia.

Apenas supo Marisela que Santos se había ausentado, decidió llevar a cabo su propósito de abandonar aquella casa donde ya no le era posible permanecer, para regresar al rancho del palmar de La Chusmita y a la vida que allá hiciera antes, única digna de ella, según la sentencia que ya no se le caía de los labios:

—Más vale roto que remendado.

Lorenzo Barquero acogió la idea con una decisión delirante. Ya era tiempo de ponerle fin a aquella mentira de su regeneración moral. Su vida estaba irremediablemente destruida. Allá en el rancho del palmar volvería a entregarse a la borrachera, allá estaba el tremedal que debía tragárselo.

—Sí. Mañana mismo nos vamos.

Y al amanecer siguiente, aprovechando la ausencia de Antonio, que no los hubiera dejado escaparse, padre e hija cabalgaban rumbo al palmar de La Chusmita. En silencio hicieron el trayecto, bamboleando Lorenzo a paso de su cabalgadura, sombría Marisela, y sólo cuando llegaron a la linde del palmar volvió ella la cabeza, y al ver que ya no se distinguían las casas de Altamira, murmuró...

—Me haré el cargo de que ha sido un sueño.

Llegado que hubo al rancho, cuyo sórdido aspecto ahora repugnaba con los delicados gustos y costumbres adquiridos en la casa de Luzardo, mientras su padre se iba a contemplar el tremedal, como solía hacerlo antes en los intervalos de las borracheras, desensilló las bestias, que estarían allí hasta que de Altamira fueran por ellas, y ya iba a amarrar la suya, cuando —como recordase que Carmelito había comparado su tarea de amansarla con la que Santos, había emprendido para desbastarla a ella de su cerrilidad— se le ocurrió que también la Catira debía volver a su condición primitiva.

—Se acabó esto, Catira. Tú a tu sabana, y yo a mi monte, otra vez.

Y en habiendo espantado a la bestia, se sentó en el brocal del pozo y dio libre curso al llanto.

La Catira correteó un poco, ensayando su libertad con prudentes escarceos, no muy segura todavía de haberla recuperado, se revolcó en la arena, se la sacudió del blanco pelo con un estremecimiento de gozo, lanzó un relincho, correteó un poco más para detenerse luego por allá, erguido el cuello, las orejas juntas y la cabeza vuelta hacia Marisela, hasta que, por fin, se convenció de que realmente era libre y, despidiéndose de la dueña con otro relincho se perdió de vista por la sabana inmensa.

—Bien —se dijo Marisela—. Ahora, a recoger chamizas, como antes. El que nació para triste, ni que le canten canciones.

Mas si la Catira podía volver a la libre vida del hatajo, no así Marisela a la simplicidad de su antigua condición montaraz. Las necesidades del momento y las preocupaciones por el porvenir le habían complicado la vida.

Las primeras eran tantas y tan imperiosas, que al encontrarse en presencia de ellas se asustó de lo que había hecho al regresar al rancho del palmar. No eran chamizas, solamente, lo que había de procurarse, sino la manera de hacer fuego con ellas y lo que debía cocerse en ese fuego para la hora de la comida, y todo lo que faltaba en aquella vivienda, si tal nombre pudiera dársele a la miserable zahúrda del espectro de La Barquereña. Obstruida la imaginación por la idea fija que el despecho alimentaba: abandonar la casa de Luzardo, no previó que en el rancho de La Chusmita llegaría la hora de comer y no habría qué, y la de dormir sin que hubiese dónde, pues ya para ella la estera no podía ser cama. Ni era, tampoco, estera, de tan deshecha como estaba.

En cuanto a Lorenzo, hacía tanto tiempo que vivía fuera de la realidad, que no era posible que previese el apremio de aquellos menesteres. Por otra parte, siempre que no le faltara aguardiente —y para eso estaba por allí míster Danger—, de lo demás podía carecerse.

Cierto que, ahora como antes, chigas y quereveres del monte daríanles el silvestre pan de su harina, y rebuscando por los rastrojos se encontrarían yucas y topochos; pero ya el paladar rechazaba aquellos groseros alimentos, y para procurárselos ya ella no era aquella criatura bravía como un báquiro, que no le temía a la soledad del monte y se internaba en su espesura, haciendo crujir los abrojales bajo sus anchos pies descalzos, y se trepaba a los árboles, disputándoles a los araguatos el silvestre sustento.

Ánimo no le faltaba, pero en Altamira había aprendido a emplearlo mejor. Ya no era caso de escarbar rastrojos o "monear palos" para aplacar el hambre, sino de procurarse medios de subsistencia seguros y permanentes, pues ahora la imaginación trabajaba, y a causa de ello, la incertidumbre del porvenir hacía más angustiosas las privaciones del momento. Por lo tanto, era necesario crearse una fuente de recursos, y la primera ocurrencia fue ésta:

—Papá. ¿Tengo derechos a reclamarle a mi madre que vea por mí? Mientras ella entierra botijuelas de onzas de oro, nosotros no tenemos de qué comer.

Lorenzo Barquero hizo un esfuerzo sobrehumano para coordinar las ideas de esta respuesta:

—Derechos, ningunos, porque en la partida de registro civil no apareces como hija suya. Ella no quiso que la mencionaran y yo te presenté...

Pero ella no lo dejó concluir:

—¿Quiere decir que ni siquiera tengo el derecho de probar que soy hija de La Dañera?

El padre se quedó mirándola, largo rato, y luego balbució:

—Ni siquiera.

Sin que estas palabras, simple repetición mecánica de las que ella había empleado, fuesen acompañadas del más leve sentimiento de responsabilidad. Y en habiéndolas pronunciado, se alejó del rancho, camino de la casa de míster Danger.

Arrepentida de la crueldad de aquella interrogación acusadora, Marisela se quedó murmurando: "¡Pobre papá!", mientras él se alejaba, incierto el paso, péndulos los brazos a lo largo de aquel cuerpo "sin armadura", como solía decir que se lo sentía.

Pero al darse cuenta de que el padre se encaminaba donde mister Danger, corrió a detenerlo, diciéndole:

—No, papá. No vayas a casa de ese hombre. Te lo suplico. ¿Es licor lo que vas a pedirle? Espera. Yo iré a buscártelo a Altamira. Ya estaré aquí de regreso.

Pero mientras ella ensillaba a bestia donde había venido don Lorenzo, éste se fue a aplacar la imperiosa necesidad de alcohol, sin pensar que para pagarle a míster Danger la bebida que iba a pedirle ya no le quedaba sino la hija.

¡Ya las tolvaneras se habían llevado todas las esperanzas!

III
ÑO PERNALETE Y OTRAS CALAMIDADES

Motivos, ya que razones, tenía Mujiquita para querer esconderse bajo el mostrador de su pulpería cuando vio aparecer a Santos Luzardo. Primero, porque aquella amistosa injerencia suya en la querella que contra doña Bárbara llevara aquél por causa de los trabajos pedidos y negados le había costado que ño Pernalete le quitara la secretaría de la Jefatura Civil, y luego, porque no se le escapaba lo que ahora pudiera llevar entre manos el antiguo condiscípulo, y ya veía en peligro el sueldito con que, por fin, había vuelto a favorecerlo ño Pernalete, después de muchos ruegos suyos y de su mujer y de muchas promesas de no volver a incurrir en quijotadas.

Pero Santos no le había dado tiempo a ocultarse y tuvo que fingir contento de verlo:

—¡Dichosos los ojos que te ven! ¡Qué caro te vendes, chico! ¿En qué puedo servirte?

—Si no me han informado mal, ya sabrás a lo que vengo. Me han dicho que eres el juez del distrito.

—¡Sí, chico! —dijo Mujiquita, al cabo de una pausa—. Ya sé lo que traes entre manos. El asunto de la muerte del peón, ¿no es eso?

—De los peones —rectificó Luzardo—. Porque fueron dos los asesinados.

—¡Asesinados! ¡No me digas, Santos! Mira, vente conmigo al juzgado, para que me cuentes cómo fue eso.

—¿Para que te lo cuente yo?

—No. Dispénsame. Para que me des unas luces. Para que me indique lo que debo hacer.

—Pero, Mujiquita, ¿a estas horas todavía no lo sabes?

—¡Pero, chico!

Y el gesto de Mujiquita al replicar así suplicó con una elocuencia aplastante estas palabras inútiles: —¿No sabes dónde estamos?

Llegaron al juzgado. Mujiquita abrió de un empellón la puerta simplemente cerrada y defendida por su propio desnivel, y entraron en una sala de techumbre pajiza y paredes encaladas, donde había un escritorio, un armario, tres sillas y una clueca echada en un rincón. Para brindarle asiento a Santos, Mujiquita llenó de polvo el recinto, al sacudir el que estaba depositado sobre una de las sillas. Se comprendía que allí nadie tenía costumbre de acudir a aquel tribunal.

Santos se sentó, rendido, más que de cansancio, de desaliento, por la impresión que producían aquel pueblo, aquel juzgado y aquel juez.

Sin embargo, reaccionó, y procurando sacar todo el partido posible de Mujiquita, le explicó cómo venía Carmelito, acompañado de su hermano Rafael, y qué cantidad de plumas llevaba para San Fernando.

Mujiquita se rascó la cabeza, y luego, tomando su sombrero y disponiéndose a salir, dijo:

—Espérame aquí un momento. Déjame ir a contarle eso al general. El debe de estar en la Jefatura Civil. No te haré aguardar mucho.

—Pero ¿qué tiene que ver el Jefe Civil en este asunto? —objetó Santos—. ¿No han transcurrido ya los días que la ley establece para que el sumario pase al juez competente?

—¡Ah, caramba, chico! —exclamó Mujiquita, y en seguida—: Mira, el general no es malo; pero, aquí entre nos, en todo quiere llevar la batuta. Tanto en lo civil como en lo judicial, aquí no se hace sino lo que él dispone. Al general se le atravesó entre ceja y ceja que el hombre había muerto de un mal, como dice él. Es decir: de un síncope cardiaco. Y a propósito, porque todo puede suceder, ¿tú no habías observado si el peón era cardiaco?

—¡Qué cardiaco de los demonios! —exclamó Santos, poniéndose de pie, violentamente—. Quien va a resultarlo muy pronto, si ya no lo estás, a fuerza de tener miedo, eres tú.

Y Mujiquita, sonriente:

—No te calientes, chico. Ponte en mi caso. Y en el del general, porque en la vida hay que tenerlo todo en cuenta. Días antes se había recibido aquí una circular del Presidente del Estado a los jefes civiles de su jurisdicción, dándoles una enjabonada con motivo de varios crímenes que se habían cometido en despoblado, sin que se hubiese podido capturar a los autores, y exhortándolos a cumplir mejor con sus deberes, y el general contestó que eso no era con él, porque en el distrito de su mando no existía la criminalidad. Yo mismo le redacté el oficio, y quedó tan satisfecho, que lo mandó a publicar en una hoja suelta, que ya habrás visto por ahí. Todo esto lo converso contigo en grado 33, por supuesto. Como comprenderás, en el caso de tu peón, o de tus peones, mejor dicho, yo no he dejado de pasearme por la presunción de asesinato; pero en estos momentos, acababa de salir la hoja, es impolítico decir que se trata de un crimen y...

—Y como tú estás aquí para complacer a ño Pernalete y no para administrar justicia —atajó Santos.

Y Mujiquita, encogiendo los hombros.

—Yo estoy aquí para completarles la arepa a mis hijos, que la pulpería no me la da completa —y tomando la salida—: Aguárdame un momento. Todavía no se ha perdido todo. Déjame ir a torear mi toro.

Minutos después regresaba con cajas destempladas.

—¿No te lo dije? Yo conozco muy bien mi tercio. Al general no le ha gustado que tú te hayas dirigido a mí y no a él. De modo que te aconsejo que te vayas allá y te le metas bajo el ala. Así es como se consiguen las cosas con él.

Pero antes de que Luzardo pudiera protestar contra el consejo, apareció el Jefe Civil.

Como dijo Mujiquita, no le había agradado que Santos hubiese acudido al juez y no a él con la agravante de venir a suministrar datos que desvirtuaran la cómoda presunción de muerte natural a que él se había acogido, cosas que, si a nadie solía tolerárselas quien no podía concebir la autoridad sino a la manera despótica como la entiende el bárbaro, mucho menos se las toleraría a quien ya se había atrevido a invocar contra sus desmanes el imperio de la ley.

Entró en el juzgado con el sombrero puesto y ambas manos ocupadas: en la izquierda, el tabaco, que se le había apagado; en la derecha, la caja de fósforos. Además, portaba bajo el brazo izquierdo aquella espada con vaina de cuero que siempre llevaba consigo sin necesidad ni razón.

No se dignó saludar a Luzardo y se acercó a la mesa, puso sobre ella su machete, y mientras raspaba el fósforo y lo aplicaba al tabaco, dijo:

—Ya le he dicho, Mujiquita, que a mí no me gusta que se me atraviesen en mis asuntos. En ese que trae entre manos el señor, estoy trabajando yo y sé lo que debo hacer.

—Permítame que le observe que este asunto ya es de la jurisdicción del poder judicial —manifestó Santos Luzardo, haciendo todo lo contrario de lo que le aconsejara Mujiquita, pues nombrarle a ño Pernalete jurisdicción que no fuera suya equivalía a declararle la guerra.

—Sin embargo, Santos —intervino el juez, tartamudeando casi—, tú sabes que...

Pro ño Pernalete no necesitaba ayudas.

—Sí. Algo de eso como que he oído mentar por ahí —replicó socarronamente, entre una y otra chupetada al tabaco—. Pero lo que yo he visto siempre es que donde se meten un juez y un abogado, si uno los deja de suculenta, lo que estaba claro se pone turbio, y lo que iba a durar un día, no se acaba en un año. Por eso yo, cuando se presenta por aquí un litigio, me informo por la calle quién es el que tiene la razón y me vengo aquí y le digo al señor: "Bachiller Mujica, quien tiene la razón es fulano. Sentencie ahora mismo en favor suyo".

Y al decir así descargó todo el peso de su dictatorial machete sobre el escritorio del juez, de donde lo había tomado previamente, para reproducir con todos sus detalles la escena que refería.

Perdiendo por momentos el dominio de sí mismo, Santos repuso:

—Aunque yo no he venido a litigar, sino a pedir que se cumpla la justicia, me interesaria saber cómo la llama usted cuando de ese modo la trata.

—A eso lo llamo yo poner los puntos sobre las haches —respondió ño Pernalete, que en el fondo era un guasón—. ¿Usted no conoce el cuento? Se lo voy a echar, porque es cortico. Era uno de esos hombres a quienes llaman brutos; pero que tenía el tonto muy lejos. No conocía la ortografía y no decía halar, sino jalar, ni hediondo, sino jediondo, y cuando su secretario —porque era jefe el hombre y tenía su secretario— le ponía con hache una de esas palabras que a él no le sonaban sino con jota, le decía: "Está bueno, pero... ¡póngamele un punto a esa hache!"

A lo cual replicó Santos, mientras Mujiquita le reía la ocurrencia al general.

—Si ésa es la ortografía que se usa por aquí, he perdido mi tiempo al venir a impetrar justicia.

Se enriscó ño Pernalete.

—Se le hará —díjole, en un tono que más bien parecía de amenazas.

Déspota por naturaleza, pero taimado al mimo tiempo, si ño Pernalete no aceptaba que se rebatiesen sus opiniones o procedimientos, también era cierto que si encontraba convincentes las razones contrarias, en seguida buscaba la manera de adoptarlas, cuando algún interés tuviera en ello, pero siempre dejando entender que ya se le había ocurrido y presentándolas bajo la originalísima forma que tenían las suyas. En el caso en cuestión, y por aquello de la circular del Presidente, su interés le aconsejaba desistir de la presunción de muerte natural que hasta allí había hecho prevalecer y de aquí que en seguida agregara, pero con el mismo tono insolente:

—No era necesario que usted viniera desde tan lejos para que aquí supiéramos que el hombre venía acompañado. Y ésa es la pista que estamos siguiendo.

Pero Santos, comprediendo que ahora iba a atrincherarse en la presunción de que hubiera sido Rafael el asesino de Carmelito, se apresuró a replicar:

—El compañero era hermano de Carmelito, ambas personas de toda mi confianza, y yo no vacilo en afirmar que también fue asesinado.

—Una cosa es que usted lo diga y otra que resulte verdad —repuso ño Pernalete, sintiéndose acorralado en el nuevo desacierto, y después de repetirle al cariacontecido juez—: Ya lo sabe, bachiller Mújica, ¡no me alborote el avispero! —abandonó el juzgado, dejando en pos de sí un silencio que era indignación en Luzardo y miedo en Mujiquita; pero tan absoluto, que permitía percibir los suaves golpecitos con que los pollos que estaba sacando la clueca echaba en el rincón comenzaban a romper las cáscaras para lanzarse a disfrutar de aquel mundo de delicias.

Luego Mujiquita, previo un vistazo a la calle para cerciorarse de si ño Pernalete se había marchado de veras:

—¿Dos arrobas dices tú que eran las plumas que traían los peones? Como unos veinte mil pesos, ¿verdad?... Pero eso no está perdido, Santos. El que tenga en su poder esas plumas tratará de salir de ellas ligero, por lo que le den, y por ahí se descubrirá la cosa.

Pero Santos no atendía sino a sus propias reflexiones y las expresó así, poniéndose de pie para retirarse:

—Si en vez de llevarme a Caracas, mi madre me hubiera dejado por aquí, aprendiendo la ortografía del cuento de ño Pernalete, yo no sería hoy el doctor, sino el coronel Santos Luzardo, por lo menos, par de este bárbaro, y él no se habría atrevido a hablarme con la insolencia con que lo ha hecho.

—Te voy a decir, chico —insinuó Mujiquita—. El general no es tan...

Pero no se atrevió a continuar, tal fue la mirada que le dirigió Santos Luzardo, y concluyó:

—Bueno, chico. Vamos a pegarnos un palo, que la otra vez, ni tiempo tuve de invitarte.

Tal proposición, en aquellos momentos, revelaba un cinismo absoluto, y Santos, después de mirarlo de arriba abajo, dijo:

—También es verdad que no existirían ño Pernaletes, si no existieran...

Iba a decir: Mujiquitas; pero comprendió que aquel infeliz era también una víctima de la barbarie devoradora de hombres, y con la ira ya trocada en compasión le respondió a su invitación de inconsciente:

—No, Mujiquita. Todavía no empezaré a beber aguardiente.

El antiguo condiscípulo se lo quedó mirando, con aquel mismo aire de incomprensión de cuando él trataba de explicarle las lecciones de Derecho Romano, y luego, sonriendo de una manera incierta:

—¡Ah, Santos Luzardo! Tú no has cambiado en nada, chico. Tengo tantas ganas de echar una conversada larga contigo... Para recordar aquellos tiempos, chico. ¿No te irás, todavía, por supuesto? No, chico. No vayas a coger camino ahora. Déjalo para mañana. Descansa ahora un rato y luego voy a buscarte a la posada. No te acompaño hasta allá porque tengo que despachar un asunto urgente.

Y cuando Luzardo cruzó la esquina, cerró el juzgado y se dirigió a la Jefatura Civil a explorar el ánimo de ño Pernalete respecto a él.

Lo encontró solo y muy agitado, paseándose de un extremo a otro del despacho y monologando:

—Por algo no me gustó el doctorcito ese, desde que lo vi por primera vez. ¡Esos picapleitos! En la cárcel tendría yo a toditos. Mujiquita —díjole, al verlo aparecer—. Tráigame acá el sumario de la... berenjena esa del muerto de El Totumo.

Mujiquita fue y vino con el legajo. Todavía ño Pernalete se paseaba.

—Léame eso a ver cómo quedó. Salte los preámbulos hasta donde dice cómo se encontró el cadáver.

Mujiquita leyó:

—"El cadáver presentaba síntomas de descomposición avanzada."

—¿Síntomas? —interrumpió ño Pernalete—. Si estaba podrido de bola. Usted siempre está poniéndole versos a todo para enredarlo más. Bueno, siga leyendo.

—"Y no se pudieron apreciar heridas ni contusiones."

—¡No le digo! —protestó Pernalete, dando bufidos—. ¿No se le pudieron apreciar? ¿Y para qué fue usted entonces, sino para apreciar lo que hubiere? ¿Cómo sale ahora con que no pudo?

—General —balbució Mujiquita—. Acuérdese de que usted me dijo...

Pero el jefe no le dejó concluir:

—No me venga ahora con que "usted me dijo". ¿Qué necesidad tiene usted de que le digan lo que debe hacer en el cumplimiento de su obligación? Para eso se le paga un sueldo. ¿O es que usted pretende que yo le haga el trabajo que le corresponde como juez? Para que después venga el doctorcito ese a hablarme de jurisdicciones. ¿No leyó usted el oficio que le dirigí en días pasados al Presidente del Estado? Muy claras están expuestas en ese oficio las reglas de mi conducta como funcionario, porque en mis escritos yo no ando con zoquetadas de palabras bonitas, pero digo las cosas claras. Y que después de haber recibido ese papel mío vaya a saber el Presidente que hemos querido echarle tierra al muerto de El Totumo, sin haber averiguado bien si el hombre se murió o porque lo asesinaron para robarlo... ¡A ver! Eche acá el sumario ése.

Se lo arrebató de las manos y comenzó a leer, acompañando el trabajo de los ojos con movimientos de deglución, y Mujiquita, que de todo aquello coligió que ño Pernalete estaba "tendiéndose un puente", se animó a advertirle:

—Fíjese, general, en que ahí no dice que haya sido muerte natural.

Mas, en esto de abandonar una opinión que hubiere sustentado, ño Pernalete era como las bestias que luego de derribar al jinete lo cocean en el suelo, y al oir mencionar la explicación que hasta allí había hecho prevalecer, se revolvió contra Mujiquita:

—¿Cómo iba a decir? ¿Acaso puede usted asegurar que el hombre no fue asesinado? ¿Ni qué tiene que meterse en esos particulares un juez de instrucción, que no está obligado sino a poner en el sumario lo que vio con sus propio ojos? ¿O es que usted se ha metido a dar opiniones sobre la causa de la muerte?

—En absoluto, general.

—¿Entonces, pues? ¿A qué viene todo este embrollo? Si usted hizo lo suyo bien hecho, quédese tranquilo. Ya le dije también a su amigo el doctorcito que se fuera tranquilo, porque la justicia se cumpliría. Váyase allá, usted debe de saber dónde se ha alojado, y como cosa suya, repítale eso: que la justicia se cumplirá, porque yo me estoy ocupando del asunto. Así él se irá tranquilo para su casa y no nos jeringará más la paciencia.

—Si usted quiere, general, puedo también preguntarle cuáles son las personas de quien sospecha —propuso Mujiquita.

—¡No, señor! Haga lo que le digo y nada más.

—Como cosa mía, decía yo.

—¿Hasta cuándo será usted pendejo, Mujiquita? ¿No se le ocurre que si nos ponemos a jurungar, nos vamos a encontrar con la mano de doña Bárbara?

—Yo decía por lo de la circular del Presidente —balbució Mujiquita.

—¿No le digo? A usted lo van a enterrar con una urna blanca, Mujiquita, de pro inocente. ¿No sabe usted que a El Miedo no llegan circulares, porque el Presidente del Estado es amigo de doña Bárbara? Le debe favores que no se olvidan: un muchacho que le salvó de la muerte con unas hierbas, de las que ella conoce, y otras cosas más que no son hierbas, propiamente. Ande a hacer lo que le mando. Vaya a darle un caldo de substancias a su amigo, para que se largue tranquilo para su casa, mientras aquí brujuliamos la cosa.

Y Mujiquita salió de la Jefatura, convencido de que, por muchos "tiros" que le hubiera cogido al general para estar bien con Dios y con el diablo, a él lo iban a enterrar con urna blanca.

—¡El pobre Santos Luzardo! De esos veinte mil pesos que iba a coger por sus plumas, como que no va a ver ni real. Y tener yo que decirle que se vaya tranquilo.

Pero cuando llegó a la posada, ya Santos estaba con el pie en el estribo.

—¿Esa prisa, chico? Deja ese viaje para mañana. Tengo muchas cosas que decirte.

—Me las dirás cuando volvamos a vernos —le respondió Santos, ya a caballo—. Que será cuando pueda venir con un machete en la mano y poniéndolo sobre tu escritorio, decirte: "Bachiller Mujiquita, quien tiene la razón es fulano. Sentencie ahora mismo en favor suyo".

Como si por primera vez oyera cosa semejante, Mujiquita preguntó:

—¿Qué quieres decirme con eso, Santos Luzardo?

—Que el atropello me lanza a la violencia y que acepto el camino. Hasta la vista, Mujiquita. Puede que pronto volvamos a vernos.

Y partió, levantando una polvareda bajo las patas de su caballo.

IV
OPUESTOS RUMBOS BUSCABAN

Uno de aquellos mensajeros que le llevaron a Santos Luzardo la noticia del suceso de El Totumo había recibido de ño Pernalete esta consigna privada: —De paso, acérquese a las casas de El Miedo, con un pretexto cualquiera, y en conversación, como cosa suya, échele el cuento a doña Bárbara. Es bueno que ella también lo sepa. Pero a ella sola, ¿sabe?

Lo primero que le ocurrió a doña Bárbara al recibir la noticia fue alegrarse del daño que con aquello había sufrido Luzardo.

Horas después lleváronle la noticia de que Marisela había regresado con su padre al rancho del palmar de La Chusmita, y al recibirla acudieron a su mente las cabalísticas palabras de "el Socio", pero con una interpretación esperanzada: Marisela, la rival que le quitaba el amor de Santos Luzardo, regresando al rancho del palmar, eran las cosas que debían volver al lugar de donde salieron. Vio en esto un signo de que aún no se había apagado su buena estrella y se dijo:

—Dios tenía que seguir ayudándome.

Y ya se disponía a trazarse el plan adecuado a las nuevas circunstancias, cuando se le acercó Balbino Paiba, diciéndole:

—¿Sabe la noticia?

Rápida como la centella fue la ocurrencia de interrumpirlo:

—Que en el chaparral de El Totumo asesinaron a Carmelito López.

Balbino hizo gesto de sorpresa y en seguida exclamó, lisonjero:

—¡Caramba! A usted no hay manera de venderle noticias frescas. ¿Cómo lo supo?

—Anoche me lo dijeron —respondió, dejando entender, con el impersonal empleado y con el tono misterioso, que había sido "el Socio" quien se lo comunicara.

—Pero la informaron mal —repuso Balbino, al cabo de una breve pausa—, porque según parece, Carmelito no murió asesinado, sino de muerte natural.

—¿Y una puñalada por la espalda, o un tiro por mampuesto, en un lugar como el chaparral de El Totumo, no es también una manera natural de morirse un cristiano?

Fue tal el desconcierto de Balbino al oír estas palabras, acompañadas de una sonrisa socarrona, que, pareciéndole única manera de salir del apuro hacer como si creyera que doña Bárbara le daba a entender que el crimen había sido obra de ella, cometió la torpeza de decir:

—No hay cuestión: a usted la ayudan cosas que pueden más que los hombres.

Brusco y amenazante fue el juntarse y separarse de las cejas de doña Bárbara al oír aquella alusión a sus poderes de bruja; pero ya Balbino había comenzado y tenía que concluir:

—El doctor Luzardo se propone acabar con el cachilapeo a sabana abierta, y en el chaparral de El Totumo se muere Carmelito, y el viento se lleva las plumas que iban a producir la plata necesaria para la cerca de Altamira.

—Así es —repuso ella, asumiendo de nuevo la actitud socarrona—. En esas sabanas de El Totumo siempre sopla mucho viento.

—Y como las plumas son livianitas... —agregó Paiba, en el mismo tono sarcástico.

—Me parece —concluyó ella.

Se lo quedó mirando un rato, sonriendo, y luego soltó una carcajada. Balbino se dejó traicionar por el característico ademán involuntario de la manotada a los bigotes y como esto hiciera reír a doña Bárbara con mayores ganas, acabó de perder los estribos y preguntó amoscado:

—¿De qué se ríe?

—De lo bellaco que eres. Vienes a contarme lo del chaparral, que ya debías saber que no era noticia fresca para mí, pero tienes buen cuidado de no mentar tus fechorías. ¿Por qué no me cuentas lo que has hecho durante estos días que has estado sin dejarte ver la cara por acá?

Dijo esto entre pausas y sin perder de vista los cambios de color y movimientos irreprimibles que pasaban por el rostro de Balbino, y cuando ya éste se disponía a dar la explicación del empleo de su tiempo, que tenía preparada para justificar su ausencia del hato, ella concluyó apresuradamente:

—Ya me dijeron también que tienes una rochelita con una de las muchachas de Paso Real. Sé que has estado allá poniendo joropos y empatando las noches con las noches en una sola parranda. ¿Por qué no me hablas de eso, grandísimo bribón, en vez de venir a darme noticias que no me interesan?

A Balbino le volvió el alma al cuerpo; pero al recuperar la serenidad no hizo sino volverse más obtuso de lo que ordinariamente era, pues creyó que, en realidad, lo que le interesaba a la barragana eran sus devaneos con la muchacha de Paso Real.

—Eso es una calumnia inventada por mis enemigos. Seguramente por Melquiades, que ya me he fijado que anda espiándome los pasos. Yo sí estuve dos días en un joropo en Paso Real, pero ni lo puse yo, ni es verdad que ande enamorando a ninguna de las muchachas de allá. Lo que pasa es que como uno no podía acercársete en estos días sin llevarse un boche, lo mejor que podía hacer yo era no dejarme ver contigo.

Se interrumpió un momento para explorar el efecto que le causara el tú que se había aventurado a darle, tratamiento que sólo en raptos de amor solía tolerar ella y como no la viese manifestar disgusto, se animó más.

—Tan es así, que ya estaba pensando irme de por todo esto, porque no ha sido muy bonito el papel que me has hecho representar desde que ha venido el doctor Luzardo.

Impenetrable el designio y con un perfecto arte de simulación, doña Bárbara asumió una actitud de enamorada celosa y replicó:

—Pretextos. Bien sabes tú qué es lo que me propongo con el doctor Luzardo. Pero están muy equivocados, tú y la muchacha de Paso Real, si creen que se van a burlar de mí. Ya le mandé decir a ella que si sigue haciéndote carantoñas la voy a alumbrar.

—Te aseguro que eso es una calumnia —protestó Balbino.

—Calumnia o lo que sea, ya te he dicho lo que tenía que decirte: de mí no se burla nadie. De modo que no se te ocurra volver por Paso Real.

Y le dio la espalda, diciéndose mentalmente:

—Ya éste no verá el hoyo donde va a caer.

En efecto, Balbino Paiba se quedó haciéndose estas reflexiones:

—Yo hice muy bien las cosas. Con una sola piedra maté dos pájaros. Los joropos de Paso Real me sirvieron para ir y venir hasta El Totumo, sin despertar sospechas y para que ésta volviera al comedero empujada por los celos. Ahora vuelvo a ser yo el gallo que cante en el patio de El Miedo; pero si ella se va a dar sus artes para hacerse rogar, yo también me voy a dar las mías. Yo hice muy bien las cosas: de Rafaelito no quedó ni el rastro, porque lo que no le gustó al caimán le gustó a la caribera del Chenchenal, y ahora él es quien va a cargar con la muerte del hermano y con el robo de las plumas. Mientras tanto, ahí bajo tierra están seguras y puedo esperar a que pase el tiempo para ir vendiéndolas a pitos y flautas y mientras tanto, el negocio de El Miedo andando.

A la vez, doña Bárbara, diciéndose, por allá:

—Dios tenía que ayudarme. Apenas había empezado a preguntarme: —¿Quién habrá sido el asesino?— viene este vagabundo a contarme el cuento con el crimen pintado en la cara. Ahora, lo vajeo hasta que descubra dónde tiene escondidas las plumas, y una vez que estén en mis manos las pruebas suficientes, lo amarro codo con codo y se lo entrego al doctor Luzardo, para que haga con él lo que le dé gana.

A todo estaba dispuesta: a entregar sus obras y a cambiar de vida, porque ya no la impulsaba un capricho momentáneo sino una pasión, vehemente como lo fueron siempre las suyas y como naturalmente lo son las pasiones otoñales, pero en la cual no todo era sed de amor, sino también ansia de renovación, curiosidad de nuevas formas de vida, tendencias de una naturaleza vigorosa a realizar recónditas posibilidades postergadas.

—Seré otra mujer —decíase una y otra vez—. Ya estoy cansada de mí misma y quiero ser otra y conocer otra vida. Todavía me siento joven y puedo volver a empezar.

Tal era la disposición de su ánimo, cuando dos días después de regreso a la casa ya al atardecer, divisó a Santos Luzardo que volvía del pueblo.

—Espérame aquí —díjole a Balbino, en cuya compañía siempre procuraba estar ahora, y atravesando un gamelotal que la separaba de camino que traía Luzardo, le salió al paso.

Lo saludó con una leve inclinación de cabeza, sin sonrisas ni zalamerías, y lo interpeló:

—¿Es cierto que han asesinado a dos peones de usted que llevaban para San Fernando la cosecha de la pluma?

Después de haberle dirigido una mirada despectiva, Santos le respondió:

—Absolutamente cierto y muy estratégica su pregunta.

Pero ella no atendió al final de la frase por formular ya otra interrogación:

—¿Y usted qué ha hecho?

Mirándola fijamente a los ojos y martilleando las palabras, aquél le contestó:

—Perder mi tiempo pretendiendo que la justicia podría cumplirse; pero puede usted estar tranquila por lo que respecta a las vías legales.

—¡Yo! —exclamó doña Bárbara, enrojeciendo súbitamente, cual si la hubiesen abofeteado—. ¿Quiere decir que usted?...

—Quiero decirle que ahora estamos en otro camino.

Y espoleando el caballo prosiguió su marcha, dejándola plantada en medio de la sabana.

V
LA HORA DEL HOMBRE

Momentos después, Santos Luzardo irrumpía en la casa de Macanillal, revólver en mano.

Estaba la casa en el mismo sitio donde mandara a reponerla doña Bárbara, pero no donde, en estricta justicia, debería estar, pues también había sido arbitraria la decisión de juez al establecer aquel lindero.

Hallábanse los dos Mondragones, supervivientes de aquella temible trinidad de hermanos, entretenidos en apacible plática, meciéndose en sus chinchorros, cuando Santos, sin darles tiempo a que se armasen, les intimó la rendición. Cruzaron entre sí una mirada de inteligencia y el apodado El Tigre dijo, con alevosa mansedumbre:

—Está bien, doctor Luzardo. Ya estamos rendidos. ¿Qué hacemos ahora?

—Pegarle fuego a la casa —y arrojándoles a los pies una caja de fósforo—: ¡Vamos!

La orden era imperiosa y a los Mondragones no se les escapó pensar que quien se la daba era un Luzardo, hombres que nunca habían esgrimido un arma para amenazas que no se cumplieran.

—¡Caramba, doctor! —exclamó El León—. Esta casa no es de nosotros y si le pegamos fuego nos la va a cobrar doña Bárbara con daños y perjuicios.

—Eso corre de mi cuenta —respondió Santos—. Procedan sin chistar.

En esto, El Tigre había logrado escurrirse hacia el sitio donde estaba un rifle y ya se abalanzaba a cogerlo, cuando un disparo certero de Luzardo, alcanzándolo en un muslo, lo derribó por tierra, porfiriendo una maldición.

Con un arrebato impetuoso, el hermano intentó abalanzarse sobre Luzardo, pero lo contuvo el revólver que lo apuntaba al pecho, en la diestra cuya eficiencia ya habían experimentado, y volviéndose al hermano, lívido de ira impotente, díjole:

—Ya se nos presentará la oportunidad de cobrarnos ésta, hermano. Levántese del suelo y ayúdeme a pegarle fuego a la casa. Cada hombre tiene su hora y el doctor Luzardo está gastando la suya. Luego vendrá la de nosotros. Tome la mitad de estos fósforos y usted por esa punta y yo por ésta, hagamos lo que nos mandan. Que bien merecido lo tenemos por habernos dejado coger desprevenidos.

Aplicado el fuego a las barbas de la techumbre pajiza, el viento de la sabana lo convirtió pronto en una llamarada rabiosa que destruyó en instantes aquella casa, que no era sino un techo sobre cuatro horcones.

—Bueno —volvió a hablar El León—. Ya la casa está ardiendo como usted quería. Ahora, ¿qué más se le ocurre?

—Ahora se echa usted encima a su hermano y marcha por delante de mí.

Lo demás se lo diré en Altamira.

Volviendo a mirarse los Mondragones y como a ninguno de los dos le pareciera que el otro estuviese dispuesto a jugarse la vida con una temeraria resistencia, pues además de que Luzardo les llevaba las ventajas de estar a caballo y armado, tenía pintado en el rostro el aire de las resoluciones extremas, el herido dijo:

—No hay necesidad de que me cargue, hermano. Yo voy a pie, así me sangre por el camino.

Oriundos de los llanos barineses, en donde habían cometido crímenes que la fuga al Arauca y el amparo que les brindó doña Bárbara dejaron impunes, ahora iban a purgarlos, pues Santos se proponía remitírselos a la autoridad de aquella región, y así se los manifestó cuando llegaron a Altamira.

—Usted sabrá lo que hace —repuso El León—. Ya le digo: está en su hora.

Y como Santos, sin hacer caso de la altanería de tales palabras, le ordenase a Antonio que curara al herido, éste replicó:

—No se moleste, doctor. La sangre que he botado no era sino la que me sobraba. Ahora es que estoy en mi peso.

A lo cual intervino Pajarote:

—Pues así no habrá que arriarlo mucho por el camino.

Y, bravuconada por bravuconada, dirigiéndose a Luzardo:

—Déme a mí esa comisioncita, doctor. Yo le respondo de estos hombres.

Dos piazos de sogas para amarrarlos codo con codo, es lo que necesito. Lo demás lo pongo yo. Y ¡ah malhaya!, esté el hombre tan livianito como dice, para ver si se le ocurre correr. Supongo que usted los va a mandar con un papel, y si es así, vaya escribiéndolo de una vez, porque es ya que los voy a estar arriando por delante. No es bueno dejarlo para mañana. Aunque no creo que se atrevan los otros fustaneros a venir esta noche por estos dos. ¡Ni malo que sería! Si yo pudiera partirme en dos piazos, con la mitad me llevaba por delante a estos faramalleros y con la otra esperaba aquí a los que vinieran por ellos de El Miedo. Pero aquí no hago falta, porque ya usted ha demostrado que con un altamireño basta y sobra para arriar por delante a dos miedosos, y a ese tono van a cantar todos los del lado de acá.

Hacía rato que había entrado en la casa y todavía no se había dado cuenta de que Marisela y su padre no estaban allí.

—Se fueron en cuanto usted partió para el pueblo —explico Antonio—. La idea fue de Marisela y perdí mi tiempo yendo a buscarla. Por nada quiso venir.

—Es lo mejor que ha podido ocurrírsele —dijo Santos—. Ahora estamos en otro camino.

Y en seguida ordenó proceder, al día siguiente, a levantar la palizada de Corozalito que míster Danger venía aplazando, valido del ardid que le aconsejara ño Pernalete.

—¿A pesar de aquel documento que le mostró míster Danger? —inquirió Antonio, al cabo de una corta pausa.

—A pesar de todo y contra todo lo que se oponga. Al atropello, con el atropello. Esa es la ley de esta tierra.

Antonio volvió a quedarse pensativo. Luego dijo:

—No tengo nada que decirle, doctor. Por el camino que usted se eche, ya sabe que detrás voy yo.

Pero se retiró, diciéndose mentalmente:

—No me gusta ver a Santos en ese tono. Ojalá sean aguaceros de verano.

Aquella noche, mientras los perros raboteaban en torno a la mesa, una mujer que apestaba a pringue de cocina fue quien le sirvió la comida a Santos Luzardo. Apenas probó unos bocados de los feos guisos de Casilda y como no podía permanecer dentro de aquella casa, donde, a los tristes reflejos de la lámpara, las cosas que antes brillaban limpias tenían ya una pátina de polvo y estaban cubiertas de moscas, se salió al corredor.

La sabana reposaba, fosca, bajo la noche encapotada. Ni el cuatro, ni la copla, ni el pasaje. Los peones silenciosos pensaban en el compañero taciturno asesinado en el chaparral de El Totumo; en el hombre "encuevado", con quien, sin embargo, siempre se podía contar, pues a nadie dejaba nunca en un apuro, así arriesgase la vida; en el hombre bueno que tuvo que hacerse justicia por sí mismo y ni aun después de muerto se le hacía.

Piensan también en el amo, despojado de aquel dinero que iba a invertir en la obra en la cual fundaba tantas esperanzas y que ha regresado convertido en otro hombre; fiero y sombrío.

Oyese a distancia el áspero grito de los alcaravanes y Venancio rompe el silencio:

—Lejos deben ir ya Pajarote y María Nieves, con su arrebiate.

Y otro, refiriéndose a las vías de hecho por donde ahora se ha lanzado el amo:

—Así es como hay que hacer las cosas en esta tierra, porque a conforme es el mal, así tiene que ser el remedio. En el Llano, el hombre debe saber hacer todo lo que hace el hombre. Que se deje el doctor, de una vez por todas, de estar pensando en cercas y en cosas que se hacen en otros países de llanos, y haga lo que todo el mundo ha hecho siempre por aquí: cachilapiar, desde mamantón para arriba, todo el ganado sin hierro que le pise su posesión.

—Y meterse en las ajenas —agrega un tercero— y arriar de allá para acá cuanto bicho de casco y pezuña se encuentre por delante. Asina están haciendo con lo de él y lo que es igual no es trampa.

—Pues yo no soy del parecer de usted —interviene Antonio Sandoval—. Yo estoy por lo que me hizo comprender el doctor. La cerca en todas partes y cada cual criando lo suyo dentro de lo suyo.

Como oyese estas palabras, Santos experimentó una impresión semejante a la que acababan de producirle los melancólicos reflejos de la lámpara sobre las cosas abandonadas por Marisela.

Aquella convicción de Antonio era obra de un hombre que ya no existía, aquel que llegó de la ciudad acariciando proyectos civilizadores, respetuoso de los procedimientos legales, aunque éstos sustentasen sensaciones como aquellas con las cuales doña Bárbara venía arrebatándole su propiedad, enemigo de las represalias —cuyas insinuaciones rechazaba su conciencia vigilante, con un sagrado horror de la catástrofe espiritual a que pudieran inducirlo, poniendo en libertad al impulsivo que alentaba en él—, aun a riesgo de convertirse en víctima de la violencia enseñoreada de aquella tierra.

Este que ahora escuchaba la conversación de sus peones pensaba y sentía como aquel que acababa de decir: "el hombre debe hacer todo lo que hace el hombre".

Ya él había demostrado que sabía hacerlo: la casa de Macanillal ya no existía y los Mondragones iban a rendir cuentas de sus crímenes ante la justicia, por obra de su mano armada. Al día siguiente le tocaría a míster Danger. Puesto que era la hora del hombre y no todavía la de los principios, ya que para la arbitrariedad y la violencia el desierto no oponía límites a la acción individual, el hombre se impondría. Un golpe aquí, otro allá, en seguida una afirmación de fuerza en cada oportunidad que se le deparara, y al ancho feudo sería suyo para la futura obra civilizadora.

Era el comienzo del buen cacicazgo. La hora del hombre bien aprovechada.

VI
EL INEFABLE HALLAZGO

Fueron tres los días que Santos estuvo ausente del hato y, mientras tanto, Marisela alimentó la secreta esperanza de verlo ir en busca suya en cuanto regresara a Altamira y no la encontrase allí. Empecinada en el sombrío despecho que le había impulsado a retornar al rancho del palmar, no quería confesarse que abrigaba tal esperanza, pero no se apersonaba tampoco del momento, como si estuviera allí de paso, y el resto del día se le iba sentada en el brocal del pozo o vagando por el palmar, mirando hacia donde podía aparecer gente que viniese de Altamira.

A ratos disipábasele la negra melancolía y soltaba la risa al pensar en el enojo de Santos cuando no le encontrara en su casa, pareciéndole entonces que no había querido hacer sino una chiquillada, para cobrarle aquel áspero regaño que le dio en pago del amoroso empeño que ella había puesto en librarlo de los maleficios de la madre; pero en llegando a este punto de su soliloquio las odiosas imágenes de aquella escena volvían a abatirle y ensombrecerle el ánimo.

Finalmente, supo que Santos había llegado y transcurrieron dos días y se extinguió totalmente aquella lucecita de esperanza que a ratos parpadeaba en su corazón.

—Bien sabía yo que él no vendría a buscarme, ni se ocuparía más de mí —se dijo—. Ahora sí es verdad que aquello no fue sino un sueño.

En cambio, míster Danger caía a cada rato por allí. Menos audaz que antes, contenido por la actitud seria y digna que ella observaba en su presencia, ya no era osado a ponerle encima sus manazas; pero estrechaba cada vez más el asedio de la presa que había vuelto a ponerse al alcance de sus garras, más codiciable ahora, y alternaba las habituales bromas de su perenne buen humor con altaneras actitudes de comprador que ya ha pagado.

Por momentos, el despecho inducía a Marisela a complacerse en pensar que su destino sería caer, tarde o temprano, entre los brazos de aquel hombre; pero en seguida la repugnante perspectiva la impulsaba a buscar remedios eficaces y rápidos a la situación.

Un día vio a Juan Primito, que merodeaba por allí sin atreverse a llegarse hasta el rancho, temeroso de que ella no le hubiese perdonado la ingerencia que tuvo en lo de la medida de la estatura de Luzardo. Lo llamó y le dio este encargo:

—Dile a... Bueno. Tú sabes a quién me refiero: a la señora, como tú la llamas. Dile que le mando a decir yo que aquí estamos otra vez en el palmar, pero que quiero irme de por todo esto. Que me mande dinero; pero no una miseria de cuatro centavos, porque no es una limosna lo que le pido, sino dinero suficiente para irme a San Fernando con papá. ¿Cómo le vas a decir? Repite lo que te he dicho. Bien. Así mismo se lo dices, de lo contrario no se te ocurra volver por acá.

Juan Primito se fue repitiendo el recado, para que no se olvidara una sola de las palabras de la niña Marisela, y así se lo dio a doña Bárbara. En el primer momento, ésta pensó dar la callada por respuesta o contestar con una violencia; pero, recapacitándolo mejor, comprendió que le convenía que Marisela se marchase a San Fernando y cogiendo de su armario un puñado de monedas de oro, de las que acababa de recibir en pago de un lote de ganado, se las entregó a Juan Primito.

—Toma. Llévale esto. Que ahí van quince morocotas. Que se vaya de por todo esto con su padre y que haga todo lo posible para que yo no vuelva a saber de ella.

Ahogándose en la sofocación de la prisa con que recorrió el trayecto y de la alegría que le causaba el éxito de su cometido, Juan Primito sacó el pañuelo donde había envuelto las monedas, diciendo:

—Atoca, niña Marisela. ¡Eso es oro! ¡Quince morocotas te manda la señora! Cuéntalas a ver si están completas.

—Ponlo en esa mesa —díjole Marisela, sintiéndose humillada por haber tenido que recurrir a aquel expediente para librarse de míster Danger y para renunciar a las limosnas de provisiones que Antonio seguía enviándole de Altamira.

—¿Es que te da asco el pañuelo, niña Marisela? Aguárdate que te las voy a entregar limpiecitas —dijo Juan Primito, dirigiéndose a lavar las monedas con agua del aljibe.

—Por más que las laves, siempre me dará asco tocarlas. Déjalas ahí. No es tu pañuelo lo que me da grima.

—No seas zoqueta, niña Marisela —replicó el bobo—. Oro es oro y venga de donde venga siempre está que brilla. ¡Son trescientos pesos! Con estos centavos puedes poner un negocio. En el paso del Bramador, del otro lado del Arauca, hay una pulpería que están vendiendo. Si tú quieres yo me acerco allá en un saltico a preguntar que por cuánto te la venden. Es un buen negocio, niña Marisela. Todo el que viene para acá se para en esa pulpería y por lo menos un palo de caña se pega. Si tú la compras yo me voy para allá a servirte de dependiente, sin que tengas que pagarme nada. Déjame ir hasta allá a preguntar.

—No. No. Déjame pensarlo primero, y por ahora vete. Hoy no estoy de humor para conversar contigo. Coge para ti una de esas monedas y déjame las otras sobre la mesa.

—¿Atocar yo una de esas monedas para mí? ¡Qué mano, niña Marisela! ¡Ave María Purísima! ¡Déjame dirme más bien! ¡Ah! Se me olvidaba que te manda decir la señora que... Nada. Nada. Haz lo que te digo: compra la pulpería del otro lado del paso y te vas de una vez de por todo esto.

Se fue Juan Primito, se quedaron las monedas donde él las había puesto y se quedó Marisela pensando en lo que le propusiera aquél.

—¡Pulpera! Pero ¿a qué más puedo aspirar sino a ganarme la vida detrás del mostrador de una pulpería? ¡Pulpera! Al fin me casaré, o me pondré a vivir con un peón y un día pasará por allí el doctor Santos Luzardo y me pedirá que le venda... aguardiente no, porque él no bebe, pero cualquiera otra cosa, y yo se la venderé y él ni siquiera se fijará en que es Marisela, aquella Marisela, quien le despachara.

Horas después se presentó por allí míster Danger. Bromeó un poco a propósito de aquellas monedas que todavía permanecían en la mesa, y cuando ya iba a retirarse, sacó del bolsillo un papel donde había algo escrito y presentándoselo a don Lorenzo, le dijo:

—Firma aquí, chico. Este es el documento del contratico que hicimos ayer.

Lorenzo levantó a duras penas la cabeza y se quedó mirándolo desde el abismo de su borrachera, sin entender lo que le decía: pero míster Danger le puso la pluma entre los dedos y llevándole la mano lo obligó a estampar su firma al pie del escrito, aunque con una letra que no tenia de suyo sino el temblor de la diestra por medio de la cual escribía el extranjero.

—All right! —exclamó éste, guardándose la pluma en el bolsillo del pecho, y en seguida dio lectura al escrito, en alta voz—: "Por el presente declaro que he vendido al señor Guillermo Danger mi hija Marisela por cinco botellas de brandy."

Era una de aquellas brutales bromas que acostumbraba; pero Marisela la tomó en serio y se precipitó a arrebatarle aquel documento, mientras don Lorenzo volvía a sumirse en su letargo, con una sonrisa de inconsciente y un hilo de saliva manándole de la boca.

Don Guillermo se dejó arrebatar el papel, echándose a reír mientras Marisela lo hacía añicos; pero aquella risa no hizo sino exasperarle la indignación.

—¡Salga de aquí, insolente! —rugió, con una voz ronca, llameantes los ojos, y encendido el rostro—. Y como don Guillermo, perniabierto y con los brazos en jarras, seguía lanzando sus robustas carcajadas, se le abalanzó encima a echarlo de allí, a empujones.

Pero sus fuerzas no eran suficientes para mover aquella mole sólidamente plantada en el suelo, y esto acabó de enfurecerla, embelleciéndola más. Descargó una lluvia de golpes sobre el sonoro pecho atlético de Danger sin que éste interrumpiera sus carcajadas ni cambiara de actitud, y como no lograba sino magullarse los puños contra los recios pectorales, ya con lágrimas en los ojos, se apoderó de la plumafuente que aquél se había guardado en el bolsillo del pecho, dispuesta a clavársela en el cuello; pero él la inmovilizó, sujetándola por los brazos, riendo siempre, la levantó en el aire y girando sobre sus talones la hizo describir círculos vertiginosos. Luego la depositó en el suelo atontada por el mareo y deshecha en llanto y volvió a plantársele por delante con los brazos en jarras, pero ya sin reír, resollando fuertemente y contemplándola con miradas inflamadas de deseo.

Entretanto, despertado por aquellas carcajadas y por los gritos de la hija, Lorenzo se había incorporado, a duras penas, en el chinchorro y habiendo logrado apoderarse de una punta de machete que estaba clavada en el bahareque del rancho, se arrojaba sobre míster Danger, con una expresión delirante.

Pero Marisela lanzó un grito de horror, míster Danger se volvió rápidamente y de una cachetada le hizo perder el vacilante equilibrio al borracho, que fue a dar con sus huesos en el suelo del rancho, lanzando un rugido de dolor y de ira impotente.

Míster Danger sacó y encendió tranquilamente su cachimba, y entre una y otra bocanada de humo y dándole la espalda a Marisela, díjole:

—Ha estado un juego mío, Marisela. Míster Danger no gusta tomar las cosas por la fuerza; pero ya tú sabes que míster Danger te quiere para él.

Y ya al salir:

—Y no vuelvas a coger machete para Míster Danger, don Lorenzo, porque entonces se acabó brandy y aguardiente y todo.

Así que se hubo marchado el extranjero, Lorenzo se levantó del suelo, trastabilleando, se acercó al rincón donde sollozaba Marisela, y tomándola por un brazo, díjole, con una voz de insensatez y de dolor:

—Vámonos hija. Vámonos de aquí.

Por un momento creyó Marisela que se trataba de regresar a Altamira, y se dejó levantar del suelo y marchó, enjugándose los ojos; pero Lorenzo continuó:

—Allí... allí está el tremedal donde se acaba todo. Vamos a terminar allí esta maldita vida.

Entonces ella, sobreponiéndose a su pena y tratando de sonreír, repuso:

—No, papá. Tranquilízate. Ha sido un juego de míster Danger. ¿No se lo oíste decir? Cálmate. Acuéstate otra vez. Ha sido un juego. Pero ofréceme que no beberás más, que no volverás a pedirle bebida a ese hombre.

—No. No volveré; pero yo lo mataré... No ha sido un juego... No ha sido un juego... A ver... Dame... ¡Dame acá esa botella!

—No. Ya me has ofrecido que no beberás más. Acuéstate. Duérmete... Ha sido un juego...

Y pasándole la mano por la frente cubierta de un sudor pegajoso y acariciándole suavemente los cabellos, mientras le mecía la hamaca, estuvo sentada en el suelo junto a él, hasta que lo vio profundamente dormido. Luego le secó la saliva espumosa que le manaba de la boca, lo besó en la frente, y al hacer esto sintió que una nueva transformación se había operado en su alma.

Ya no era la muchacha despreocupada y ávida de felicidad que en Altamira había podido vivir con la risa en el rostro y una copla en los labios a toda hora, indiferente ante el espectáculo de aquella repugnante y dolorosa miseria física y moral, ajena a las tormentas de aquel espíritu, porque ante el suyo se abría un mundo luminoso, poblado de formas risueñas, resplandeciente hasta deslumbrarla. Este mundo, que era su propio corazón ilusionado, fue Santos quien se lo mostró y sólo él lo llenaba. El le quitó con sus manos la mugre del rostro, con sus palabras le reveló la propia belleza ignorada, con sus lecciones y consejos la desbastó de la rustiquez y la hizo adquirir buenos modales y hábitos y gustos de un espíritu fino; pero, en el fondo de esta gruta resplandeciente que era su corazón dichoso, se había quedado en tinieblas porque sólo el dolor podía revelárselo.

Ya le había sido dado conocerlo ya de allí surgía ahora una nueva Marisela, deslumbrada por el hallazgo de sí misma, con la divina luz de la bondad en el rostro y con la suavidad de la ternura en las manos que habían acariciado, por primera vez con verdadero amor filial, la frente atormentada del padre.

Ya Lorenzo se había sumergido con sus miserias en el sueño apaciguador que le provocaron las caricias de la hija y aún ella seguía pasándole la mano por los cabellos, mientras sus ojos se posaban distraídos sobre las monedas de oro que brillaban en el ángulo de la mesa donde las colocó Juan Primito, cuando apareció en el umbral de la puerta Antonio Sandoval.

Marisela le recomendó silencio poniéndole el índice sobre los labios, cuidadosa del plácido sueño de su padre, y luego se levantó del suelo y salió a recibirlo afuera, donde la conversación no turbara aquel reposo. Trascendía de la expresión de su rostro y de la calma de sus movimientos el cambio espiritual y profundo, en cierta gravedad que llamó la atención de Antonio:

—¿Qué tiene usted hoy, niña Marisela? Le noto algo raro en la cara.

—Si usted supiera, Antonio; yo también me siento de una manera distinta.

—Como no vaya a haber cogido la fiebre del tremedal.

—No. Es otra cosa. Que por cierto también la tiene el tremedal. ¡Una paz! Una tranquilidad sabrosa. Me siento tranquila hasta el fondo, como debe sentirse el tremedal cuando se pone a reflejar el palmar y el cielo con sus nubes y las garzas que están paradas en la orilla.

—Niña Marisela —dijo Antonio, más extrañado todavía—. Déjeme que se lo diga como lo siento: yo nunca la había oído expresarse de esa manera. Y me gusta hallarla en ese tono porque ahora sí me atrevo más a decirle lo que me trae hoy a casa de usted. Usted está haciendo falta en Altamira, niña Marisela. El doctor se ha echado por un camino que no es el de él y que no lleva a buen fin. Antes, usted lo sabe, pasaba de amigo de respetar los derechos ajenos, aunque fueran mal habidos y quería que todo se hiciera por las vías legales, y ahora, por el contrario, no hay arbitrariedad que no le provoque hacerla. Eso me tiene preocupado, porque la sangre es una cosa seria cuando dice a dar lo suyo, y me dolería verlo terminar como terminaron todos los Luzardos. Yo no digo que no haga respetar sus derechos; pero tampoco hay necesidad de andar atropellando con todo. Todas las cosas de este mundo tienen su más y su menos, y al doctor le ha dado ahora por el más. Esto con don Guillermo, con todo y ser don Guillermo una mala ficha, francamente estuvo feo. A usted nada más se lo digo; pero es la verdad. Que hubiera mandado a tirar la palizada, aunque ya Corozalito no le pertenece, era ya mucho; pero lo de decirle: "¿Viene usted dispuesto a impedírmelo a tiros?" eso no estaba hecho para a boca de un Santos Luzardo. No es nada los malos resultados que pueda traerle, porque el extranjero siempre tiene garantías que faltan al criollo; es lo que significan unas palabras como esas que le he mentado, en boca del doctor. ¿No piensa usted como yo? Y luego, ya van dos veces con ésta de ahora poco que se mete a parar rodeos en lo de doña Bárbara sin cumplir el requisito de pedirle trabajo primero. Fueron reses de él las que se llevó; pero lo natural era que le hubiera pedido permiso, como es costumbre que lo haga el que va a recoger ganado suyo en sabanas de otro. No es que yo le saque el caballo, porque ya se lo dije: por donde usted se zumbe, cuente que yo voy detrás suyo. Es que cada palo debe dar sus frutos y no es natural que un Santos Luzardo se empeñe en proceder como procedería doña Bárbara.

—¿Y cree usted, Antonio, que si yo hubiera estado allá no habría sucedido eso? —interrogó Marisela, sonrojándose, pero sin perder aquella grave serenidad del inefable hallazgo.

—Mire, niña Marisela —repuso Sandoval—. Uno no tendrá ilustración, pero no le falta malicia para catar ciertas cosas. Aparte lo que pueda haber entre usted y él, que no me incumbe averiguar si existe o no, lo que sí puedo decirle es que... ¿Cómo se lo diré?... Bueno. Se lo voy a decir a mi manera. Usted es para el doctor, mejorando lo presente, como la tonada para el ganado, que si no la escucha cantar, a cada rato está queriendo barajustarse. ¿Me explico?

—Sí, comprendo —respondió Marisela, cubriéndose de rubor, complacida en la metáfora de Antonio.

—Pues bien. Termino por donde empecé: usted está haciendo falta en Altamira.

—Lo siento mucho, Antonio; pero, por el momento, no puedo volverme a Altamira. Papá no convendría en regresar, y, además, tengo otro deber que cumplir. Quiero llevarme a papá s San Fernando, a ver si allá los médicos le hacen remedios que le quiten el vicio y que lo repongan, porque está muy aniquilado.

—No veo que una cosa estorbe a la otra —observó Antonio.

—Sí. Papá no quiere volver a Altamira y yo no quiero contrariarlo. Además, ya en Altamira se hizo la prueba y ya ve usted que no dio resultado. Véalo cómo está. Puede que yo haga falta allá, como usted dice; pero más falta hago aquí.

—Eso es verdad. Su padre, primero que todo. Pero ¿con qué recursos cuenta usted para irse a San Fernando y hacerlo ver con los médicos? ¿Quiere que le hable de eso al doctor?

—No. No le diga nada. Yo tengo dinero suficiente. Se lo pedí a quien tenía el deber de dármelo.

—Bien —dijo Antonio, poniéndose de pie—. Se quedará Santos sin la tonada; pero usted tiene razón: su padre antes que todo. Ojalá que encuentre esos remedios que va a buscar don Lorenzo. Pero para hacer ese viaje le harán falta bestias y una persona que la acompañe. Si no quiere que le hable de eso al doctor, yo por mi cuenta puedo mandarle un peón de confianza, con dos bestias buenas para usted y su viejo. Aunque será que se lo lleve en un bongo, porque no me parece que don Lorenzo esté en condiciones de resistir un viaje tan largo.

—Es verdad. Está muy aniquilado.

—Entonces deje eso de mi cuenta. De hoy a mañana debe pasar un bongo que viene de Arauca arriba. Creo que viene en lastre y en él pueden irse hasta San Fernando.

Se fue Antonio, Marisela volvió a entrar en la casa, se detuvo un rato ante el chinchorro donde dormía Lorenzo, contempló con ojos amorosos aquella faz cavada, que nunca había contemplado como ahora lo hacía, y luego recogió de la mesa las monedas de oro que le permitirían llevar a cabo su propósito, y al tomarlas en sus manos no experimentó repugnancia alguna. No había llegado a lavarlas Juan Primito, pero de la recóndita fuente de ternura recién hallada, también sobre aquel dinero de su madre caían linfas purificadoras.

VII
EL INESCRUTABLE DESIGNIO

Los rayos tendidos del sol de los araguatos doran los troncos de los árboles del patio, del paloapique, de los corrales y la horconadura, de los caneyes bajo la sombra violácea y de las pardas techumbres, y cuando ya el disco rutilante del astro se ha ocultado tras el horizonte, quédanse sobre el inmenso espacio, más y más obscuro, de la sabana, largas nubes cual barras de metal fundido, arreboles de entonaciones calientes y el trazo firme y negro de la silueta de una lejana palmera solitaria contra el resplandor del ocaso.

Hacia allá cae Altamira y hacia allá se hunden en la lejanía las miradas de doña Bárbara.

Tres días hacía que había llegado a El Miedo la noticia de la destrucción de la casa de Macanillal y prisión de los Mondragones; ya éstos estaban en poder de las autoridades, adonde los remitiera Santos Luzardo, y ya éste se había metido dos veces con sus peones en tierras de El Miedo a parar rodeos sin cumplir el requisito de pedirle permiso, y aún los de ella esperaban sus órdenes para lanzarse a las represalias.

Viendo que no se animaba a darlas, Balbino Paiba se decidió por fin a pedírselas, y se acercó al palenque donde ella estaba abismada en su silenciosa contemplación del paisaje.

Pero antes de abordarla, gastó un buen rato en pretextos de conversación. Ella sólo le respondía con monosílabos y las pausas se fueron haciendo más y más largas.

Entretanto, un rebaño avanzaba hacia los corrales. Oíase el canto de los pastores tendido en la inmensidad silenciosa.

Llegaron las primeras reses. El madrinero, un toro lebruno, se detuvo, de pronto, ante el higuerón plantado cerca de la puerta de la majada y lanzó un bramido impresionante. Había olido la sangre de una res que fue beneficiada allí en la mañana. El rebaño se arremolinó y comenzó a cabildear, mientras el madrinero daba vueltas en torno al árbol, escarbando la tierra, olfateándola, cerciorándose de aquella cosa atroz que había sucedido en aquel sitio, y cuando ya no le quedaron dudas, lanzó otro bramido, que ya no era de miedo ni de dolor, y se llevó el rebaño, en carrera por la sabana.

—¿Quién fue el de la ocurrencia de escoger la puerta de la majada para beneficiar? —gritó Balbino, alardeando de su mayordomía, mientras los pastores les daban rienda a sus caballos y se lanzaban a cabacear la punta que se abría alborotada.

Por fin la redujeron y otra vez la arrearon hacia la corraleja, situada más allá del higuerón.

Ya estaba encerrado el rebaño, pero aún mugía lastimeramente, y doña Bárbara dijo, de pronto:

—Hasta el ganado le tiene grima a la sangre de sus semejantes.

Balbino la miró de soslayo, con un gesto de extrañeza, y se interrogó mentalmente:

—¿Y es ella quien lo dice?

Transcurrieron unos instantes y Balbino se hizo esta reflexión:

—¡Hum! Con esta mujer no hay brújula. Hasta al caballo, que es bestia, se le descubre lo que esté pensando, sólo con mirarle cuál de las orejas amusga; pero con esta mujer siempre está uno bailando en un tusero.

Y se le quitó del lado.

Mas, no solamente Balbino Paiba, que ya era bastante torpe, ni ella misma hubiera podido decir cuáles eran sus propios designios.

Una vez más, sus obras le habían salido al paso, cerrándole el camino que insistiera en buscar. Aún resonaban en sus oídos las fieras palabras con que Santos Luzardo le había arrojado a la cara su sospecha, precisamente cuando ella iba a decirle que creía haber descubierto al autor del crimen de El Totumo, y que, de un momento a otro, iría a entregárselo, personalmente, en cuanto estuviese en posesión de la prueba fehaciente. Sospecha injusta y calumniosa esta vez, pero en el fondo de la cual se cumplía la justicia misma, puesto que ¿acaso sólo en El Totumo, matas y chaparrales guardaban secretos de emboscadas asesinas, y sí allí fue Balbino Paiba, obrando por cuenta propia, no había sido, en otros sitios, Melquiades quien descargó sobre caminantes desprevenidos el golpe homicida fraguado por ella? ¿Y no era, también, Balbino Paiba instrumento de sus tortuosas obras, su obra misma cerrándole el paso hacia el buen camino?

Ramalazos de cólera azotáronle el corazón, uno tras otro, durante aquellos tres días; contra Paiba, cuyo delito le atribuía a ella Santos Luzardo; contra el espaldero siniestro, que guardaba el secreto de los que había cometido, mandando por ella; contra las mismas víctimas de su codicia y de su crueldad, que se le habían atravesado en el camino, poniéndola en el caso de tener que suprimirlos, y contra todos los que, como si no hubiese ya bastante con las obras cumplidas, venían ahora a proponerle represalias, cada uno de sus peones, gavilla de asesinos, cómplices y hechuras suyas, cuyas miradas fijas en ella estaban diciéndole a cada rato. "¿Qué espera usted para mandarnos matar al doctor Luzardo? ¿No estamos aquí para eso? ¿No ha adquirido con nosotros el compromiso de darnos sangre que derramar?"

Y Juan Primito se puso en marcha, camino de Altamira, con este recado para Luzaro:

—Que esa noche, a la salida de la luna, estará esperándolo en Rincón Hondo una persona que tiene que decirle algo a propósito del crimen de El Totumo. Que si usted se atreve, vaya solo a oír lo que le dirá.

Juan Primito fue y vino con la respuesta de Luzardo:

—Dígale que está bien. Que iré solo.

Esto fue en la mañana y hacía poco que había llamado a Melquiades para decirle:

—¿Recuerdas lo que me dijiste hace unos días?

—Todavía lo tengo presente, señora.

—Pues bien. Esta noche, a la salida de la luna, estará en Rincón Hondo el doctor Luzardo.

—Y yo se lo traeré aquí, vivo o muerto.

Ya se aproxima la noche. Pronto se pondrá en camino el espaldero siniestro; pero todavía doña Bárbara no ha logrado descubrir cuáles son los propósitos que con aquella emboscada persigue, ni con qué sentimientos espera la aparición de la luna en el horizonte.

Hasta allí siempre había sido para los demás la esfinge de la sabana; ahora lo es también para sí misma; sus propios designios se le han vuelto impenetrables.

VIII
LA GLORIA ROJA

No dejó de ocurrírsele a Santos Luzardo que sólo en una cabeza ofuscada podía haber brotado la idea de invitarlo, de manera tan absurda, a caer en una celada; pero él también daba muestras de haber perdido la cordura al decidirse a aprovechar aquella ocasión para demostrarle a doña Bárbara que no ganaría la justicia subordinada a la violencia sus derechos atropellados, sí sabría defenderlos en lo sucesivo con la fiera ley de la barbarie: la bravura armada. Y con este temerario empeño, al atardecer de aquel día se aventuró solo, camino de Rincón Hondo adelantándose a la hora de la cita para burlar el golpe alevoso al amparo de la noche.

Pero, en llegando a la vista del sitio, distinguió un jinete parado en la grilla del monte que bordeaba el solitario rincón de la sabana y se dijo:

—Siempre se me adelantó.

Luego descubrió que el jinete era Pajarote.

—¿Que haces aquí? —le preguntó al reunírsele, autoritariamente.

—Voy a explicarle, doctor —respondió el peón—. Esta mañana, cuando se le arrimó Juan Primito a darle el recado, malicié que no podía ser nada bueno y me fui detrás, dejándolo que se alejara de la vista de usted y luego le di alcance y poniéndole el revólver en el pecho, nada más que para asustarlo, porque sé que él se echa a morir cuando ve un revólver, lo obligué a que me repitiera el recado que le habían dado para usted. Por él supe que usted había prometido venir y estuve tentado de decirle: déjese de eso, doctor. Pero le vi pintada en la cara la resolución y me dije: lo único que hay es írsele alante y tirar la parada junto con él.

—Has hecho mal en inmiscuirte en mis asuntos —repuso Santos, secamente.

—No le digo lo contrario; pero tampoco me arrepiento. Porque si a usted le sobra arrojo, creo que todavía le falta malícia. ¿Sabe si es un hombre solo el que viene a hablar con usted?

—Aunque sean varios. Retírate.

—Mire, doctor —propuso Pajarote, rascándose la cabeza—. Peón es peón y le toca obedecer cuando el amo manda pero, permítame que se lo recuerde: el llanero no es peón sino en el trabajo. Aquí, en la hora y punto en que estamos, no habemos un amo y un peón, sino un hombre, que es usted, y otro hombre que quiere demostrarle que está dispuesto a dar su vida por la suya, y que por eso no ha buscado compañeros para venir a tirar la parada con usted. Ese hombre soy yo, y de aquí no me muevo.

Conmovido por aquella ruda demostración de lealtad, Santos Luzardo se dijo que no era cierto que sólo la bravura armada fuese la ley de la llanura y aceptó la compañía de Pajarote, estrechándole en silencio la mano.

—Y sírvale esto de experiencia, doctor —agregó Pajarote—. Llanero puede ir solo adonde le dicen: venga acompañado; pero la viciversa, nunca. Y la picada alante. Ya he registrado todos estos montes. La entrada de ellos debe de ser por esta dirección adonde estamos mirando. Nos emboscamos detrás de estos soladillos y cuando aparezcan, a conforme se presenten así les saldremos, pero tumbando y capando, porque el que pega primero, pega dos veces.

Se emboscaron en el sitio elegido por Pajarote y allí se estuvieron largo rato vigilando el boquerón de monte por donde debían aparecer quienes vinieran de El Miedo, silenciosos bajo el impresionante ulular de los araguatos que acudían en manadas a sus dormideros. Cerró por completo la noche y ya empezaba a rayar el orto lunar en el confín de la sabana, cuando surgió en el claro la silueta de El Brujeador a caballo.

—Viene solo, efectivamente, y yo estoy acompañado —murmuró Luzardo, haciendo un ademán de contrariedad.

Y Pajarote para disiparle los escrúpulos:

—Acuérdese, doctor, de lo que le acabo de decir: la picada alante siempre. Ese hombre viene solo, si es que los compañeros no están emboscados por ahí; pero ése es El Brujeador, a quien nunca lo mandan a conversar. Y sí viene solo, peor que peor, porque ése no anda nunca acompañado cuando lo mandan a desempeñar ciertas comisiones. Déjele que coja confianza y se salga al claro de sabana para salirle nosotros. Aunque estoy por decirle que me lo deje de mi cuenta. A ese espanto lo desvisto yo solo, con todo y la fama que tiene, porque otros más grandes me han dejado la camisola entre las manos.

—No —protestó Luzardo—. Ese hombre viene por mí y es a mí, solamente, a quien debe encontrar. Quédate tú aquí.

Y se precipitó fuera de la mata a la sabana despejada.

El Brujeador avanzó, al trote sosegado de su cabalgadura; pero pronto se detuvo. Luzardo lo imitó y así estuvieron un breve rato, observándose a distancia, hasta que, como aquél parecía dispuesto a no proseguir, enardecido Santos por la expectativa, espoleó el caballo y salvó el espacio que los separaba.

Ya cerca de El Brujeador, le oyó decir:

—¿Luego a mí me han mandado para que usted y su gente me maten como a un perro? Si es así salgan de eso de una vez.

Santos comprendió que Pajarote se había ido detrás de él, a pesar de que le había ordenado permanecer oculto, y ya volvía la cabeza para mandarlo retirarse, cuando vio brillar el revólver que El Brujeador sacaba de la cobija atravesada sobre la montura.

Con un rápido movimiento esgrimió el suyo. Sonaron disparos simultáneos. Melquíades se desplomó sobre el cuello de la bestia, y ésta, espantándose, lo derribó por tierra, inerte, de bruces sobre la hierba.

Y para Santos Luzardo, la fulgurante noción fue como un macetazo en la nuca: ¡había dado muerte a un hombre!

Pajarote se le reunió, y después de haber contemplado un rato el cuerpo yacente murmuró:

—Bien, doctor, ¿qué hacemos ahora con este muerto?

Largo rato invirtieron estas palabras, claramente percibidas, en penetrar hasta la sumidad donde se había refugiado la conciencia de Santos Luzardo, y Pajarote se respondió a sí mismo:

—Lo atravesamos sobre su bestia, yo la arrebiato a la mía, y en llegando cerca de las casas de El Miedo la suelto, la espanto para allá y pego un leco: ¡Ahí va lo que les mandan de Rincón Hondo!

Saliendo de pronto de su estupor, Santos Luzardo se apeó del caballo.

—Tráete acá la bestia de este bandido. Seré yo quien le llevará su cadáver a quien lo mandó contra mí.

Pajarote lo miró de hito en hito. El acento con que habían sido pronunciadas estas palabras hacía extraña la voz de Santos Luzardo, así como tampoco parecía suya la sombría expresión de fiereza que tenía pintada en la faz.

—Haz lo que te ordeno. Tráete acá la bestia.

Pajarote obedeció, pero cuando Luzardo se inclinaba para levantar del suelo el cadáver, se interpuso, diciéndole:

—No, doctor. Eso no le corresponde a usted. Lléveselo a doña Bárbara, si quiere hacerle ese regalo; pero quien se echa encima este muerto es Pajarote. Sujete usted la bestia mientras yo lo atravieso encima.

Hecho esto, arrebiatada la bestia de El Brujeador a la de Luzardo, Pajarote propuso, valiéndose de su baquia, para que no se negase a que lo acompañara:

—Por aquí mismo debe de haber una huella de ganado que lleva ligerito a las casas de El Miedo. Vamos a irnos por ella.

Santos convino en que lo acompañara, pero, en llegando a la vista de la casa de doña Bárbara, dijole al peón:

—Espérame aquí.

Por fin y por encima de su voluntad empezaba a realizarse aquel presentimiento de una intempestiva regresión a la barbarie que atormentó su primera juventud. Todos los esfuerzos hechos por librarse de aquella amenaza que venía suspendida sobre su vida, por reprimir los impulsos de su sangre hacia las violencias ejecutorias de los Luzardos, que habían sido, todos, hombres fieros sin más ley que la de la bravura armada, y por adquirir, en cambio, la actitud propia del civilizado, en quien los instintos están subordinados a la disciplina de los principios, todo cuanto había sido obra ardua y tesonera de los mejores años de su vida desaparecía ahora arrollado por el temerario alarde de hombría que lo moviera a acudir a la celada de Rincón Hondo.

No era solamente el natural escrúpulo de haber tenido que defenderse matando, el horror de la situación brutal que lo pusiera en el trance de cometer un acto que repugnaba con los principios más profundamente arraigados en su espíritu, sino el horror de haber perdido para siempre esos principios, de haber adquirido una experiencia definitiva, de pertenecer ya, para toda la vida, al trágico número de los hombres manchados. Lo primero, el hecho mismo, aunque en sus manos estuvo el evitarlo, tenía sus atenuaciones: fue un acto de legítima defensa, pues había sido Melquiades el primero en hacer armas; pero lo segundo, lo que no fue acto de voluntad ni arrebato de un impulso, sino confabulación de unas circunstancias que sólo podían darse en el seno de la barbarie a que estaba abandonada la llanura: el ingreso en la fatídica cifra de los hombres que han tenido que hacerse justicia a mano armada, eso ya no podía tener remedios ni atenuaciones. Por el Arauca correría su nombre envuelto en la aureola roja que le daba la muerte del temible espaldero de doña Bárbara y de allí en adelante toda su vida quedaba comprometida con esa gloria, porque la barbarie no perdona a quien intenta dominarla adaptándose a sus procedimientos. Inexorable, de sus manos hay que aceptarlo todo cuando se le piden sus armas.

Pero ¿no se había propuesto, acaso, cuando resolvió internarse en el hato, renunciando a sus sueños de existencia civilizada, convertirse en el caudillo de la llanura para reprimir el bárbaro señorío de los caciques, y no era con el brazo armado y la gloria roja de la hazaña sangrienta como tenía que luchar con ellos para exterminarlos? ¿No había dicho ya que aceptaba el camino por donde el atropello lo lanzaba a la violencia? Ahora no podía revolverse.

Y avanzó solo con el trágico arrebiate. Solo y convertido en otro hombre.

IX
LOS RETOZOS DE MÍSTER DANGER

Ya Guillermo Danger se disponía a recogerse a dormir cuando ladraron los perros y se oyeron las pisadas de un caballo. "¿Quién vendrá para acá a estas horas?", se preguntó, asomándose a la puerta.

Comenzaba a salir la luna, pero sobre las sabanas del Lambedero aún se reposaban densas tinieblas, bajo un cielo anubarrado, en una atmósfera sofocante.

—¡Oh, don Balbino! —exclamó por fin, míster Danger, al reconocer al inoportuno visitante—. ¿Qué lo trae por aquí a estas horas?

—A saludarlo, don Guillermo. Como pasaba cerca de aquí, me dije: déjame llegarme hasta allá a saludar a don Guillermo, que no lo he visto despés que regresó de San Fernando.

No podía creer míster Danger en la sinceridad de tales demostraciones de amistad de Balbino Paiba, ni se las estimaba tampoco, pues, aparte ciertas complicidades, Balbino no era sino uno de los que él llamaba amigos de su whisky y lo recibió con exclamaciones sarcásticas:

—¡Oh! ¡Caramba! ¡Qué honor para mí que usted haya venido a saludarme cuando yo iba a dormirme! Muchas gracias, don Balbino. Eso merece un palito. Entre y siéntese mientras se lo sirvo. Ya no hay peligro del cunaguaro, porque se murió, ¡el pobrecito!

—¿De veras? ¡Qué lástima! —exclamó Balbino, tomando asiento—. Era un bonito animal aquel cachorro y usted estaba muy encariñado con él. Debe de hacerle mucha falta.

—¡Oh! Usted piense: todas las noches, antes de acostarme, retozaba con él un buen rato —repuso míster Danger, mientras servía dos copas de whisky, de la botella recién descorchada que tenía sobre el escritorio.

Vaciaron las copas, Balbino se enjugó los bigotazos y dijo:

—Gracias, don Guillermo. Que se le convierta en salud —y en seguida—: ¿Y qué era de su vida? Esta vez se quedó usted mucho tiempo en San Fernando. ¿Para olvidarse de cunaguarito? Ya se estaba diciendo por aquí que usted se había ido para su tierra. Pero yo dije: lo que es don Guillermo no se va más de esta tierra; ése es más criollo que nosotros y le haría falta la guachafita.

—¡Eso, don Balbino! ¡Eso es lo sabroso de esta tierra! Yo siempre digo como aquel general de ustedes, no me recuerdo el nombre... Uno que decía, "si se acaba la guachafita me voy". —Y soltó la risa, ancha como su faz rubicunda.

—¿No le digo? Usted es más criollo que la guasacaca.

—También es muy sabrosa la guasacaca. Todas las cosas que empiezan por gua, son muy sabrosas guachafita, guasacaca, guaricha bonita... ¡Guá, míster Danger1 Vamos a pegarnos un palo, como me dicen los amigos siempre que se encuentran conmigo.

—¡Ah, míster Danger! ¡Ojalá todos los extranjeros que vinieran por aquí fueran como usted! —dijo Balbino, lisonjero, preparando ya el terreno.

—¿Y usted, qué tal, don Balbino? ¿Cómo marchan los negocios? —preguntó míster Danger, sacando su cachimba y dándole las primeras chupetadas—. ¿Siempre tan buena moza doña Bárbara? Eso no empieza por guá, pero también es muy sabroso, ¿verdad, don Balbino? ¡Este don Balbino bribón!

Rieron a dúo, como es uso de pícaros celebrar picardías, y Balbino abordó su asunto, previas las características manotadas a los bigotes:

—Los negocios no han estado del todo malos este año. Pero, usted sabe, don Guillermo, pobre es pobre y nunca le faltan apuros de plata.

—¡Oh! No se ponga llorón, don Balbino. Usted tiene plata guardada bajo tierra. ¡Mucha plata! Míster Danger lo sabe.

Balbino hizo un movimiento involuntario y se apresuró a replicar:

—¡Ojalá! Se vive, nada más. Con negocios de a cuatro centavos, que son los que yo puedo hacer, no hay para guardar dinero. Eso está bueno para Bárbara y para usted, que tienen tierras y cogen ganado. Yo apenas he podido recoger este año unos cuarenta cachilapos. Y ya que hablamos de esto; cómpremelos, don Guillermo. Tengo un apuro de unos centavos y se los daría baratos.

—¿Están bien cachapeados los hierros?

Cachapear, o sea, hacer desaparecer el hierro original de una res para venderla como propia, era una de las habilidades mayores de Balbino Paiba, y aunque entre amigos no le molestaba que se hablase de ello, esta vez no le cayó bien la pregunta de míster Danger.

—Son míos por todo el cañón —afirmó con altivez.

—Eso es otra cosa —repuso míster Danger—. Por que si fueran luzarderos, aunque no se les viera el hierro, yo no me metería en ese negocio.

A lo que replicó Balbino:

—¿Y ese resuello, don Guillermo? Usted siempre ha comprado ganado luzardero cachapeado sin ponerle inconvenientes. ¿Es que también a usted le ha metido los bichos en el corral el patiquincito de Altamira?

—Yo no tengo que explicar a usted si me han metido bichos en el corral, como usted dice —protestó míster Danger, amoscado—. He dicho que no compro ganados, ni caballos, ni plumas altamireñas. Eso es todo lo que tengo que decir.

—Plumas no le estoy ofreciendo —se precipitó a observarle Balbino.

Iba míster Danger a replicar cuándo sucedió algo que llamó su atención: los perros, que estaban echados en el corredor, frente a la puerta de la pieza donde tenía lugar la entrevista, se levantaron y desaparecieron, sin gruñir y raboteando, como si salieran al encuentro de alguien que les fuera conocido.

Balbino no reparó en esto por hallarse de espaldas a la puerta, y míster Danger, para cerciorarse de lo que pudiera ser aquello, dijo:

—¿Otro palito, amigo Paiba?

Y tomando las copas donde ya habían bebido, con el pretexto de arrojar el resto de licor que en ellas quedaba, se asomó al corredor y echó una rápida mirada de exploración, que le permitió descubrir que quien por allí andaba era Juan Primito, mal tapado detrás de un árbol y rodeado de los perros amigos, como lo eran todos los de las casas de por allí.

Rápida la ocurrencia: "A éste lo han mandado a espiar a don Balbino", y perverso el designio: "Vamos a hacer hablar a este vagabundo" —sin que pasara de ganas de divertirse la intención, volvió a entrar en la sala, sirvió las copas, apuró la suya, se sentó frente a Balbino, permaneció un rato en silencio, dándole repetidas chupeteadas a su cachimba, y luego dijo, reanudando la conversación interrumpida:

—He nombrado plumas porque el año pasado me vendió usted algunas. ¿Se acuerda?

—Sí. Pero, afortunadamente, este año no pude comprar. Ya le digo: unos cuarenta mautes es todo mi capital.

—Y dice usted bien afortunadamente, porque después de lo de El Totumo y mientras no se averigüe qué fue lo que pasó allí, es peligroso ofrecer plumas. ¿No es verdad, don Balbino?

—¡Que si es peligroso!

Míster Danger se arrellanó en el asiento, estiró las piernas y sin quitarse la cachimba de la boca, dijo, como ocurrencia súbita:

—Ya que eso ha venido a la conversación, dígame don Balbino: ¿no ha pasado nunca usted por el chaparral de El Totumo?

Haciendo de tripas corazón, Balbino respondió con el tono con que se habla de cosas sin importancia:

—Por el chaparral, propiamente, no. Cerca sí he pasado cuando he tenido que ir a San Fernando.

—Es extraño —dijo míster Danger, rascándose la cabeza.

—¿Por qué le extraña? —interrogó Balbino, clavándole una mirada penetrante.

Pero la respuesta fue ésta:

—Yo sí he pasado. Ahora cuando venía de San Fernando, al día siguiente de haber estado allí las autoridades. Registré todo el chaparral y me convencí, una vez más, de que los jueces de este país tienen los ojos por adorno, como dice uno de mis amigos de San Fernando.

Mientras así hablaba, con la cabeza reclinada en el respaldar de la silla de extensión donde se había arrellenado, aparentemente mirando el humo de su cachimba, pero sin perder de vista el rostro de Balbino, abrió la gaveta de su escritorio y sacó algo que su interlocutor no pudo ver, pues lo ocultaba dentro de su manaza apuñada.

Balbino perdió la noción del tiempo, y le pareció que había dejado transcurrir largo rato para replicar, cuando, por lo contrario, lo hizo apenas terminara de hablar míster Danger.

—¿Qué fue lo que usted vio que no hubieran mirado las autoridades?

—Vi...

Pero se interrumpió en seguida para observar el objeto que había sacado del escritorio, con el aire de quien se encuentra de pronto entre las manos algo que no cree tener.

—¿Eso no es suyo, don Balbino? Creo que es de usted este corotico de chimó.

Mostró una de esas cajitas talladas en madera negra de corazón, donde llevan el chimó los aficionados a él.

Con un movimiento maquinal Balbino se palpó los bolsillos del liquiliqui, para cerciorarse de si llevaba allí aquel "corotico", sin acordarse de que hacía tiempo lo había perdido.

—Sí —concluyó míster Danger, después de haber observado el monograma que ostentaba la tapa del artefacto—. Esto es de usted, don Balbino.

Perdido ya el dominio de sí mismo, Balbino se llevó la diestra al revólver, poniéndose de pie, pero míster Danger replicó burlón:

—¡Oh! No hay necesidad de eso, don Balbino. Tome su corotico. Yo no pensaba quedarme con él.

Haciendo un esfuerzo visible por serenarse, Balbino interrogó:

—¿Qué significa todo esto, míster Danger?

—¡Es muy claro, hombre! Que usted dejó ese corotico olvidado y que yo me lo encontré y me dije: "Esto es de don Balbino, él vendrá por aquí a buscarlo. Vamos a guardárselo". Pero ya veo que usted se ha imaginado otra cosa. No, don Balbino, no tenga usted cuidado. No fue en el chaparral de El Totumo donde encontré ese corotico, ni tampoco al pie del paraguatán de La Matica.

Aludía con lo último al sitio donde Balbino tenía enterradas las plumas.

—Yo hice muy bien mis cosas —se había dicho éste—. Ni un rastro mío dejé en el chaparral, y si son las plumas, ni brujos que fueran podrían descubrir dónde las tengo escondidas.

Mas he aquí que ahora, aunque creía no haber llevado consigo al chaparral aquel utensilio que le devolvía míster Danger, tampoco podía asegurar si fue realmente allá donde lo perdió y, por otra parte, la alusión al paraguatán de La Matica no dejaba lugar a dudas: míster Danger estaba en el secreto del crimen y sabía dónde había ocultado el cuerpo del delito.

—¡Maldición! —exclamó mentalmente—. ¿Quién me mandó a venir a proponerle a este hombre que me comprara los mautes? ¡La codicia, que siempre rompe el saco!

En efecto, ya Balbino, al separarse de doña Bárbara, momentos antes, después de haberla oído decir aquello de: "Hasta el ganado le tiene grima a la sangre de sus semejantes", había decidido fugarse del hato con su botín, camino de la frontera colombiana, y sólo esperaba la oscuridad propicia de la noche para ir a La Matica a desenterrar las plumas; pero como allí también tenía algunos mautes, producto de su rapacidad incruenta en bienes de la barragana, la codicia le dictó ir a proponérselos en venta a míster Danger.

Comprendiendo que, ya descubierto, lo mejor era abordar descaradamente el asunto, interrogó:

—Dígame una cosa, don Guillermo, ¿qué me quiere decir usted con eso del paraguatán de La Matica?

—¡Oh! Muy sencillo. Una casualidad, puramente. Yo estaba esa noche haciéndole el tiro a un tigre que me habían dicho que estaba cebado por allí y lo vi a usted enterrar un cajón al pie del paraguatán. Yo no sé qué hay dentro de ese cajón.

—Usted sí sabe, don Guillermo. Déjese de disimulaciones conmigo —replicó Balbino, decidido—. En la hora y punto en que estoy yo y con la clase de hombre con quien estoy hablando, "al pan, pan; y al vino, vino". Yo no he venido a ofrecerle mautes, sino plumas de garza. Dos arrobas completas y de primera. Póngase en proporción y son suyas. No serán las primeras plumas manoteadas que usted ha comprado.

Su plan era captarse la complicidad del extranjero, aceptar el precio que quisiera ofrecerle, por irrisorio que fuese, cerrar el negocio para el día siguiente y marcharse en seguida con su botín. Lo interesante, lo apremiante, era salir del atolladero en que se había metido.

Pero míster Danger soltó una carcajada y dijo:

—Usted se equivoca, don Balbino. Míster Danger no hace negocio que no estén dentro de sus planes. Yo no he querido sino divertirme un rato con usted. Ese corotico de chimó lo ha dejado usted aquí sobre mi escritorio, hace una porción de tiempo. Yo no he estado en el chaparral de El Totumo. Todo ha estado un juego mío, menos lo del paraguatán de La Matica, ¿eh?

Demudado por la ira, Balbino replicó:

—¿Quiere decir que usted me ha escogido para que le hiciera las veces del cunaguaro? ¿No sabe usted que esos retozos son muy peligrosos?

Pero en eso gruñeron lo perros y a Balbino se le fue del rostro la sangre del coraje. Se asomó a la puerta, exploró la oscuridad, y aunque nada vio, dijo:

—De aquí se acaba de ir alguno que estaba oyendo lo que conversábamos.

Volvió a reír míster Danger y concluyó:

—¿Ve usted, don Balbino, cómo hoy no está bueno para meter miedo? Lo más peligroso que hay ahora es ofrecer plumas. Míster Danger no habla, no porque le tenga miedo a sus amenazas, sino porque a míster Danger no le importa nada de lo que haya sucedido en el chaparral de El Totumo. Y ahora...

Y castañeando los dedos le mostró la salida.

No otra cosa quería Balbino; pero no se marchó sin haberle echado encima una mirada terrible, con el imprescindible acompañamiento de las manotadas a los bigotes, y una vez fuera, le echó la pierna al caballo y cogió el camino del sitio de La Matica, diciéndose mentalmente: —Ahora sí que no hay tiempo que perder. Ya voy a estar desenterrando mis plumas, y ¡ojos que te vieron, paloma turca! Viajando de noche y escondiéndose de día en las matas, antes de que puedan ponérseme sobre las huellas, ya habré pasado la raya de Colombia.

Entretanto, míster Danger, a solas y entre carcajadas:

—Ya Juan Primito estará llegando a El Miedo con el cuento de lo que ha oído. Ahora doña Bárbara va a querer que Balbino parta con ella las plumas. ¡Pobrecito Balbino!

Y después de ese saludable ejercicio de buen humor se durmió tranquila y profundamente, como en vida del cunaguaro, después de los retozos sobre la estera.

X
ENTREGANDO LAS OBRAS

Hacía rato que se habían escuchado, en el profundo silencio de la noche, las detonaciones de los disparos de Rincón Hondo, y todavía doña Bárbara, pendiente de lo que allí hubiera sucedido y echando de menos aquella extraordinaria facultad de intuición de los sucesos lejanos que se le atribuía, se paseaba, sumamente agitada, de un extremo al otro del corredor, explorando a cada momento las tinieblas de la sabana, cuando llegó Juan Primito con la noticia, entre ahogo de haberla traído en carrera:

—En La Matica, al pie de un paraguatán, están enterradas las plumas.

Y en seguida pasó a explicar cómo lo había descubierto; pero apenas hubo comenzado, cuando doña Bárbara, que ya le prestaba poco atención, se precipitó fuera del corredor, a tiempo que los perros salían, también ladrando al encuentro de un jinete que traía una bestia arrebiatada a la suya.

—¿Melquiades? —inquirió.

—No es Melquiades —respondió Santos Luzardo.

Y deteniendo su caballo comenzó a desamarrar el arrebiate, con la misma calma trágica con que, trocadas las suertes, lo hubiera hecho El Brujeador.

Doña Bárbara avanzó hasta reunírsele, y después de haber echado una rápida mirada al cadáver del espaldero, como a cosa sin importancia, la fijó en aquel que sólo atendía a la operación que ejecutaban sus manos. Aquella mirada expresaba estupor y admiración a la vez. La nueva faz imprevista de la personalidad del hombre deseado revolvía y mezclaba en un solo sentimiento monstruoso todo lo que en ella pudiera haber de amor y de anhelos de bien.

—Yo sabía que usted vendría a traerlo —murmuró.

Santos volvió bruscamente la cabeza. Acababa de explicarse el tortuoso designio de la mujerona: había querido deshacerse del espaldero, cómplice de sus crímenes, y lo había mandado a Rincón Hondo para que él le diese muerte; lo había convertido, pues, en instrumento suyo, y ahora tenía la avilantez de hacérselo comprender. Moralmente, ya él pertenecía a la gavilla de asesinos de la cacica del Arauca.

Por un momento lo asaltó el impulso de precipitarse sobre ella, tirándole encima la bestia para que la arrollara y pisoteara en el suelo pero en seguida se le deshizo en brusco abatimiento la fiereza que le hervía en el pecho, y arrojándole a los pies la falseta del caballo de El Brujeador, tiró de la rienda al suyo y partió, sombrío, repitiéndose la reflexión que acababa de hacerse: no la gloria roja de los dominadores a sangre y fuego habíale dado el suceso de Rincón Hondo, sino la triste fama del asesino, ejecutor de los designios de la mujerona.

Largo rato estuvo el caballo de El Brujeador con su carga macabra atravesada sobre la montura, quieto y con la cabeza vuelta hacia doña Bárbara, cual si esperase la determinación que ella debía de tomar. Asimismo los perros, después de haber olfateado los pies y manos péndulos del cadáver, se habían quedado inmóviles, en un grupo expectante, pendientes del rostro del ama. Pero como ésta permaneciera absorta, mirando hacia donde ya se había hundido en la noche la sombra de Santos Luzardo, la bestia decidió encaminarse al caney sillero, paso a paso, como para no sentir el trágico péndulo que llevaba encima, y los perros se fueron detrás, gruñendo.

Doña Bárbara continuó inmóvil; pero ya había desaparecido de su rostro aquel aire de estupor y de admiración con que se quedara mirando a Luzardo, y ahora su frente ceñuda denunciaba un sombrío trabajo del pensamiento.

Una vez más parecía como si su instinto la hubiera guiado certeramente, pues, a pesar de la manera absurda con que fue urdido el plan de Rincón Hondo, había resultado lo que más conviniera a sus designios. No porque aquella solución fuese, en realidad, la que ella hubiere perseguido, pues en éste, como en casi todos sus planes, no hubo sino simple provocación impulsiva de un resultado cualquiera, golpe a salga lo que saliere, para ponerle término a una situación complicada. Pero, como siempre le acontecía, en presencia del resultado fortuito se engañaba a sí misma, diciéndose que así lo había previsto, que eso era lo que buscaba.

Por una parte, presa de sentimientos contradictorios respecto a Luzardo: pasión amorosa y deseos de venganza, y por la otra, rabiosos despecho ante la fatalidad de las obras cumplidas que por dondequiera le salían al paso, cerrándole el camino, urdió la celada de Rincón Hondo sólo por provocar los acontecimientos fortuitos: muerte de Luzardo o de El Brujeador, soluciones, ambas, de las cuales dependía su suerte. Cierto era que ahora tenía en sus manos la de Santos Luzardo, pues con acusarlo de haber dado muerte a Melquiades y con poner en juego un poco de su ascendiente sobre jueces y autoridades de la región, bastábale para arruinarlo y llevarlo a un presidio; pero esto sería la renuncia definitiva al buen camino, la vuelta a las obras cumplidas, de cuya fatalidad quería librarse.

Ya había comenzado a entregarlas: los Mondragones abandonados a su suerte; Melquiades atravesado sobre aquel caballo...

El alboroto de la peonada interrumpió sus cavilaciones. Del plan de los caneyes venía uno de los vaqueros a darle la noticia.

Al volverse vio a Juan Primito, que había presenciado todo aquello desde el corredor, horrorizado, haciéndose cruces, y con una súbita ocurrencia le dijo:

—Tú no has visto nada. ¿Sabes? Vete de aquí inmediatamente y cuidado como se te ocurra hablar de lo que has visto.

A grandes zancadas el bobo se perdió en la oscuridad de la sabana, y doña Bárbara, como si ignorase el acontecimiento y con la habitual impasibilidad con que sabía ocultar sus impresiones, oyó lo que le refirió el vaquero y luego se dirigió al caney.

Despertados por las voces del peón que había visto llegar el caballo con El Brujeador muerto encima, los demás vaqueros, las mujeres de la cocina y los muchachos de unos y otras, éstos medio adormilados todavía, formaban un ruedo en torno a la bestia, haciendo comentarios y profiriendo exclamaciones; pero al reunírseles doña Bárbara enmudecieron y se quedaron mirándola, pendientes del mínimo gesto de su rostro enigmático.

Se acercó al cadáver y después de haber visto que tenía una herida en la sien izquierda, de la cual manaba un hilo de sangre negra y espesa, dijo:

—Apéenlo y pónganlo en el suelo para ver si tiene otras heridas.

Así se hizo; pero mientras uno de los peones registraba el cadáver, ella parecía atender, más que a la operación, al designio que le ensombrecía la faz.

—La de la sien solamente —dijo, por fin, el peón enderezándose—. Una herida muy noble que seguramente lo mató en seco.

Y otro comentó:

—Buen ojo tiene el que lo tiró; pero se conoce que no estaba cara a cara con él. Seguramente lo estaba cazando detrás de algún palo.

—O iba al lado suyo —repuso doña Bárbara, volviéndose a mirar al peón que había formulado el comentario.

—También sirve —murmuró el vaquero, aceptando aquella interpretación que le imponía quien no necesitaba haber presenciado las cosas para saber cómo habían sucedido.

Doña Bárbara volvió a fijar la vista sobre el cadáver, en cuyo rostro exangüe se mezclaban la lívida luz de la luna y los reflejos cárdenos de un candil que una de las mujeres sostenía entre sus manos trémulas. Entretanto, el mudo círculo de espectadores esperaba el resultado de aquella cavilación.

De pronto levantó los ojos y miró en derredor, como si buscase a alguien.

—¿Donde está Balbino?

Aunque todos sabían que Balbino no estaba entre ellos, todas las miradas lo buscaron en el grupo, con simultáneo movimiento maquinal, y luego, con una sospecha unánime, suscitada en los ánimos hostiles al mayordomo por aquella capciosa pregunta, cruzáronse las miradas que interrogaban: "¿Habrá sido Balbino?".

—"¡Ya está!" —se dijo mentalmente doña Bárbara, al advertir que sus palabras habían surtido el efecto buscado, y en seguida, con la entonación de visionaria con que administraba su fama de bruja y dirigiéndose a dos de sus peones, entre los cuales ya podía ir eligiendo el sustituto de Melquiades Gamarra:

—En La Matica, al pie de un paraguatán, están enterradas las plumas de garza del doctor Luzardo. Allí debe de estar Balbino, desenterrándolas. Anden de allá, ligero. Llévense dos wínchesters y... tráiganme las plumas. ¿Comprenden? —Y en seguida, a los demás—: Ya pueden levantar el cadáver. Llévenlo a su casa y vélenlo allá.

Y se retiró a sus habitaciones, dejándole a la peonada un fecundo motivo de comentarios para la tertulia del velorio de Melquiades.

—Yo lo que aseguro es que si fue Balbino, por ahí había palos gruesos con qué taparse, porque de hombre a hombre le quedaba grande el difunto.

Y durante largo rato la expectativa los mantuvo en silencio, atentos a los rumores lejanos. Por fin oyéronse detonaciones hacia los lados de La Matica.

—Ya empezaron a trabajar los güínchestes —dijo uno.

—Hay un revólver contestando —añadió otro— ¿No sería bueno que nos llegáramos hasta allá a ayudar a los muchachos?

Y ya algunos se disponían a encaminarse a La Matica, cuando apareció doña Bárbara, diciéndoles:

—No hay necesidad. Ya Balbino cayó.

Volvieron a mirarse las caras los vaqueros, con el supersticioso recelo que les inspiraba la "doble vista" de la mujerona, y cuando ya ella había entrado de nuevo en la casa, uno insinuó la explicación:

—¿No se fijaron en que el revólver se calló primero? Los últimos tiros fueron de güínchestes.

¿Pero quién les quitaba ya de las cabezas a los servidores de la bruja del Arauca que ella había "visto" lo que estaba sucediendo en La Matica?

XI
LUZ EN LA CAVERNA

Era ya medianoche y hacía más de una hora que cabalgaban en silencio, cuando, a la vista del palmar de La Chusmita, observó Pajarote:—¿Luz a estas horas en la casa de don Lorenzo? Algo debe de estar pasando allá.

Santos, que desde El Miedo venía cabizbajo y ajeno a cuanto lo rodeaba, levantó la cabeza, cual si saliese de un sueño. Tres días habían pasado desde aquella otra noche cuando Antonio Sandoval le dijera que Marisela se había ido para el rancho del palmar, y ni un solo instante le había cruzado por la mente, ofuscada por los propósitos de violencia que acababan de hacer crisis en el abatimiento que ahora lo traía silencioso y sombrío, la idea de las privaciones y peligro a que pudiera estar expuesta aquella muchacha, que, sin embargo, había llegado a ser la ocupación dominante de su pensamiento durante varios meses.

Reconoció que había hecho mal en abandonarla a su suerte y encontrando alivio a sus tormentos al darles de nuevo cabida en su pecho a los bondadosos sentimientos, torció camino hacia el palmar.

Momentos después se detenía en el umbral de la puerta del rancho, ante un candil: hundido en su chinchorro y con el sello de la muerte en el rostro, yacía Lorenzo Barquero, y junto a él, Marisela, sentada en el suelo, acariciábale la frente, fijos en él los hermosos ojos, fuentes de un llanto silencioso que le bañaba la faz.

Acariciándolo así lo había ayudado a bien morir, con tierno sostén de amor, y aunque hacía rato que la frente había dejado de sentir el suave contacto de la mano, todavía ésta prodigaba la filial caricia.

Más que lo doloroso, la dramática vida que acababa de extinguirse, la miseria del cuadro y el llanto de la faz atribulada, lo que tocó el corazón de Luzardo fue lo que allí había de tierno: la mano acariciadora, la expresión de amor que tenían los ojos bañados en lágrimas, la ternura para la cual creyera incapacitada a Marisela:

—¡Se me murió papá! —exclamó, con un acento desgarrador, al ver a Santos, y cubriéndose el rostro con las manos se echó de bruces en el suelo.

Después de haberse cerciorado de que, realmente, Lorenzo estaba muerto, Santos levantó a Marisela para hacerla sentarse en una silla; pero ella se le arrojó sobre el pecho, gimiendo y llorando.

Largo rato permanecieron en silencio y luego Marisela, desatada la locuacidad del dolor, comenzó a explicar:

—Yo pensaba llevármelo mañana mismo para San Fernando para

que lo vieran los médicos. Yo creía que pudiera curarse y quería llevármelo. Se lo dije a Antonio, que estuvo esta tarde por aquí, y él me ofreció contratarme un bongo que venía de arriba. Acababa de irse Antonio y yo había entrado a darle una vuelta a papá, antes de ir a prepararle la comida, porque desde esta mañana estaba muy hundido y me daba miedo dejarlo solo mucho tiempo, cuando de pronto hizo un esfuerzo por sentarse en el chinchorro y se me quedó viendo con los ojos pelados y gritó "¡El tremedal! ¡Me traga!... ¡Sosténme, no me dejes hundir!". Fue un grito espantoso, que me parece estar oyéndolo todavía. Después cayó otra vez de espaldas en el chinchorro y empezó a morírse, diciendo a cada rato: "¡Me hundo! ¡Me hundo!". Y me apretaba la mano, con una angustia horrible.

—Era su tema —comentó Pajarote—. Que se lo tragaría el tremedal.

Santos permaneció en silencio, haciéndose reproches por el injustificable abandono en que había dejado a Lorenzo y a Marisela, y ésta reanudó el nervioso charloteo, repitiendo:

—Yo pensaba llevármelo mañana mismo para San Fernando. Antonio me había ofrecido conseguirnos puesto en un bongo que iba para allá...

Pero Santos la interrumpió, atrayéndola sobre su pecho paternalmente:

—Basta. No hable más.

—Pero si he estado toda la noche sufriendo callada. Ingrima y sola toda la noche viéndolo hundirse, hundirse y hundirse. Por que era como si verdaderamente se estuviera hundiendo en el tremedal. ¡Dios mío! ¡Qué cosa tan horrible es la muerte! Y yo, ¡íngrima y sola, ayudándolo a bien morir! Y ahora ¡íngrima y sola, para toda la vida! ¿Qué me hago yo ahora, Dios mío?

—Ahora nos volvemos a Altamira y luego se verá qué se hace. No has quedado tan completamente desamparada como crees. Anda, Pajarote: Andate a buscar la gente necesaria y una bestia aperada para Marisela. Y tú, acuéstate un rato a descansar y procura dormirte.

Pero Marisela no quiso moverse de junto al padre y fue a sentarse en aquel butaque donde tomara asiento Lorenzo la tarde de la primera visita de Santos, dejándole a éste la silla que entonces había ocupado, y así, separados por el chinchorro donde yacía aquél, permanecieron largo rato en silencio.

Afuera, la luna brillaba sobre el palmar silencioso que se extendía en torno al rancho, inmóvil en la calma de a noche, y más allá se reflejaba en el remanso del tremedal. Era honda y transparente la paz del paisaje lunar; pero los corazones estaban atormentados y la sentían abrumadora y siniestra.

Marisela sollozaba entre ratos, Santos cavilaba, ceñudo y sombrío, repitiéndose mentalmente aquellas palabras de Lorenzo la tarde de su primera visita al rancho de La Barquereña: "¡Tú también, Santos Luzardo! ¿Tú también has oído la llamada?"

Ya Lorenzo había sucumbido, víctima de la devoradora de hombres, que no fue quizá tanto doña Bárbara cuanto la tierra implacable, la tierra brava, con su soledad embrutecedora, tremedal donde se había encenegado aquel que fue orgullo de los Barqueros, y ya él también había comenzado a hundirse en aquel otro tremedal de la barbarie, que no perdona a quienes se arrojan a ella. Ya él también era una víctima de la devoradora de hombres. Lorenzo había terminado; ahora comenzaba él.

—¡Santos Luzardo! Mírate en mí. ¡Esta tierra no perdona!

Y contemplando el rostro desencajado y cubierto por la pátina terrosa de la muerte, suplantando imaginativamente las facciones de Lorenzo por las suyas y diciéndose: —Pronto empezaré a emborracharme para olvidar y pronto estaré así, con la muerte fea pintada en la cara: la muerte del espectro de un hombre, la muerte de un cadáver.

Y suplantándose así a Lorenzo Barquero le causó sorpresa que Marisela le hablase como a ser viviente.

—Me han dicho que has estado muy raro en estos días, haciendo cosas que no son propias de ti...

—Y aún no te han dicho nada. Esta noche he dado muerte a un hombre.

—¿Tú?... ¡No! No puede ser.

—¿Qué tiene de raro? Todos los Luzardos han sido homicidas.

—No es posible —replicó Marisela—. Cuéntame. Cuéntame.

Y así que Luzardo le hubo referido el mal suceso, tal como se lo representaba su imaginación exaltada, que era cual había sucedido, pero mal interpretado a causa de la ofuscación del ánimo, aquélla repitió:

—¿No ves cómo no era posible? Si la cosa sucedió como la cuentas, fue Pajarote quien lo mató. ¿No dices que El Brujeador estaba cara a cara contigo y que la herida fue en la sien izquierda? Pues por ese lado no podía herirlo sino Pajarote.

Horas de presencia continua del cuadro ante la imaginación y de reflexiones obstinadas en la reconstrucción de todos los detalles del suceso, no habían bastado para que Santos cayera en cuenta de lo que Marisela había inferido en un instante, y así fue que se la quedó mirando con el esperanzado deslumbramiento de quien, perdido en el fondo de tenebrosa caverna, ve acercarse la luz salvadora.

Era la luz que él mismo había encendido en el alma de Marisela, la claridad de la intuición en la inteligencia desbastada por él, la centella de la bondad iluminando el juicio para llevar la palabra tranquilizadora al ánimo atormentado, la obra —su verdadera obra, porque la suya no podía ser exterminar el mal a sangre y fuego, sino descubrir, aquí y allá, las fuentes ocultas de la bondad de su tierra y de su gente—, su obra, inconclusa y abandonada en un momento de despecho, que le devolvía el bien recibido, restituyéndolo la estimación de sí mismo, no porque el hecho material de que hubiese sido la bala de Pajarote y no la suya la que diera muerte a El Brujeador modificase la situación, de un orden puramente ideal, con que su espíritu había reaccionado contra las ofuscaciones de la violencia, sino porque, viniendo de Marisela, la tranquilizadora persuación de aquellas palabras había brotado de la confianza que ella tenía en él y esta confianza era algo suyo, lo mejor de sí mismo, puesto en otro corazón.

Aceptó el don de paz, y dio en cambio una palabra de amor.

Y aquella noche también para Marisela bajó la luz al fondo de la caverna.

XII
LOS PUNTOS SOBRE LAS HACHES

Estaban cortando sogas en el patio de los caneyes, ya al caer la tarde, cuando Pajarote, después de haber dirigido una mirada a la sabana, dijo:

—Yo no sé cómo puede haber cristianos que les guste vivir entre cerros o en pueblos de casas tapadas. El llano es la tierra de Dios para el hombre de los demonios.

Interrumpieron los demás el trabajo que hacían sus cuchillos en el cuero crudo y pestilente de donde sacaban tiras y se quedaron mirando interrogativamente al vaquero de las graciosas ocurrencias. Este concluyó:

—Pero si está clarito, como jagüey de medanal. En el llano se aguaita desde lejos y se sabe lo que viene antes de que llegue, tan y mientras que en las tierras de cerrajones va uno siempre encunado entre las vueltas del camino, que son como puntas de cachos, y si es en las casas tapadas, está el cristiano como los ciegos, que preguntan quién es después que los han tropezado.

Con una misma suspicacia todos dirigieron simultáneamente las miradas hacia la sabana y divisaron un jinete que traía rumbo a las casas.

Enterados del suceso de Rincón Hondo, los peones de Altamira habían estado esperando por momentos ver aparecer en el horizonte la comisión que viniera a practicar el arresto del doctor Luzardo y aunque no era presumible que a ello viniese un hombre solo, la aparición de gente forastera tenía que inspirarles recelos.

En cambio, Pajarote daba muestras de una despreocupación absoluta, entregado de nuevo a su trabajo y riéndose para sus adentros del esfuerzo que les estaba costando a los compañeros distinguir quién era la persona que se acercaba. Desde que apareció en el horizonte aquel jinete, lo había estado observando, de cuando en cuando, sin que los demás se diesen cuenta, dispuesto a marcharse al escondite del monte tupido en cuanto descubriese indicios de que fuera gente sospechosa; pero ya sus ojos, acostumbrados a las largas distancias de las sabanas, habían reconocido en aquel forastero a un peón amigo, de uno de los hatos de Arauca arriba, que días antes había pasado por allí hacia el pueblo cabecera del distrito.

—Es el mocho Encarnación —dijeron, por fin, aquéllos.

Y Pajarote, con su hablar a gritos:

—A buena hora lo descubren. Buenos para vigías están ustedes. Y eso que mi vale María Nieves se las echa de anteojo de larga vista.

—Los milagros que hace San Miedo —replicó María Nieves—. Hasta los ciegos ven cuando deben alguna y están esperando que vengan a cobrársela.

—Tápate esa punta, zambo Pajarote. Mira que el catire te está tirando al bulto —díjole Venancio, excitándolo a la réplica, como solía hacerlo para divertirse con las sátiras con que ellos acostumbraban zaherirse.

Pero Pajarote no necesitaba que lo animaran:

—De que es milagroso San Miedo, eso nadie lo duda; pero que este zambo sea tan cegato, eso todavía está por verse. Por lo menos a mí no me ha pasado lo que le sucedió a un amigo mío, cabrestero y catira, por más señas, que por encender un tabaco, una noche, lo cogieron encandilado como al cachicamo. Y no por falta de miedo, porque llevaba bastante el catire, según él mismo me lo ha contado, sino porque le faltó la malicia del zambo Pajarote, que cuando viaja de noche y tiene que prender un tabaco, deja abierto un ojo solamente para cuando se le encandile poder seguir sin tropiezo con la remonta del que tenía cerrado y ve clarito en lo oscuro.

—¡Arrea, María Nieves! Mira que el zambo te va echando tierra —volvió a intervenir Venancio, aludiendo con tales palabras a la maña que se daba Pajarote, cuando viajaba en verano, para ponerse a la cabeza de la cabalgata y de este modo librarse de las polvaredas que levantaran las bestias de los demás.

En cambio, durante el invierno, procuraba siempre quedarse atrás a fin de que, al esguazar los caños crecidos, fueran los que marcharan adelante quienes pasasen los trabajos buscando los vados; y a este ardid se refirió María Nieves, al replicar:

—Ahora él va en la culata, esperando que otro encuentre el paso.

Pero la réplica de María Nieves tenía un sentido que sólo Pajarote podía entender. De la explicación que éste le diera al suceso de Rincón Hondo, había deducido aquél que no fue la bala del disparo de Luzardo la que había dado muerte a El Brujeador, pero que si Pajarote no reclamaba esta gloria, por una delicadeza de bárbara hidalguía, pues se trataba de una hazaña que muchos codiciaban y no quería regateársela al doctor, también se la cedía porque a la hora de responsabilidades ante la ley, a Luzardo le sería más fácil salir impune.

Ambos estaban acostumbrados a zaherirse sin consideraciones; pero Pajarote no esperaba que María Nieves le saliese con aquello y se quedó desconcertado, lo cual hizo exclamar a los circunstantes:

—¡Se aspeó el zambo! Aprovéchalo, catire. Naricéalo ahí mismo, que ya ése es tuyo.

Pero María Nieves, comprendiendo que el juego había resultado pesado, respondió:

—Mi vale sabe que yo y él no nos tiramos.

Pajarote sonrió. Para los demás, María Nieves lo había derrotado; más para ellos dos, el amigo sabía que había sido él quien "se pegó" al espanto de la sabana, y con ser el más hombrón entre los que con él estaban allí, lo admiraba y lo envidiaba.

Momentos después llegaba el mocho Encarnación al patio de los caneyes. Pajarote y María Nieves saliéronle al encuentro, preguntando éste:

—¿Qué lo trae por aquí, amigo?

—Las ganas de dormir bajo techo, si aquí me lo permiten, y una encomienda que me dieron para el doctor. Una carta del juez.

—¡Ah, caramba! —exclamó Pajarote—. ¿De cuándo acá ha tenido usted necesidad de pedir permiso en esta casa para colgar su chinchorro donde le dé gana? Apéese y acomódese donde más le guste y écheme acá esa carta que trae para el doctor.

Con ella en la mano se presentó ante Luzardo, diciéndole:

—Ya como que reventó la cosa, doctor. Esto es del juez para usted.

Era de Mujiquita y refería acontecimientos insólitos:

"Ayer se presentó por aquí doña Bárbara con las dos arrobas de plumas de garza que te fueron robadas en El Totumo y declaró lo siguiente: que habiendo caído en sospechas de que el autor del crimen fuera un tal Balbino Paiba, mayordomo de Altamira, al cual despediste a tu llegada a ésa, ordenó a varios de sus peones que lo vigilaran; que dos de éstos, cumpliendo aquella orden, lo siguieron hasta el sitio denominado de La Matica y allí lo sorprendieron infraganti desenterrando un cajón que resultó contener las plumas de referencia; que le intimaron se diera preso y como hiciera armas contra ellos, dispararon sobre él y le dieron muerte, en seguida de lo cual ella se puso en camino para ésta, con el cuerpo del delito y a dar cuenta a la autoridad de lo sucedido, así como también de la muerte de Melquiades Gamarra (a) El Brujeador, asesinado por el mencionado Paiba, pocos momentos antes del suceso de La Matica y a causa de la misma vigilancia a que más arriba hago mención."

Terminaba Mujiquita anunciándole que ya doña Bárbara, deseosa de hacerlo todo ella misma, había seguido viaje para San Fernando a entregar las plumas al comerciante a quien se las llevara Carmelito, y felicitándolo por la solución que había tenido el asunto, tan peliagudo días antes.

La posdata era de puño y letra de ño Pernalete:

"¿No se lo dije, doctor Luzardo? Ya están los puntos sobre las haches. Sus plumas están en buenas manos: en las de su amiga de usted, que le llevará la plata. Eso es lo que usted ha debido hacer desde un principio. Su amigo, Pernalete."

La lectura de esta carta dejó a Santos sumido en perplejidades. ¡Las plumas recuperadas, Balbino matador de Melquiades y todo esto hecho por doña Bárbara!

—¡Ya ve, doctor, que no había que calentarse tanto la cabeza! —exclamó Pajarote—. Ahora que todo se ha arreglado, puedo decirlo: mía fue la bala que mató a El Brujeador, porque, como usted debe recordar, usted se le arrimó por el lado del lazo y yo por el de montar, y era por este lado donde tenía la herida. En la sien izquierda. ¿Se acuerda? Pues bueno, fui yo quien acabó con el espantajo; pero ahora el juez dice que fue don Balbino y de don Balbino será el muerto.

—Pero eso es una iniquidad, Pajarote —protestó Luzardo—. Nuestro derecho a defendernos era legítimo, puesto que Melquiades fue el primero en hacer armas, y yo, o tú, como ahora puedo decirlo, ya que lo reconoces, podíamos estar con la conciencia tranquila. Pero de ahora en adelante la injusticia cometida con Balbino nos quita el derecho de esa tranquilidad, si en seguida no nos presentamos ante el juez a deponer la verdad del hecho, a poner los puntos sobre las íes y no sobre las haches, como están puestos en esta carta.

—Mire, doctor —repuso Pajarote, después de una pausa dubitativa—. Si usted se presenta a confesar la verdad contra lo que allá han sentenciado, se le pone bravo ño Pernalete, y es capaz de mandarlo a conenar para que otro día no sea tan inocente. Y últimamente, todo esto que ha sucedido y que a usted le parece tan feo, no lo han hecho ni doña Bárbara, ni el juez, ni el Jefe Civil, sino Dios mismo, que sabe muy bien lo que hace. Fíjese en esto, doctor: nosotros nos pegamos a El Brujeador, usted o yo —ahora no le convenía insistir en que había sido él—, porque ¿quién puede asegurar si el difunto no volteó la cabeza en el momento de disparar nosotros? Pero muy bien pegado, de todos modos, y quien carga con la muerte es Balbino, que quién sabe cuántas debía. Dios tiene su modo de El para arreglar sus cosas y es un demonio para castigar.

A pesar de la gravedad del asunto, Santos no pudo menos que sonreír: al dios de Pajarote, como el amigo del cuento de ño Pernalete, no le producían escrúpulos los puntos sobre las haches.

XIII
LA HIJA DE LOS RÍOS

Tiempo hacía que doña Bárbara no visitaba San Fernando.

Como siempre, en cuanto corrió la noticia de su llegada, pusiéronse en movimiento los abogados, vislumbrando ya uno de aquellos litigios largos y laboriosos que entablaba contra sus vecinos la famosa acaparadora del cajón del Arauca, y en los cuales, si los pícaros hacían su cosecha —pues para quedarse ella con las tierras ajenas tenía que dejar, en cambio, entre costas y honorarios, sus buenas morocotas en manos de jueces y defensores de la parte contraria o en los bolsillos de los prohombres políticos que le hubieran prestado su influencia—, también los profesionales honrados salían ganando mucho con el acopio de jurisprudencia y el ejercicio de sutilezas que se requerían para defender, contra las argucias y bribonadas de aquéllos, los derechos evidentes de las víctimas. Pero, esta vez, se quedaron chasqueados los rábulas; doña Bárbara no venía a entablar querellas, sino, por el contrario, a llevar a cabo reparaciones insólitas.

Mas no sólo entre la gente de leyes se alborotaron los ánimos. Ya, al saberse que estaba en la población, habían comenzado a rebullir los comentarios de siempre y a ser contadas, una vez más, las mil historias de sus amores y crímenes, muchas de ellas pura invención de la fantasía popular, a través de cuyas ponderaciones la mujerona adquiría caracteres de heroína sombría, pero al mismo tiempo fascinadora como si la fiereza bajo la cual se la representaba, más que odio y repulsa, tradujera una íntima devoción de sus paisanos. Habitante de una región lejana y perdida en el fondo de vastas soledades y sólo dejándose ver de tiempo en tiempo y para ejercicio del mal, era casi un personaje de leyenda que excitaba la imaginación de la ciudad.

Dada esta ya favorable disposición de ánimos, la noticia de que había venido a entregar, personalmente, lo que su amante le robó a su enemigo y que representaba una suma considerable, y el rumor de que intentaba devolverle a Luzardo las tierras arrebatadas a Altamira, tenía que conmover la población. Espíritus impresionables y propensos a las sugestiones de lo extraordinario, como lo son los de la imaginativa gente llanera, inmediatamente comenzaron a buscárseles atenuaciones a las truculentas anécdotas, que la pintaban como un ser siniestro y odioso.

E inventando cada cual lo que se le antojara, pero contra la corriente de las antiguas versiones empezaron a circular por la población novísimos episodios de la vida de doña Bárbara, edificantes casi todos. No se habló de otra cosa durante toda la tarde; las mujeres, allá en sus casa, en animados conciliábulos de vecindario; los hombre en los corrillos que se formaban en torno a las mesas de los botiquines, y en la noche la calle del hotel donde ella se había alojado estuvo muy concurrida.

Era el hotel una casa de corredor hacia la calle, situada frente a una de las plazas de la población. Doña Bárbara reposaba en una mecedora, al fresco de la brisa que soplaba del río, distante de allí un centenar de metros, sola, reclinada la cabeza en el respaldo del asiento, en una actitud lánguida y con una expresión de absoluta indiferencia por todo lo que la rodeaba.

Y lo que la rodeaba era la curiosidad de la ciudad. En la acera de enfrente, hombres del pueblo se habían detenido a contemplarla y ya era numeroso el grupo mudo y estático, y bajo los corredores del hotel y casas de comercio vecinas, que se prolongaban hasta la orilla del Apure, pasaban a cada rato grupos de señoritas y de señoras jóvenes que habían salido de sus casas sólo para verla. Las primera, al poner sobre ella sus ojos honestos, se ruborizaban; azoradas por el temor de que los hombres que estaban por allí cerca las sorprendiesen satisfaciendo la maliciosa curiosidad; las segundas la examinaban a sus anchas y se cambiaban sus impresiones entre sonrisas malévolas.

Vestía una bata blanca, adornada con encajes, que dejaba a descubierto sus hombros y brazos bien torneados, y como nunca la habían visto con un aspecto tan femenino, hasta las más intransigentes concedían:

Todavía da el gatazo.

En cambio, las más espontáneas exclamaban:

—¡Es estupenda! ¡Qué ojos tiene!

Y si alguna comentaba:

—Dicen que está perdidamente enamorada del doctor Luzardo

—no pasaba de amargura de honestidad desilusionada esto que otra agregara:

—Y se casará con él. Estas mujeres logran todo lo que se proponen, porque lo hombres son todos idiotas.

Al fin se cansaron de admirar y de murmurar, y la calle se fue quedando sola.

La luna brillaba débilmente sobre las copas de los árboles de la plaza, lavadas por un aguacero reciente, y se reflejaba en las charcas que se habían formado en las calles. A intervalos un soplo de brisa agitaba las ramas y refrescaba la atmósfera. Ya los transeúntes se habían recogido a sus casas y los vecinos que tomaban el fresco fuera de las suyas, obstruyendo las aceras, en mecedoras y sillas de extensión, empezaban a despedirse de un grupo al otro, con lentas voces y lánguidas entonaciones:

—Hasta mañana, pues. ¡A dormir, que ya esto se acabó!

Y en el silencio que se iba extendiendo por la población, aquellas palabras sencilla, aquella lánguida invitación al sueño, tenían la mansa gravedad del drama de los pueblos tristes, donde es algo solemne el hecho de recogerse a la cama, al cabo de un día sin obras, que era sólo un día menos en la esperanza, pero murmurando siempre:

—Mañana será otro día.

Así pensaba doña Bárbara. Ya había entregado las obras que le cerraban el paso y ahora veía despejado el camino. Soñaba, como una jovencita ante su primer amor, haciéndose la ilusión de haber nacido a una vida nueva y diferente, olvidada de su pasado, cual si éste hubiera desaparecido con el espaldero siniestro de la mano armada y tinta en sangre y con el amante del grosero amor. ¿Cuáles serían sus sentimientos para las cosas que vendrían con aquel mañana? Se preparaba para ellas como para un espectáculo maravilloso... el espectáculo de sí misma por un camino diferente del que hasta allí había recorrido, de su corazón abierto a las emociones desconocidas, y esta espera ya era luz sobre la región de su alma que empezaba a revelársele y por donde discurrían formas serenas, sombras errantes del buen amor frustrado de la muchacha que vislumbrara a través de las palabras de Asdrúbal un mundo de sentimiento diversos de los que reinaban en la piragua de los piratas del río.

Mas he aquí que en lo mejor de sus desmemoriados fantaseos, una de esas ideas que se deslizan furtivas, una impresión, tal vez de una palabra inconscientemente percibida, un minúsculo cuerpo extraño en el engranaje de la máquina, altera de pronto su funcionamiento y la hace detenerse. ¿De dónde ha venido esta amargura repentina que la ha hecho contraer el ceño involuntariamente, este sabor conocido de olvidados rencores? ¿Por qué la ha asaltado el intempestivo recuerdo de un ave que cae encandilada, al apagarse, de pronto, unas hogueras? Así su corazón, deslumbrado ya por las luminosas ilusiones, se le ha quedado repentinamente ciego para el vuelo del sueño. ¿No bastaba, pues, haber entregado las obras?

Fue la contemplación del populacho agrupado en la acera de enfrente y el ir y venir de las señoras y señoritas de la ciudad. La admiración ingenua y la curiosidad maliciosa; la ciudad que quería hacerla recordar la historia que ella se empeñaba en olvidar. Parecíale que le hubieran dicho al oído: "Para ser amada por un hombre como Santos Luzardo es necesario no tener historia".

Y la suya se le vino a la mente, como siempre, por su punto de partida: "Era en una piragua, que surcaba los grandes ríos de la selva cauchera..."

Abandonó el soportal del hotel y, lentamente, se fue alejando por los de las vecinas casas de comercio que llegaban hasta la ribera del Apure. Una necesidad invencible y oscura la llevaba hacia el paisaje fluvial; la hija de los ríos empezaba a sentir la misteriosa atracción.

Un cielo brumoso cernía sin brillo la luz de la luna sobre las fachadas de las casas ribereñas, sobre los techos de palma de los ranchos, esparcidos más allá, sobre el monte de las costas, sobre la quieta superficie del turbio Apure, cuyas aguas, en máxima bajante por efecto de la sequía, habían dejado al descubierto anchas playas arenosas. En la de la margen derecha, al pie del malecón, estaban varados desde la creciente anterior una lancha y un alijo, y en la orilla flotaban, amarrado a estacas: la balsa del paso, construida sobre canoas, unas piraguas negras cargadas de leña y de plátanos, y un bongo en lastre, recién barnizado de blanco, sobre cuya paneta dormía un muchacho, extendido boca arriba.

Ya se habían retirado a sus casas los hombres que habían estado bebiendo y charlando bajo los árboles de la ribera, frente a los botiquines, y los dependientes de éstos recogían las sillas y las mesas y cerraban las puertas apagando así los reflejos de las lámparas sobre el río.

Doña Bárbara comenzó a pasearse por la avenida solitaria.

En la balsa, conversaban los bogas de las piraguas con los palanqueros del bongo y su charla es algo tan lenta como la corriente del río por la horizontalidad de la tierra, como la marcha de la noche soñolienta de brumas, como los pasos de doña Bárbara, sombra errante y silenciosa a lo largo del ribazo.

La costa de monte, quieta y oscura bajo la noche serena; el río, que viene de arriba, desde las remotas montañas, deslizándose en silencio; el graznido de un chicuaco que se acerca, volando sobre el agua dormida, y la conversación de los bogas con los palanqueros: cosas terribles que han sucedido en los ríos que atraviesan los llanos.

Esto, cuando doña Bárbara viene, lenta, bajo la tenue sombra azul que proyectan los árboles. Y esto mismo cuando se revuelve: la costa de monte, la noche callada, el río que se desliza sin ruido hacia otro río lejano, el graznido del pájaro insomne que ya se ha perdido de vista y la charla soñolienta de los palanqueros con los bogas: cosas graves que han acontecido en las tierras bárbaras de anchos y misteriosos ríos...

Doña Bárbara no mira ni escucha nada más, porque para su conciencia ya no existe la ciudad que duerme sobre la margen derecha; sólo atiende a lo que, de pronto, se le ha adueñado del alma: la fascinación del paisaje fluvial, la intempestiva atracción de los misteriosos ríos donde comenzó su historia...

¡El amarillo Orinoco, el rojo Atabapo, el negro Guainía!...

Medianoche por filo. Cantan los gallos; ladran los perros de la población. Luego se restablece el silencio y se oyen volar las lechuzas. Ya no se habla en la balsa. Pero el río se ha puesto a cuchichear con las negras piraguas.

Doña Bárbara se detiene y escucha:

—Las cosas vuelven al lugar de donde salieron.

XIV
LA ESTRELLA EN LA MIRA

Era la decadencia que ya había comenzado. La mujer indomable que ante nada se había detenido se encontraba ahora en presencia de algo contra lo cual no sabía luchar. El tortuoso designio de Rincón Hondo ya había sido tirar zarpazos a ciegas, y el impulso que la movió a hacer recaer sobre Balbino Paiba la muerte de El Brujeador fue el punto de partida de la capitulación definitiva.

Presentía el fracaso de las esperanzas puestas en la entrega de sus obras, y el fatalismo del indio que llevaba en la sangre la hacía mirar ya, a pesar suyo, hacia los caminos de renunciación. Las evocaciones del pasado, de su infancia salvaje sobre los grandes ríos de la selva, fueron formas veladas de una idea nueva en ella: la retirada. No obstante, sobreponiéndose al momentáneo desaliento, decidió emprender el regreso al hato, y con la carta en la cual el comerciante a quien le entregó las plumas en nombre de Santos Luzardo le participaba a éste haberlas recibido y cotizado al precio del día, más alto que el que tenía la especie cuando Carmelito la hubiera entregado, y con la escritura, redactada por su abogado, de la venta simulada que iba a proponerle, una vez más, a Luzardo, de las tierras altamireñas que le arrebató en pleitos de mala ley. Cifraba en estos papeles las últimas esperanzas sin forma determinada, pues ya no aspiraba al amor que a tanto la moviera. De un momento a otro ante el paisaje fluvial, la imagen de Santos se había confundido en su mente con aquella, borrosa, que conservaba de Asdrúbal, y tan lejano como a éste veía ahora a aquél, sombra que se alejaba desvaneciéndose en la luz incierta de un mundo irreal.

Pero quería llevar a cabo lo que se había propuesto. Lo necesitaba, imperiosamente, porque un propósito trunco en aquellos momentos sería el golpe de gracia para su razón de existir, ya vacilante.

Comenzaba a reinar la sequía. Ya era tiempo de picar los rebaños que ignoraban el camino de los bebederos o lo olvidaban en el tormento de la sed. Gangilones de caños ya enjutos atravesaban, aquí y allá, los pardos gamelotales, y a los rayos ardientes del sol, bajo las costas blanquecinas de las terroneras, las pútridas ciénagas eran como úlceras pestilentes que se cicatrizan sin curarse. En algunas quedaba todavía un agua caliente y espesa, dentro de la cual se pudrían reses que, enloquecidas por la sed, se habían precipitado a los más hondo del bebedero y allí ahítas, infladas de tanto beber, se atascaron y sucumbieron. Grandes bandas de zamuros, ávidos de carroña, revolotean sobre aquellas charcas. ¡La muerte es un péndulo que se mueve sobre la llanura, de la inundación a la sequía y de la sequía a la inundación!

Crujían los chaparrales retostados, reverberaba la sabana dentro del anillo de espejismos, que daban la ilusión de remansos azules, ella siempre a la misma distancia, en el ruedo del horizonte. Doña Bárbara cabalgaba a marchas forzadas hacia el espejismo del amor imposible.

Llegada al hato, donde, a pesar de las fatigas del viaje y aunque ya se aproximaba la noche no se detendría sino los momentos necesarios para cambiar la bestia cansada, mudarse y adecentarse para la entrevista con Luzardo, qué la impaciencia no le permitía aplazar para el día siguiente, vio que los caneyes estaban desiertos, cerrada la cocina y vacíos los corrales. Sólo Juan Primito andaba por allí.

—¿Qué pasa aquí? —le preguntó—. ¿Qué se ha hecho la gente?

—Se escabulleron todos —respondió el bobo, sin atreverse a acercársele, temeroso del arrebato de cólera que sus palabras iban a provocar—. Dijeron que no querían servirle más a usted, porque ya usted no es la misma de antes y el día menos pensado los iba ir entregando, atados codo con codo.

Relampaguearon las miradas coléricas de la mujerona y Juan Primito se apresuró a dar otras noticias:

—¿Sabe que se murió don Lorenzo?

—Ya era tiempo. Mucho había durado. ¿Y ella? ¿Dónde está?

—¿La niña Marisela? Otra vuelta en Altamira. Se la llevó el doctor para su casa, y según he oído decir, se va a casar con ella en estos mismos días.

Reapareció por completo en doña Bárbara la mujerona de los ímpetus avasalladores y, sin decir una palabra, con un arrebato preñado de intenciones siniestras, volvió a montar a caballo y se encaminó a Altamira.

Juan Primito se quedó haciéndose cruces, y luego, asaltado por su manía, corrió en busca de las cazuelas donde acostumbraba ponerles de beber a los rebullones. Entretanto, al galope con que la bestia despeada, sacando fuerzas de flaquezas, respondía al sanguinario apremio de los acicates, doña Bárbara, desvariando, también, monologaba en alta voz:

—¿Quiere decir que he perdido el tiempo al entregar mis obras? Pues las recojo otra vez, y con ellas, ¡hasta la tumba! Pero veremos quién triunfa. Todavía no ha nacido quien pueda arrebatarme lo que ya he dicho que me pertenecerá. ¡Primero muerta que derrotada!

Así llegó hasta las fundaciones de Altamira. Al favor de la oscuridad de la noche se acercó a la casa y, por la puerta que daba al corredor delantero, vio a Luzardo sentado a la mesa con Marisela.

Ya habían concluido de comer; él hablaba y ella escuchaba, mirándolo embelesada, los codos sobre la mesa, las mejillas entre las manos.

Doña Bárbara avanzó hasta el alcance de un tiro de revólver. Detuvo el caballo. Despacio y con fruición asesina, sacó el arma de la cañonera de la montura y apuntó al pecho de la hija, que hacía blanco a la luz de la lámpara.

De pura luz de estrellas era la chispa que brillaba en la mira, entre la tiniebla alevosa, ayudando al ojo torvo a buscar el corazón de Marisela; mas, como si en aquel diminuto destello gravitara todo el peso del astro de donde irradiaba, el arma bajó sin haber disparado y, lentamente, volvió a la cañonera de la montura. Puesto el ojo en la mira que apuntaba al corazón de la muchacha embelesada, doña Bárbara se había visto, de pronto, a sí misma, bañada en el resplandor de una hoguera que ardía en una playa desierta y salvaje, pendiente de las palabras de Asdrúbal, y el doloroso recuerdo le amansó la fiereza.

Se quedó contemplando, largo rato, a la hija feliz, y aquella ansia de formas nuevas que tanto la había atormentado tomó cuerpo en una emoción maternal, desconocida para su corazón.

—Es tuyo. Que te haga feliz.

¡Por fin el amor de Asdrúbal, pura sombra errante a través del alma tenebrosa, se reposaba en un sentimiento noble!

XV
TODA HORIZONTES, TODA CAMINOS...

Aquella noche no estuvo la luz encendida en el cuarto de las entrevistas con "el Socio", pero cuando doña Bárbara salió al patio, Juan Primito y los dos peones que la habían escoltado en el viaje a San Fernando —aquellos que habían dado muerte a Balbino, los únicos todavía fieles— no la conocieron. Había envejecido en una noche, tenía la faz cavada por las huellas del insomnio, pero mostraba también, impresa en el rostro y en la mirada, la calma trágica de las determinaciones supremas.

—Aquí tienen lo que les debo —díjoles a los servidores, pendientes de sus palabras, poniéndoles en las manos unas monedas—. Lo que sobra es para mientras no encuentren trabajo. Ya aquí, no hay nada que hacer. Pueden irse. Tú, Juan Primito, llévale esta carta al doctor Luzardo. Y no vuelvas por aquí. Quédate allá si te lo permiten.

Horas más tarde, míster Danger la vio pasar, Lambedero abajo. La saludó a distancia pero no obtuvo respuesta. Iba absorta, fija hacia adelante la vista, al paso sosegado de su bestia, las bridas flojas entre las manos abandonadas sobre las piernas.

Tierras áridas, quebradas por barrancas y surcadas de terroneras. Reses flacas, de miradas mustias, lamían aquí y allá, con una obsesión impresionante, los taludes y peladeros del triste paraje. Blanqueaban al sol las osamentas de las que ya habían sucumbido, víctimas de la tierra salitrosa que las enviciaba hasta hacerlas morir de hambre, olvidadas del pasto, y grandes bandadas de zamuros se cernían sobre la pestilencia de la carroña.

Doña Bárbara se detuvo a contemplar la porfiada aberración del ganado, y con pensamientos de sí misma materializados en sensaciones, sintió en la sequedad saburrosa de su lengua, ardida de fiebre y de sed, la aspereza y la amargura de aquella tierra que lamían las obstinadas lenguas bestiales. Así ella en su empeñoso afán de saborearle dulzura a aquel amor que la consumía. Luego, haciendo un esfuerzo por librarse de la fascinación que aquellos sitios y aquel espectáculo ejercían sobre su espíritu, espoleó el caballo y prosiguió su errar sombrío.

Algo extraño sucedía en el tremedal, donde de ordinario reinaba un silencio de muerte. Numerosas bandadas de patos, cotúas, garzas y otras aves acuáticas de varios colores volaban describiendo círculos atormentados en torno a la charca y lanzando gritos de un pánico impresionante. Por momentos, las de más remontado vuelo desaparecían detrás del palmar, las otras bajaban a posarse en las orillas del trágico remanso y, al restablecerse el silencio, daba la impresión de una pausa angustiosa; pero en seguida, reemprendiendo unas el vuelo y reapareciendo las otras, volvían a girar en torno al centro de su bestial terror.

No obstante el profundo ensimismamiento en que iba sumida, doña Bárbara refrenó de pronto la bestia: una res joven se debatía bramando al borde del tremedal, apresada del belfo por una culebra de aguas cuya cabeza apenas sobresalía del pantano.

Rígidos los remos temblorosos, hundidas las pezuñas en la blanda tierra de la ribera, contraído el cuello por el esfuerzo desesperado, blancos de terror los ojos, el animal cautivo agotaba su vigor contra la formidable contracción de los anillos de la serpiente y se bañaba en sudor mortal.

—Ya ésa no se escapa —murmuró doña Bárbara—. Hoy come el tremedal.

Por fin la culebra comenzó a distenderse sacando el robusto cuerpo fuera del agua, y la novilla empezó a retroceder batallando por desprendérsela del belfo; pero luego aquélla volvió a contraérse lentamente, y la víctima, ya extenuada cedió y se dejó arrastrar y empezó a hundirse en el tremedal lanzando horribles bramidos y desapareció dentro del agua pútrida, que se cerró sobre ella con un chasquido de lengua golosa.

Las aves, aterrorizadas, volaban y gritaban sin cesar. Doña Bárbara permaneció impasible. Huyeron definitivamente aquéllas, volvió a reinar el silencio y el tremedal agitado recuperó su habitual calma trágica. Apenas una leve ondulación rizaba la superficie y allí donde las verdes matas de borales se habían roto bajo el peso de la res, reventaron pequeñas burbujas de gases del pantano.

Una más grande, se quedó a flor de agua dentro de una ampolla amarillenta, como un ojo teñido por la ictericia de la cólera.

Y aquel ojo iracundo parecía mirar a la mujer cavilosa...

La noticia corre de boca en boca: ha desaparecido la cacica del Arauca.

Se supone que se haya arrojado al tremedal, porque hacia allá la vieron dirigirse, con la sombra de una trágica resolución en el rostro; pero también se habla de un bongo que bajaba por el Arauca y en el cual alguien creyó ver una mujer.

Lo cierto era que había desaparecido, dejando sus últimas voluntades en una carta para el doctor Luzardo, y la carta decía:

"No tengo más heredera sino a mi hija Marisela, y así la reconozco por ésta, ante Dios y los hombres. Encárguese usted de arreglarle todos los asuntos de la herencia."

Pero como era cosa sabida que tenía mucho oro enterrado y de esto nada decía la carta, y, además, en el cuarto de las brujerías se encontraron señales de desenterramientos, a la presunción de suicidio se opuso la de simple desaparición, y se habló mucho de aquel hombre que, navegando de noche, ya eran varias las personas que lo habían sentido pasar, Arauca abajo.

Llegó el alambre de púas comprado con el producto de las plumas de garza y comenzaron los trabajos. Ya estaban plantados los postes, de los rollos de alambre iban saliendo los hilos y en la tierra de los innumerables caminos por donde hace tiempo se pierden, rumbeando, las esperanzas errantes, el alambrado comenzaba a trazar uno solo y derecho hacia el porvenir.

Míster Danger, como viese que sus lambederos iban a quedar encerrados y ya no podrían las reses ajenas venir a caer bajo sus lazos por lamer el amargo salitre de sus barrancas, se encogió de hombros y se dijo:

—¡Se acabó esto, míster Danger!

Cogió su rifle, se lo terció a la espalda, montó a caballo y, de paso, les gritó a los peones que trabajaban en la cerca:

—No gasten tanto alambre en cercar los lambederitos. Díganle al doctor Luzardo que míster Danger se va también.

Transcurre el tiempo prescrito por la ley para que Marisela pueda entrar en posesión de la herencia de la madre, de quien no se ha vuelto a tener noticias, y desaparece del Arauca el nombre de El Miedo, y todo vuelve a ser Altamira.

¡Llanura venezolana! ¡Propicia para el esfuerzo, como lo fue para la hazaña, tierra de horizontes abiertos, donde una raza buena, ama, sufre y espera!...

SINOPSIS Y COMENTARIOS DE LA OBRA

PRIMERA PARTE

Capítulo I

Sinopsis

Se inicia un viaje en un bongo a lo largo del río Arauca y su velocidad se centra como a dos bogas que:

...lo hacen avanzar mediante una lenta y penosa maniobra de galeotes.

Santos Luzardo un personaje que siguiendo el pensamiento del bragado bonguero lo ha cualificado como:

...un joven a quien la contextura vigorosa, sin ser atlética y las facciones enérgicas y expresivas prèstanle gallardía casi altanera.
El otro pasajero –sólo van dos en el bongo—es un hombre que, nos cuenta el autor, es de esos seres inquietantes de facciones asiáticas que extenuado parece dormir fuera de la toldilla.

El primero es el que ha concertado el viaje hasta San Fernando y al que el patrón le ofrece parar para recomponer fuerzas bajo un árbol gigante ,en un palodeagua. El otro insinúa que se estaría mejor en uno más lejano con el nombre de sesteadero del Bramador. El patrón le dice que el que paga manda y como el que ha alquilado el viaje es Luzardo, descansarán donde se ha decidido. En el palodeagua.

-- Dígame, patrón: ¿conoce usted a esa famosa doña Bárbara de quien tantas cosas se cuenta en Apure?

Por primera vez se habla de doña Bárbara y el bonguero le da unos consejos para que no se fíe del otro pasajero al que él ha dejado subir en el bongo. Puede ser El Brujeador, ni más ni menos que el brazo derecho de la temible doña Bárbara y ya que Luzardo tiene por destino Altamira, debe saber que es la zona donde esa brava, y al mismo tiempo malvada mujer, actúa.

Salieron del palodeagua una vez habían descansado lo suficiente y con un pasajero menos, el que dijo llamarse Melquíades que casi aceptó su aquiescencia con doña Bárbara. No mostró ningún deseo de pagar su trayecto y continuó el viaje a pie olvidandose del patrón, del bongo y de Santos Luzardo.

El bongo se posó sobre les aguas del Arauca y siguió su camino.

Comentario

Buen principio para ponernos en situación y empezar a conocer a doña Bárbara. En este capítulo sólo sabemos de ella por los dimes y diretes de unos palanqueros que llevaban los remos del barco alquilado por Santos Luzardo.

Ya sabemos que doña Bárbara en principio y por lo que es la leyenda ,sigue por el camino más bien del ultraje que de la verdad es:

Esa es una mujer que ha fustaneado a muchos hombres y al que no trambuca con sus carantoñas lo compone con un bebedizo o se le amarra a las pretinas y hace con él lo que se le antoje, porque también es faculta en brujerías.

Capítulo II

Sinopsis

Aquí sabemos quien es Santos Luzardo. Es el hijo pequeño de Félix Luzardo y doña Asunción propietarios de media Altamira y cunavichero nativo. La otra mitad de esta enorme pradera altamirense pertenecía a otra Luzardo –Panchita-- que se había casado con Sebastián Barquero. Su descendiente José Barquero y Félix eran enemigos en todo hasta que un día, el segundo, en una de sus sempiternas discusiones mandó al otro mundo a José. Apenado se sentó, al llegar a casa, delante de su mesa que estaba repleta de recuerdos de antaño y allí murió por expresa voluntad del viejo.

Su esposa, doña Asunción y su hijo Santos abandonaron la finca a un mayordomo y de sus rentas vivieron en Caracas, donde el menor de los Luzardos estudió derecho; recién terminada la carrera se le murió doña Asunción con estas palabras en sus labios:

Mientras puedas, no vendas Altamira.

Y así lo estaba haciendo, pero al morirse el mayordomo honrado y haberse puesto al frente de la otra mitad de Altamira doña Bárbara ,aquello había perdido toda la grandeza que antaño tuviera. Cuando se propuso venderla no había compradores.

Al salirle uno no quiso vender hasta que este no la viera in situ y quedaron citados en la finca para a finales del mes en curso. Con los consejos del bonguero y la presencia de El Brujeador se decidió:

...lanzarse a la empresa con el ímpetu de los descendientes de El Cunavichero, hombres de una raza enérgica, pero también con los ideales del civilizado que fue lo que a aquellos les faltó.

Comentario

Poco se puede añadir a todo lo dicho por el propio autor. Nos encontramos ante la posibilidad de una nueva lucha para la posesión de unos llanos que en la primera fueron partidos y después casi destruidos. Ahora la lucha se prevé, con la inteligencia y la cultura lograda en la universidad, contra la barbarie y la brujería nacida de la ignorancia ,de la falta de estudios y preparación, del soborno y el barbarismo siempre en la mano y en el corazón.

Capítulo III

Sinopsis

Conocemos a Barbarita con quince años y de cocinera en una piragua que surca las aguas de un río en el que sus embarcaciones llevan de Ciudad Bolívar a Río Negro. Embarca un substituto para la muchacha y ambos se enamoran con tal desdicha, que este amor rompe el negoció que tiene el patrón con un sirio sádico y leproso, el cual antes de morir piensa en llenar su rancho de mujeres jóvenes y bonitas para poder transmitirles su mal. Es el homenaje a su odio y lujuria por haber sido escogido para morir de esta enfermedad.

Todos quieren beneficiarse de esta situación, el patrón hace que su segundo mate al enamorado cocinero, que la tripulación se rebele y asesinen a su dueño y al segundo piloto, y que al final mueran todos menos Barbarita y el viejo piloto Eustaquio.

Éste la protege y la lleva a través de ríos y lagos navegando siempre y así aprendiendo ella por necesidad de autodefensa a:

...iniciarse en la tenebrosa sabiduría que profesan toda la caterva de brujos que cría la bárbara existencia de la indiada.

Entre los dotes de bruja a que accede y su belleza perturbadora, se convierte en una especialista de la maldad superandose constantemente hasta llegar a Altamira donde pone su mirada en Lorenzo Barquero dueño de la mitad de esos llanos. Resultado, que ella se queda con la hacienda. Al estar la otra mitad abandonada, con sus encandiladas corrupciones y recorte de fronteras, se va convirtiendo en la absoluta dueña de todo Altamira.

Llegamos al final del capítulo donde Rómulo Gallegos nos describe así a aquella Barbarita, que hoy ya es doña Bárbara con cuarenta años y muy apetecible:

Tal era la famosa doña Bárbara: lujuria y superstición, codicia y crueldad, y allá en el fondo del alma sombría, una pequeña cosa pura y dolorosa, el recuerdo de Asdrúbal, el amor frustrado que pudo hacerla buena.

Este Asdrúbal no es otro que el cocinero al que conoció en la piragua en la que solo sobrevivió, Barbarita, con quince años y el viejo lobo de los ríos Eustaquio.

Comentario

Ya a punto de empezar el cuarto capítulo y hilvanando todos los cabos de esta historia, empieza a abrirse todo el misterio a los cuatro vientos de sus páginas. Nos vamos impregnando de todo el valor costumbrista o quizás también naturalista de la obra, al propio tiempo que conocemos los secretos que cada uno de ellos adquiere y como se desvelan.

Capítulo IV

Sinopsis

Llega el bongo en el que navega Santos Luzardo y al recalar en el hato de Altamira lo esperan algunos de sus hombres de confianza, el adicto luzardón Melesio, su hijo Antonio y un compañero y amigo de éste llamado Carmelito, junto a ocho nietas del viejo con sus risas y trajes nuevos.

Camilo y Antonio no tenían demasiada confianza en que viniera a arreglar los problemas que pesaban sobre ellos y mucho menos, delante la actitud barbariana que había adoptado el mayordomo Balbino Paiba que hacía tiempo no presentaba las cuentas claras a Santos Luzardo.

El viejo contento. Los dos jóvenes no demasiado confiados en que el señorito abogado resolviese la situación y las muchachas, la mayor sólo tenia diecisiete años, contentas, alegres y algo turbadas por la presencia del caudillo de Altamira que:

...con la emoción, que lo reconciliaba con su tierra.

Comentario

Es un capítulo destinado de hecho a iniciar la situación de la familia Luzardo y su vinculación con doña Bárbara. Se compromete así su situación y el porque de la presencia de Santos Luzardo en el hato de Altamira.

Aún los dos personajes no se han entrevistado y nada hace prever que será más tarde o más pronto, de momento se olfatea que se acercan momentos de enfrentamientos pero aún no se aclara como llegaran. Debemos esperar a ver como lo resuelve el autor.

Capítulo V

Sinopsis

Capítulo corto que está promovido para que Santos Luzardo

pueda comprobar que todo en el hato de Altamira sigue igual pero deteriorado. Maltrecha la habitación, donde su padre clavo en el muro la lanza con que había dado muerte a su hermano, estaba en el mismo sitio y tal como la dejó el fallecimiento de don Félix, aún al arrancarla de su sitio Santos adivinó:

Era como sangre la herrumbre que cubría la hoja de acero

Si pocos instantes antes de entrar en esa cámara que había estado cerrada tres años tenía bien decidido venderse Altamira, en cuanto entra en la sala donde murió su padre y después de arrancar la lanza de pared ,le dice a Antonio que le acompaña, al tiempo que tira la lanza lejos de sí:

- Dispón de lo necesario para que mañana se proceda a la reparación de la casa. ya no venderé Altamira.

Comentario

Los recuerdos que se movían al impulso de los acontecimientos, estaban obligando a Santos a tomar decisiones contradictorias una tras de otra. Pero por fin la razón que quería imponerle Antonio se hace realidad cuando opta, en un momento decisivo, arreglar la casa para poderse instalar decentemente en el hato de Altamira.

No fue ni cuando Rómulo Gallegos intenta imponerle un paisaje impresionante a todo lo que concierne a la llegada del jefe, sino a todo su entorno:

Se ocultó el sol, pero quedó largo rato suspendido sobre el horizonte el lento crepúsculo llanero, en una faja de arreboles sombríos cortados por la línea neta del disco de la llanura, mientras en el confín opuesto, al fondo de una transparente lontananza de tierras mudas comenzaba a levantarse la luna llena.

Ni ese espectacular y poético crepúsculo, con sus silencios arbitrarios, pudo tanto en su memoria como en que se convirtió la sangre del hermano en la hoja de acero de la lanza de su padre.

Capítulo VI

Sinopsis
Un cambio de escenario al mismo tiempo que el traslado a la finca de doña Bárbara. Llega el que fue compañero de viaje, Melquiades el Brujeador, en el bongo a través del Arauca, y que después del desembarcadero del palodeagua continuó viaje a través de la sabana ,hasta la finca de doña Bárbara. Encuentra a ésta en el comedor con su amante Balbino, el que a horas libres hacía de mayordomo de Santos Luzarno. Están los dos cenando coincidiendo en horario con el momento en que decide Santos no·vender la finca ni las tierras.

En sus explicaciones de cómo es el doctor caraqueño, las· opiniones son distintas en doña Bárbara que en Balbino, éste cuenta que mañana cuando vaya a Altamira lo despedazará con disgustos y desaires. A la mujer la explicación le recuerda su gran amor Asdrúbal, cocinero del que ella se enamoró perdidamente con sólo quince años y que él también supo manejar.

En un acto de brujería, sólo entendido por Melquíades, se lo cuenta todo a través de un vaso de agua que iba a posarse en los labios. Éste cansado del viaje y le deja las monedas de oro, producto de la venta del ganado .Esto contraría a Balbino Paiba al ver que no le repasa las cuentas y en cambio a él le busca hasta la última migaja cuando hacen recuento de alguna recaudación:

Balbino se manoteó los bigotes, no para limpiárselos, sino como maquinalmente hacía cuando algo lo contrariaba.

Comentario
Empiezan a definirse los personajes y sus características particulares, que cada uno de los protagonistas enlaza dentro de sí. El mal de ojo que siempre intenta incorporar en los diálogos de doña Bárbara, las trampas, tanto en palabras como en hechos, junto a una ambición desmesurada de enriquecerse que tiene en cada momento Balbino Paiba, su amante descarado y un aprovechado incuestionable.

También se advierte en Melquíades, el alma justa –sin descontar toda su maldad, que es mucha—la influencia sana que despierta con su proceder en su dueña y señora, por la que él siente placer en serle fiel en todos los actos y trabajos que ella le encomienda.

Se atisban los derroteros por donde circulará la encrucijada de pasiones y procedimientos, sin perder la potestad que en todo momento será la madre de los acontecimientos, en que circule la avaricia, el terror, la caciquería, compaginado con algunos recuerdos que a veces dan un poco de alternativa a la alegría o a menos podredumbre:

...Lejos, en el profundo silencio se oía el bronco mugido de los raudales de Atures... De pronto cantó el y acabó.

Capítulo VII

Sinopsis

Traducido el título de este capítulo a la realidad, se trata con este nombre el menester de que cuando se funda una hacienda, se entierra viva una bestia para que guarezca de todo mal y para crear todo tipo de bienes, delante mismo donde se construye el corral. Siempre siguiendo una antigua superstición:

El de Altamira era un toro araguato que, según la tradición, enterró don Evarista Luzardo en la puerta de la majada, y decíanle también El Cotizudo por atribuírsele grandes pezuñas de toro viejo, vueltas flecos, como cotizas deshilachadas.

En la tertulia nocturna, que comenta todas las vicisitudes de este acto de brujería y todas las consecuencias y apariciones del Cotizudo, se fundamentaba, según cada uno de ellos, en los momentos cruciales con todo su entramado de situaciones en bien para unos y en mal para otros.

Después de muchos años sin aparecer por Altamira, desde el momento de la muerte de don Félix, no había vuelto hasta la noche de la llegada de Santos Luzarno. La tanda de parlanchines eran, Carmelito –el que hablaba menos— María Nieves que se agrupó en sus teorías con Venancio y por otra parte estaban El Pajarote y Antonio. Algunos exponían su incredulidad en la presencia del Familiar o del Cotizudo, que eran las dos denominaciones de la aparición del animal enterrado vivo, para resolver situaciones comprometidas o cuidar de que en alguna ocasión no hicieran el daño que estaba previsto debían realizar.

Todo se reduce a creer que la presencia en los llanos de Altamira del Cotizudo, es una seria advertencia para doña Bárbara y además un signo de la llegada de su fin, ya que con Santos Luzarno ha terminado su mandato, tanto de brujerías como de robatorios y demás delitos.

Cuando deciden irse a dormir, todos piensan que el revuelo que cada día presienten que se oye, no es otro que los espasmos del Familiar, este busca las desgracias a las que doña Bárbara está destinada para que recaigan encima de ella.

Comentario

La brujería se adueñó hace años de Altamira y de casi toda América, en especial en los lugares donde la falta de unos criterios que enaltezcan la cultura del pueblo, es donde se cuecen toda esta trama de creencias y desdichas que contraen las malas situaciones. El pueblo, aún en muchas partes, no solamente tiene adicción a estos sistemas sino que los alienta y los defiende.

La zona de Altamira no fue una excepción muy bien definida por parte de Rómulo Gallegos, en este capítulo lo cuenta con pelos y señales y deja bien claro como puede una terrible barbaridad, como es enterrar un animal vivo en el corral de una nueva hacienda, hacer que acrecienten o disminuían los males que se han de ejercer sobre sus habitantes.

Podemos decir que es un comentario adecuado y concreto, el cual nos explica tajantemente como y de que manera se sustentan todas estas creencias, que más bien son dañinas que beneficiosas.

Capítulo VIII

Sinopsis

La llanura es bella y terrible a la vez, en ella caben, holgadamente, hermosa vida y muerte atroz. Ésta acecha por todas partes; pero allí nadie la tema. El Llano asusta; pero el miedo del Llano no enfría el corazón; es caliente como el gran viento de soleada inmensidad, como la fiebre de sus esteros.

Todo empieza a bullir. Aún no ha salido el sol y todos ya van preparándose para la faena. En esta ocasión todo son nervios para ver como funciona el amo recién llegado de tierra afuera.

Le preparan un caballo para Santos. Pajarote le escoge un alazano tostao. Todos se asombran de su osadía.

Cuando va a prepararlo, Santos le dice que él lo montará en principio y que él mismo lo preparará. Pero en esto que llega a las caballerizas un individuo que se las tiene con Antonio en materia de caballos y precisamente de aquel al que estaban colocándole riendas y tiros para Luzardo.

Como que éste ve que la cosa se encabrita y pierden la razón, Basilio Paiba y el mayordomo contra Antonio, avalado por la amistad que le une con el dueño de la alquería, Santos Luzardo se acerca a los hombres y les recrimina su actitud. El mayordomo le contesta con cierto desdén:

- *Que este hombre se me ha insolentado.*
- *¿I usted quién es? –inquirió Luzardo, como si ni sospechase quien pudiera ser.*
- *Balbino Paita. Para servirle.*
- *Ah! –exclamó Santos continuando la ficción-. ¿Con que es usted el mayordomo? A buena hora se presenta y llega buscando pendencia en vez de venir a presentarme sus excusas por no haber estado aquí anoche, como era su deber.*

Después de este enfrentamiento entre el patrón y su mayordomo, el amante de doña Bárbara, ensillaron el alazano tostado y cuando sus ayudantes querían amaestrarlo, Santos se negó ordenando que seria el mismo quien lo hiciera. Con una destreza y habilidad que sorprendió a propios y extraños, demostró que podía con dignidad dirigir a toda aquella gente.

Hasta Carmelito, el más escéptico en las posibilidades de Santos Luzardo, no puedo menos que murmurar:

- Me equivoqué con el hombre.

Comentario
Es una demostración de fuerza y poderío la que realiza Santos y al salir a toda velocidad con el potranco dominado lo que hace es convencer a todos de que él sí puede y debe ser, quien defienda a la comunidad de Altamira de las pretensiones de doña Bárbara.

En su primera actuación se pone a toda su gente en el bolsillo, no solamente por haber coronado un trabajo sólo apto para puros llaneros, si no por haberse atrevido a despachar de la propiedad al nefasto mayordomo, jugador a todas la cartas perdedoras para Altamira y defensoras de sí mismo y de retruque para doña Bárbara.

Capítulo IX

Sinopsis
Breve capítulo para demostrar que la llegada de Santos Luzardo a Altamira ha producido impacto. De regreso a su nuevo hogar Balbino se encuentra con los Mondragones desesperados, porque han recibido orden de doña Bárbara de restaurar y reintegrar la finca El Miedo a la posición que le habían otorgado los jueces.

La política de esta bribona era conseguir con corrupción nuevos lindes a la casa de Mecanilla. Si los jueces determinaban que su posteadura era un límite determinado, ella ordenaba que se fuera cambiando por las noches finca y lindes para que nadie protestara y adquirir de esta forma más terreno. Cuando ya llevaba corrida la finca más de media legua ordenó a las Marañones, cosa que molestó a éstos, que en una noche la volvieron a su antigua situación.

Balbino les dijo que de momento era él quien daba órdenes y que no hicieran nada ya que resolvería el problema. Se acercó hasta las dependencias de doña Bárbara, le preguntó que pasaba y ella le ordenó que sin discusión se realizaran sus órdenes. Balbino un tanto perplejo le dice que los Mondragones no podrían hacerlo en una sola noche por sí solos.

- Que se lleven la gente que sea necesaria; pero que mañana aparezca todo donde estaba antes.

Se aceptaron todos las órdenes y Balbino una vez más hizo el ridículo. Quiso indagar las razones de este brusco cambio de ideas y de sí era por la llegada del imbécil de Caracas a lo que doña Bárbara le atajó:

- Dios libre al que se atreva contra Santos Luzardo. Este hombre me pertenece.

Comentario
Nadie interpretó la razón primordial de su nueva postura. Rómulo Gallegos juega en este capítulo con el ardid de quedarse con toda la Altamira y prepara el terreno para llevar a cabo un maquiavélico plan que deje fuera de terreno a Santos Luzardo, de la misma manera que actuó con Lorenzo Barquero su primo.

Capítulo X

Sinopsis
Santos Luzardo busca a su primo Lorenzo Barquero en el lugar donde sabe que se refugió. La búsqueda no es nada fácil hasta que no encuentra a una muchacha llena de harapos, sucia y desangelada. Le pregunta si sabía donde vivía Lorenzo y ella le señaló un tejado que desde allí se divisaba como el lugar adecuado.
Se fue para la vivienda que la muchacha le había indicado y encontró un habitáculo miserable mitad caney y mitad choza. Allí había el hombre que buscaba, macilento, delgado, brutalmente borracho y hecho una piltrafa humana. El viejo de cuarenta años le pregunta qué buscaba por aquellos parajes.
Santos Luzardo le contó quien era y que venía a ofrecerle su amistad. El lo dudó porque no era posible que un Luzardo fuera a visitar a un Barquero. Se intercambiaron recuerdos, mientras Lorenzo continuaba bebiendo sin parar directamente del garrafón. Los recuerdos lo aligeraron de su podredum-

bre y empezó a hablar con más claridad a pesar de que la borrachera iba en aumento.

Le aconsejó a Santos que no se fiara del centauro ya que era una realidad, no eran brujerías. Que fuera con cuidado pues donde menos se espera salta el león. Hablaron de su hija y Santos le dijo que iría a saludarle a menudo, ya a punto de caerse de la pura borrachera le dijo

- ¡Santos Luzardo! ¡Mírate en mí! ¡Esta tierra no perdona!

Comentario

Nos demuestra la obra que es lo que consigue la devoradora de hombres, convertir en una piltrafa lo que era un hombre admirado, no sólo por su gente sino por la propia cultura del país. Era un sabio y doña Bárbara lo ha convertido en el ser más ruin y dantesco de El Miedo. Y no sólo paga él las culpas sino que ha hecho partícipe de sus desengaños y traiciones a su propia hija:

Era una muchacha, desgreñada y cubierta de inmundos harapos, que portaba un haz de leña sobre la cabeza y trataba de ocultarse detrás de una palmera.

Capítulo XI

Sinopsis

El más poético de los capítulos que hasta ahora hemos comentado. Santos Luzardo se ha sentido humano y cariñoso con la hija de Lorenzo a la que ha encontrado al salir del rancho de su padre. Marisela estaba soñando encima de un arenal cuando acertó a pasar el primo Santos.

Él la contempló a placer y adivinó que era una belleza de cuerpo, sólo le faltaba ver su rostro. Su caballo relinchó y la muchacha despertó de sus sueños. Se intercambian frases banales y el sólo insiste en verle el rostro ya que su cuerpo lo ha podido contemplar a gusto :

Bajo los delgados y grasientos harapos que se le adherían al cuerpo, la curva de la espalda y las líneas de las caderas y de los muslos eran de una belleza estatuaria...

Él continuó alabándole su belleza y conforme iba acostumbrando su vista a aquella belleza en bruto llegó hasta portarla a una charca cercana de fría y limpia agua. Le enseñó como era posible lavarse y estar con sólo el fruto de la lluvia en contacto con el cuerpo para sentirse otra persona.

Se despidieron. Alegre ella por aquel contacto con la vida, empieza a soñar con el cambio que ha sufrido su cotidiano deambular como una fierecilla salvaje, por entre las chamizas silvestres y los haces de bejucos.

Le da la sensación que ha nacido aquel mismo día.

Comentario

Los dos se han transportado mutuamente a un sueño desigual, ella, Marisela, ha salido de pronto de su salvaje y brutal convivir con la brusca naturaleza y el que ve la posibilidad de conducir a buen camino a aquella bella durmiente de los páramos truculentos.

Satisfecho está, por haber podido conseguir hacer el milagro de convertir a una salvaje beldad e inculcarle el buen camino de la belleza, y si es posible el amor, no solamente corporal sino del buen vivir con armonía y bienestar en la sociedad. Hacerle comprender que no todo es malo, ni todo demasiado bueno, es como nos lo cuenta Rómulo Gallegos:

El cántaro del pozo sube y baja sin descanso, y el agua subterránea que no conocía la luz corre encandilada por el núbil cuerpo desnudo.

Capítulo XII

Sinopsis

Un diálogo entre Antonio y Santos en plena naturaleza y frente a Mecanilla. Hablan de la posibilidad de cercar los hatos para ir acoplando el ganado natural dentro de sus terrenos. Esto llevará a que no puedan entrar dentro del hato de cada propiedad los otros ganaderos, para recoger el ganado que por ley de vida le pertenece al que lo pastorea.

De momento, Santos quiere consultar documentación y leyes y no quiere adelantarse sin que la ley le ampare. Al día siguiente inspeccionan otras zonas, siempre dentro de la finca, cuando llegan a la cumbre de la altiplanicie su peón, Antonio, le hace una señal de silencio haciendo de sus manos el portador de un descomunal grito que barrenó en el silencio de la noche.

Sin casi darse cuenta bramó en aquel silencio en que se había masticado un rumor. Crecía por todo el amplio espació que se dominaba desde lo alto del monte donde estaban y un rebaño de muchísimos miles de piezas retembló bajo el tropel de aquellas manadas de orejanos salvajes, que en tropel se esparcían con su trote desbaratado:

- ¡Escuche! –exclamó el peón--. *Esos son millares y millares de orejanos que no conocen al hombre. Hace más de siete años que no entran caballos en este paño de sabana. y esto que está oyendo es nada comparado con otras carramonesras que hay más adentro, hacia el viche.*
Para arreglar todo esto a base de leyes –pensó Santos Luzardo—*hay que cambiar el sistema de vida del llanero. Él lo quiere todo a sus anchas, sin cercas ni vallas que le cercenen su libertad de acción. Al propio tiempo que hay que pensar en el ferrocarril, que más pronto o más tarde ha de pasar por aquí:*
- *Algún día será verdad. El progreso penetrará en la llanura y la barbarie retrocederá vencida.*

Comentario
Poco de puede argumentar en este periplo. Es una exposición de presente y valorización de cercano futuro, para trabajar de acuerdo a lo que ordena y manda el progreso. Esperaremos como se defiende el llanero ante el cúmulo de adversidades que le abrirá el futuro del ferrocarril.

Capítulo XIII

Sinopsis
Nos encontramos ante la presentación del último personaje. Se trata de Guillermo Danger y al que todos conocen por Míster Peligro. Lo encontramos de visita con doña

Bárbara y don Apolinar para celebrar la apertura de un corral en las tierras, de la masa de músculos y piel roja, que es Danger.

Doña Bárbara les propone ir a colocar El familiar, solamente ellos tres, frente al mencionado establo. Pondrán vivo un caballo viejo en la zanja que ya han abierto los peones.

Cuando empiezan a tirar la arena sobre el animal y ante un empujón que le propina Bárbara, el hombre queda clavado en el interior de hoyo, Danger observa que está muerto.

-No lo compadezca, don Guillermo. El también me tenía sentenciada. Yo lo que he hecho es andarle adelante.

Pactan silencio a cambio de otras combinaciones. Cuando el americano llegó a su casa se le presentó Santos Luzardo y sostuvieron un corta discusión sobre si podía o no tapar el boquerón de Coralizo.

Míster peligro le dice que tiene papeles los cuales, demuestran que él no puede hacerlo ya que ha comprado los terrenos a su primo Lorenzo Barquero y le enseña la documentación con una firma que él está seguro que no es la de su primo. Ya se averiguará.

Sale de la casa de Danger y se dirige a la de Lorenzo, lo encuentra en situación de delirium tremens por la borrachera que tiene. Cuando siente que es imposible restablecerlo y mucho menos hacerle preguntas y no ve por los alrededores a su hija, decide marcharse. Pero en el umbral de la puerta se encuentra a mister peligro que le está observando, tienen entre si unas palabras y aparece Marisela.

Toda ella ha dado un cambio. Va limpia, aseada, con ropa que le había mandado Santos. Observa de paso que incluso la cabaña está mucho más limpia, nota Santos que todo ello es obra de sus palabras con la niña.

Ésta al comprobar que se encuentra en la cabaña Danger, se dirige hacia el con ánimo de volverle a sacudir un arañazo. Al verla se enfada y le dice que él tiene todo el derecho del mundo ya que la ha comprado a su padre. Observad que Santos debe de actuar porque la cosa se pone fea para la muchacha:

- Ya es demasiado –exclamó sin poder contenerse—Le emborracha usted al padre, le despoja de su patrimonio y por añadidura no tiene usted delicadez para tratarla.

Se discuten nuevamente, en esta ocasión, por razones de los derechos del uno y del otro sobre Lorenzo Barquero y su hija. Muy enfadado Danger sale de la cabaña recordándole que debe de conocer bien sus derechos antes de hablar.

Pronto sabrá, se dice Santos a sí mismo, si los conozco y si sabré defenderlos:

Y decidió llevarse consigo a Lorenzo y a su hija, para librarlos de la humillación tutelar del extranjero.

Comentario

Ya casi todo se ha explicado en la sinopsis. No hay cambios de actitudes ni de situaciones, aunque sí se complican las cosas en esta lucha entre la bondad y la maldad.

En cambio, doña Bárbara y todos sus lacayos siempre están metidos en sus berenjenales, sus trapisondas y toda clase de absurdas defensas de lo indefendible. Veremos como el autor, en todo este entramado de verdades y mentiras, las va resolviendo. Por todo el dramatismo que se adivina no sólo en los acontecimientos que hemos presenciado, sino por las características de la tierra y sus pobladores no puede responder a otra situación que a la tragedia.

SEGUNDA PARTE

Capítulo I

Sinopsis

Santos Luzardo ya sabe que sólo tiene una verdad que esgrimir, presentarse en la Jefatura Civil y formular la debida denuncia, tanto de doña Bárbara como del extranjero Danger. Así lo hace con algunas observaciones, por parte de Antonio, sobre el coronel o general, ambos títulos que se agencia el hombre, para así no tener que demostrar que es don Ño Pernalete.

Cuando llega a la cabecera del Distrito se encuentra que el secretario y el general estudiaron juntos en la universidad de Caracas. Éste arguye el plan de citar a Bárbara y Danger sin que lo sepa el general que está fuera de la ciudad. Los cita pero cuando se presentan ya Ño Pernalete ha vuelto de su viaje y delante mismo de los dos citados le hecha una reprimenda de cuidado. Manda a buscar a Santos Luzardo.

Los cinco juntos en el despacho del Jefe Civil, éste empieza por decirle, sin contestar su saludo a Santos, que allí están las dos personas que quieren conocer sus quejas. Pide excusas a Bárbara por empezar por Danger, no sin darse cuenta que éste y Ño Pernalete se hacían guiños de complicidad y que se habían hablado mientras Mujiguita lo había ido a buscar a la posada.

-- *Es el caso que el señor Danger tiene en sus corrales reses marcadas con su hierro, pero que sin embargo, llevan las señales de Altamira.*

-- *Y eso qué quiere decir?*
-- *Que no le pertenecen. Simplemente.*

Y le hace exponer al coronel que la ley está bien clara para su condición de hombre que remarca el ganado, las leyes son bien patentes. Ha de levantar él, y a su exclusiva cuenta, el muro. Una vez resuelto este problema se dirige, con todos los designios en contra de él porque Ño Pernalete no ve nada clara su postura, contra doña Bárbara. Expone que ha solicitado a la bribona de Bárbara que le dé trabajo en sus terrenos y que la ley de Llano la obliga a dárselo. Ella confirma su posición y entonces el general le dice a Mujiguita que traiga la ley, con ella en la mano el general dice a doña Bárbara:

-- *La ley soberana dice, efectivamente y es terminante...*

Le da la razón a Santos pero ella se niega. Aquel se levanta se despide de todos y dice al general jefe Civil: Como que la señora y el señor Danger no se avienen a tratos, dentro de ocho días los demandaré ante un tribunal.
Y se termina la tarde con unas palabras de Ño Pernalete:

¡Eso no se queda así! Alguno va a pagar la altanería del doctorcito ese. ¡Venir a hablarme a mí de leyes!

Comentario
Se van complicando las cosas y se vislumbran luchas del poder mal entendido contra la propia justicia. A Ño Pernalete ya se le ha entendido todo, y más cuando le da, una vez salido Santos de la Jefatura, en decirles como han de resolver el problema de la cerca y del paso por sus. Quedan en la posada a tomar unos alcoholes y la promesa por ambas partes de hacerle entrega de unos obsequios por los buenos consejos dados por el general

Capítulo II

Sinopsis
Carmelito ha amansado una potranca blanca y vieja pero de gran

belleza y prestancia. Con gran delicadeza y mientras se está dedicando a este trabajo, Santos Luzarno le dice que se la venda, cosa a la que él se niega. Pero nada le hace perder la fe en conseguir que el caballo vaya cogiendo cariño a su domesticación.

Cuando ya tiene su trabajo terminado se la quiere regalar a Marisela. Lo hace con gran aparatosidad y a Santos no les gusta demasiado ya que cree que la muchacha le pertenece en cuerpo y espíritu.

Santos sale con la bella muchacha que está haciendo grandes progresos en aprender a comportarse en sociedad, así como su padre que tiene controlado su alcohol. Como la hija hace avances considerables también para irse incorporando a la vida normal de Altamira, quiere acompañarlos Carmelito y le pide permiso para hacerlo a Luzardo. Éste lo acepta por consideración al trabajo realizado de amansamiento de Catira ,así ha bautizado al caballo, pero no sin ciertas reticencias sobre todo cuando le dice el peón:

-- *¡Ah doctor! Como que no somos tan mal amasadores, usted y yo. Véale el paso a la Catira, por lo que a mí me corresponde. Que en lo tocante a la obra de usted...*

Comentario

Nos demuestra este capítulo, que ya el autor lo titula Los amansadores, la labor que cada uno realiza en el hato. Con los caballos Carmelito es un artista y en la personalidad, tanto de Lorenzo Barquero como de Marisela, lo que está consiguiendo Santos son adelantos perfectos que están entrando en el camino de la maravilla. Son la alegría de Altamira.

Capítulo III

Sinopsis

Los rebullones estaban sedientos de sangre. Los pajarracos inventados por Juan Primito, bobo al servicio de las brujerías de doña Bárbara, se estaban alimentando en sus cazuelas extendidas y diseminadas alrededor de su imaginación, repletas de sangre.

Juan Primito fue el encargado de llevar la nueva a Luzardo de que al día siguiente, de madrugada, la bribona mujerzuela le esperaría con su gente para que pudiera satisfacer su petición de trabajo y que por lo tanto olvidara su amenaza de acudir a la justicia.

Primito se sentía el novio de Marisela por sus atenciones, cuando esta era la hija abandonada por las borracheras hilvanadas una tras la otra de su padre, para que pudiera comer los restos de comida de la peonada. Cuando lo recibió en el patio de Santos, quedó extasiado por el cambio que había sufrido aquella muchachita salvaje que deambulaba siempre por los campos abandonados donde vivía con su padre.

Dio el encargo de doña Bárbara y se despidió de la muchacha la cual advirtió en su mirada que estaba preparando a sus pajarracos y con qué. Cuando Juan Primito le confesó ¡con sangre! ella le despidió de malas maneras de la finca de Santos.

Comentario

Los augurios no son buenos, aparecen personajes siniestros y adictos a la mala fe de Bárbara. Los rebullones los pájaros que están buscando siempre en el horizonte, Primito los tiene alimentándose con sangre en las cazuelas que expande alrededor de su imaginación y habitáculo. Noticias agoreras para un futuro próximo.

Queda en el ambiente a quien van destinados estos pájaros, que alienta y conserva Juan Primito con la aquiescencia de doña Bárbara.

Capítulo IV

Sinopsis

Fieles a la cita, las dos partidas de peones, capitaneados por doña Bárbara los unos y por Santos Luzardo los otros, se encontraron en el lugar previsto de Mata Oscura para iniciar su rodeo. Cada caporal tenía sus instrucciones y como que la gente de doña Bárbara triplicaba, ya sabían que debían hacer para perjudicar el trabajo previsto. Santos y su hombre Antonio dijeron que se haría como ellos habían propuesto, se repartirían en grupos de cuatro, tres de doña Bárbara y uno de Santos Luzardo, de esta forma prepararían mejor las bestias para ser dirigidas.

Iba a cambiar los planes Balbino Paina pero le cambiaron los papeles y ni doña Bárbara le permitió continuar pensando en dirigir la operación.

Antonio lo dispuso todo y se empezó una batida en la que a los pocos momentos ya todo El Llano era un trueno de bufidos, quejidos y gritos de los hombres. Cuando parecía que todo estaba resuelto uno de los peones de doña Bárbara, uno de los tres hermanos Mondragón –El Onza- - se apeó del caballo simulando apretarle la cincha, en el descuido instigó a un toro bravo que abrió una brecha por donde se lanzaron a seguirle el resto de la manada.

Resultó muerto el Mondragón y tuvieron que apretar las riendas, Santos, Antonio, Carmelito y Pajarote, junto a dos vaqueros de El Miedo. Salieron a parar el barajuste que se organizó y por fin dieron muerte al toro díscolo ante la admiración de doña Bárbara que no daba crédito a la hazaña de Santos Luzardo.

Después del éxito llanero sostuvieron un amanerado diálogo doña Bárbara y Santos en el que aquella sonriente le dijo:

-¡Ah, llanero bellaco que es usted! y que se le habían olvidado las costumbres de su tierra.

Doña Bárbara pensó que en su obra iba a terminar también dominando a un intelectual y bravo llanero como le estaba saliendo Santos Luzardo.

Comentario

En este primer encuentro entre Santos Luzardo y doña Bárbara se han reunido una bravucona y mala pécora con un hombre que iba a lo suyo y con ciertos aires de malicia y venganza. Los sentimientos de ambos estaban bien valorados.

Ella, quería y pretendía poner otra raya en la conquista de hombres. Él, Santos Luzardo pretendía que aquellas tierras volvieran a ser las que eran, después de haber decidido continuar en la brecha de la defensa de Altamira y desde el momento en que olvidó su pretensión de venderlo.

Capítulo V

Sinopsis

Bárbara quiere reencontrarse con Santos. La llena y le cambia todos sus sentimientos y su manera de actuar. Todos sus hombres no la reconocen. Hasta ha llegado a desechar su avaricia y convertirse en dadivosa. Un día los llenó de dinero para que festejaran una fiesta.

El sortilegio de lo que sentía ella por Santos Luzardo la apartaba del trabajo y le daba por pasearse horas y horas a caballo por sus tierras, siempre mirando hacia Altamira pero el hombre no aparecía jamás. Pasaban los días y ella esperaba. Le entraban muchos deseos de hombre, pero en esta ocasión sanos. No como todos los que había tenido hasta entonces que la llenaban de lujuria y de brutalidad, así como del dominio del hombre por la aversión que sentía hacia ellos.

Con su vecino todo era distinto. Había nacido en ella aquel amor puro que sintió por Asdrúbal cuando ella sólo tenía quince años. Por fin se presenta de improviso y sin anunciar su visita. Es muy bien recibido pero él la corta inmediatamente para exponerle que el motivo de su presencia allí es bien claro.

Una exigencia y una súplica. La primera es que Santos quiere compartir la empalizada que tenia prevista pero que cree que la deben pagar a medias. Ella lo presiona para saber desde donde la quiere empezar y el mantiene que desde donde se pusieron los lindes. Bárbara dice que de ninguna manera, que se han de poner desde donde estaban antiguamente, antes del juicio.

Santos se sorprende y se niega, ella insiste pero acabará por sellar el documento, entonces él la destroza diciendo que antes de firmar papeles se ha de escuchar su súplica:

- Espere un instante. Le agradezco esa buena disposición que me demuestra porque la ha precedido usted de unas palabras que, sinceramente, me han impresionado; pero ya le había anunciado que eran dos los objetos que perseguía al venir a su casa. En vez de restituirme esas tierras que ya las doy por restituidas, oralmente, haga otra cosa que le agradecería más; devuélvale a su hija las de La Barquereña.

Se rompe todo el embrujo que se había sostenido en el curso de la conversación. Doña Bárbara retornó a su antigua personalidad, sus ojos eran todo fiereza con toda la mala virtud de siempre, preñada por la maldad y con toda la fluidez de su animosidad hacía todo lo que rezumaba hombre. Le dijo que ya sabía que vivía bajo su techo, que Marisela estaba muy bella y que parecía otra persona. Santos Luzardo fue el que explotó y le dijo ya camino de la puerta y como últimas palabras:

— Vive en mi casa, bajo mi protección, que es una cosa muy distinta de lo que usted ha querido decir –rectificó, con voz vibrante de indignación—Y vive bajo mi protección porque carece de pan, mientras usted es inmensamente rica, como hace poco me ha dicho. Pero yo me he equivocado al venir a pedirle a usted lo que usted no puede dar, sentimientos maternales. Hágase el cargo de que no hemos hablado una palabra, ni de esto ni de nada.

Comentario

Se van descubriendo situaciones de verdadero dramatismo y contradicciones de la misma naturaleza que son motivo de una incipiente lucha contra natura. Una mujer es dadivosa delante del amor y la posesión del hombre y en cambio niega el pan y la sal a una hija que al menos le proporcionó parte de su considerable riqueza. Pero que explicado en clave por Rómulo Gallegos nos formula una proposiciones vertebrales en la humanidad del campo, donde todo es lícito menos lo que lo parece. Todo se admite, hasta lo irreal, y en cambio lo real se repudia.

...donde guardaba un revólver, apuntó a Santos, pero alguien le contuvo la mano y le dijo: "—No matarás. Ya tú no eres la misma.

Capítulo VI

Sinopsis
Los hombres de Santos Luzardo en aquel jueves santo se disponen a acabar con la vida de un caimán, el terror de la cañada que era el más viejo del lugar y al que nunca habían conseguido cazarle. Era el Tuerto del Bramador. El mismo caimán que el día de la llegada de Santos Luzardo intento matarlo y se le escabulló.

El silencio se hizo total, pues a este no se le podía cazar a base de balas de rifle. Era tan viejo que su piel expulsaba los tiros. Había que hacerlo con unos agujeros llamados taparas donde estaban escondidos en aquel momento Pajarote y María Nieves –el más hombre de todos con nombre de mujer-, el resultado fue que a los pocos momentos, en toda la ribera del río Arauca, estalló un clamor unánime porque panza arriba se encontraba inmóvil el caimán más temido por la gente ribereña.

Se acababa de batir el espanto del Bramador y de esta manera se irán acabando todas las brujerías de El Miedo.

Comentario
Este lado del río pertenecía a doña Bárbara y ella había prohibido que se atacara a este saurio que el vulgo llamaba el espanto del Bramador. Lo han exterminado porque en aquellas playas el caimán dormitaba después de sus fechorías por aguas y riberas.

Doña Bárbara conocedora de las virtudes de aquel tuerto del Bramador, prohibió a su gente que fuera exterminado ya que de esta manera defendía para si todo lo que pudiera llegar a sus lindes sin que la bestia diera buen cuidado. Por lo tanto contribuía a sentirse más protegida.

Capítulo VII

Sinopsis

Un corto capítulo donde nos muestra como las nietas de Melesio están comiendo miel de las abejas dichas aricas, que pueblan los árboles donde ellas conviven en el paso del Algarrobo. Mientras junto a un banco cerca de la mesa están charlando las dos amigas Marisela y Genoveva, la mayor de las nietas, sobre las diversas concepciones de la limpieza y el estudio que las obliga a practicar Santos, las dos llegan a la conclusión que están enamoradas del doctor.

Pero al mismo tiempo se sienten deprimidas porque creen que en Caracas, el doctor tiene preferencias por una mujer llamada Luisana Luján y que en tanto ellas no son otra cosa que:

...pero no se ha hecho la miel para el burro.

Comentario

Por primera vez se nos da a conocer algún detalle caraqueño, como pone los ojos, siempre según Marisela, cada vez que habla de sus amigas de la capital. Ella descubre que cuando mienta el nombre de una mujer llamada Luisana Luján, se pone de rojo subido y le tiembla la voz.

Y abre caminos para poder comprender que las querencias que echa por la gente de Altamira, no son otra cosa que una proporción de sus grandes sentimientos y de su caballerosidad. Todo un hombre.

Capítulo VIII

Sinopsis

Una asociación de situaciones crean un malestar en el tiempo. Se enciende la candela en Altamira y todos saben y creen que es daño hecho por doña Bárbara despechada. Se encienden fogatas que exterminan la flor de las hierbas y crean un secano floreciente.

Incluso Marisela deja de estudiar y todo es pedir volver a los escombros de su monte. Pero en la cordillera llega el Dios de la lluvia. Los nubarrones invaden el cielo que se torna plomizo y llena de agua todo el llano.

Y en cuanto acabaron amaneció la sabana toda verde. Desaparecieron las siniestras cenizas y dejaron de funcionar las brujerías calcinantes de doña Bárbara. Marisela volvió a estudiar y:

Y todo fue como los retoños después de las candelas.

Comentario

Todo fue como un milagro. Ni los Mondragones pudieron poner más leña al fuego desde el Mecanillal, ni tampoco las malignas evasiones de doña Bárbara pudieron aportar más maldad, que la que hubiera producido si toda su venganza se hubiera convertido en iniquidad. Todo se redujo a fuego consagrado para destruir, pero la lluvia que lanzo sobre Altamira la cordillera, la llenó de retoños que invadieron toda la sabana calmando la sed de venganza, olvidando casi el alcohol por parte de Lorenzo Barquero y todas las iniciativas que desde El Llano querían plagiar los sentimientos de impiedad.

Solo venció la tenacidad de justicia que evocó Santos Luzardo, al que los retoños le dieron la razón.

Y un día amaneció toda verde.

Capítulo IX

Sinopsis

Es la fiesta después del rodeo para repartirse las reses que en el curso del invierno se han confundido. Todos los colonos de los contornos mandan a sus mejores hombres para pasar revista a todas las bestias. Hay una escaramuza de Balbino Paiba que pretende quedarse con las de un ganadero que no ha podido estar en la recogida, él pretende llevárselas y Santos no lo permite. Rezonga pero no se las lleva.

Después de una jornada de un trabajo atroz, cansado y en la que el cuerpo lleva sólo el café de la madrugada, viene la cena frugal y después de esta el baile. Se han traído los mejores arpistas y tocadores de la comarca y cada uno escoge pareja. Santos está triste y no baila, tampoco nadie se atreve a sacar a danzar a Marisela.

Se llega al último son y esta le propone bailar a Pajarote. Él se asusta y ante la mirada cruda de Antonio le dice:

-Eso me queda grande, niña Marisela.

Pero atento a toda la fiesta y a cuanto acontece, Santos le ordena que baile, no sin que antes la muchacha se mordiera los labios. El peón se la llevó en volandas gritándole al arpista:

Apréciese, Ramón Nolasco, y sacuda bien los capachos, tuerto Ambrosio, que de oro debieran ser. Aquí va el Pajarote con la flor de Altamira, sin tenérselo merecido...

Es tanto su contento que el amo le haya permitido bailar con ella que grita:

¡Abran campo, muchachos, abran campo!

Comentario

Son recursos para explicar costumbres y sistemas de conducta del llanero y que no tienen en el contexto de la obra otra determinación que la que se ha propuesto el autor, Rómulo Gallegos.

Demuestra que conoce el ambiente, que lo ha vivido, y pone al corriente al mundo literario todo el énfasis de aquella gente para seguir viviendo a pesar de todos los peligros que le acechan. Es una maravilla poder leer estos fragmentos que te abren las puertas a la vida rural de la Venezuela de aquellos tiempos, nadie como él lo ha sabido expresar con tanta fineza de lenguaje y de relato.

Capítulo X

Sinopsis

La imaginación de Marisela está a la par con las circunstancias. Que ella está enamorada de Santos lo lleva escrito en la cara. Que proponer a bailar a Pajarote, fue más un ardid para vengarse en el camino de los celos que otra cosa. En un parón de bailes corre a buscar a Genoveva para explicarle que se le ha declarado. ¿Tú?:

¡Antipático!

Así es como pensó que había abierto su corazón a aquel hombre que la tenía prendada. Genoveva fue a buscar Pajarote para bailar y se quedó sola, mientras, continuó soñando hasta que apareció Santos. Se declararon amor eterno. Pero de todo ello nada sucedió. Era producto de la imaginación de la muchacha de la que le costaría despertar. Estaba profundamente enamorada de su protector.

Comentario

Otro capítulo de esta novela, Doña Bárbara, donde el autor hace funcionar los resortes del amor para suavizar los destellos dramáticos que se acercan, o que por otra parte, harán el complemento de los acaecidos. Todo será posible en las habilidades narrativas de Gallegos. Este es un capítulo donde nada importante sucede, es más bien intrascendente desde el punto de vista de la estética novelística.

Dentro de la bravura, la intensidad y la intimidación de su contenido, escenas de este menester hacen que uno se relaje del compendio general que es la avaricia, la muerte y la sinrazón.

Capítulo XI

Sinopsis

Peculiar el autor. Dedica toda la atención de este relato a tres asuntos livianos, auténticos y abruptos. Luzardo hace un estudio de posibilidades, que le convenga enamorarse de Marisela. Tienen encima de la mesa tres montañas de papeles de toda clase, pone sobre el primer montón las dos manos y se pregunta, me interesa? Así sucesivamente con los otros dos, y en los tres casos juzga y asimila las posibilidades aunque, en todas ellas ,encuentra soluciones para todos los gustos.

Llega hasta a pensar en sacarla de casa para que estudie en casa de unas tías de él. Para evitar lo que es inevitable ya que ella está enamorada de Santos Luzardo. Después de todo un trato consigo mismo llega, no llega a ninguna conclusión:

...se veía obligado a confesarse que estas reflexiones pesimistas le producían un disgusto especial. (...) En cambio postergando al razonador, le era grato poner, de cuando en cuando, un poco poeta el corazón y repetir aquello de la moneda de oro del avaro.

Comentario

En todo este capítulo estudia los pros y los contras de las posibilidades que tiene él de enamorarse de Marisela. Las enjuicia de una en una para llegar, en algunos momentos, a considerarse despreciable, y en otros, a que necesita su presencia, para finalizar sin ninguna decisión plausible y con la esperanza de que el tiempo todo lo arreglara.

Capítulo XII

Sinopsis

Difícil tarea la de reconducir este capítulo por el camino de un criterio literario. Mejor sería contarlo como ciencia natural porque otra cosa no es. Se trata, en unas páginas, de explicar como funciona el trabajo del llanero con el cruce de sus animales y de aplicarle unos procedimientos que hace siglos que no varían. La importancia de las que-seras. La trascendencia del cruce de las manadas por los ríos, donde los caimanes son el eco del peligro.

Como viven, duermen, sufren, aman y se agitan los hombres que como dijo en su momento Antonio Sandóval:

¡Llanero es llanero, hasta la quinta generación!

Y no hay quien lo cambie. Con todo el escenario que se quiera o ponérselo a su lado o para que sirva para el milagro de su muerte. Todo es naturaleza. Hasta Santos Luzardo, que quería modernizar los sistemas para este año, continua igual, es más, sólo lo puede transformar quien derriba todos los obstáculos para encontrarse con:

¡Marisela, canto del arpa llanera, la del alma ingenua y traviesa, silvestre como la flor del paraguatán , que embalsama el aire de la mata y perfuma la miel de las aricasas!

Comentario

Los patos salvajes, las corocoras, las chusmitas, los gavanes y los gallitos azules, que no habían emigrado acudían a visitar a las viajeras (...) y entre ellos habían regresado los chicuacos...

Lo dicho, clase de historia natural con acento ruralista. Todo se mueve como en vida misma del llanero. Sin misterios, con verdades como la propia naturaleza. Llanero es, porque llanero nació. Por vocación y por sus miedos, por intuición y por sus valentías. En una sola palabra se define, LLANERO.

Capítulo XIII

Sinopsis

Debía llegar y arribó. Madre e hija se enfrentan por arte de birlibirloque y magia. La sinrazón de lo irrazonable llega. La brujería se pone al alcance de la niña Marisela. Oye a sus cocineras como cuentan que Juan Primito ha medido a Santos Luzardo. ¿Para qué?:

...mujer que se amarre en la cintura la medida de un hombre, hace con él lo que quiera.

Primito cogió la medida de Santos Luzardo en una larga cuerda y se la fue a llevar a doña Bárbara que era quien se lo había encargado.

Se enteró Marisela , cuando aquel estaba a medio camino de la dañera y le solicitó a Pajarote que la acompañara para darle el valor suficiente de entrar en El Miedo. Éste no se podía negar y cabalgó a su lado hasta la misma puerta de la alquería con la contraseña de que si le hacían algún daño el se presentaría dentro.

Marisela, no sin cierta quemazón espiritual, entró por primera vez en casa de doña Bárbara, en el momento que entró en el comedor, ésta se dirigía con la cuerda maldita a su altar de brujería en la sala contigua.

Sin dar tiempo a reaccionar a doña Bárbara que ya rezaba su oración y declamaba:

- Con dos te miro, con tres te ato: con el Padre, con el hijo y con el Espíritu Santo ¡Hombre! Que yo te vea más humilde ante mí que Cristo ante Pilatos.
Cuando iba a colocarse el cordel en la cintura, se abalanzó sobre ella quitándoselo y destrozando cuanto había de sacrílego en la estancia, mientras, Marisela exclamó:
-¡Bruja!

Y fue tan maligna la palabra al oído de la madre que se enzarzaron en una lucha tenaz y brutal, una para recuperar la cuerda y la otra para defenderla. Cuando sonó la voz autoritaria de Santos Luzarno que apareció en aquel momento, cesó la lucha y sólo quedó la mirada siniestra de la malvada Bárbara.

Se quedó sola y postrada, recogió del suelo las imágenes, fetiches y amuletos que Marisela de un manotazo había echado al suelo y se puso a hablar con su invisible y melancólico Socio.

Mientras la sombra con quien hablaba a menudo le daba buenos o malos consejos, mientras se iba desvaneciendo y sólo quedaba la soledad total, aún le murmuro:

- Si quieres que él venga a ti, entrega tus obras.

Comentario

Aquí termina la segunda parte y ya quedan lo suficientemente definidas las posturas de los personajes. La animosidad entre madre e hija que es punto crucial de la obra y la posición clara de Santos que desprecia y ni tan siquiera tiene en cuenta a doña Bárbara como mujer, sino como un enemigo a tener en cuenta. También la postura de Altamira que entra en el camino de la prosperidad, fruto del trabajo y de la honradez.

TERCERA PARTE

Capítulo   I

Sinopsis

De nuevo Balbino con su maldad habitual inicia la guerra entre los llaneros, siempre intentado sacar tajada por su cuenta. Se encomienda pues a Melquiades El Brujeador, aquel que había viajado, en el primer capítulo de la primera parte, con Santos en el bongo que había alquilado.

Con lo sucedido anteriormente todo El Miedo entendió que las conciliaciones con Altamira se habían roto. Y Balbino dijo a Melquiades que doña Bárbara creía que para perjudicar a Santos Luzarno quería volver a trasnochar caballos. Que no era otra cosa que:

...sorprender las yeguadas dormidas al raso de la sabana y perseguirlas durante la noche y a veces durante días y noches consecutivos, de manera que se encaminasen hacia un corral falso, disimulado al efecto entre el monte.

Se dirigió a Rincón Hondo y a poco de llegar encontró la yeguada, que le había dicho Balbino, que doña Bárbara sabía que existía. Él nada creyó, sabía desde el primer momento que todo era invención de Balbino con quien nunca había congeniado. Pero como que llevaba tiempo intranquilo por su falta de trabajo, incluso había pensado en irse de El Miedo, todo la aquiescencia que sentía por doña Bárbara, aceptó el encargo del mayordomo, pero con la condición que no quería mayordonear.

333

Hizo su trabajo en una noche y pudo entrar todo el hatajo en el falso corral, pero el que no cayó en la trampa fue Cabos Negros que era el padrote de la yeguada:

...vio al padrote –Cabos Negros-- en el extremo opuesto del rincón de la sabana con el cuello erguido, mirándolo desafiador.

Nos cuenta el relato muchas cosas ajenas a la trama de la obra, con referencia a las virtudes de los padrotes. Pronto Cabos Negros adquirió la jefatura de otro hatajo, después de derrotar a su padrote y se puso al frente de la yeguada. Cuando la divisó Melquiades la intentó conducir hacia el corral falso y después de muchas noches no lo consiguió: *...se dio cuenta de que el padrote era el Cabos Negros, que ya se había bellaqueado. Era la primera vez que a El Brujeador lo engañaba un caballo.*
Doña Bárbara se le enfrentó por este desliz y no pudo menos que recordarle:

...esto nos sucede desde que en Altamira hay un hombre que no teme a los espantos de la sabana.
A esta alusión tan directa se sintió ofendido Melquiades Gamarra y quiso dejar bien sentada su respuesta:
-Cuando usted quiera convencerse de que no le tengo miedo a otro hombre, no tiene más que decirme: Tráigamelo, vivo a muerto.

Comentario
Aquel motivo, como de amor regenerado que sentía doña Bárbara ,empezaba a convertirse en odio desde el momento en que apareció en su presencia su hija Marisela y que fue salvada por la orden de Santos. Podemos observar que aquello fue el principio del fin. Que a partir de aquel momento se desencadenó una guerra, si se quiere fría, pero de lleno en el berenjenal de una batalla casi cruenta.
Y solo faltaban las palabras y los hechos, con sus consecuencias, de Melquiades para llevar a un estado especial a doña Bárbara:

...se quedó pensativa, como si tratara de hacerle sitio a un nuevo designio dentro de sus tempestuosos sentimientos.

Capítulo II

Sinopsis

También en Altamira había hecho acto de presencia la situación creada por la medida de Santos. Marisela, después de decirle a éste sus ideas no quiso verle más ya que ella era solamente la hija de La Dañera. Sólo salía de la habitación cuando no estaba en la casa. Así llevaban ya algunos días, cuando la producción de plumas había sido magnífica y daba para hacer la prevista empalizada que separara El Miedo con Altamira.

Con el producto, mandaron a Carmelito a la capital del distrito a cambiarlo por espino para poder alzar la valla. Los que volvieron fueron dos guardias de Ño Pernalete trayendo el cuerpo consumido por el abandono de la vida y el caballo esquelético.

Les preguntaron por las plumas de garza y el compañero de la bestia que devolvían ¿qué se había hecho de ellas?

Decidieron que Santos iría a la capital para averiguar que había pasado. Cuando Luzardo salió, Marisela y su padre volvieron a su finca, ella donde no había de haber salido por su condición de hija de La Dañera y él por su afición a la bebida, situación que siempre le resolvía Mister Danger.

Cuando ya había devuelto la libertad a Catira, la potranca que le había regalado Carmelito, y se iba a descansar a su viejo aposento, se dio cuenta del error, toda vez, que nada se parecía a Altamira. Ninguna comodidad, ningún privilegio, volver a vagar en la inmundicia, y lo que era peor, su padre. Ya se había ido a ver a míster Danger para volver a renacer en su vicio del alcohol. Se acababa su libertad, éste la perseguiría y se la haría suya por propiedad.

Todo se habría terminado. Ni los derechos de su madre le pertenecían ya que su padre cuando la censó no puso quien era la madre. Por esta parte tampoco sería nunca nada. Quiso evitar que su padre fuera a ver a míster Danger, pero hasta en esto llegó tarde.

¡Ya las tolvaneras se habían llevado todas las esperanzas!.

Comentario

La tragedia la escribió Rómulo Gallegos. La muerte de Carmelito, la huida de Marisela y una nueva presencia de Ño Pernalete para pedirle cuentas del robo y muerte a su peón de confianza, Carmelito. Todo un presagio de malas noticias que nadie podría enderezar.

En los próximos capítulos se irán desvaneciendo irremediablemente las esperanzas que las malas trombas de las tolvaneras anunciaban. Todo lo aprovechó la salida de Altamira de Santos Luzardo, para encontrar justicia donde seguramente no la halló.

El dramatismo que acecha constantemente al llanero, se descalabra por caminos irremediables. Aupados por la maldad, la avaricia y el destino incierto que describe la vida, a veces sin fundamento, de los hombres sin la bandera de la libertad y todos miembros de la insumisión, faltos, totalmente de la solidaridad y presos por la globalización.

Capítulo III

Sinopsis

Así que Santos Luzardo llega a la capital del distrito se encuentra con Mujiquita en su tasca de aguardientes. Se saludan y éste le pregunta ¿qué le trae por aquí? empezando Santos a desesperarse porque entiende que el juez –ahora ya no es secretario, sino eso— tiene que confesarle que allí no vale otra cosa que lo que dispone Ño Pernalete, al recibirse un circular de Presidencia, en la que se ordenaba que se dispusiera de forma que no ocurrieran más asesinatos en la región. El general le contestó que allí sólo habían muertes naturales y así pasó con la defunción de Carmelito. La desazón de Luzardo se desató y Mujiquita le dijo que le dejara ir a hablar con el general. Cuando volvió le dijo que había decidido que se fuera tranquilo, que se haría justicia y que dentro de pocos días se le diría el resultado de la muerte, mejor dicho de los dos traspasos –Carmelito y su hermano Rafael—y de la desaparición de veinte mil pesos que valían las plumas de garza que transportaban.

Estaban de acuerdo Mujiquita y Ño Pernalete, que iba a ser difícil de resolver este asunto ya que doña Bárbara desde El Miedo lo dominaba todo pues era amiga del Presidente y éste la debía muchos favores. Por otro lado, Santos Luzardo, el doctorcillo como le decía el coronel, siempre amenazaba con ir más arriba y esto Ño Pernalete no lo puede consentir:

-¿Hasta cuándo será usted pendejo, Mujiquita? ¿No se le ocurre que si nos ponemos a jurungar, nos vamos a encontrar con la mano de doña Bárbara?

Comentario

Queda claro que en la dos muertes de Altamira y la desaparición de las plumas de garza, está la mano de doña Bárbara en todo su abasto. No hay duda. La venganza siempre es el destino primordial de esa malvada mujer. El desprecio de su hija y la actuación de Santos Luzardo tienen mucho que ver en estas dos muertes.

Es el objeto que se usa en la superchería. Provocación por superior venganza. Insulto por muerte. Es la sentencia que ni el pobre diablo se hubiera atrevido a realizar. Pero para doña Bárbara y el séquito de la gente, adicta a ella más por terror y dinero que por atención a ella misma, tenía mucho que decir en este asunto de Carmelito y su hermano Rafael.

Capítulo IV

Sinopsis

En El Miedo, todo se sabe. Doña Bárbara conoce la muerte de Carmelito por uno de los policías que llevó la noticia a Santos, después, por orden expresa de Ño Pernalete, se la llevó a la Bruja.

Se visitan, después de algunos días sin verse, la dueña de El Miedo con su mayordomo y amante Balbino Paiba; los dos después de dialogar largo rato llegan a una conclusión, él que vuelve a ser el jefe y ella que el bribón que ha matado a los dos hermano es él y jactancioso:

Yo hice muy bien las cosas: de Rafael no quedó ni el rastro, porque lo que no les gustó al caimán le gustó a la caribera del Chenchenal, y ahora él es quien va a cargar con la muerte del hermano y con el robo de las plumas. Mientras tanto, ahí bajo la tierra están seguras...

Pocos días después –dos- de estas confidencias iban los dos bandidos –doña Bárbara y Balbino- cabalgando por la sabana, cuando ella divisó a lo lejos a Luzardo, dio orden a Balbino que les esperara y se fue a su encuentro. Le habla de los dos peones muertos, ella le dice que lo siente y si irá a la justicia para reclamar. Santos le contestó, despectivamente, que la justicia en aquellos parajes no sirve para nada y que él ha decidido tomar otro camino:

Y espoleando el caballo prosiguió su marcha, dejándola plantada en medio de la sabana.

Comentario
A través de la lectura de estos capítulos se van conociendo todos los aconteceres. Ya sabemos quien es el asesino. También quien pretende beneficiarse de ello. La amenaza se cierne sobre Balbino. No creemos que llegue a beneficiarse de la venta de las plumas de garza que tiene escondidas bajo tierra. Y el peso de las dos muertes cayéndole sobre sus espaldas.

Capítulo V

Sinopsis
Ha llegado a Altamira un cambio rotundo que puede ser fatal o un bien para el destino de los llanos y sus llaneros:

En el Llano, el hombre debe saber hacer todo lo que hace el hombre.

Y así lo ha entendido Santos Luzardo por su conversación con Mujquita y Ño Pernalete. No hay otra justicia que la que hace uno mismo.

Después del desplante a doña Bárbara se dirige a Macanillal, coge desprevenidos a los dos hermanos Mondragón, hiere a uno en un muslo y se los lleva secuestrados a Altamira, después de haberles hecho prender fuego a la cabaña.

No se deja curar la herida, por brabuconería, el que tenía la bala en la pierna y atándolos codo a codo se los llevan Pajarote y María Nieves para cumplir los castigos que la autoridad de los barineses les impuso y que huyendo no habían cumplido.

Se entera de la huida de Marisela y su padre y que Antonio no pudo evitar, por ello responde:

- Es lo mejor que ha podido ocurrírsele –dijo Santos--. Ahora estamos en otro camino.

Ordena que al amanecer del día siguiente se empiece a levantar la palizada de Coralito, que míster Danger venía paralizando. Esto no era otra cosa que poner en liza el ardid que le aconsejó Ño Pernalete.

Entre su peonada algunos discrepan de la decisión de tomarse la justicia por su mano por lo que puede llegar a acontecer y en cambio el resto, creen que ya iba siendo hora de que estas acciones se realizaran:

Era el comienzo del buen cacicazgo. La hora del hombre bien aprovechada.

Comentario

La sed de venganza y el intento, como fuera de implantar la justicia o lo que Santos Luzardo creerá que es su justicia, ha empezado a planear por los atajos del Llano. Ya empiezan a temblar en las noches sin brisas ni vientos, las velas que iluminan las estancias. Las sombras se reparten tumultuosas. Nadie sabe que pasará mañana. Como se ha dicho, el drama está servido y la tragedia se agolpa en las alas de sus aves y los lomos de sus toros.

Como decía alguien, ha empezado la guerra. Lo que nadie

sabe es con cuantas batallas finalizará. Como siempre, se sabe cuando empieza pero nunca se conoce como y de que manera acabará.

Capítulo VI

Sinopsis
Sucede todo en la vieja cabaña de Marisela. Primero se presenta el bobo Primito ella lo observa espiando, hace que se acerque y le da órdenes que vaya a ver a doña Bárbara y que le diga que necesita dinero para irse para siempre de aquellas andurriales. Él cumple el encargo y vuelve con quince monedas de oro que Bárbara le ha dado para perder de vista a su hija y sacarse de encima una competidora en los amores de Santos Luzarno.

Los deja sobre la mesa y en eso retorna míster Danger. Cuando ve que el padre está más borracho que una propia cuba le hace firmar un papel, como no puede hacerlo le acompaña con su mano y terminan la signatura los dos. La lee en voz alta:

Por el presente declaro que he vendido al señor Guillermo Danger a mi hija Marisela por cinco botellas de brandy.

Se exaspera Marisela al escuchar la lectura del papel y se abalanza encima del bribón extranjero sacudiéndole golpe tras golpe, aunque ninguno de ellos no hace más que hacer reír al malvado. Ella agotada, descansa, cosa que aprovecha el hombre para zarandearla. El padre, borracho, entiende entre sus tinieblas que algo le pasa a su hija por sus gritos y le lanza un pedazo de machete que encuentra a mano. Danger deja a Marisela en el suelo de un tremendo manotazo y después de insultar a ambos se marcha del lugar sin dejar de recordar su propiedad de finca y de mujer.

Al poco rato, mientras la muchacha se recompone del susto se presenta Antonio Sandoval. Ella lo recibe con alegría y como el padre se ha dormido propone de salir fuera para que concilie el sueño.

Hablan de la falta que está haciendo en Altamira su presencia. Le recomienda que vuelva, no solo por la hacienda, sino porque intuye que Santos Luzardo se está convirtiendo en un vulgar matón, que todo lo arregla a golpes y muertes si hace falta, que con su presencia no se hubiera atrevido a levantar la empalizada frente a los dominios de Danger y que cada día los problemas son mayores. Él dice estar seguro que es por que ella no está presente en la hacienda de aquel hombre.

Ella contesta que no puede hacerlo porque quiere llevar a su padre a San Fernando, para ver si hay médicos que lo sanen. Le pregunta Antonio si quiere que le pida dinero a Santos y ella le dice que ya los ha pedido a quien debía dárselos.

Antonio se compromete a dejarle caballos y todo lo preciso para el viaje, pero cree que don Lorenzo no resistirá un viaje tan largo por la sabana. Le sugiere que marche en un bongo que llegará pronto, él hará todas las gestiones:

-...deje eso de mi cuenta. (...) Creo que viene en lastre y en él pueden irse hasta San Fernando

Comentario

Se recompone con facilidad Marisela ante los problemas que se le avecinan por su testarudez. Todo son situaciones graves para ella. Tanto su madre, como su padre, como el mismo Santos, que ha ido a recogerla como ella tenia esperanzas de que así sucediera. Tampoco puede olvidar los que le creará en todo momento míster Danger.

Pero ella siempre tiene amigos que la protegen. Es el caso de Antonio Sandoval. Es un hombre nada interesado, ni económicamente, ni entremetiendose en asuntos ajenos al trabajo, que hace con lealtad y hasta fin.

Pero de momento ella ve su libertad o en la pulpería que le ofrece Primito, o en el viaje para abandonar de una vez aquellos lugares tan aciagos para ella.

Capítulo VII

Sinopsis

Una nueva estratagema siniestra se le ha ocurrido a doña

Bárbara. Después de despreciar la presencia de Balbino envía a Juan Primito con el encargo a Santos Luzardo:

-- *Que esa noche, a la salida de la luna, estará esperándolo en Rincón Hondo una persona que tiene que decirle algo a propósito del crimen de El Totumo. Que si usted se atreve vaya solo a oír lo que le dirá.*

Primito volvió con la aceptación por parte de Santos de acudir a la cita nocturna. Doña Bárbara llamó seguidamente a Melquiades recordándole su célebre frase: De vivo a muerto. Se lo recordó y él aceptó el encargo, iría a Rincón Hondo.

Comentario

¿Qué pretende doña Bárbara? ¿Cuál es la finalidad de esta entrevista? ¿Procurar el último intento de acercamiento con Santos? O bien servir una venganza por sus desplantes y que Melquiades lo deje preparado para su último viaje.

Dicen las malas lenguas de la literatura, que siempre se debe esperar a que el autor resuelva los problemas que el mismo crea y no adelantarse a los acontecimiento. Por lo tanto esperemos que Rómulo Gallegos nos diga, de su propia mano, la solución.

Capítulo VIII

Sinopsis

Y avanzó solo con el trágico arrebiate. Solo y convertido en otro hombre.

Así termina el capítulo, por eso empezamos nosotros con su final. Para tranquilizar al lector. Santos Luzardo no ha muerto en esta nueva triquiñuela para exterminarlo. El que sí ha pasado a mejor vida ha sido Melquiades.

Al llegar al lugar de la cita --Rincón Hondo—con cierto adelanto por previsión, se encontró con Pajarote, Santos le riñó por su presencia y él le dijo que en aquellos momentos no era su peón, si no el hombre que creía que debía defender la insensatez de su amo, al presentarse solo ante todos los peligros que la cita de los malvados pretendía.

Accedió por fin a tener su compañía, se situaron en el lugar oportuno, escogido por Pajarote para evitar sorpresas.

Al poco llegó el Brujeador, se puso Santos frente a él y en cuanto vio la acción de Melquiades de dispararle, él se le adelantó. Con un solo disparo lo dejó fuera de la cabalgadura y camino del otro mundo. El disparo del Brujeador no hizo diana. Por lo menos la que él pretendía.

Entre Pajarote y Santos decidieron llevar el difunto Melquíades, en su propio caballo, para entregárselo a doña Bárbara. Se pusieron de viaje por un atajo que descubrió el propio Pajarote, mientras a Santos, el hecho de haber empezado su signo con la muerte lo llenó de zozobra:

¿..sus sueños de existencia civilizada se habían esfumado, y se había convertido en el caudillo de la llanura para reprimir el bárbaro señorío de los caciques, y no era con el brazo armado y la gloria roja de la hazaña sangrienta como tenía que luchar con ellos para exterminarlos? (...) Ahora no podía revolverse

Comentario

Poco podemos añadir, ante la sangre y la muerte, pocos comentarios podemos hacer. Santos Luzardo sabía, desde el mismo instante que decide quedarse en el hato y por lo tanto a defenderse y a socorrer a su gente, que llegaría este momento, su capacidad intelectiva no podía prever otra circunstancia.

No se puede soñar en establecer la civilización donde no la hay, ni evitar que quienes están allí no defiendan sus principios con malas artes, con mala fe, con barbarie. El egoísmo pasa por encima de todas las virtudes y pecados humanos.

Para enfrentarse a ellos, que con la corrupción y la insolidaridad hacen su apaños, sólo existe una manera, es necesario para vencerlos sobrepasar su altura. De lo contrario lo mejor para Santos Luzardo era quedarse en Caracas ejerciendo su carrera.

No podía quedarse en Altamira para santificarse. Era tarea imposible hacerlo así. Y esta noche de luna ha matado por primera vez en su vida.

Capítulo IX

Sinopsis

Balbino hace una visita, no precisamente de cortesía, a míster Danger. Como ve que las cosas se complican quiere desaparecer de Venezuela y trasladarse con las plumas de garza a la frontera con Colombia. De esta manera podría salvar el pellejo que está intuyendo que peligra.

Se saludan, beben, se hacen bromas y Balbino le empieza a preguntar si quiere comprar cuarenta piezas de ganado que tiene, ya que quiere irse. Danger observa unos movimientos raros de sus perros y se acerca a ver que sucede. Encuentra escondido tras de un árbol a Juan Primito y piensa que lo han mandado a espiar a Balbino.

No le dijo nada y él siguió en su puesto de espionaje. Míster Danger continuó el interrumpido diálogo con el mayordomo objetando que no compraba becerros que no estuvieran bien marcados, el esquilmo de doña Bárbara le aseguró que lo suyo siempre era bueno y legal.

Danger dando un giro le hizo ver un corotico de chinó, que dijo haber encontrado en un campo del chaparral de El Totumo, lugar del asesinato de Carmelito y su hermano Rafael. Balbino se sobresaltó ya que efectivamente aquel corotico era de él.

Pero Guillermo Danger dio un nuevo dato, no se asuste hombre, no se asusté, que no fue en El Tolumo donde lo encontré ni tampoco al pie del paraguatán de La Matica, aludiendo así donde se sabía que Balbino había enterrado las plumas que le robó a Carmelito.

Todo lo hace para que lo oiga el Primito y vaya con el cuento rápidamente a doña Bárbara. Para finalizar la molesta visita le dice, miré Balbino nada de usted me interesa, yo no quiero complicaciones con nadie, por lo tanto ya puede irse por donde ha venido y le despide con una Hasta siempre.

...una vez fuera –Ballbino—le echó la pierna al caballo y cogió el camino del sitio de La Matica, diciéndose mentalmente. Ahora si que no hay tiempo que perder. Ya voy a estar desenterrando mis plumas, y ¡ojos que te vieron, paloma turca! Viajando de noche y escondiéndome de día

en las matas antes de que puedan ponérseme sobre les fuellas, ya habré pasado la raya de Colombia.

Comentario

Ballbino será muy mayordomo pero ante todo es bobo perdido. Se descubre el mismo por su bajeza de ideas y por su peregrina manera de exponer las situaciones. También Rómulo Gallegos escoge las maneras más pintorescas para acelerar los acontecimientos y en esta ocasión ha querido dejar bien descubierto todo el plan en que se había ejercitado el pobre mayordomo.

Tiene que huir a marchas forzadas, ya veremos en capítulos siguientes si tiene tiempo.

Capítulo X

Sinopsis

Doña Bárbara está inquieta porque ha oído los disparos que se habían perpetrado en Rincón Hondo mientras salía del corredor para dirigirse a la sabana en espera de que llegara el Brujeador. Llega Primito ahogado por la falta de aire y por la carrera para llegar pronto con la noticia y le espeta:

- En la Matica, al pie del paraguatán, están enterradas las plumas.

Al mismo tiempo se oyen los pasos de unos caballos, Bárbara llama a Melquiades y oye que es Santos Luzardo quien responde. Se acercó hasta él pudiendo comprobar que su compinche había muerto. Reaccionando pronto de su sorpresa le dice a Luzardo:

-Ya sabía que usted vendría a traerlo

Acababa de comprender su designio. Aquella bruja le había hecho servir de asesino para tenerlo a su albedrío. Dejó el caballo con el cadáver atravesado en su silla y se marchó sin decirle ni una sola palabra.

Sabía Santos Luzardo que había entrado en la conjunción del asesino. Que aquella maldita mujer había preparado lo del Rincón Hondo para que él le diese muerte. Lo había convertido en un hazmerreír del Llano y en su instrumento. Virtual y moralmente él pertenecía ya a la gavilla de asesinos de la cacique del Arauca.

El caballo se dirigió por sí mismo a la cuadra mientras Juan Primito, que lo había observado todo, recibió la orden tajantemente dura de doña Rosa:

- Tu no has visto nada. ¿Sabes? Vete de aquí inmediatamente y cuidado como se te ocurra hablar de lo que has visto.

Con ruidos poco comunes se despertaron todos los peones y acudieron a saber que pasaba. Cada uno hacía su observación y por fin doña Bárbara preguntó por Balbino.

Lo buscaron con la mirada sabiendo que nunca estaba entre ellos pero se les ocurrió preguntar:

-¿Habrá sido Balbino?

A la doña le resolvieron los problemas su propia gente y mandó con su autoridad acostumbrada, que nadie dudara en cumplir sus órdenes:

- En La Matica, al pie del paraguatán, están enterradas las plumas de garza del doctor Luzardo. Allí debe estar Balbino, desenterrándolas. Anden de allá, ligero. Llévense dos winchesters i... tráiganme las plumas. ¿Comprenden?
Se oyeron disparos de winchesters y de pistola pero los últimos en hablar fueron los rifles.
Había caído el pérfido Balbino Paiba.

Comentario
Démonos cuenta en una sola noche los personajes que se han movido e incluso los que han muerto. ¿Consecuencias? Pues que se van cerrando las excusas y cada vez quedan menos per-

sonajes para el desarrollo final que se avecina, sólo quedan cinco capítulos y queda aún mucha tela que cortar.

De momento, el autor ha conseguido que Santos no sepa otra cosa que lo que le ha de desesperar y doña Bárbara, con toda la mala intención del mundo, hace recaer las culpas de la muerte de Melquiades en Balbino al que hace matar, basándose en los tiros de winchesters.

Sólo queda un testigo de la verdad, el tontuelo de Juan Primito.

Capítulo XI

Sinopsis

Corren dos caballos por la nocturna sabana, cuando Pajarote, uno de los jinetes, le dice a Santos, el otro:

- ¿Luz a estas horas en casa de don Lorenzo? Algo debe de estar pasando allá.

Santos, que no iba pensando en otra cosa que en lo sucedido en El Miedo, no se había fijado que del palmar de La Chusmita salían luces.

Encaminaron sus cabalgaduras hacia el lugar y al entrar Santos encontró a Marisela acariciando los cabellos de Leandro. Ella le dice que se acababa de morir.

Se echó en brazos de Santos, llorando sin cesar y él la abrazó fuertemente. No paraba de decir, que el tremedal se lo había tragado. Entonces Luzardo le dijo al oído, a mí también:

... Esta noche he dado muerte a un hombre.

Ella le contesta que no puede ser pero Santos continua asintiendo. Pregunta como fue y Luzardo se explica, cuando aún no ha terminado de narrar los sucesos Marisela le dice fuertemente:

-¿No ves como no era posible? Si la cosa sucedió como la cuentas, fue Pajarote quien lo mató. ¿No dices que el Brujeador estaba cara a cara contigo y que la herida fue en la sien izquierda? Pues por ese lado no podía herirlo sino Pajarote.

....

Aceptó el don de paz, y dio a cambio una palabra de amor.
Y aquella noche también para Marisela bajó la luz al fondo
de la caverna.

Comentario

Por fin, y ante los designios de la muerte, se abren las luces
del amor. En ambas quedan limpios todos los proyectos
que en su carrera contra la Dañera se habían olvidado. Somos nosotros quienes hacemos mención de esta bribona
redomada. El autor tiene mucho cuidado en este onceavo
capítulo de no hacerla salir por ningún lado. Ni ante la
muerte de Lorenzo, el padre que amagaba todos sus defectos ante el alcohol, ni frente a aquella muerte, de la que
se había responsabilizado Santos. La inteligencia despierta
de Marisela le hizo comprender que no había sido él.
De momento, en este relato, se abre de una vez el amor en
el corazón de Santos y la negra luz de la cavernas se queda
enterrada entre sus simas, en lo que se refiere a Marisela.

Capítulo XII

Sinopsis

La perplejidad estableció la manera de entender los hechos. Se sucedieron en pocos minutos, a la llegada del
mocho Encarnación a Altamira, el cual venía de San Fernando con la intención de descansar y al propio tiempo,
entregarle al doctor Santos una misiva que le había dado
el juez Mujiquita:
Ayer se presentó por aquí doña Bárbara con las dos arrobas
de plumas de garza que te fueron robadas en El Totumo
y declaró lo siguiente: que habiendo caído en sospechas
de que el autor del crimen fue un tal Balbino Paiba, mayordomo de Altamira, el cual despediste a tu llegada a ésa,
ordenó a varios de sus peones que lo vigilaran; que dos estos, cumpliendo aquella orden, lo siguieron hasta el sitio
denominado de La Matica y allí lo sorprendieron infraganti
desenterrando un cajón que resultó contener las plumas de
referencia; que le intimaron se diera preso y como hiciera

armas contra ellos, dispararon sobre él y le dieron muerte, enseguida de lo cual ella se puso en camino para ésta, con el cuerpo del delito ya dar cuenta a la autoridad de lo sucedido, así como también de la muerte de Melquiades Gamarra (a) El Brujeador, asesinado por el mencionado Paiba, pocos momentos antes del suceso de La Matica ya causa de la misma vigilancia a que más arriba hago mención.

También le comunica, que las plumas doña Rosa las entregó a un comerciante de San Fernando, quien vendería el artículo, y que cuando volviera a El Miedo le haría llegar el importe de la venta.

Ya se han puesto los puntos sobre las haches como decía Ño Pernalete quien también aprovechó la nota del juez Mujiquita para hacerle llegar unos recados.

Santos no se acababa de creer lo que había leído. El Pajarote, que no se había movido de su lado, le dijo que en la vida todo tenía siempre solución y en especial en los llanos.

Él protestó y dijo que iría a ver al juez el que había estudiado con él, y que le haría rectificar aquella sarta de mentiras. Expusieron ambos sus puntos de vista y después de las alegaciones de Santos, Pajarote expuso las suyas. Por fin le convenció, todo había sido obra de Dios que es el que sabe resolver los problemas:

A pesar de la gravedad del asunto, Santos no pudo menos que sonreír: Al dios de Pajarote, como al amigo del cuento de Ño Pernalete, no le producían escrúpulos los puntos sobre las haches.

Comentario

Muy amigo es de los refranes, a través de toda la obra, Rómulo Gallegos. Nosotros le añadiremos uno nuevo, no hay mal que por bien no venga, y en esta ocasión viene que ni pintado.

A pesar de todos los disparates que acontecen, no puedes menos que sonreír ante cada suceso. La ironía que usa el autor, puesta en los labios o acciones de sus personajes, es todo un ejercicio de bien decir y mejor escribir.

Nos quedan sólo tres capítulos y aún no vemos muy claro

el desenlace. Esperemos que también el autor nos deleite con su finura grotesca y que venza ante el despotismo de alguno de los personajes que aún nos quedan.

Capítulo XIII

Sinopsis
Nos encontramos a doña Bárbara en San Fernando. Parecía que los picapleitos se frotaban las manos esperando que algún trabajo, de los de costumbre de la bribona de El Miedo, les llegara a las manos. Pronto se desvanecieron las previsiones, no iba a haber pleitos.

En la terraza del hotel descansaba en una mecedora mientras le llegaban las brisas del río, que pasaba a cien metros de donde reposaba. Sin escuchar los comentarios que se hacían sobre su persona, su mente iba de río en río a lomos de los cuales había navegado en su juventud. El Orinoco, el Atabapo y el Guainía. El primero amarillo, rojo el segundo y negro el último.

Y mientras, llegaba a su mente la imagen de Asdrúbal, el verdadero y gran amor de su vida y el que la envidia de los hombres le arrebataron en flor. Allí y en aquel momento ella dejó de soñar y se convirtió en la devoradora de hombres.

Comentario
Largos párrafos de ensueño y casi poéticos, que llenan de letras nada amargas, seguramente por primera vez, la obra, al exponer los sentimientos de aquella mujer que aún no se sabe porque ha sufrido esta metamorfosis. Quizás habrá alguna sorpresa, pero de momento toda camina por los senderos del romanticismo.

Capítulo XIV

Sinopsis
Llegó a El Miedo con todo decidido. Entregaría la cesión de todo lo que había robado a Santos Luzardo, en una carta que había escrito en San Fernando y miraría que el

amor volviera a renacer entre Luzardo y ella. No habría distancias de edad ni de riquezas que los separaran, ella quería el descanso que ya le pertenecía, quería dedicarse íntegra a aquel amor que por ser hija de los ríos le calaba hondamente.

Se lo encontró todo vacío, sin hombres, sin peones, sola. Ante la presencia de Primito le preguntó que sucedía y Juan le contestó:

- *Se escabulleron todos –respondió el bobo, sin atreverse a acercársele, temeroso del arrebato de cólera que sus palabras iban a provocar-. Dijeron que no querían servirle más a usted, porque ya usted no es la misma de antes y el día menos pensado los iba ir entregando atados codo a codo.*

Los ojos de doña Bárbara relampaguearon coléricos por la situación, y para evitar males mayores, el bobalicón de Primito le dijo, si sabía que había muerto Lorenzo Barquero, a lo que la mujerona contestó que ya era hora. Preguntó por la hija y Primito le contestó;

- *¿La niña Marisela? Otra vuelta a Altamira. Se la llevó el doctor para su casa. y según he oído decir, se va a casar con ella en estos mismos días.*

Doña Bárbara hasta aquellos momentos un tanto alegre por los últimos acontecimientos, aunque siempre en las dudas, se sintió ultrajada en sus sueños y en un arrebato de claros celos volvió a montar a caballo y se dirigió a Altamira. Juan Primito se quedó petrificado y sin aliento al ver salir a su ama a todo trote. Mientras galopaba, su voz interior le dictaba la sentencia, he perdido todo el tiempo en preparar mi obra. Lo recojo todo y con ello a la tumba. Con su monólogo interior iba avanzando a toda velocidad hasta llegar a la misma casa de Santos. Tenía a su favor la oscuridad y sin descabalgar, se acercó en silencio observándolo todo hasta las mismas lindes del edificio. Desde la puerta del comedor delantero observó como Luzardo y Marisela sentados junto a la mesa, y muy juntos, se miraban con el amor, por sublime antifaz, en lo más profundo de su corazón.

Cuando los tuvo a los dos a tiro de pistola, extrajo el arma de la funda de la cañonera de la montura y apuntó al pecho de la hija, era un blanco perfecto. De pura luz de estrellas era la chispa que brillaba en la mira. Bajó despacio el arma sin haberse atrevido a disparar. El hada de una estrella se interpuso entre los dos amantes y el gatillo del revólver.

Contempló durante un buen tiempo la felicidad de los dos muchachos y entró en funciones el amor maternal que nuca había sentido, le brotó desde lo más profundo de su ser:

- *Es tuyo. Que te haga feliz.*

Comentario
Por primera vez en su vida doña Bárbara se sintió madre con mucha más intensidad que amante. Se le pasó por la mente cuanto ella sintió cuando la miraba su Asdrúbal:
¡Por fin el amor de Asdrúbal, pura sombra errante a través del alma tenebrosa se reposaba en un sentimiento noble!

Capítulo XV

Sinopsis
Liquidó a su gente con creces por si no encontraban faenas, no visitó a su Socio con el que antes tenía grandes conversaciones respecto a sus actos de brujería. Y recomendó a Juan Primito, su último espía, que se fuera a Altamira si lo querían dándole una carta para Santos Luzardo.

Horas más tarde míster Danger la vio pasar. Mal augurio para él. La saludó pero iba tan absorta que ni tan siquiera se volvió para devolverle su adiós.

Lo contemplaba todo y se despedía con la mirada, pero ni se enteraba. Contempló por última vez la lucha en el tremedal entre una res que luchaba en las aguas fangosas contra una culebra, por fin ésta se la llevó al fondo de la charca . Era una victoria para el tremedal.

Las miserias corren de boca en boca. Parece como si las aves aterrorizadas que sobrevolaban gritando y aleteando sin cesar repartieran la noticia:

...ha desaparecido la cacica de Arauca.

Se presupone que se dirigió al tremedal y se fue alfondo con la res y la culebra. De todas maneras la verdad era que doña Bárbara había desaparecido. Sólo quedaba la carta que había dejado a Primito para Luzardo quien cuando la leía se conmovió:

No tengo más heredera sino a mi hija Marisela, y así lo reconozco por ésta, ante Dios y los hombres. Encárguese usted de arreglarle todos los asuntos de la herencia.

Se hablaba de suicidio, pero se prefería decir que había huido con Asdrúbal y que navegaban por todos los ríos de la región. Incluso el mismo míster Danger se marchó, con el rifle a la espalda y su caballo al trote largo les gritó a los mozos que trabajaban en la cerca:

No gasten tanto alambre en cercar los lambederitos. Díganle al doctor Luzardo que mister Danger se va también.

Y Rómulo Gallegos termina su doña Bárbara con una frase de respeto a los llaneros:

¡Llanura venezolana! ¡Propicia para el esfuerzo, como lo fue para la hazaña, tierra de horizontes abiertos, donde una raza buena, ama, sufre y espera...!

Comentario último

Desgarrado grito de victoria y de paz cruje a lo ancho y largo de las sabanas. Desaparece el aletargado y temido nombre El Miedo, para volver a ser un todo, Altamira.

Es el fruto del triunfo del amor, de la justicia y de la sinceridad que se han unido con la verdad. Con estas armas, tarde o temprano, todo es solamente una visión perdida del miedo y del terror, en esta ocasión bajo el sufrimiento de la brujería y todas sus esquemáticas visiones. Son los laureles para las virtudes de la sinceridad y todas sus consecuencias por encima de la mentira y la sinrazón.

Todos los males cayeron encima de Altamira y de sus moradores. Los Barquero y los Luzardo casi destruyen su fe en la vida y en el trabajo pero sus descendientes Santos Luzardo y Marisela Barquero los supieron revitalizar, siempre por el camino sano que había recorrido durante muchos años. Les bastó medirse con la mentira unas horas para emerger, derribando todo lo malo que mucha gente hace servir. Y doña Bárbara, a la que habían traumatizado en su adolescencia, pero que supo reivindicar su amor primerizo con la muerte.

¡Doña Bárbara! Gracias por haber salvado Altamira y todos sus gratos recuerdos.

Hoy que hace setenta y tres años –abril de 2002— aun leemos con fruición esta magnífica novela que rebela la fuerza de todos los sentimientos, los amigos, la solidaridad, la unión y en especial el amor.

BOSQUEJO DE LOS PRINCIPALES PERSONAJES

DoñaBárbara. Merodea por el centenario. La encontramos en el capítulo III de la primera parte como una chiquilla de unos quince años y cuando se suicida, en el XV de la tercera parte, ronda la cuarentena. Es una guaricha preciosa que está a punto de ser vendida a un sultán turco –después se aclara que es sirio--establecido en su cacicato orinoqueño. Asdrúbal la defiende hasta su muerte y allí se acabó Barbarita. Nace en aquel mismo momento la devoradora de hombres con toda su avaricia, sus brujerías elevados al cubo y se convierte, en su finca El Miedo, en la mujer más complicada, más corruptiva y endemoniada de todo el cauce del Arauca. Hemos de aclarar que no se hizo a sí misma esa clase de mujer. La moldearon los hombres de baja estofa con los que tuvo que librar en su niñez. Era bella, trabajadora, buena cocinera, para los seis marineros y su taita que:

La brutalizaban con idénticas caricias: rudas manotadas, y besos que sabían a aguardiente y a chimó.

Entonces subió a la piragua un muchacho, como viajero, que se identificó con ella y pronto la luz del amor se infiltró en sus corazones. Pero llegó la muerte de la tripulación y en especial la de Asdrúbal que quería sacarla de aquella miseria. ¿Resultado? La doña Bárbara que encontramos años después, departiendo maldad y un odio terrible hacía los hombres, no la conduce a otro sitio que a la podredumbre humana y su amor a la brujería. Tiene una hija de los malos amores con Lorenzo Barquero, que aún la hacen mucho más mala, pero se convierte en el último capítulo en consumidora de su propia vida.

Santos Luzardo. Vivió la muerte de su hermano en las manos de un padre implacable en sus costumbres y criterios. A los pocos días, el progenitor sucumbió ante su necedad de partir de este mundo en una agonía de varios días, a la que él mismo se había condenado. Doña Asunción, la madre de Santos, que con trece años, se lo llevó de aquellas tierras malditas a Caracas donde la universidad lo hizo hombre de bien y sin mal. Quiso venderse Altamira y viajó allí de nuevo, después de muchos años, luego volvió a la casa donde habían muerte su padre y su hermano. Los recuerdos y la nostalgia hicieron que desistiera de vender y se convirtiera en un llanero. Siempre fue la antítesis de doña Bárbara. Por sus procesos intelectuales quiso terminar con la maldad que presidía en los llanos, aportada por la malvada mujerona. Eran el Bien y la Razón en lucha constante con la Maldad y la Corrupción. Por fin su triunfo fue la consecuencia de destrozar la muerte y sembrar la paz en todos los llanos de Altamira.

Marisela. No es necesario utilizar palabras altisonantes, para determinar el espíritu salvaje en que vivió los primeros años de su existencia, hasta que llegó la mano de la razón de Santos Luzardo. Toda ella deshilvanó su instinto bueno de la vida y lo acopló a la civilización que le mostraba aquella Altamira que no había conocido. Detestó la barbarie de su madre –doña Bárbara— e intentó componer la comprensión y el amor en todos los seres que se pusieron a su lado.

Lorenzo Barquero. Los símbolos más virulentos lo alcanzan de lleno por haber realizado su aquiescencia al amor. La primera vez que se encuentra ante doña Bárbara se siente atraído hacia esa mujer. No le ve ningún defecto, de los muchos que atesora, y se enamora de ella hasta entregarle todo lo que pertenece a la familia y tiene una hija –Marisela— con ella. Cuando medio comprende que ha sido un títere en sus manos, huye y se encierra en su finca, el palmar de la Chusmita, le acompaña su hija y allí se da al alcohol que destroza su vida. Toda su cultura y carrera universitaria adquirida en Caracas quedan desbaratadas. Se convierte en una piltrafa de hombre. Es el símbolo de la derrota y la victoria del aguardiente. Se convierte en un hombre vestido siempre por la borrachera.

Melquiades. No demasiado trabajo en la obra. Aparece pocas veces pero siempre como adicto a las formas de doña Bárbara. Es hijo de la brujería y puede personificara en todas sus maneras, incluso aún que no la tenga siempre ,es la mala mujer que quiere que sean interpretados todos los actos de sus trasgos y sibilos. Es adicto a todas las maldades y se convierte por esa misma razón en el brazo derecho de la maldad en todo lo que concierne a doña Bárbara. Es su ejecutor, razón por la cual se le apoda como El Brujeador.

Asdrúbal. Es la personificación del amor. De él nace el amor como lo entiende en su adolescencia Barbarita. Muere doña Bárbara en sus brazos etéreos de ensueño y con él recorrerá los ríos venezolanos, muertos los dos como almas en pena bajo el desconcierto de no saber si será cuestión de bien o de mal.

Antonio Sandoval. Es el complemento del bien en el llanero. Ninguna mala idea y ni una sola mala interpretación de la verdad y la sinceridad. Lo enseñaron a creer en su amo y con él iría hasta la propia muerte. Es adicto, es consecuente y cree en la bondad y las buenas maneras por encima de todas las cosas. Es un producto de la sabiduría llanera y odia la mentira, siempre quiere que prevalezca la verdad.

Pajarote. Si alguien en la novela de Doña Bárbara representa al llanero puro, éste no es nadie más que Pajarote. Todo lo hace para fines beneficiosos, siempre para los hombres que viven en los llanos. No entiende la vida de otra manera. Es bruto, pero noble. Es inculto, pero sabio por propia naturaleza. Es en fin, un ejemplo claro de cómo entiende que ha de ser Rómulo Gallegos, el llanero.

Balbino Paiba. Es todo lo contrario que el personaje anterior. Es el clásico hombre que se cree listo pero es más torpe que un arado. Es adulador y miedoso. Malpensado y a veces grotesco. Es el bribón más redomado de la novela. También es un asesino sin avergonzarse de ello. Para medir su carácter, diremos que es el tipo malvado que nadie quisiera tener de amigo.

Ño Pernalete .Es la más exacta ejecución de político dictador y corrupto que pueda hacerse o crearse. En él se adivina siempre al hombre que el poder le da siempre la razón la tenga o no, y si hay dudas adapta las que puedan ir mejor a su criterio y a su manera de ser. Es repulsivo por si mismo y por el cargo que ejerce.

Mujiquita. Secretario del anterior al que para subsistir no hay ni amistades ni verdades. Es el embrujo que propaga la adulación para bien servirse. Es lastimoso, el clásico funcionario para el que el jefe siempre tiene la razón, aunque en toda la extensión de su conciencia no la tenga. Pero él siempre se la concede. No hay amigos. Solo hay la verdad de la mentira de su superior.

Juan Primito. Nos encontramos ante un elemento que en algunos lugares se le ha venido en decir el tonto del pueblo. Es bobo. Es un producto de la naturaleza pero no tanto como que no sepa discernir el bien del mal. Es el correveidile de doña Bárbara aunque a veces en vez cumplir el encargo lo deshace si la persona a quien va destinado él se la aprecia. No quiere destruir, como hace su dueña, pero sí ayudar a la desavenencias externas con tal de hacer un favor al mal. Es discreto y concienzudo. Reconduce su inteligencia para culminar sus trabajos, si estos le pueden llevar a saber el futuro que pueda beneficiar a su manera de ser. Pero no hemos de descartar que es un bobalicón profundo.

ESTUDIO CRÍTICO DE LA OBRA

No hay duda que esta obra la hemos de colocar como testimonio de la vida rural venezolana ,con todos sus atributos particulares y donde desde el primer momento se masca la tragedia. Toda ella esta sintetizada en el dramatismo cruel de los sentimientos humanos, algunos benefactores pero otros producto de la más baja raigambre.

Doña Bárbara es, un producto literario que Rómulo Gallegos conduce de forma magistral a través de cuarenta y un capítulos a cual mejor detallado, con justas y adecuadas concepciones. La vocalización puede presumir del más atípico lenguaje, campero o llanero, que se reviste de un plumaje cargado de dramatismo, a veces salvaje. Otra, la fuerza subyugante que trabaja sobre la base de una ironía repleta de magnicismo, y que conduce a situaciones ni esperadas ni creídas, pero que se suceden como rosario inalterable de aconteceres trágicos.

Gallegos demuestra en esta novela que es un narrador completo, nada se le quedó en el tintero, y nunca mejor dicho, ya que creemos que en aquel tiempo usó este artilugio, que pudiera ser además, una pluma de ave. A pesar de la gran cantidad de didactismos que la nutren, nada en ellos la hacen ilegible, muy al contrario, son dichos sin fanfarronadas, con credibilidad y acierto, aire con el que se quiere dar a conocer el folklore venezolano de su flora y fauna, y como no, algunas veces le confiere la gracia del lingüísmo.

No hay duda que Doña Bárbara, tiende a ser una novela a más de trascendente, genial. Tiene muy bien ganado, a pulso, un puesto en la literatura universal. A estas alturas empieza a estar predestinada como un clásico de primera línea.

Estructura
Cada personaje nos abre unas secuelas mayéuticas que indagan siempre las posturas conminatorias. Queremos escudriñar en los valores de los personajes creados para el buen desarrollo literario de la novela y darnos la oportunidad de llegar a una valoración positiva de cada uno de ellos, que sin menoscabo a nada ni a nadie, dan como resultado el todo de la novela.

Doña Bárbara nos da la posibilidad de hacer estudios, tanto cívicos como literarios del personaje central, Bárbara, así como de Santos Luzarno. Los demás personajes son adicionales y llenan espacios para recuperar alientos con respecto al proceder novelístico del autor, que es decir tanto como de Bárbara y Santos.

Argumento
Podemos preguntarnos una vez y otra y muchas más, cuales son las cualidades como individuos de los dos personajes centrales. Pero sin desguazarlas en ningún momento del conjunto de ambos, podríamos asegurar que la una sin el otro –o si place el otro sin la una-- no daría el impacto que se precisa, para llegar a su culminación como protagonistas estelares en su contienda particular.

Gallegos los representa, a Bárbara como la expresión más viva y contundente de la maldad, pero en el momento en que Rómulo los hace converger, esta postura va descendiendo, la bribona o bruja, como se quiera determinar, se esfuma en su potencial hasta llegar a ceder y casi redimirse con su suicidio.

Santos Luzardo por el contrario con su concepto de la vida sobre la cabeza ,lucha en todo los terrenos, hermanando los conceptos vitales de la convivencia, bajo el status que imponen la cultura y la inteligencia por encima de todas las perversidades. Ofrece el campo donde se mueven los criterios de la supervivencia que, pobremente ofrecen los llanos venezolanos y las riberas de sus ríos repletos de caimanes. Estos, muchas veces, son menos salvajes que los que se mueven sobre las tierras con los dos pies en el suelo.

Todo es razonable, como expone la argumentación y la tesis a seguir. Aunque sean producto del drama, la imperfección de la muerte, la envidia y el egoísmo, los mitos cruciales de su fondo. No hay otro razonamiento entre los débiles pliegues de la sabana, que sobrevivir siempre pisándole los talones a la propia vida con los estertores trágicos de la muerte.

No hay duda que a algunos de sus personajes no los salva nadie de la muerte en directo, salvo en algunas ocasiones que a otros les sucede por detrás de las páginas de lectura. Todos las formas son maneras de morir. Podríamos vaticinar que de hecho, y salvo raras excepciones, Rómulo Gallegos hace desaparecer del mundo de los vivos, más a los que podemos catalogar de malos que a los que bendecimos por buenos.

Conclusión

La muerte mejor preparada y de la única manera que se puede terminar románticamente la novela, es purificar a la hoy septuagenaria protagonista, doña Bárbara. Este cacho de mujerona, que hoy casi redimida, se infiltra en todas la universidades del mundo nos da la receta de una muerte calculada aunque ella no la vea clara hasta el momento en que:

Las aves, aterrorizadas, volaban y gritaban sin cesar. Doña Bárbara permaneció impasible. Huyeron, definitivamente, aquellas, volvió a reinar el silencio y el tremedal agitado recuperó su habitual calma trágica. Apenas una leve ondulación rizaba la superficie y allí donde las verdes matas de borales se habían roto bajo el peso de la res, reventaron pequeñas burbujas de gases del pantano.

Es el preludio de una muerte anunciada. Una desaparición, aunque gradualmente prevista, que no era esperada hasta el último trance de la novela, después de haberse practicado en el curso argumental de toda la obra, ejemplos magníficos de doma en las sabanas, la inmolación de caimanes que pululan por sus ríos, así como el tiempo que después de sacrificada una res, tardan las pirañas en llevársela a sus estómagos.

No nos podemos perder un párrafo genial del libro Doña Bárbara, que su autor nos describe en el capítulo VIII de la primera parte y que titula: La doma, que asevera: La llanura es bella y terrible a la vez; en ella caben, holgadamente, hermosa vida y muerte atroz. Ésta acecha por todas partes; pero allí nadie la teme. El Llano asusta; pero el miedo del Llano no enfría el corazón; es caliente como el gran viento de soleada inmensidad, como la fiebre de sus esteros.

Después de mostrado todo esto y mucho más, de lo que sucede en Altamira y en el cauce de sus ríos, nos muestra la vida entre ellos y contra ellos. La supervivencia se muestra impecable. Todo se ha desarrollado sobre una previsión literaria, sin precedentes en la novela hispanoamericana. En su fondo y en su forma salen a flote diversos temas que, sin tanto regionalismo interno, si prevén tragedias de este tipo. Nos llega a nuestra memoria La malquerida de Jacinto Benavente, La familia de Pascual Duarte de Camilo José Cela, sin olvidarnos de La casa de Bernarda Alba, de Federico García Lorca.

Todos ellas y algunas más, son tragedias rurales, pero no tan ruralistas y apartadas de la civilización como en Doña Bárbara. Son producto de una sinrazón salvaje que llega, en algunos casos, a convertirse en tema brutal no sólo por todo lo que humanamente sucede, sino por el salvajismo que invade dentro y fuera la propia naturaleza.

Su dramático final no enturbia la franqueza que la vida le proporciona a su única solución, remediar la maldad con su misma muerte:

Se supone que se había arrojado al tremedal, porque hacia allá la vieron dirigirse, con la sombra de una trágica resolución en el rostro; pero también se hablo de un bongo que bajaba por el Arauca y en el cual alguien creyó ver a una mujer. Lo cierto era que había desaparecido...

Ni la misma muerte queda demasiado clara. Pero la verdad literaria es que Doña Bárbara murió o en el río Arauca o en el tremedal donde se ahogaban las reses y vivían las culebras...

Ese fue su fin... y el de la tragedia de Rómulo Gallegos.

SIMBOLISMO DE LOS PERSONAJES, PUNTOS GEOGRÁFICOS, NOMBRES PROPIOS, MITOLÓGICOS, E HISTÓRICOS QUE APARECEN EN ESTA OBRA

ACUPE. Bebida fermentada de maíz.

AJILARSE. Ahilarse, marchar uno detrás de otro. Morder el pez la anzuelo.

AMADRINADOR. Jinete que acompaña al domador.

ANDRADE, IGNACIO. Militar y político venezolano (Mérida 1839-Macuto 1925). Llegó a la presidencia de Venezuela (1898-1899).

ANDUEZA PALACIO, RAIMUNDO. Político y militar venezolano (Iguanare, Portoguesa 1846-Caracas 1900). Fue presidente de la República de Venezuela (1890—1892). Su mandato pasó desapercibido, entre otras cosas por su escasa solvencia política.

ARAGUATO. Color leonado oscuro. / Nombre de una especie de monos de este color.

ARICA. Abeja silvestre.

ARROSQUETADO. Color trigueño sonrosado.

ASPERAR. Derribar una bestia patas arriba.

ATARRILLAMIENTO. Tabardillo de las bestias.

ATRINCARSE. Ahorcarse.

ATROPELLADA. Atropello.

BANCO. La parte prominente de mayor a menor extensión que sobresale de la sabana.

BANIBA. Una de las naciones indígenas más importantes del territorio amazónico.

BARAJUSTAR. Embestir. / Arremeter.

BARAJUSTE. Desbandada.

BARREAR. Maniatar.

BENTANCOURT, RÓMULO. Político y abogado venezolano (1908-1981). Fue presidente de la República de Venezuela en dos ocasiones (1945-1948) y (1959-1964). Fue el primer presidente después de ciento veinte años, que empezó a establecer ciertas dosis de democracia y que no pertenecía a la clase militar.

BIGARRO. Toro grande y salvaje.

BOLEREAR. Hacer caer una bestia enlazándole las patas delanteras. / Se aplica también, cuando la caída es producida en el acto de enlazar una res, por el estirón de la soga amarrada a la cola de la bestia.

BOLÍVAR, SIMÓN. Militar y político venezolano (Caracas 1783-Santa Marta 1830). Luchador nato por la independencia de su país. Después de conseguir de la Corona española (1812) su mayor anhelo, la independencia, tuvo que vencer a los realistas para expulsarlos de Venezuela.

BOTE. Depósito donde se cuaja la leche para fabricar el queso.

BRUJEADOR. Persona práctica en cazar bestias bravías, persiguiéndolas día y noche sin dejarlas ni pacer ni dormir.

CABECEAR. Cuando los ríos empiezan a aumentar o a disminuir el caudal de sus aguas.

CABILDEAR. Hacer cabildo. / Se llama así, en el Alto Llano, a las reuniones espontáneas que efectúa el ganado bajo la acción del miedo, bramando y escarbando la tierra.

CABILDEO. Bramido del ganado que hace cabildo.

CABRESTREAR. Una punta de ganado. / Guiarla al mismo tiempo al esguazar un río, nadando delante de ella.

CABRESTRERO. Peón que guía el ganado. / Derivado de cabrestro, barbarismo de cabestro.

CACHAPEAR. Desfigurar un hierro, desfigurándole con otro encima.

CACHILAPIAR. Cazar cachilapos.

CACHO. Pequeño cuento anecdótico.

CAJÓN. Faja de llanura entre dos grandes ríos, por donde corren los principales afluentes de aquel que le da nombre.

CALCETA. Sabana de pequeña dimensión, rodeada de árboles y matorrales.

CALDERA RODRÍGUEZ, RAFAEL. Político, escritor y abogado venezolano (San Felipe 1916). En dos ocasiones fue presidente de la República venezolana (1969-1974) y (1994-1999). En todas sus actividades dio muestras de su intelectualidad. Dominaba cuatro idiomas: español, francés, inglés e italiano y tenía conocimientos en otros dos, el alemán y el portugués. Fue doctor honoris causa y presidente honorífico o miembro de más de una veintena de centros académicos y de investigación.

CAMPERUSO. Campesino.

CAPACHOS. Semillas de la planta del mismo nombre que sirven de sonajas en las maracas.

CARACAMATE. Árbol maderable.

CARAMA. Cornamenta del venado. / Se aplica a todo lo que presente tal aspecto.

CARAMERO. Hacinamiento de troncos y ramajes de árboles que arrastran los ríos en la época de las inundaciones de la sabana

CARIBES. Peces pequeños y sumamente voraces que pueblan los ríos de los Llanos.

CARRARO. Ave zancuda.

CASABE. Pan de yuca.

CASTAÑO-LUCERO. Se aplica a las bestias de color castaño que tienen una mancha blanca en la cabeza.

CASTRO, CIPRIANO. Militar venezolano (Capacho, Táchira 1853-Santurce, Puerto Rico 1924). Ha sido uno de los grandes dictadores de su país. Estuvo en la presidencia de la República venezolana (1899-1908).

CASTRO, JULIÁN. Político y militar venezolano (Petare, Miranda 1805-Valencia, Carabobo 1875). Fue presidente de la República de Venezuela entre los años 1858-1859. Fue substituido por el segundo mandato de Pedro Gual.

COROCORA. Ave zancuda de color granate.

COROTO. Trasto. / Trebejo.

CORRIDO. Romance popular que se canta acompañado de cuatro y maracas.

CRESPO, JOAQUIN. Militar y político venezolano (San Francisco de Cara, Aragua 1840-La Mata Carmelera, Cojedes 1858). Fue presidente de la República de Venezuela en dos ocasiones (1884-1888) y (1892-1896). Siempre bajo los reajustes polivalentes de las dictaduras.

CRINEJEAR. Tejer en forma de criznejas las cerdas de la cola de un caballo para amarrar a ella la soga del enlazador.

CUIBAS. Indígenas muy belicosos que habitan en las riberas del Meta.

CULATERO. Peón trasero que acompaña una punta de ganado.

CHANGUANGO. Planta herbácea de rizoma comestible.

CHENCHENA. Ave de la familia de las gallináceas, muy bocinglera.

CHICUACA. Ave zancuda.

CHIGA. Sustancia feculenta extraída de las semillas de chigo. / Árbol de la familia de lasa leguminosas.

CHIGÜIRE. Carpincho.

CHINCHORRO. Hamaca tejida en punto de malla.

CHICHEO. Onomatopeya del sonido de las maracas.

CHUSMITA. Garza pequeña de color azul.

DAÑERO-RA. Persona que, según la superstición popular, causa daños por arte de brujería.

DELGADO CHALBAUD, CARLOS. Político venezolano (Caracas 1909-1950). Fue presidente de la República de Venezuela desde el año 1948 hasta el 1950.

DESMONTRENCAR. Separar las vacas de sus becerros.

DIVISIÓN INFERNAL, LA. Grupo guerrillero que constituyó Tomás Rodríguez Boves que se creó para luchar contra los independentistas venezolanos.

EMBARBASCAR. Echar barbasco –barbarismo por verbasco—al agua donde se va a pescar para adormecer a los peces.

EMPADRONARSE. Así se le llama a una quesera. / Amansarse el ganado hasta acostumbrarse a buscar por sí solo los corrales de la quesera.

ENGUARALAR. Enlazar.

Entabanares. Alborotarse el ganado acosado por el tábano. / fig. Aplícase a la persona que padece ofuscación del juicio.

FALCÓN, JUAN CRISÓSTOMO. Militar y político venezolano (Hato Tabe, Falcón 1820-Port-de-France, Martinica 1870). Fue presidente de la nación (1863-1868). Siempre bajo el predominio de la postura dictatorial.

FUERTE. La moneda de plata de 5 bolívares, semejante al duro español.

GANDUMBAS. Testículos.

GÓMEZ, JUAN VICENTE. Político y militar venezolano (¿ –Maracaibo 1935). Se autoproclamó presidente de la República de Venezuela al no permitir que volviera de España su antecesor, donde había ido a recuperarse de una operación quirúrgica. Ha sido el dictador que más tiempo a gobernado el país desde 1908 hasta su muerte 1935. Su mandato estuvo siempre presidido por la brutalidad y la persecución constante a los que no aplaudían su labor.

GOTERO. Lazo que se arroja sin bracear la soga.

GRAN COLOMBIA. Nombre que adoptó el grupo que dio el primer fruto al grito de independencia, lo constituían Colombia, Venezuela y algunos otros pequeños estados de centro América.

¡GUÁ! Interjección.

GUACHAFITA. Embrollo. / Desorden.

GUAL, PEDRO. Militar y político venezolano (Caracas 1783-Guaiaquil 1862). Por dos veces llegó a la presidencia de Venezuela en los años 1859 y 1861. Sus mandatos fueron breves pero lo suficiente largos para recordar su aspecto dictatorial, como el de todos sus antecesores y los que vendrían en casi cien años.

GUARAL. Cuerda para pescar. / También se dice de la soga.

GUASACACA. Salsa picante hecha a base de ajíes.

GUATE. Calificativo despectivo que se da en el Llano a los hombres de la cordillera andina y a los colombianos.

GUAIAQUEAR. Sujetar una res o bestia derribada tirándole de la cola, previamente pasada por entre las patas traseras.

GÜRIRI. Pato pequeño que emite un sonido semejante al de esta palabra.

GUZMÁN BLANCO, ANTONIO. Militar y político venezolano (Caracas 1829-París, Francia 1899). Fue presidente de la República de Venezuela en dos ocasiones (1879-1884) y(1886-1887).

IR POR PIQUE. Ser conducido el ganado por pastores.

JARISAR. Lugar donde abunda el jarillo.

JIPATO. Color cetrino.

JOJOTO. Mazorca de maíz tierno.

LAMBEDERO. Sitio de terreno salitroso que busca el ganado para lamerlo.

LARRAZÁBAL, WOLFANG. Político venezolano (Carúpano 1911). Fue presidente de la República de Venezuela (1953-1959). Pero al frente de una Junta de Gobierno.

LECO. Grito lanzado para llamar desde lejos.

LEONI RAÚL. Político venezolano (El Manteco 1905-Nueva y ork 1972). Fue presidente de la República venezolana (1964-1969). Fue alumno de Rómulo Gallegos y era miembro del partido Acción Democrática. que él fundó

LEVANTE. Acción y efecto de levantar el ganado de sus comederos para reunirlo en rodeos.

LINARES ALCÁNTARA, Francisco. Militar y político venezolano (Tumero, Aragua 1825-La Guaira 1878). Fue nombrado presidente de la República de Venezuela (1877-1878). Como todos ellos siguieron sus tendencias dictatoriales.

LOCHA. Pieza de níquel equivalente a un octavo de bolívar.

LÓPEZ CONTRERAS, ELEAZAR. Militar y político venezolano (Queniquea, Tàrira 1883-Caracas 1973). Fue presidente de la República de Venezuela (1936-1941). Tanto él como su hijo están implicados en infinidad de complots, rebeliones y golpes de Estado.

LLANOS, LOS. Extensa región de América del Sur con una superficie de unos 300.000 kilómetros cuadrados que ocupa una gran parte de Venezuela y el NE de Colombia. Muy poca densidad poblacional ya que no llega a un habitante por km2. Las ciudades más importantes son: Ciudad Bolívar y Calabozo. En la zona donde pasa el río Arauca, San Fernando, es donde se centra todo el drama que se vive en Doña Bárbara.

MACANILLA. Palmera de la cual se extrae una madera muy dura.

MACUNDOS. Trastos y cosas de uso personal.

MADREVIEJA. Lecho antiguo de un río que a veces tiene agua estancada.

MANCHA. Reunión de reses que se mueven en la sabana.

MANGUAREAR. Robarle tiempo al trabajo aparentando hacerlo.

MANIRITO. Anona.

MARACA. Instrumento musical de percusión hecho con un calabazo redondo con semillas de capacho en su interior.

MARMOLEADO. Color blanco y negro de las bestias.

MÁRQUEZ BUSTILLOS, V. Político y militar venezolano. Fue presidente de la República de Venezuela en tiempo que lo era Juan Vicente Gómez (1928-1929). Materialmente sólo lo fue para dejar que el sanguinario dictador descansara. Fue un hombre de paja.

MAROTA. Soga con que se enlazan las patas delanteras de una bestia para impedirle correr.

MASCADA. Porción de tabaco que se pone en la boca para mascar.

MAUTAGE. Reunión de mautes, como son los becerros de uno a dos años.

MEDINA AMARITA, ISAÍAS. Político y militar venezolano. Fue presidente de la República de Venezuela (1941-1945). Fue substituido por el primer político civil y ciertamente demócrata Rómulo Bentancourt.

MEDIO CASCO. Paso intermedio entre el natural y el paso llano de las bestias.

MELAO FRONTINO. Caballo de color castaño claro que tiene la cara blanca.

MERECURE. Árbol frondoso del Alto Llano.

MONAGAS, JOSÉ GREGORIO. Militar y político venezolano (Aragua de Barcelona, Anzoátegui 1759-Maracaibo, Zulia 1858). Fue presidente de la República de Venezuela entre los años 1851 y 1855. Como todos fue un dictador más y un ególatra.

MONAGAS, JOSÉ RUPERTO. Político y militar de Venezuela (Aragua de Barcelona, Anzoátegui 1831-1880). Fue como todos los demás un presidente de la República a cuál más autoritario y más brutalmente dictador (1868-1874).

MONAGAS, JOSÉ TADEO. Militar y político venezolano (Amana 1784-Caracas 1868). Fue elegido en tres ocasiones presidente de la República de Venezuela (1847-1851), (1855-1858) y (1858). Pertenecía al partido liberal y fue un poco más comprendido que algunos otros pero sin despreciar su calidad de dictador.

MONEAR PALOS. Trepar a los árboles a la manera de los monos.

MORACOTA. La pieza de oro de 20 dólares.

MORILLO, PABLO. Militar español (Fuentesecas, León 1755-Barèges, Francia 1837). Duque de Cartagena y marqués de la Puerta. Se distinguió por su exceso de brutalidad y se recreó en la hostilidad hacia los independentistas venezolanos. Venció a Simón Bolívar en su intento de conquistar Caracas.

NARICEAR. Pasar una soga a una res por un agujero que se le hace en la nariz.

NEFATO. Entontecido. / Idiotizado.

NARAGATO. Planta sarmentosa.

PÁEZ, JOSÉ ANTONIO. Militar venezolano (¿ 1790-Nueva York 1873). Fue tres veces presidente de la República venezolana, casi en todas por golpes de Estado o de estratagema militar. (1830-1835), (1839-1843) y (1861-1863). Autoritario, dictador yególatra.

PALITO. Tomarse o beber una copa.

PALOAPIQUE. Cerca hecha de troncos.

PALODEAGUA. Árbol alto y frondoso que crece en las orillas de los ríos.

PARAGUATÁN. Árbol de la familia de las rubiáceas cuya madera tiene gran precio.

PASAJE. Cuento anecdótico.

PEINE. Piezas con que se arman ciertas trampas.

PELODEGUAMA. Sombrero de fieltro aterciopelado.

PERCUSIO. Sucio. / Insignificante.

PÉREZ, JUAN BAUTISTA. Político y militar venezolano.

Fue presidente de la República de Venezuela en tiempo que lo era Juan Vicente Gómez (1929-1931). El tiempo justo para dejarlo reponer de la ira que había levantado en su pueblo y en las naciones con las que tenía contacto. Fue verdaderamente un hombre de paja.

PÉREZ JIMÉNEZ, MARCOS. Militar y político venezolano (Michelana, Táchira 1914-Madrid, España 2001). Fue un general que acreditó su totalitarismo con credenciales de dictador absoluto, en especial cuando ocupó la presidencia de Venezuela (1952-1958).

PICAAR. Conducir el ganado por una vía.

PORSIACASO. Alforja, morral pequeño.

PUNTERO. Peón que guía una punta de ganado.

PUSANA. Brebaje afrodisíaco de los indígenas.

QUEREVERE. Árbol de cuya semilla hacen pan los indios de Apure y Guayana.

¡QUIÉN QUITA! Frase que equivale a: Bien puede ser. y ¿Por qué no?

REGARSE COMO FRUTA DE MARACA. Dispersarse el ganado por la sabana como se dispersan las sonajas de una maraca cuando ésta se rompe al agitarla.

REMONTA. La bestia que cada jinete lleva para reemplazar aquella monta.

RETALLONES. Sobras de la comida.

ROCHELA. Reunión de ganado inquieto, y también el sitio donde se efectúa.

RODRÍGUEZ BOVES, TOMÁS. Militar y político español (Gijón, España 1783-Urica, Venezuela 1814). Defensor de le hegemonía del ejercito español, luchó en Venezuela contra el independentismo que progresaba.

ROJAS PAÚL, JUAN PABLO. Militar y político venezolano. Fue presidente de la República de Venezuela desde 1888-1890. Fue substituido por Raimundo Andueza Palacio.

SALTANEJAS. Surcos y baches formados por el tráfico de carros o bestias.

SANABRIA, EDGAR. Político venezolano. Fue presidente de la República de Venezuela (1959). Pero al frente de una Junta de Gobierno.

SILBAR IGUANAS. Producir un silbido suave y persistente como el que se emplea para atraer y cazar cierta especie de lagartos, llamados iguanas, cuyos huevos son muy apreciados por el llanero. / Fig. Distraerse con tal silbido de alguna preocupación.

SOUBLETTE, CARLOS. Militar y político venezolano (La Guaira 1789-Caracas 1870). Fue presidente de la República de Venezuela (1837-1839), repitiendo cargo (1843.1847) y como todos sus antecesores realizó los mismos actos dictatoriales con una forma muy peculiar de gobernar bajo el signo de la corrupción y el despilfarro.

SUÁREZ FLAMERICH, GERMÁN. Político venezolano (Caracas 1907-1990). Fue presidente de la República de Venezuela (1950-1952).

SUFRIDOR. Sudadero.

SUSPIRITAR. Supeditar.

TAPICES. Presas para conservar llenos los abrevaderos de agua corriente.

TEMBLADOR. Pez sin escamas, de color aceituna, que tiene cuatro órganos eléctricos. –Gimmnotus eléctricos.

TIROS. Argucias

TOPACHO. Acción y efecto de trambucarse.

TOPO. Aceptación plena de la apuesta en el juego de dados.

TOVAR, MANUEL FELIPE. Político y militar venezolano (Caracas 1803-París 1865). Fue presidente de la República de Venezuela desde 1859 hasta 1861. Substituyó a Pedro Gual en su segundo mandato.

TRAMBUCARSE. Volcarse una embarcación. / Trastornarse, perder el juicio.

VAJEAR. Vahear. Acción que se atribuye a ciertos reptiles de adormecer la víctima arrojándole encima el vaho o aliento. / Fig. Perturbar a alguien con malas artes.

VALE. Camarada.

VAQUERÍA. Conjunto de los trabajos de reelección y hierra de ganado.

VARGAS, JOSÉ MARÍA. Militar venezolano (1786-1854). Fue presidente de la República (1835-1837), siempre dentro de las dictaduras que se sucedían de un año a otro.

VARELA, JOSÉ GREGORIO. Militar y político venezolano. Fue presidente de la República venezolana por unos meses en el año 1878. Se caracterizó por una brutalidad inaudita

VENTANA. Espacio despejado, abierto a la vegetación, que bordea un río o rodea una sabana.

VENTEAR. Olfatear el viento.

YACABÓ. Nombre onomatopéyico y contracto de ya acabó que se le da a una ave de mal augurio de las selvas del Orinoco.

YAPURURO. Flauta de bambú con que se acompañan sus canciones los indígenas de Guayana.

YARURO. Tribu indígena que habita en las márgenes de los ríos Guapanaporo, Cunaviche, Arauca y Cinaruco.

BIBLIOGRAFÍA

ALBORG, JUAN LUIS. Historia de la Literatura Española IV. El romanticismo. Madrid, Ed. Gredos, 1980.

BARJA, CÉSAR. Libros y autores modernos. Siglos XVIII y XIX. Nueva York, Las Americas Publishing Co. , 1964.

DIAZ PLAJA, GUILLERMO. Introducción al estudio del romanticismo español. Madrid, Calleja. 1936

DICCIONARIO GENERAL DE LA LITERATURA VENEZOLANA. Editorial Venezolana C. A. Mérida, 1987.

DICCIONARIO DE HISTORIA DE VENEZUELA. Fundación Polar, Caracas 1997. Tomo II.

DICCIONARIO DE LITERATURA ESPAÑOLA E HISPANOAMERICANA. Alianza Editorial, Madrid, 1997. Tomo 2.

EDWIN, LUIS. El maestro, el escritor, el político. Caracas. El Universal, 2002.

GONZÁLEZ LÓPEZ, EMILIO. Historia de la Literatura Española. La Edad Moderna. Siglos XVIII y XIX. Nueva York, Las Américas Publishing Co. , 1965.

LLORENS, VICENTE. El romanticismo español. Madrid, Ed. Castalia, 1979.

LOMBA Y PEDRAZA, JOSÉ R. El teatro romántico español. Madrid, Biblioteca Literaria del Estudiante, 1926

LÓPEZ ADORNO, PEDRO. Descolonización literaria y utopía: El caso puertorriqueño. Nueva York, Ensayo leído en el simposio del New World a utopías el 22 i 23 de octubre de 1992.

MARTÍNEZ, IBSEN. Septuagenaria Bárbara. Caracas, Analítica Editores, 2000.

MASSIANI, FELIPE. El hombre y la naturaleza venezolana en Rómulo Gallegos. Caracas. Biblioteca Venezolana de Cultura, Ediciones del Ministerio de Educación 1962.

Navas-Ruiz, Ricardo. El romanticismo español. Salamanca, Ana ya, 1973.

PEDROSA, CIRIACO Y JOSÉ LEGORBURU. Lengua y Literatura 12. Madrid, Ediciones SM, 1981.

RODRÍGUEZ, FRANK. La transición a la Democracia. Caracas. Caracas, Historia y Biografía, 2000.

Sembrano Urdaneta, Óscar. Apreciación Literaria. Caracas, Tipografía Vargas, 1962.

SOCORRO, MILAGROS. Falsos recuerdos. Caracas, La Biblioteca, 2000.

USLAR PIETRI, ARTURO. Un venezolano de excepción que dejó huella. Caracas. Aldea Educativa, 2002.

ÍNDICE